ढलान से उतरते हुए

ढलान से उतरते हुए

मुनव्वर राना

अनुवाद

कैफ़ सिद्दीक़ी सुलतानपुरी

वाणी प्रकाशन

वाणी प्रकाशन
4695, 21-ए, दरियागंज, नयी दिल्ली 110 002

शाखा
अशोक राजपथ, पटना 800 004

फ़ोन: +91 11 23273167 फ़ैक्स: +91 11 23275710

www.vaniprakashan.in
vaniprakashan@gmail.com

DHALAN SE UTARTE HUE
by Munavvar Rana
Translated by Kaif Siddiqi Sultanpuri

ISBN : 978-93-5072-550-4
Memoirs

प्रथम संस्करण
मूल्य : ₹ 300

न्यू कृष्णा ऑफ़सेट, दिल्ली-110093 में मुद्रित

वाणी प्रकाशन का लोगो मक़बूल फ़िदा हुसेन की कूची से

अपने सच्चे मित्र
श्री ए.पी. मिश्रा
को सादर समर्पित

पेश लफ़्ज़

देखते ही देखते मेरी ज़िन्दगी ने उम्र के साठवें ज़ीने पर पाँव रख दिये लेकिन मेरी इल्मी लियाक़त और अदबी सूझ-बूझ रायबरेली के शोएब विद्यालय के दर्जा पाँच के क्लास में बिछी टाट पट्टी पर ही बैठी रह गयी, मैंने ऐसा कुछ नहीं लिखा जिस पर मुझे बेजा फ़ख़्र हो, लेकिन हाँ! मैंने ऐसा भी कुछ नहीं किया कि मुझे अपने किये पर शर्मिन्दगी महसूस होती। अदब तख़लीक़ करने का दावा मैंने कभी नहीं किया, क्योंकि मेरी कम इल्मी ने मुझमें ऐसी किसी बीमारी को पनपने नहीं दिया जिसे गुरूर कहा जाता हो, मुझे शेर कहने से ज़्यादा नस्र निगारी का शौक था, लेकिन मैं इस खुद एतमादी से महरूम था जिसे उर्फ़े आम में एहसासे बरतरी कहा जाता है। इब्तिदाई उम्र में मुझे कहानियाँ लिखने का बहुत शौक़ था, कई कहानियाँ लिखीं और कलकत्ते के मक़ामी रसाइल और अख़बारात में वह कहानियाँ शाया भी हुईं। कलकत्ते से 'फ़िल्म वीकली' नाम का एक अख़बार निकलता था, जिसके मुदीर वसीमुल हक़ साहब हुआ करते थे जो इन दिनों मशरिक़ी हिन्दुस्तान के मशहूर रोज़नामा 'अख़बारे मशरिक़' के मुदीरे आला हैं। वह नौजवान लिखने वालों की बहुत हौसला अफ़ज़ाई करते थे। माहनामा शहूद के मुदीर मरहूम शहूद आलम आफ़ाक़ी के रिसाले माहनामा शहूद में भी अपनी तालिब इल्मी के ज़माने में मेरी शायरी और कहानियाँ मुनव्वर अली आतिश और मुनव्वर अली शादाँ के नाम से शाया होती रही हैं। उस ज़माने में मुझे ड्रामे लिखने और ड्रामों में अदाकारी का शौक़ भी था। नेशनल होमियोपैथिक कॉलेज कलकत्ता में मेरा लिखा हुआ उर्दू ड्रामा 'जय बंगलादेश' मुख़तलफ ज़बानों के ड्रामे में दूसरे नम्बर पर आया था। 19 वर्ष की उम्र में अंग्रेज़ी अख़बार 'स्टेट्समैन' ने मेरी तस्वीर छापी थी और मेरी तहरीर और हिदायतकारी की तारीफ़ भी की थी। मेरे ड्रामे के हीरो हिन्दुस्तान के मशहूर होमियोपैथिक डॉ. लाल मुहम्मद ख़ाँ थे, लेकिन यह सब चीज़ें वक़्त के साथ-साथ मुझसे दूर होती गयीं। मेरी इस मामूली कारकर्दगी को न वहाँ के अहले क़लम ने याद रखा और न मुझे कभी अपने माज़ी के चिराग़ को रगड़ कर अलादीन का जिन्न निकालने की ज़रूरत पड़ी। यह बात तो यूँ याद आ गयी कि मैं बुनियादी तौर पर नस्र निगार था, लेकिन बहैसियत शायर लोगों ने मेरी ज़्यादा हौसला अफ़ज़ाई की। लिहाज़ा इस किताब के ज़रिये मैं अपने क़द्रदानों का शुक्रिया अदा करना अपना फ़र्ज़ समझता हूँ। खुदा हाफ़िज़।

–मुनव्वर राना

अनुक्रम

मेरा ज़मीर मेरा एतबार बोलता है

फ़क़ीरी का सबसे बड़ा फ़ायदा यह होता है कि हमेशा बादशाह मिज़ाज लोगों से मुलाक़ात होती है। यह ग़ालिबन अठारह बरस पहले की बात होगी जब मैं रियासत मनकापुर के महल मंगल भवन में मुशायरा पढ़ने की सआदत (ख़ुशनसीबी) हासिल कर रहा था। गोण्डा तक सफ़र बज़रिये ट्रेन रहा। वहाँ से ज़फ़रुलबारी साहब ने एक जीप के ज़रिये मुझे मनकापुर भिजवा दिया। मंगल भवन के फ़लकनुमा (गगनचुम्बी) फाटक पर टैक्सी से उतरते ही एक साहब ने मेरे हाथ से मेरी अटैची ले ली। मेरे इन्कार के बावजूद उस वजीह (सुन्दर) और पुरकशिश शख़्सियत ने अटैची मेरे हाथ से तक़रीबन छीन ली। इर्द गिर्द खड़े कई लोगों ने उस पुरविक़ार (प्रतिष्ठित) शख़्स से अटैची अपने हाथों में लेना चाही लेकिन उस शख़्सियत ने यह कहकर इन्कार कर दिया कि मैं इस सम्मान में किसी को भागीदार नहीं बना सकता। मेहमान ख़ाने तक पहुँचते-पहुँचते मुझे यह मालूम हो गया कि यह शख़्सियत और कोई नहीं बल्कि कुँवर देवेन्द्र प्रताप सिंह के लायक़ फ़रज़न्द और एयरफ़ोर्स के साबिक़ (पूर्व) पायलट, ग़ज़ल और कविता में पूरी दिलचस्पी और महारत रखने वाले मुस्तक़बिल (भविष्य) के राजा अतुल कुमार सिंह हैं। मैं दिल ही दिल में उनकी इस ख़ाकसारी (विनम्रता) को सलाम कर रहा था जो बुलन्दियों को शर्मिन्दा कर रही थी। एक बहुत ही ख़ूबसूरत कमरे में मुझे पहुँचा दिया गया जहाँ हज़रत कृष्ण बिहारी नूर प्रोफेसर उदय प्रताप सिंह (जो उन दिनों मेम्बर ऑफ पार्लियामेंट हो चुके थे) के साथ किसी अदबी गुफ़्तगू में मशग़ूल थे। इसी कमरे में हिन्दी ग़ज़ल के शर्मीले मुजाहिद हज़रत अदम गोण्डवी भी मौजूद थे। फ़ौरन ही चाय और नाश्ते से मेज़ों ने अपने आप को सजा लिया। अतुल भाई दरस्तबस्ता और सरापा इल्तमास (गुज़ारिश) बने हुए हम लोगों के तकल्लुफ़ की दीवार को अपने खुलूस और धुली धुलाई मुस्कुराहट से तोड़ रहे थे। थोड़ी ही देर में बुजुर्ग स्टेट मैनेजर ने आकर ख़बर दी कि कुँवर साहब शायरों और कवियों से मिलने के लिए तशरीफ़ ला रहे हैं। चूँकि मुशायरे का वक़्त हो चला था इसलिए हम लोग कुँवर साहब की सोहबत से ज़्यादा फ़ैज़याब (लाभान्वित) नहीं हो सके। मुशायरे के दौरान ही मुझे और कृष्ण बिहारी नूर साहब को किछौछा शरीफ़

के मुशायरे में भी जाना था लिहाज़ा राजा साहब से तफ़सीली मुलाक़ात की आरज़ू लिए हुए हम लोग वहाँ से फ़ैज़ाबाद रवाना हो गये :

इस हवस में कि मेरे हाथ न ख़ाली रह जायें
कितना नुक़सान हुआ है मेरी पेशानी का

इस अर्से में अतुल भाई से तो कई मुलाक़ातें रहीं। एक बार तो वह कलकत्ता भी तशरीफ़ लाये थे। ग़ालिबन उनकी ससुराल कलकत्ता है। तब भी राजा साहब का दो दिनों तक साथ रहा लेकिन जब भी मैं अतुल भाई से मिलता तो कुँवर साहब से मिलने का शौक़ कुछ और भी बढ़ जाता था। कुँवर साहब को सलाम करने, तफ़सीली गुफ़्तगू से सैराब होने और देर तक सरपरस्ती हासिल करने का मौक़ा मुझे अप्रैल, 1993 में मयस्सर हुआ। रायबरेली में घर बनवाते हुए मुझे सागवान लकड़ी की ज़रूरत थी। मुझे लोगों ने बताया कि सागवान की अच्छी क़िस्म मनकापुर के इलाक़े में दस्तयाब है। मैंने अतुल भाई से बात की तो उन्होंने फ़ोन पर ही कह दिया कि आप नाप वग़ैरह भिजवा दें, लकड़ी आपके घर पहुँच जायेगी। मैंने हफ़्ता, पन्द्रह दिन बाद खुद हाज़िर होने की इजाज़त चाही लेकिन अतुल भाई ने फ़रमाया कि आप आते रहियेगा, नाप मुझे आज ही लौटती डाक से रवाना कर दें। मैं उनकी गुफ़्तगू में उनकी सख़ावत का पुरनूर (रौशन) चेहरा देख रहा था लेकिन वह एक शायर के तिनका-तिनका जोड़कर घर बनाने के शौक़ को नहीं समझ रहे थे। बहरहाल मैंने कुछ पैसों का इन्तिज़ाम किया तो अपने लकड़ी मिस्त्री शर्मा जी को लेकर मनकापुर रवाना हो गया। मनकापुर में मुझे मंगल भवन के मेहमान ख़ाने में दो तीन रोज़ तक ठहरना पड़ा और यह सफ़र मेरे लिए इसलिए यादगार बन गया कि कुँवर साहब से इस बहाने मुझे तफ़्सीली गुफ़्तगू करने का मौका मिल गया। मुझे यूँ भी बुजुर्गों के पास उठना-बैठना अच्छा लगता है। राजा साहब से इन दो तीन दिनों में मुख़्तलिफ़ मौज़ूआत (विषयों) पर बातचीत करने का सुनहरा मौक़ा मिल गया। उन दिनों राम जन्म भूमि और बाबरी मस्जिद का मामला हर शख़्स की ज़बान पर था। कुँवर साहब से जब मैंने इस मौज़ू पर गुफ़्तगू की तो वह थोड़ी देर के लिए तो ख़ामोश हो गये। कमरे के सुकूत (ख़ामोशी) को भी उन्हीं की आवाज़ ने तोड़ा और कहने लगे कि मुनव्वर मियाँ! सियासत से विधानसभा और संसद तो आबाद हो सकते हैं लेकिन कुनबे, क़बीले, रियासत और मुल्क को चलाने के लिए सियासत से नहीं, दूर अन्देशी से काम लिया जाता है। वह थोड़ी देर के लिए रुके, फिर फ़रमाया कि मेरे एक महल में मरकज़ी हुकूमत की तेज़ तर्रार नीम फ़ौजी (अर्धसैनिक) टुकड़ी पड़ी हुई थी जिसकी तादाद तक़रीबन पन्द्रह हज़ार थी, जो जदीद असलहों और मज़बूत इरादों से लैस थी लेकिन मरकज़ी हुकूमत के साहिबाने इक़्तिदार (सत्तासीन लोग) अपने-अपने बँगलों के महँगे सोफ़ों पर देहली में बैठे हुए दूरदर्शन और बाहरी चैनलों की मदद से हिन्दुस्तानी संस्कृति, तहज़ीब, रवादारी (भाईचारा) और इमारत को टूटते हुए देख रहे

थे और मरकज़ी सरकार की भेजी हुई फ़ौजी टुकड़ी मेरे महल में मकरज़ की तरफ़ से आने वाले हुक्म के मौसम का इन्तिज़ार कर रही थी :

इस इन्तिज़ार में कब फ़ायरिंग का हुक्म मिले
सिपाहियों के बदन मोर्चों में सूख गये

गुफ़्तगू के दौरान उनके अन्दर का इंसाफ़ पसन्द राजा बेदार हुआ तो उन्होंने बहुत ही पुरजोश अन्दाज में कहा कि अगर मरकज़ी हुकूमत इस नीमअस्करी (अर्धसैनिक) फ़ौज की कमानदारी सिर्फ़ मुझे सौंप देती तो शायद हिन्दुस्तान को वह बुरा दिन न देखना पड़ता जिसके लिए मौजूदा वज़ीरे आज़म ने कहा था कि "यह हिन्दुस्तानी तहज़ीब का सियाह दिन है।" अयोध्या नगरी से सिर्फ़ तीस मील के फ़ासले पर बैठा एक राजा बोल रहा था और मैं उनकी आवाज़ में भगवान राम की कुर्बानियाँ, ईसार (त्याग), इंसानदोस्ती और ज़ुल्म के ख़िलाफ़ आवाज़ उठाने की तस्वीर देख रहा था क्योंकि उस अफ़सोसनाक वाक़ये पर तब्सिरा (टिप्पणी) करते हुए उनके चेहरे पर जो दुःख और तकलीफ़ नुमायाँ थी वह राजा दशरथ के बेटे के चेहरे पर भी होती, अगर हिन्दुस्तानी बादशाहत की कुर्सी पर नरसिम्हा राव की जगह भगवान राम विराजमान होते :

मेरा ज़मीर मेरा एतबार बोलता है
मेरी ज़बान से परवरदिगार बोलता है

राजा साहब सूरत, सीरत, सख़ावत, दुनियादारी और तालीमी दौलत का ख़ज़ाना भी रखते थे। उनसे मिलने के बाद लोग उनके दीवाने हो जाते थे। उनसे गुफ़्तगू करके लोग अपने आप को सरफ़राज़ करते थे और यह मुहावरा भी समझ में आ जाता था कि राजा का बेटा राजा क्यों होता है। शायद संस्कार ही पत्थरों को देवता और आदमी को राजा बना देते हैं।

क़याम के दौरान एक दिन राजा साहब ने लखनवी अन्दाज़ में फ़रमाया कि मुनव्वर मियाँ! आज रात का खाना मैं आपके साथ खाऊँगा। एक परदेसी से यह कह देना कि खाना मैं आप के साथ खाऊँगा, उसे जागीर अता करने के बराबर है। रात के खाने का वक़्त हुआ तो अतुल भाई ने बताया कि पिता जी खाने की मेज़ पर आपका इन्तिज़ार कर रहे हैं। मेरे साथ मेरी अहलिया (पत्नी) के छोटे भाई सय्यद मोहम्मद तौहीद भी थे। हम लोग मुँह-हाथ धोकर खाने के कमरे में दाखिल हुए। एक बड़े से कमरे में, कमरे के बराबर डायनिंग टेबल पर मुख़्तलिफ़ क़िस्म के खाने सजे हुए थे। मैंने पहली बार बीस-बाईस क़िस्म के अचार और चटनियों के छोटे-छोटे मर्तबान वहीं देखे थे। मेज़ के चारों तरफ़ तक़रीबन पच्चीस कुर्सियाँ लगी हुई थीं। हम लोगों के सामने राजा साहब और उनके सलीक़ेमन्द बेटे अतुल कुमार सिंह बैठे हुए थे। खाने की ज़्यादा क़ाबें और क़ाबों में बहुत ज़्यादा खाना देखकर मैंने सोचा कि शायद दस-पन्द्रह लोग अभी और तशरीफ़ लायेंगे, लेकिन ऐसा कुछ भी नहीं हुआ

और राजा साहब ने खाना शुरू करने का हुक्म दे दिया। मेरे यह पूछने पर कि इतना खाना तो एक छोटी-मोटी बारात के लिए होता है, वह बच्चों की तरह खिलखिलाकर हँस दिये। उनकी मासूमियत और पुरविक़ार हँसी मुझे आज तक याद है।

खाने के दौरान ही उन्होंने दो दिलचस्प वाक़ियात सुनाये। एक वाक़िया तो यह बताया कि जब वायसराय नवाब रामपुर से मिलने के लिए उनकी रियासत रामपुर उनके महल में तशरीफ़ ले गये और उनसे मुलाक़ात होते ही उनके रवायती (पारम्परिक) लिबास को देखा तो उन्हें बेसाख़्ता हँसी आ गयी। उन्हें क्या मालूम था कि नवाब और राजा लिबास से नहीं, लियाक़त (योग्यता) से पहचाने जाते हैं। पहनावे तो दुनियादारी के चोचले के लिए होते हैं। वायसराय की मुस्कुराहट का मतलब नवाब रामपुर ने भी समझ लिया था। रात के खाने में जिस मेज़ पर मुख़्तलिफ़ क़िस्म के खाने चुने हुए थे, उसमें मेज़ की लम्बाई कमोबेश पचास फीट रही होगी। खाने वालों में सिर्फ़ नवाब रामपुर, उनके एक वज़ीर, वायसराय और उनकी बेगम तशरीफ़ फ़रमा थीं। अंग्रेज़ वायसराय ने हैरत के समन्दरों में ग़ोते लगाते हुए नवाब साहब से पूछा कि नवाब साहब! यह सब क्या है? नवाब साहब के वज़ीर ने बरजस्ता जवाब दिया कि जनाब इसी दरियादिली को नवाब रामपुर कहते हैं।

एक दिलचस्प वाक़िया उन्होंने और सुनाया कि हमारे बचपन में दूसरी रियासतों से बावर्चियों की अदला-बदली होती थी ताकि मुख़्तलिफ़ क़िस्म के खानों की लज़्ज़त से आश्ना हुआ जा सके। उस वक़्त मेरी उम्र तक़रीबन छह बरस रही होगी। रियासत महमूदाबाद या रियासत जहाँगीराबाद से कोई अहमद बावर्ची हमारे महल में अपना हुनर दिखाने आये थे। महल के एक कोने में वह पूरियाँ तल रहे थे। हम सब बच्चे वहाँ बैठकर उनकी फुर्ती और तेज़ रफ़्तारी देख रहे थे। अचानक उन्होंने एक गौरय्या को पकड़कर आटे की दो बेली हुई पतली पूरियों के बीच में रखकर उसे खौलते तेल की कड़ाही में डाल दिया फिर छन्ने की मदद से पूरी को कड़ाही में उलट दिया। थोड़े ही देर में छन्ने की मदद से पूरी को बाहर निकाल लिया। छन्ने पर रखी हुई पूरी को उन्होंने एक छोटे-से चमचे की मदद से ऐसे तोड़ना शुरू किया जैसे अण्डा तोड़ा जाता है। पूरी की परत टूटते ही उसमें सहमी-सिकुड़ी गौरय्या बैठी नज़र आयी। कुछ देर तक तो वह उसी तरह बैठी रही फिर अचानक अपने थके हुए परों की मदद से फुर से उड़ गयी। राजा साहब थोड़ी देर के लिए रुके, फिर फ़रमाया कि बावर्ची ने हँसते हुए बताया कि पूरी तेल में डुबो देने को पूरी तलना नहीं कहते, खाना तो आँच का खेल होता है। घर में रोज़ खाना खाइए, बहुत अच्छा खाना होता है, कभी खाना बदमज़ा भी हो जाता है जबकि मसाले सब वही होते हैं और पकाने वाले हाथ भी वही होते हैं सिर्फ़ आँच ज़्यादा या कम हो जाने से हाण्डी ख़राब हो जाती है। राजा साहब की ज़बान से दो ख़ूबसूरत और तारीख़ी वाक़ियात सुनकर दिल बाग़ बाग़ हो गया। चन्द महीने पहले अचानक राजा देवेन्द्र प्रताप सिंह रियासत मनकापुर के

इन्तिक़ाल की ख़बर सुनकर दिल को बेहद सदमा हुआ। उनकी जाज़िब (आकर्षक) शख़्सियत, उनका दोस्ताना लहजा, उनका पुरखुलूस अन्दाज़ और उनकी फ़य्याज़ी ने कई दिनों तक रुलाया। राजा अतुल कुमार सिंह पर तो दुःखों का पहाड़ टूट गया लेकिन अल्लाह जिसको जितना बड़ा ज़ख़्म देता है उससे बड़ा सब्र का फाहा भी उसके दिल पर रख देता है। दुनिया के सराय के रजिस्टर में सब लोग अपना नाम लिखकर क़याम करते हैं लेकिन उनमें कम ही लोग ऐसे होते हैं जिनके चले जाने पर दरो दीवार भी उनको तलाश करते हुए महसूस होते हैं:

लोग अच्छे हैं बहुत दिल में उतर जाते हैं
बस यही एक ख़राबी है कि मर जाते हैं

धूप जब फैली तो अपना ही मकाँ अच्छा लगा

कहीं पढ़ा था कि कुछ लोग दूसरों को हँसाने में इतना मशरूफ़ रहते हैं कि उनके अपने होंइ मुस्कुराना भूल जाते हैं। कुछ ऐसी ही सूरते हाल अनवर जलालपुरी के साथ भी रही है। भाई अनवर भी सारी ज़िन्दगी सादगी, शराफ़त और दोस्त नवाज़ी तलवार से दूसरों की हिफ़ाज़त करते रहे और खुद क़त्ल होते रहे। मुशायरों के स्टेज से लेकर निजी महफ़िलों तक अनवर जलालपुरी ने अपने दोस्तों ही नहीं, दुश्मनों की भी इतनी तारीफ़ की है कि उन्हें अपनी शख़्सियत और शायरी को सँवारने का बाक़ायदा वक्त ही नहीं मिल सका। उन्होंने किसी को भी सलाम करने और तारीफ़ करने का मौक़ा नहीं किया। यही वह रवादारी और बेनियाज़ी है कि उनका नाक नक्शा फ़क़ीरों और दुर्वेशों से मिलता जुलता है। यही वह ख़ाक़सारी है जो बन्दे को खुदा से क़रीब कर देती है और यही वह सिफ़त है जो इंसान को अशरफुल मख़्लूक़ात साबित कर देती है।

सलाहियत, इल्म और तजरुबे के लिहाज़ से अनवर जलालपुरी को इस दौर का बड़ा शायर या दौलतमन्द सियासतदाँ होना चाहिए था लेकिन हुआ ऐसा कुछ भी नहीं। भाई अनवर की सियासी गुफ़्तगू की कतरनों से फ़ैज़याब होकर कई मौजूदा सियासतदाँ ऐवाने हुकूमत के राज सिंहासन पर विराजमान हो गये। उनकी समझबूझ भरी तारीफ़ों की बदौलत कई पत्थर दिल शायरों ने देवताओं का रूप धार लिया और अनवर जलालपुरी उस संग तराश की तरह अपने ज़ख़्मी हाथों को देखते ही रह गये जिसकी छेनी और हथौड़े की मुसलसल ज़र्बों (प्रहार) ने पत्थर के जिगर को चीरकर देवताओं के वजूद (अस्तित्व) को यक़ीन की दौलत बख़्शी। आज भाई अनवर उस कूज़ागर (कुल्हड़ बनाने वाले) की तरह अपने हाथों में लगी मिट्टी को चूम रहे हैं, जिसने कूज़ागरी के हुनर को नूर बख़्शते हुए अपने दोनों हाथ मैले कर दिये।

भाई अनवर ने जिस पढ़े लिखे शायर की तारीफ़ की उसी ने उन्हें मुशायरे का संचालक और मुशायरे का शायर कहकर उनके क़द को घटाने की कोशिश की। जिन शायर साहिबान को ज़र्रे से आफ़ताब बनाने में भाई अनवर लहूलुहान हो गये उन्होंने भी उनको एक सराय या ज़्यादा से ज़्यादा मुगलसराय समझकर छोड़ दिया। हालाँकि भाई अनवर की शख़्सियत सराय नहीं बल्कि हवेली जैसी है, एक ऐसी पुरसुकून

हवेली जहाँ मीठे पानी का कुआँ भी है और ठण्डे दालानों वाले कमरे भी, कमरे में रौशन चराग़ भी हैं जिनकी रौशनी में उर्दू कभी अपने गेसू (केश) सँवारती है और कभी अपने उदास चेहरे पर मुस्कुराहट की नक़ाब डालती है। ये हवेली जैसी पुरसुकून शख़्सियत अपने असलाफ़ (पूर्वजों) के तहज़ीबी सरमाये की हिफ़ाज़त भी करती है और आने वाली नस्लों के लिए ग़ज़ल की एक ऐसी दर्सगाह (पाठशाला) भी तैयार करती है जहाँ बैठकर नयी नस्ल इल्मो अदब की दौलत से मालामाल भी हो और अपने बुजुर्गों के अदबी क़ारनामों को याद करके मातम न करे बल्कि जश्न मनाये।

चौबीस बरस पहले देवा शरीफ़ के एक मुशायरे में अनवर जलालपुरी से पहली मुलाक़त सौ मीटर के फ़ासले से हुई थी। पता नहीं भाई अनवर ने भाभी जलालपुरी को अपनी क्या उम्र बतायी है लेकिन वह मुझसे उम्र में कुछ बड़े हैं। ये और बात है कि उन्होंने अपनी सेहत को ठीक और उम्र को छुपाकर रखा है और मैंने अपनी सेहत को पड़ी पायी हुई दौलत की तरह बर्बाद किया... नतीजे के तौर पर उनके साहबज़ादगान (बेटे) मुझे बड़े अब्बा ही समझते होंगे।

अनवर भाई ने शोहरत उसी उम्र में पायी जिसमें शोहरत मिलनी चाहिए वर्ना हज़रत खुमार बाराबंकवी की तरह अमेरिका जाकर यही कहना पड़ता है, "मैं ग़लत उम्र में सही जगह पर आया हूँ।" दरअसल ज़्यादा देर से मिली शोहरत बुढ़ापे में मिली औलाद की तरह होती है। अपनी शोहरत से उन्होंने फ़ायदा चाहे न उठाया हो लेकिन उनके खेलते और मचलते हुए शबाब को काफ़ी सहूलियतें मयस्सर (हासिल) रहीं।

गोल चेहरा, उतरती हुई शाम जैसा रंग जिसे श्यामरंग भी कहा जाता है, सुतवाँ नाक, नशीली मगर सोचती हुई आँखें, आँखों की ख़्वाहिशात पर पड़ा हुआ काले फ्रेम का एक मोटा-सा चश्मे का पर्दा, कभी सिल्क और कभी खादी का कुर्ता-पाजामा, कभी नेहरू कट खादी की वास्केट, कभी डुगामा कट रेशमी गाउन, कभी कभार हाथ का बुना हुआ ढीला ढाला कत्थई या फिर मेंहदी की पत्तियों जैसे रंग का स्वेटर...

स्वेटर बुनना क्यों छोड़ा
जानम को मालूम नहीं है
कितनों ने फ़रमाइश भी की
ऊन के गोले दौड़ के आते
तीली कानों में कुछ कहती
तारीफ़ों की रिश्वत पाकर
थोड़ी। सी भी चाहत पाकर
अक्सर कोशिश करने बैठी
लेकिन जब भी ऊन के गोले
छू लेते हैं तीली को
मुझको तुम्हारे सारे फन्दे
रह रहकर याद आने लगते हैं

लेकिन जज़्बात और मौसम सर्द होने से पहले अनवर भाई ने अदबी शाल ओढ़ना शुरू कर दिया। अनवर भाई की शोहरत छोटे से क़स्बे जलालपुर की बैनुलअक़वामी (अन्तर्राष्ट्रीय) शोहरत का सबब बन गयी। अब तो ऐसा मुमकिन ही नहीं है कि जलालपुर का नाम आये और अनवर भाई याद न आयें या भाई अनवर याद आयें और जलालपुर की यादों के चिराग़ न झिलमिलाने लगें। जलालपुर के एक नन्हे से रेंज ने हिफ़ाज़त और नाज़बर्दारी करने वाली मिट्टी से सोने का ज़ेवर बनाकर उर्दू के गले में डाल दिया। अनवर भाई से मेरी कुर्बत हुई तो सौ मीटर का फ़ासला कम होकर एक मेज़ पर रखे दो गिलासों जितना रह गया। अनवर भाई बिन्तेअनब (मदिरा) के शैदाई, मैं अपने ही ज़ख़्मों का लहू चाटने का आदी, फिर यूँ भी मेरे फ़लसफ़े के लिहाज़ से जो चीज़ दोस्तों को अच्छी लग गयी उसे मैंने अपने ऊपर हराम कर लिया। मेज़ पर रखे गिलासों का फ़ासला आज तक कम नहीं हो सका। दोस्तों को अंगूर की बेटी अच्छी लगी और मेरे लिए हराम हो गयी। यूँ भी जिसके बाप से दोस्ती हो उसकी बेटी से क्या दोस्ती करना। मैं तो हमेशा अंगूर को दोस्त रखता हूँ उसूल भी आख़िर कोई चीज़ है।

तक़रीबन बीस बरस से स्टेज और निजी ज़िन्दगी में भाई अनवर मेरे दोस्त और बड़े भाई रहे बल्कि बड़े भाई का हक़ भी अदा किया यानी इस रिश्ते को पूरी तहज़ीबी मानवियत (अर्थों) से भी सरफ़राज़ किया। पिछले चार-पाँच बरसों ने ग़ालिबन हम दोनों को बहुत थका डाला। कुछ घरेलू उलझनें, कुछ रोज़गारे ज़माना और सबसे बढ़ कर मुख़्तलिफ़ बीमारियों के साँपों ने हम दोनों को खूब डसा। हम दोनों थक भी गये और कुछ टूट भी गये। यह ऐसी टूट-फूट है जिसे साइंस की जदीदतरीन (अत्याधुनिक) मशीनें भी महसूस नहीं कर सकतीं। मुशायरों में गुज़ारी हुई रातों ने जिस्म को थकन देकर आँखों से नींदें छीन लीं और भाई अनवर ने भी शब-बेदारी (रतजगा) के कफ़्फ़ारे के तौर पर मुशायरों में जाना कम कर दिया। उन्होंने कुछ दिनों तक ग़म ग़लत करने के लिए टी॰वी॰ सीरियल के स्क्रीन प्ले और डायलॉग लिखे लेकिन माज़ी (अतीत) की थकन हाल की चुस्ती को खा जाती है। इस शौक़ ने उन्हें घर से फिर दूर कर दिया। जलालपुर की सदायें, मालीपुर रेलवे स्टेशन के प्लेटफ़ार्म का इन्तिज़ार, बच्चों की खोई हुई मुस्कुराहटें और भाभी साहिबा के उलझे हुए गेसू सबके सब अनवर जलालपुरी को ढूँढ़ रहे थे। कहाँ कनारे अवध (अवध का दामन) की शामें और जुगनुओं की रौशनी और कहाँ राजस्थान की जलती हुई रेत पर उँगलियों से मुग़लिया सल्तनत की बोसीदा (गली हुई) तारीख़ लिखना? अनवर भाई जयपुर का राजघराना छोड़कर अपनी खपरैलों के साये में लौट आये :

चाँदनी में रात भर सारा जहाँ अच्छा लगा
धूप जब फैली तो अपना ही मकाँ अच्छा लगा

अनवर भाई की शख़्सियत का सबसे रौशन पहलू उनकी साफ़ गोई है। उनके

बारे में मेरा ज़ाती तजरुबा कुछ इस तरह है। मुशायरे से पहले कोई नवउम्र मोलवी और वह भी ऐसे मोलवी जिनको हर मसलक (पन्थ) के लोग पसन्दीदगी की निगाह से देखते हैं। मुशायरे में इब्तिदाई तक़रीर के वक़्त लफ़्ज़ों को चबा-चबाकर बोलने वाला ऐसा होशियार लीडर जो इलेक्शन के बाद अवाम को कच्चा चबाने की फ़िक्र में रहता है। मुशायरा ख़त्म होते ही अनवर जलालपुरी झारखण्ड मुक्ति मोर्चा के थके हुए शिबू सोरेन जैसे।

सफ़र में बहुत कम गुफ़्तगू, किसी तेज़ी से बूढ़े हुए फ़िलॉस्फ़र की तरह आँखें बन्द करके कुछ सोचते हुए, ट्रेन की पटरियाँ बदलते वक़्त एकाध बार दुनिया से बेज़ार (खिन्न) किसी दुर्वेश की तरह आँखें खोलकर खिड़की के बाहर भागते हुए मंज़रों को देखना और फिर यूँ मुतमइन हो जाना जैसे समन्दर में जहाज़ का कप्तान किनारा देखकर ज़ेरे लब मुस्कुराता है। खाने-पीने में कोई ख़ास शौक़ नहीं, पास में अच्छी किताबें हुईं तो पढ़ लीं, आस-पास कोई अच्छा चेहरा हुआ तो देख लिया, देखते वक़्त आँखों में वही हसरत जो जन्नत देखते हुए गुनहगार के दिल में होती है। जिसे नापसन्द करते हैं उसे भी देखकर न मुर्झाते हैं और न ही मुँह फेर के बैठ जाते हैं। चाय से बड़ी दोस्ती, सिगरेट से बेपनाह लगाव, पान्र का इन्तिज़ार हमेशा महबूब की तरह करते हैं। कोई अच्छा शेर सुना दे तो उठकर बैठ जाते हैं। फिर नयी ग़ज़ल कहने के लिए ज़मीन (ग्राउण्ड) माँगते हैं, लेकिन ज़मीन के लिए सिर्फ़ उन लोगों से कहते हैं, जिन्हें ज़मींदार समझते हैं। ऐरे ग़ैरे की तो सिगरेट भी पीने में सरापा लखनवी तकल्लुफ़ बन जाते हैं। शेर कहने और इश्क़ में ताख़ीर (विलम्ब) करने वालों को किसी हकीम से रुजूअ (सम्पर्क) करने का मशविरा देते हैं। प्लेटफ़ार्म पर इस तरह उतरते हैं जैसे घर-आँगन में चहलक़दमी कर रहे हों।

नवजवानी में नाज़िमे मुशायरा (मुशायरा एनाउंसर) होने से सलाहियतों (योग्यताओं) पर दाग़-बट्टा लग जाता है जिस तरह हिन्दुस्तानी पार्लियामेंट में स्पीकर की सलाहियत से कोई इनकार नहीं करता लेकिन किसी के दिल में भूले से भी यह ख़याल नहीं आता कि जो शख़्स पार्लियामेंट हाउस में विराजमान लगभग पाँच सौ बयालीस भाँति-भाँति और प्रान्त-प्रान्त के शेरों (जिनमें अक्सर आदमख़ोर हो चुके हैं) को क़ाबू में रख सकता हो वह शख़्स हिन्दुस्तान के वज़ारते अज़मा (प्रधानमन्त्री पद) के क़लमदान का बेहतरीन मुहाफ़िज़ हो सकता है। लेकिन अरबाबे सियासत ने स्पीकर और साहिबाने अदब ने नाज़िमे मुशायरा को *रिंग मास्टर* समझकर नज़रअन्दाज़ कर रखा है।

अनवर भाई की ख़ुदादाद (ख़ुदा की बख़्शी हुई) सलाहियत, सलीक़े और हुनर ने निज़ामत जैसी ग़ैरज़रूरी चीज़ को भी फ़न बना दिया है और यही वह हुनर है जिसे हासिल करने वाला शख़्स दिलचस्प और बाविक़ार बन जाता है। मुशायरों में बाक़ायदा निज़ामत करने वालों में अनवर भाई अकेले ऐसे शख़्स हैं जो हर शायर

को पूरी तवज्जो के साथ सुनते हैं। क्लासिकी शायरी के अलावा अस्री अदब के उतार-चढ़ाव पर भी उनकी निगाह मरकूज़ (केन्द्रित) रहती है। उनका मसलक (विचार धारा) कोई भी हो लेकिन वह शेर के मामले में बरेलवियत, देवबन्दियत या सफ़बन्दी के क़ायल नहीं हैं। मुशायरों को उन्होंने कभी नौटंकी या म्युज़िकल पार्टी नहीं बनने दिया। आख़िर तक वह मुशायरा के अदबी विक़ार को बुलन्द रखने में कोशाँ (प्रयत्नशील) रहते हैं वह अकेले नाज़िमे मुशायरा हैं जो इस बात का पूरा लिहाज़ रखते हैं कि मुशायरे में मौजूद ग़ैर मुस्लिमों में उर्दू ज़बान और अदब की रुसवाई न होने पाये। शायद यही वजह है कि देवी शरीफ़ से दुबई तक अनवर भाई की शख़्सियत का तिलिस्म बरक़रार है। निज़ामत से उनकी दिलचस्पी कम होने से मुशायरा अपने मेयार (स्तर) से बहुत नीचे आता जा रहा है या फिर मुशायरों के गिरते मेयार से उन्होंने मुशायरों से कतराना शुरू कर दिया है। तनक़ीद के इजारादारों के हिसाब से उन्होंने शायरी चाहे बहुत अच्छी न की हो लेकिन इसके बावजूद उनकी कमज़ोर शायरी भी अदीब रसाएल (साहित्यिक पत्रिकाओं) में अक्सर छपने वाली ग़ज़लों से बदरजहा बेहतर है।

लेकिन जब यार लोग ग़ज़ल से ज़्यादा तरन्नुम की और शायरी से ज़्यादा निज़ामत की तारीफ़ करने लगते हैं तो फ़नकार भी काम चलाऊ सरकार का तरफ़दार बन जाता है और यही वह वक्त है जब सच्चा अदब कोठे से उतरते हुए आदमी के पैरों की थकन बन जाता है। ज़ाहिर है शराब की दुकान में शहद रखना, शहद की मक्खियों की शबोरोज़ की मेहनत से सरासर मज़ाक करना है। अनवर भाई को भी अदब के ठेकेदारों ने शराब की दुकान खोलने का लाइसेंस तो दे दिया लेकिन नीम के शहद से समाज और सियासत के जिस्म के फोड़े फुंसियों का इलाज करने की इजाज़त नहीं दी। यक़ीनन यही सबब है कि हम आज एक बीमार समाज और सियासी छूतछात के दरम्यान ज़िन्दा हैं। अनवर भाई जैसे शरीफ़ और भोले भाले लोग अदब और सियासत दोनों के लिए मुफ़ीद और कारआमद साबित हो सकते थे लेकिन कुछ तो अनवर भाई का पूरबी शर्मीलापन और कुछ अरबाबे अदब की बददियानती, दोनों ने मिलकर एक अच्छे शायर को मुशायरे का मदारी बनाकर रख दिया।

उस्ताद बिसमिल्लाह ख़ाँ किसी तक़रीब में वक़्त गुज़ारी के लिए ताश के पत्ते लेकर बैठ गये और दोस्तों को बादशाह, बेगम और जोकर के करतब दिखाने लगे। तक़रीब में शरीक एक मारवाड़ी सेठ भी उनके पास आकर बैठ गये। थोड़ी देर तक वह ताश के पत्तों का करतब देखते रहे फिर वह निहायत ख़ुशामदाना लहजे में उस्ताद बिस्मिल्लाह ख़ाँ से अपनी साहबज़ादी की शादी में तशरीफ़ लाने के लिए गुज़ारिश करने लगे। उस्ताद बिस्मिल्लाह ख़ाँ तस्वीरे ख़ुलूस (प्रेम की प्रतिमूर्ति) बन गये और सेठ साहब से यह कहते हुए तक़रीब में हाज़िर होने का वादा कर लिया कि,

“आपकी बेटी मेरी भी बेटी है, आप बेफ़िक्र रहें मैं शादी की तक़रीब में ज़रूर शिकरत करूँगा।” मुक़र्ररह (निर्धारित) तारीख़ पर उस्ताद बिस्मिल्लाह ख़ाँ सेठ साहब के घर पर तशरीफ़ ले गये। सेठ साहब सरापा इन्तिज़ार बने हुए थे, बढ़कर उस्ताद को नमस्ते किया फिर उनकी शहनाई की तरफ़ इशारा करते हुए कहा, “अच्छा! तो आप शहनाई भी बजा लेते हैं।” इस दिलचस्प मगर अफ़सोस नाक वाक़िये को मद्देनज़र (दृष्टिगत) रखते हुए ग़ौर कीजिए तो इस नाक़द्र शनास ज़माने में अनवर भाई की शायरी उस्ताद बिस्मिल्लाह ख़ाँ की वह शहनाई है जिसकी गूँज सुनते ही गंगा का मुकद्दस पानी अपनी लहरों के इशारे से मुँह अँधेरे हिन्दुओं को स्नान करने और मुसलमानों को बावज़ू हो जाने के लिए आवाज़ देने लगता है और उनकी निज़ामत ताश के पत्तों की तरह है जो हमारे अरबाबे अदब की उस सुख़न फ़हमी को नुमायाँ कर देते हैं, जिसे हिकमत की ज़बान में कोढ़ कहा जाता है।

माँ से इस तरह लिपट जाऊँ कि बच्चा हो जाऊँ

अब्बू के इन्तिक़ाल के बाद हम तमाम भाइयों ने ख़ानदान के इक़्तिदार की बागडोर अम्मी के बज़ाहिर कमज़ोर लेकिन मज़बूत तरीन हाथों में दे दी। अब हम लोग अम्मी को अम्मी राना कहते हैं यानी अम्मी के हर फ़ैसले में हमारे अब्बू सय्यद अनवर अली राना भी मौजूद रहते हैं। इस फ़ार्मूले का फ़ौरी फ़ायदा तो यही हुआ कि हमारे ख़ानदान से सल्तनते मुग़लिया की तरह वली अहदी का शुरू होने वाला झगड़ा वक़्त से पहले ही ख़त्म हो गया और अम्मी भी अपनी नयी-नयी ज़िम्मेदारियों में मसरूफ़ हो गयीं। हम लोग भी एहसासे यतीमी के कुएँ से बाहर निकल आये। अब हर मुक़दमे का फ़ैसला अम्मी के दरबार में होने लगा और हर फ़ैसले को बासरोचश्म (ख़ुशी-ख़ुशी) कुबूल करते रहने की रस्म अभी तक ख़ानदान में बाक़ी है। यूँ भी ममता के दरबार में दुनिया की हर सियासत को आँखें नीची करके गुज़रना पड़ता है।

ख़ुदा जाने औरत को अल्लाह ने किस मिट्टी से बनाया है। उसकी नर्मी और मुलायमियत हर मौसम में बरक़रार रहती है। अब्बू के आख़िरी दिनों में बात-बात पर अम्मी से उनकी लड़ाई होती रहती है। घर में चूल्हा और बहुएँ तक़सीम नहीं हुए थे। पोतों-पोतियों का काम अम्मी और अब्बू में मेल कराने का रहता था। बच्चे स्कूल के लिए तैयार होकर दादा के पास बाहरी कमरे में पहुँच जाते और दादा बेचारे रात की लड़ाई भूलकर फ़ौरन आवाज़ देते थे, "बेगम! गाड़ी की चाभी कहाँ है, बच्चों के स्कूल का वक़्त हो गया है।" अम्मी मुस्कुराती हुई अब्बू के लिए चाय और कार की चाभी लेकर बाहरी कमरे में फ़ौरन पहुँच जाती थीं। बहुएँ आपस में तब्सिरा (Comments) करने लगती थीं कि अम्मी और अब्बू अपनी रात की लड़ाई भूल गये हैं। अब्बू अगर नाराज़गी के आलम में थोड़ी देर के लिए भी घर से बाहर चले जाते थे तो अम्मी हम लोगों में जो भी मौजूद होता था उससे कहती थीं कि जाकर देखो तुम्हारे बाप कहाँ हैं। अक्सर अब्बू कुछ सामान ख़रीदने बाज़ार चले जाते और उन्हें देर हो जाती तो अम्मी घर में हंगामा कर देती थीं कि तुम जवान जहान लोग घर में घुसे बैठे हो और बूढ़े बाप बाज़ार से सामान लाने गये हैं।

अम्मी ने भी दूसरी माँओं की तरह हस्बे मामूल (पहले की तरह) अपने आपको कई हिस्सों में बाँट रखा है। एक बेटे के पास रहती हैं लेकिन दूसरे में ध्यान लगा

रहता है। दूसरे के घर जाती हैं तो तीसरे के बारे में सोचने लगती हैं। बज़ाहिर तो उन्होंने पाँच भाइयों और एक बहन में अपने आपको तक़सीम कर लिया है लेकिन सबसे ज़्यादा यहिया को याद करती हैं जो एक हादसे में 1988 में इन्तिक़ाल कर गये थे। अब वह तो इस दुनिया में नहीं है लेकिन उसका बेटा यासिर जो माशा अल्लाह अब जवान हो गया है, उसके सिलसिले में फ़िक्रमन्द रहती हैं। यहिया की बेटी जोज़ी में उनका दिल अटका रहता है जो माशा अल्लाह अब अपनी सुसराल में रहती है और उसका एक पाँच बरस का बेटा भी है। बज़ाहिर अम्मी सब लोगों से बातें करती रहती हैं लेकिन वह उस जगह नहीं होतीं जहाँ दिखाई देती हैं। उनका दिल सबसे ज़्यादा जमील के पास लगता है जो घर में सबसे छोटे हैं। अम्मी के लाड-प्यार और बेजा तरफ़दारी ने जमील को खुदसर और गुस्ताख़ भी बना दिया है लेकिन अम्मी की वजह से वह हर तरह से महफ़ूज़ रहते हैं। ख़ैर, जमील और उनसे बड़े शकील ने अब्बू और अम्मी की ख़िदमत सबसे ज़्यादा की है। मेरे साहबज़ादे तबरेज़ अम्मी को रायबरेली से लखनऊ ले आते हैं लेकिन अचानक वह बड़ी ख़ामोशी से कार पर बैठती हैं और रायबरेली चल देती हैं। वहाँ पहुँचकर कुछ दिनों तक तो ठीक रहती हैं फिर मेरी बीमारी और दूसरे भाइयों के मसाइल से परेशान होने लगती हैं। रमज़ान के महीने में इस बरस अम्मी लखनऊ में और ज़्यादातर मेरे सबसे छोटे भाई जमील के पास रहती हैं। जमील और मेरा फ़्लैट एक ही अपार्टमेंट में है। दिल रखने के लिए कभी कभार मेरे पास भी आ जाती हैं। कल अम्मी ने मेरे मोबाइल पर फ़ोन किया। मैं उस वक़्त अपने आफ़िस में था जिसके एक हिस्से में मेरी लाइब्रेरी है। मैं फ़ौरन अम्मी के पास पहुँच गया और उनकी मसहरी पर उन्हीं के पास बैठ गया। वह काफ़ी देर तक तो अपनी बुझते दीये जैसी आँखों से मुझे टटोलती रहीं फिर बहुत देर तक मेरे चेहरे को पढ़ने की कोशिश करती रहीं। मैं अपनी हर तकलीफ़ और परेशानी पर मुस्कुराहट का एक ख़ुशरंग पर्दा डाले रहा लेकिन माँ की आँखों को बेटे-बेटियों के चेहरे कभी धोखा नहीं दे सकते :

मुनव्वर माँ के आगे यूँ कभी खुलकर नहीं रोना
जहाँ बुनियाद हो इतनी नमी अच्छी नहीं होती

मुझे मुसलसल मुस्कुराते हुए देखकर उन्होंने अपने झुर्रीज़दा हाथों से मेरे चेहरे और सिर पर हाथ फेरा। मेरी मुस्कुराहट में कोई कमी नहीं आयी क्योंकि एक बार मैंने अम्मी से परेशानी के आलम में कह दिया था कि अम्मी, अब मैं थकने लगा हूँ, लगता है बुढ़ापा आ रहा है। उन्होंने फ़ौरन मेरी बात काटते हुए कहा था कि तुम अभी कैसे बूढ़े हो जाओगे, अभी मैं ज़िन्दा हूँ और याद रखो जब तक माँ ज़िन्दा रहती है बेटे-बेटियाँ कभी बूढ़े नहीं होते। मैंने अम्मी से हँसते हुए पूछा कि आप रायबरेली का दौरा कर आयीं? इतना पूछना था कि अचानक बच्चों की तरह फूट-फूटकर रोने लगीं। हालाँकि अम्मी की कूव्वते बर्दाश्त (सहनशक्ति) की ख़ानदान में मिसाल दी

जाती है और यूँ भी अम्मी अपने आपको हमेशा इतना लिए-दिये रहती हैं कि उनके आँसू मुख़बिरी की हिम्मत नहीं कर पाते। छोटे भाई यहिया राना की मय्यत जब घर के आँगन में लाकर रखी गयी तो बड़े बड़ों की आँखें सैलाब की ज़द से नहीं बच सकी थीं फिर भी अम्मी नहीं रोयी थीं, सिर्फ़ ख़ाली-ख़ाली नज़रों से बेटे की मय्यत और रोने वालों को देख रही थीं। फिर वह वक़्त भी आया कि घर की बड़ी बूढ़ियों ने उन्हें रुलाने की कोशिश की। घर के सब लोग यही कह रहे थे कि अगर रोयेंगी नहीं तो पागल हो जायेंगी। आख़िरकार उनको रुलाने की कोशिशें कारगर हुईं। फिर अम्मी रोयीं तो ऐसा रोयीं कि शायद कुदरत को भी उन पर रहम आया होगा, मुमकिन है मलकुल मौत (मौत का फ़रिश्ता) अपनी इस कारगुज़ारी पर रो पड़ा हो। मलकुल मौत भी तो अल्लाह की मख़्लूक़ है। और जब अल्लाह क़ह्हार (क़हर ढाने वाला) और जब्बार (जब्र करने वाला) के साथ रहीम और करीम भी है तो मलकुल मौत के दिल में भी रहम का जज़्बा ज़रूर होता होगा।

मेरे बहुत पूछने पर उन्होंने बताया कि रायबरेली के घरेलू हालात देखकर मुझे बहुत दुःख हुआ है। वहाँ तुम्हारे भाइयों के दिल में बहुत रंजिशें भर गयी हैं। पहली बार ऐसा हुआ कि मुझसे मिलने के लिए अपने-अपने कमरों से निकलकर न बहुएँ आयीं और न पोते-पोतियाँ। अम्मी साँस लेने को रुकीं फिर कहने लगीं कि ये सब दुआ तावीज़ का नतीजा है। मैंने उनको हँसाने की गरज़ से कहा कि दुआ-तावीज़ का कोई असर नहीं होगा। फिर आप तो खुद ही 'माता रोलोश्वरी' हैं, कल ही मैं आठ दस तान्त्रिकों और जटाधारियों को आपके पाँव छूने के लिए बुलाता हूँ। आप सिर्फ़ हुक्म दीजिए कि किसको मक्खी बनाया जाए और किसे कुत्ता-बिल्ली बनाना है। मेरी बात सुनकर अम्मी बच्चों की तरह खिलखिलाकर हँसने लगीं और बोलीं, कमबख़्त! इस उम्र में मुझे बेपर्दा करायेगा, कोई ज़रूरत नहीं है साधु-सन्तों को घर में लाने की, अभी मैं ख़ुद काफ़ी हूँ इन सबसे निपटने को। मैं हँसते हुए अम्मी के सीने से लग गया और बहुत देर तक बच्चों की तरह उनसे चिमटा रहा। वह भी मुझे अट्ठावन बरस पहले वाला मुनव्वर समझकर अपने सीने से लगाये रहीं, लेकिन यह साठ बरस का बच्चा उनके गले से लगा हुआ अपने आँसुओं के ख़ुश्क होने का इन्तिज़ार कर रहा था। काश, वक़्त को ठहर जाने की आदत होती और वह हमेशा-हमेशा के लिए वहीं पर रुक जाता और उस वक़्त तक ठहरा रहता जब तक कि दूसरे जनम की कहानी हक़ीक़त का रूप न धार लेती :

मेरी ख़्वाहिश है कि मैं फिर से फ़रिश्ता हो जाऊँ
माँ से इस तरह लिपट जाऊँ कि बच्चा हो जाऊँ

आँसुओं के खुश होते ही मेरे चेहरे ने मुस्कुराहट का ग़ाज़ा मल लिया। मैंने पूछा, अम्मी! कुछ खाने को जी चाह रहा है। कहने लगीं, नहीं। मैंने पूछा, गुलाब जामुन तो आपको बहुत अच्छा लगता है। कहने लगीं, बिल्कुल दिल नहीं चाह रहा है। मैंने

पूछा, कि कुछ तो जी चाह रहा होगा। कहने लगीं, अगर मीठे और मुलायम आम मिलें तो ले आना। मैंने पूछा, आप सहरी में क्या खायेंगी? कहने लगीं, तुम्हारे बाप कानपुर से रमज़ान के ज़माने में बिस्कुट लाते थे, दूध के साथ वही बिस्कुट खाने को जी चाह रहा है। मैंने दिल में सोचा कि अब्बू तो हम लोगों से बहुत दूर चले गये हैं, उनसे तो पूछा नहीं जा सकता... फिर मैंने अपने एक शायर दोस्त नदीम नय्यर को कानपुर फ़ोन किया। इससे पहले कि मैं उन्हें अपनी ज़रूरत बताता उन्होंने अपनी परेशानी से मेरा मुँह बन्द कर दिया और बताया कि लखनऊ के मुशायरे से वापसी में उनकी कार हादसे का शिकार हो गयी थी। उनकी शायरा बेगम शाइस्ता सना के सिर में आठ टाँके लगवाने पड़े हैं :

दिल में कहाँ लहू था कि इक तीर आ लगा
फ़ाक़े से था .ग़रीब कि मेहमान आ गया

घुटनों के आपरेशन के बाद अब मैं ज़्यादा सफ़र के लायक़ नहीं रह गया हूँ। मैं इसी पसोपेश में था कि या अल्लाह मैं क्या करूँ, अम्मी ने बहुत दिनों के बाद एक बहुत मामूली-सी फ़रमाइश की है और मैं वह भी पूरी नहीं कर पा रहा हूँ। थोड़ी ही देर हुई होगी कि मेरे मोबाइल की घण्टी ने गुनगुनाना शुरू कर दिया। मेरे हैलो कहने पर उधर से किसी साहब ने फ़रमाया कि मैं इण्डियन एम्बैसी जद्दा से क़ौन्सिल शक़ील अहमद बात कर रहा हूँ। क्या आप मुझे शाइस्ता का नम्बर दे सकते हैं। इण्डियन एम्बैसी उन्हें सितम्बर में जद्दा के मुशायरे में मदऊ (आमन्त्रित) करना चाहती है। मेरे पास शाइस्ता का नम्बर नहीं था लिहाज़ा मैंने उन्हें नदीम नय्यर का मोबाइल नम्बर दे दिया। मैं दोबारा अपने दूसरे कामों में मशगूल हो गया। रात के तक़रीबन नौ बजे का अमल होगा कि नदीम अय्यर का फ़ोन आया, फ़ोन पर उन्होंने बताया कि मैं अभी रात में आपसे मिलने लखनऊ आ रहा हूँ। मैंने छूटते ही उनसे कहा कि बेकनगंज की किसी अच्छी दुकान से दूध में भिगोकर खाने वाले बिस्कुट लेते आओ। देर रात गये लेकिन सहरी से पहले वह बिस्कुट लेकर लखनऊ आ गये। मैं सोचने लगा कि माँ की फ़रमाइश बेटे कहाँ पूरी करते हैं, माँ की फ़रमाइशें पूरी करने के लिए तो अल्लाह अपने घर से किसी शकील अहमद को मुक़र्रर करता है। बज़ाहिर तो मैं बहुत ख़ुश था कि अल्लाह पाक ने इस गुनहगार की मामूली-सी ख़्वाहिश को भी किस तरह रहमतों से नवाज़ा लेकिन जब मैंने इस वाक़िये पर नये सिरे से .ग़ौर करना शुरू किया तो फ़ौरन मेरी समझ में आ गया कि अम्मी से बिस्कुट लाने का वादा तो मैंने किया था लेकिन मेरी कोशिश की नाकामी को अम्मी ने महसूस कर लिया होगा और उन्होंने अपने झुर्रियों ज़दा हाथ उठाकर दुआ की होगी कि ऐ मालिके दो जहाँ, ऐ परवर दिगार! मेरे बेटे की किसी भी कोशिश को नाकाम न होने देना वर्ना वो टूट-फूट जायेगा। ज़ाहिर है कि अम्मी का कहना तो ऊपर वाला मान ही लेगा। वो माँ की दुआओं को आसमान से ख़ाली हाथ वापस नहीं लौटने देता

क्योंकि माँएँ तो इंसान की तख़लीक़ (रचना) में अल्लाह की मददगार और साझेदार होती हैं, और साझेदार की बात को साझेदार कभी ख़ाली नहीं जाने देता, उसकी दुवाएँ भी सुनता है और उसकी ख़्वाहिशों का एहतराम भी करता है। औरत की कोख के बग़ैर दुनिया का तसव्वुर ही नहीं किया जा सकता था फिर इसी मिट्टी से बनाये हुए पुतले से ऊपर वाले को इंसानियत का काम भी लेना था लिहाज़ा उसने माँ की छातियों में दूध उतारा, ऐसा दूध जिसको पीने वाला बच्चा अपने को इंसानों में शुमार करता है। ऐसे ही इंसानों में पीर, पैग़म्बर, साधु-सन्त, औलिया और फ़क़ीर हुए हैं जिन्होंने दुनिया के बेरहम जंगल में इंसानियत के इतने बीज बोये हैं कि फ़रिश्तों को रश्क होता है। ऊपर वाले ने औलाद के लिए एक माँ तख़्लीक़ करके उसके दिल में इतनी मोहब्बत भर दी कि ज़माने के सर्दो गर्म के बावजूद औरत के दिल में मोहब्बत की कोंपलें आज भी पनपती रहती हैं।

अब्बू के इन्तिक़ाल के बाद एक मुशायरे में जद्दा जाना हुआ था। मेरे हमराह मेरे उस्ताद भाई रईस अंसारी के अलावा हिन्दुस्तान और पाकिस्तान के कई क़ाबिले ज़िक्र शायरों में क़ैसरुल जाफ़री के अलावा पाकिस्तान से सहर अंसारी भी थे। मुशायरे के बाद मुझे और रईस अंसारी को अरब न्यूज़ के एडीटर जनाब फ़ैसल मियाँ अपनी कार से उमरा कराने ले गये। हरम शरीफ़ से बाहर आते वक़्त टैक्सी स्टैण्ड पर बहुत से टैक्सी ड्राइवर खड़े हुए दिखाई दिये। एक टैक्सी ड्राइवर की शबाहत (शक्लो सूरत) अब्बू मरहूम से इतनी मिलती जुलती दिखाई दी कि मैं हैरत में पड़ गया। मैं बार-बार उस शख़्स की तरफ़ देखता रहा। कार में बैठते हुए भी। कार से उतरकर उससे मिलने को जी चाह रहा था लेकिन मैं अपनी इस बेइन्तिहा हैरत को किसी से शेयर भी नहीं कर सकता था क्योंकि कुछ बरस पहले ही तो अपने आबाई (ख़ानदानी) क़ब्रिस्तान में उन्हें मैंने अपनी नम आँखों और काँपते हुए हाथों से मिट्टी के हवाले किया था।

हिन्दुस्तान वापसी पर मैंने एक दिन अम्मी को यह सारा वाक़िया बताया, वह बग़ौर सुनती रहीं, कुछ देर तक ख़ामोश रहीं फिर ख़ुदकलामी (ख़ुद से बात करना) के अन्दाज़ में कहने लगीं, हो सकता है तुम्हारे बाप ही रहे हों क्योंकि अल्लाह जन्नत बख़्शे, वो थे तो नेक आदमी... कभी किसी का बुरा नहीं चाहा... हमेशा दूसरों के दुख दर्द में काम ही आते थे... मुमकिन है अल्लाह मियाँ ने उन्हें अपने घर की दरबानी पे रख लिया हो :

मैं उसके जिस्म पे काफ़ूर मल के आया था
मगर गुलाब की ख़ुशबू कफ़न से आती है

लोग ढूँढ़ेंगे हमें भी हाँ मगर सदियों के बाद

अपने किनारों से खिलवाड़ करती हुई घाघरा नदी के दूसरे छोर पर गोण्डा शहर अपने देहातों और क़स्बात (क़स्बों) को सीने से लगाये आज भी शान से ज़िन्दा है। सागौन के जंगलों और कई रियासतों से घिरा यह शहर इतिहास के कई पन्नों पर बिखरा हुआ है। इन्हीं रियासतों में एक रियासत मनकापुर भी है जो साहित्यिक गतिविधियों और सांस्कृतिक महकार के कारण देश भर के कवियों और शायरों में पहचाना जाता है। जिगर मुरादाबादी, असग़र गोण्डवी, कृष्ण चन्द्र हैरत, सरदार जाफ़री और बेकल उत्साही ने शायरी और कविता के फूलों से इस तराई किनारे बसे हुए शहर को सारी दुनिया में इज़्ज़त दिलवायी है और साहित्य के नक्शे पर अपना नाम दर्ज करवाया है।

मनकापुर रियासत के मंगलभवन ने अपने यहाँ आयोजित कवि सम्मेलनों की बदौलत एक अहम् (ख़ास) लेकिन बहुत सरल, सच्चे और शर्मीले कवि को सारी दुनिया में पहचान दिलवाने में अहम रोल अदा किया है और यह कवि थे श्री रामनाथ सिंह 'अदम' गोण्डवी जिन्हें लोग प्यार से सिर्फ़ *अदम जी* कहते थे। कुँवर अतुल कुमार सिंह साहित्य के उन ख़ामोश ख़िदमतगारों में हैं जिन्होंने कवि भारत भूषण, गोपालदास नीरज, सोहन लाल द्विवेदी, रूप नारायण त्रिपाठी, रमई काका, सोम ठाकुर, किशन सरोज, अशोक चक्रधर, बशीर बद्र, शिव ओम अम्बर, कृष्ण बिहारी नूर, वाली असी और उदय प्रताप सिंह सरीखे कवियों और शायरों से जब एक सीधे, सरल और शर्मीले कवि की मुलाक़ात करायी तो हर शायर व कवि ने मंगल भवन के कवि सम्मेलन में आने को अपना सौभाग्य समझा। अदम जी ख़ालिस (शुद्ध) ग़ज़ल के शायर थे। हज़ारों-लाखों ग़ज़ल कहने वालों में अपने लहजे और अपने मौजूआत (विषयों) से ग़ज़ल को मालामाल करने वाले शायर अदम जी बहुत जल्दी और बहुत आसानी से हिन्दुस्तान के बड़े ग़ज़ल गो मान लिए गये।

परसपुर आटा गाँव के गजराज पुरवा में जन्मे अदम जी ने आज़ादी के ठीक एक बरस बाद 1948 ई॰ में आँखें खोलीं लेकिन शायद वह आँखें खोलकर ज़्यादा ख़ुश नहीं हुए क्योंकि गुलामी और आज़ादी के बीच में जो एक ग़रीबी की लकीर होती है वह अब भी क़ायम थी। अंग्रेज़ों ने अपने इंसाफ़ के लिए अलग-अलग चौकियाँ

क़ायम की थीं और उन चौकियों का नाम कचेहरी रख दिया था।

लेकिन उनके जाने के बाद बरगद का पेड़ और ज़मीदारों का चबूतरा ग़रीबों और मज़लूमों (प्रताड़ितों) के साथ नाइंसाफ़ियों के खेल का गवाह रहता था। आज़ादी के शौक़ में आँखें खोलने वाले अदम जी ने रूप बदली हुई अंग्रेज़ी हुकूमत को बरगद के पेड़ के नीचे और ज़ोरआवर (ज़बर्दस्त) ज़मींदारों के चबूतरे पर विराजमान देखा। बज़ाहिर वहाँ इंसाफ़ का एक तराजू भी टँगा रहता था लेकिन उस तराजू का भारी पलड़ा हमेशा ज़मींदारों, दबंगों और ताक़तवर परिवारों की ओर झुका रहता था।

अदम जी ने ऐसी न्यायपालिकाओं में जाने से इनकार कर दिया। लोगों के पूछने पर पहले तो वह ख़ामोश हो जाते थे लेकिन ये ख़ामोशी किसी बड़े तूफ़ान को आवाज़ दे रही थी। एक मुद्दत तक उन्होंने अपने अन्दर के नवजवान बाग़ी को समझा-बुझाकर ज़बान बन्द रखने पर मजबूर रखा लेकिन वह ख़ामोश कभी नहीं बैठे थे। वह ख़ामोशी के साथ सोच के तीर और शब्दों के नुकीले पत्थर जमा करने में लगे रहे। चबूतरे और चौपालें अपनी नाइंसाफ़ियों में मशगूल (व्यस्त) थीं और अदम जी कविता की कमान पर सोच के तीर चढ़ाने में मसरूफ़ थे। उन्होंने नुकीले शब्दों के पत्थरों की नोक को एहतिजाज (विरोध) और बग़ावत के ज़हर में डुबो लिया था। अब उनके अन्दर का ज़मींदार एक मामूली किसान की तरह देहाती कपड़े पहने और गले में अंगोछा डाले गाँवों की पगडण्डियों पर बराबर घूमता-फिरता, गाता और गुनगुनाता मिल जाता था :

बूढ़ा बरगद साक्षी है किस तरह से मिट गयी
रमसुधी की झोंपड़ी सरपंच की चौपाल में

ठण्डे चूल्हे पर रखी ख़ाली पतीली है
कैसे कह दूँ धूप फागुन की रसीली है

जो उलझकर रह गयी है फाइलों के जाल में
गाँव तक वह रोशनी आयेगी कितने साल में

हमारे गाँव का 'गोबर' तुम्हारे लखनऊ में है
जवाबी ख़त में लिखना किस मोहल्ले का निवासी है

तुम्हारी फ़ाइलों में गाँव का मौसम गुलाबी है
मगर ये आँकड़े झूठे हैं ये दावा किताबी है

सब्र की इक हद भी होती है तवज्जो दीजिए
गर्म रक्खे कब तलक नारों से दस्तरख़्वान को

यह अजीब इत्तिफ़ाक है कि दुष्यन्त और अदम दोनों ने अपने इज़हार का वसीला (माध्यम) ग़ज़ल को बनाया। दोनों की ग़ज़लों में राजनीति, सत्ता और समाज की नाहमवारियों (असमतलताओं) के ख़िलाफ़ ज़बर्दस्त एहतिजाज था। ये और बात है कि दुष्यन्त को अपनी बात दूर तक पहुँचाने के लिए *धर्मयुग* के पन्ने और

कमलेश्वर की दोस्ती और चाहत हासिल थी, *ताज भोपाली* जैसे क़लन्दर शायर का साथ ही नहीं, इमरजेंसी के ख़िलाफ़ जनआक्रोश का खुला समर्थन भी हासिल था लेकिन *अदम गोण्डवी* के पास साहित्य की इस जंग पर निकलने के वक्त कुछ भी नहीं था। वह एक तरह से बिल्कुल ही निहत्थे थे लेकिन लहजे में काट और शब्दों में दहकती हुई आग अदम जी के यहाँ इतनी थी कि उनके शेर पढ़ते समय ज़बान पर छाले महसूस होने लगते थे। अदम जी के लिए ज़मीन तंग थी क्योंकि उन्हें गजराज पुरवा की चौपाल, चबूतरे और बरगद के पेड़ के आस-पास ही रहना था। अगर वह गोण्डा के बजाय दिल्ली या मुम्बई बल्कि इलाहाबाद और लखनऊ में भी होते तो उनकी शोहरत और उम्र दोनों में ख़ासा इज़ाफ़ा हो जाता। उनकी पहली किताब *'धरती की सतह'* और दूसरी किताब *'समय से मुठभेड़'* अभी तक अच्छी शायरी पढ़ने वालों के हाथों तक नहीं पहुँची है। अभी हिन्दी और उर्दू जगत् नये युग के इस कवि से अच्छी तरह परिचित नहीं हो सका है। पता नहीं इसमें अदम जी की गँवईं तरंग की भूल है या अच्छे साहित्य की तलाश में भटकते हुए सच्चे पाठकों तक उनकी किताबों का न पहुँचना है :

कभी तो कोई पढ़ेगा लिखा हुआ मेरा
कभी तो काम ये शौक़े फ़िज़ूल भी देगा।

अदम जी ठाकुर थे, राजपूत ठाकुर। ज़मींदार भी थे, छोटे-मोटे ही सही लेकिन जुल्म और नाइंसाफ़ियों के ख़िलाफ़ बग़ावत का अलम और काग़ज़ क़लम उठाने के लिए किसी जाति विशेष का होना ज़रूरी नहीं होता। यह फूल तो किसी भी बाग़ में, किसी भी गमले में और कभी-कभी तो कीचड़ में भी खिल जाता है। समाजी नाइंसाफ़ियों और नहमवारियों के ख़िलाफ़ उठी आवाज़ को ग़ज़ल बना देना सबके बस की बात नहीं होती, इसके लिए शताब्दियाँ किसी अच्छे और सच्चे कवि का इन्तिज़ार करती हैं।

अदम जी में जितनी छटपटाहट थी, जितनी आग थी, जितना जोश था... उसे अगर साहित्य पनाह न देता तो चम्बल को अपने दामन में उसे पनाह देनी पड़ती। ये चम्बल जो डाकुओं के नाम से मंसूब (जुड़ा) है, मशहूर है और बदनाम है, हक़ीक़त में यह पनाहगाह थी समाज के उन बाग़ियों की जिनकी आँखें जुल्म और नाइंसाफ़ी की आग में झुलस गयी थीं।

हमारी आलोचना नदी के किनारे डगन डाले मासूम मछलियों का शिकार खेलती रह जाती है और ज़ालिम मगरमच्छ कमल गट्टे का फूल तोड़ता हुआ किसी लड़की को निगल जाता है। वह तो कहिए कमल गट्टे, लड़की और मगरमच्छ के बीच में खड़े एक शायर का आक्रोश इस नाइंसाफ़ी की निशानदही कर देता है वर्ना तेज़ रफ़्तार मीडिया के ज़माने में भी दुनिया इस अन्याय, इस घोर पाप और इस घिनौने वाक़िये से अंजान ही रह जाती।

जिस तरह जंगी जहाज़ कंट्रोल रूम के इशारों पर नहीं उड़ते, आग की लपटें तरतीब (क्रम) और तहज़ीब से नावाक़िफ़ होती हैं, सच्ची शायरी मीटर और बैरोमीटर की क़ैद से आज़ाद होती है। सोच की हिद्दत (गर्मी) थर्मामीटर को भूसा कर देती है, लहजे से नग़मगी (सुरीलापन) को छीन लेती है, रेशमी लहजा ख़ून थूकने लगता है, जिस्म की चोट पर सिर्फ़ जिस्म चीख़ता है लेकिन आत्मा की चोट पर पूरी कायनात (सृष्टि) चीख़ पड़ती है। इस चीख़ को, इस अन्दरूनी शोर को सिर्फ़ और सिर्फ़ शायर का क़लम सुन सकता है, महसूस कर सकता है और देख सकता है। ऐसा ही एक क़लम था रामनाथ सिंह अदम गोण्डवी के पास। घाघरा के किनारे तराई के इलाक़े में बसा हुआ, अपनी मिट्टी में ज़रख़ेज़ी (उर्वरा) की बेपनाह सलाहियत (खूबी) छुपाये हुए सदियों से आबाद गोण्डा शहर का नाम इतिहासकार आज भी बड़े एहतराम (सम्मान) से लेते हैं। ख़ैर! शहरों के नाम तो हुकूमतों के इशारों पर बदलते रहते हैं लेकिन मिज़ाज, मौसम और मिट्टी वैसी ही रहती है। अवध के दारुस्सल्तनत (राजधानी) में शामिल रहा यह शहर अपनी मासूमियत और भोलेपन के लिए आज भी मशहूर है। यहाँ की चौपालों में अभी तक सच्चाई का बोलबाला है। यहाँ के पनघट अभी तक अपने लोकगीतों से आबाद हैं। यहाँ मज़हबी रवादारी को अभी तक किसी की बुरी नज़र नहीं लगी है।

अदम जी ने एक बार शोहरत और बुलन्दियों की सीढ़ियों पर पाँव रखा तो फिर पीछे की तरफ़ मुड़कर ही नहीं देखा। उनसे मोहब्बत करने वाले, उनको सुनने वाले और उनको पसन्द करने वालों की गिनती के लिए छोटे-मोटे Calculator सचमुच छोटे पड़ गये। हिन्दुस्तान के हर अच्छे कवि सम्मेलन में उनकी मौजूदगी ज़रूरी हो गयी। उनके शेर सड़क से संसद तक गूँजने लगे।

लेकिन एक बड़ा नुक़सान भी होने लगा...मंगलभवन के लॉन में ख़ालिस दूध की चाय पीने वाले अदम जी इलाहाबाद कुम्भ मेले के कवि सम्मेलन में भी शराब पीकर मिलने लगे। यक़ीनन उनके अन्दर का शायर इतने दुःख देख चुका था जिससे फ़रार (भागने) का सिर्फ़ यही एक रास्ता बचता था लेकिन इस रास्ते ने अदम जी से ज़्यादा हिन्दी साहित्य को नुक़सान पहुँचाया। एक अलबेला कवि, अपनी ज़मीन से सचमुच का जुड़ा हुआ एक क़ीमती कवि कच्ची-पक्की शराब के सैलाब में बहता चला गया। शराब की कश्ती पर सवार उसके तमाम साथी तो समतल ज़मीन देखकर कहीं न कहीं उतर गये लेकिन न तो अदम जी ने भँवर की तरफ़ जाती हुई इस कश्ती से उतरना चाहा और न वक़्त ने उन्हें कश्ती से उतरने का मौक़ा ही दिया।

फिर आख़िरकार वही हुआ कि उत्तर प्रदेश की राजधानी लखनऊ सत्ता और सुख की चादर ताने सोती रही और उधर इंक़लाबी कविता की एक मशाल पी॰जी॰आई॰ अस्पताल में देख रेख और दवा के बग़ैर बुझ गयी। सारे देश में जनकवि कहे जाने वाले अदम जी मुल्के अदम (परलोक) जाने की तैयारी में मसरूफ़ थे। लोकतन्त्र और

सत्ता सुख की ज़मीन पर जन लोकपाल बिल वाले अपनी बारूदी सुरंग बिछाने में मसरूफ़ थे। दिल्ली हमेशा की तरह दिलासा देने के लिए 'हमें खेद है' का *बुके* लिए खड़ी थी, उत्तर प्रदेश सरकार पुराने मुर्दे उखाड़कर उनके बुत बनवाने में इतनी मसरूफ़ थी कि उसे ज़िन्दा लोग दिखाई ही नहीं दे रहे थे। एक तो कँपकपाती सर्दियों के दिन, दूसरे कोहरे की गहरी चादर ओढ़ी हुई रातें और उस पर हुकूमत की कमज़ोर आँखें... इतनी कमज़ोर कि उन्हें कालिदास मार्ग तो दिखाई देता है लेकिन कालीदास और कबीरदास के परिवार का कोई परेशान और ज़रूरतमन्द आदमी दिखाई नहीं देता।

साहित्य एकदिनी क्रिकेट मैच तो होता नहीं है। इसका फ़ैसला तो सदियों के बाद होता है। मुमकिन है साहित्य का ज्वालामुखी पहाड़ सर्दियों के बाद जब राम सिंह अदम को उगले तो वह भी हिन्दी-उर्दू साहित्य के लिए मीर, कबीर या कालिदास साबित हों।

वह तो कहिए कि अदम जी जैसे लोगों के पास सत्ता सुख हो चाहे न हो लेकिन उनके आसपास किसी ए॰पी॰ मिश्रा, किसी कुँवर अतुल कुमार सिंह का होना बहुत ज़रूरी है, जैसे हवा से बचने के लिए चराग़ पर एक चिमनी ज़रूरी होती है। खोटे सिक्कों जैसा नसीब होता है कवियों और रचनाकारों का, कोई पूछगछ नहीं होती है उनकी तिजारत के बाज़ार में... लेकिन ये खोटे सिक्के बच्चों को असली दिखाई देते हैं क्योंकि बच्चे इनको पहचानते हैं और इनकी क़द्र करते हैं तभी तो मकतब और पाठशालाओं से लेकर कॉलेज और यूनिवर्सिटियों में ऐसे ही कवियों, शायरों और रचनाकारों का हर ज़माने में बोलबाला रहता है :

लोग ढूँढ़ेंगे हमें भी हाँ मगर सदियों के बाद
खँडहरों से जब कभी पत्थर निकाले जायेंगे।

कुछ न समझे ख़ुदा करे कोई

बिहार की मिट्टी में सोना नहीं है बल्कि वहाँ की मिट्टी ही सोना है। ज़ेरे ज़मीन जो दौलत बिहार के पास है वह अमेरिका के नसीब में भी नहीं है लेकिन अमेरिका को इससे कोई फ़र्क़ नहीं पड़ता है क्योंकि वह सारी दुनिया को डरा-धमकाकर अपना काम निकाल लेता है। बिहार की रूये ज़मीन पर जैसी-जैसी इल्मी, अदबी, सियासी और समाजी शख़्सियतों ने जन्म लिया है अगर उनका सरसरी जायज़ा भी लिया जाये तो कई किताबें वजूद (अस्तित्व) में आ जायेंगी। जिस तरह सूफ़ियों, सन्तों, साधुओं, महात्माओं और फ़क़ीरों ने बिहार की सरज़मीन को पसन्द फ़रमाया और आबाद भी किया उस तारीख़ से सिर्फ़ हिन्दुस्तान ही नहीं सारी दुनिया वाक़िफ़ है।

लेकिन दुनिया की तारीख़ में यह तल्ख़ (कड़वी) हक़ीक़त भी तहरीर है कि आज सारी दुनिया में आधा दर्जन से ज़्यादा मुल्कों में हुकूमत उन बौद्ध विचारधारा के लोगों की है जिस विचारधारा के सबसे बड़े महात्मा और उसके मानने वालों को सारे हिन्दुस्तान में सताने, परेशान करने और क़त्ल करने के लिए इसी हिन्दुस्तान में कट्टर पन्थी नांगाओं की एक फ़ौज तैयार की गयी थी।

अब अगर अदबी एतबार से हिन्दुस्तान के उर्दू अदब का जायज़ा लिया जाये तो यह हक़ीक़त भी अयाँ (ज़ाहिर) हो जायेगी कि उर्दू ज़बानो अदब की परवरिश और नाज़ बरदारी करने वालों की कितनी हक़ तल्फ़ी (हक़ मारना) की गयी है। उर्दू ज़बानो अदब की हर सिन्फ़ (विधा) में अपने-अपने फ़न की बेपनाह सलाहियतों का मुज़ाहिरा करके अहालियाने बिहार (बिहार के लोगों) ने उर्दू के ख़ज़ाने में ग़ैर मामूली इज़ाफ़ा किया है लेकिन अदब पर आज तक इजारादारी (ठेकेदारी) लखनऊ और देहली की है।

बिहार उर्दू ज़बानो अदब की ख़ामोश ख़िदमतगारी के लिए हमेशा मशहूर रहा है। सरकारी ओहदे, इक़्तिदार की आसाइशें, ईनामो इकराम की बारिशें इस ख़ित्तये बेआब (निर्जल क्षेत्र) को बहुत ज़्यादा फ़ैज़याब (लाभान्वित) नहीं कर सकीं क्योंकि यहाँ के लोग क़लम को नमाज़ी और काग़ज़ को जाय नमाज़ समझते रहे हैं इसलिए इनकी परेशानियाँ तख़्लीक़ (रचना) के नूर से चमकती रहती हैं।

सागौन की लकड़ी इसलिए महँगी बिकती है क्योंकि लकड़हारों और फ़र्नीचर वालों ने इसकी बेजा क़सीदा ख़्वानी (गुणगान) में वरक़ दर वरक़ सियाह कर डाले

वर्ना जंगलों में आज भी सागौन से ज़्यादा इज़्ज़तदार लकड़ियाँ मारी-मारी फिरती हैं। बिल्कुल यही सूरते हाल हमारे उर्दू अदब की भी है।

डॉक्टर अब्दुल मन्नान तर्ज़ी उर्दू ज़बानो अदब के वह सिक्कये रायजुल वक़्त (ज़माने में प्रचलित सिक्का) हैं जिसको बहुत पहले ही बाक़ायदा तौर पर रायज हो जाना चाहिए था। इसीलिए मैं अक्सर यह कहा करता हूँ कि ईनाम और इबादत जवानी की चीज़ें हैं। लफ़्ज़ *'हमा जेहत'* (बहुमुखी) तर्ज़ी साहब की शख़्सियत और उनकी शायरी का मुकम्मल आईना है। हमारे यहाँ जो लोग बारगाहे अदब में दाख़िल होते हैं उनमें बेशतर बारगाहे ख़ुदावन्दी (ईश्वर के दरबार) के मुनकिर (न मानने वाला) हो जाते हैं। ऐसे लोग अदब में बहुत मुश्किल से मिलेंगे जो ख़ुदा के हुज़ूर सजदारेज़ होने को अव्वलीयत (प्राथमिकता) का दर्जा दें, उसके बनाये हुए बन्दों के हुकूक़ की हिफ़ाज़त करें, समाजी ज़िम्मेदारी का बोझ उठायें और अदब भी तहरीर करते रहें।

रफ़्तगाँ व क़ायमाँ बज़ाहिर तो दरभंगा की मंजूम (काव्य रूप में) अदबी तारीख़ है लेकिन इस तारीख़ के पसे पर्दा (पर्दे के पीछे) तहक़ीक़ (शोध) का वह समन्दर मौजज़न (ठाठें मारता हुआ) है जिसके असरारो रमूज़ (भेदों) से दुनिया देर से वाक़िफ़ होगी। इस मंजूम तारीख़ से हमें यह अन्दाज़ा लगाने में दुश्वारी नहीं हो सकती कि दरभंगा इल्मी लियाक़त और अदबी ख़िदमत में अगर अज़ीमाबाद (पटना) से ज़्यादा नहीं है तो कम भी नहीं है। तर्ज़ी साहब की इस मंजूम तारीख़ ने तहक़ीक़ की नयी राहें खोल दी हैं। मेरी हक़ीर (तुच्छ) राय में तो प्रोफ़ेसर वहाब अशरफ़ी को लगे हाथों इन मोतियों को भी एक लड़ी में पिरोकर उर्दू अदब की सुराहीदार गर्दन में नादिर (दुलर्भ) जवाहिरात का एक क़ीमती हार मज़ीद पहना देना चाहिए। कम से कम बिहार की हर यूनिवर्सिटी से एक ऐसा स्कॉलर पैदा होना चाहिए जो सिर्फ़ दरभंगा के अदबी सरमाये (सम्पत्ति) को किताबों के अवराक़ पर उतारकर महफ़ूज़ कर दे।

ईमानदारी की बात तो यही है कि तर्ज़ी साहब वह ज़िन्दा आईना हैं जिसमें हम गुज़श्ता (गुज़रे हुए) दरभंगा और मधुबनी की ख़ूबसूरत और तारीख़ी तस्वीर देख सकते हैं। तज़किरा निगारी (स्मृति लेखन) बहुत बड़ा फ़न सही लेकिन ये उस वज़ारती दौर की तरह होता है, जो सैलाब ज़दा शहर को देखने के लिए हवाई जहाज़ों से किया जाता है। अब ज़रूरत इस बात की है कि हमारे अदबी ठेकेदार जाग जायें और अपनी छापामार फ़ौज उस घने और पुरअसरार (रहस्यमय) अदबी जंगल में उतारकर तहक़ीक़ के ज़रिये उर्दू की हर सिन्फ़े अदब को मालामाल करें।

मनाज़िर आशिक़ हरगाँवी में ख़्वाह कितनी भी ख़राबियाँ हों लेकिन उनकी यह सिफ़त उनके हर ऐब की पर्दा पोशी करती है कि कभी-कभी वह जाने-अनजाने में किसी Genuine शख़्सियत को उसका हक़ दिलाने के लिए सीना सिपर (डट जाना) हो जाते हैं। मुमकिन है कि उनकी यह अदा उनकी बख़्शिश (ईश्वरीय क्षमा दान) का सबब भी बन जाये। यह तशवीश तलब (चिन्ता जनक) बात है कि तर्ज़ी

साहब की इल्मी और अदबी हैसियत उस वक़्त मोअतबर (विश्वस्त) हो सकी जब उन्होंने अदब के बड़े लोगों की हयात (ज़िन्दगी) और कारनामों को मंजूम पैराये (पद्य शैली) में पेश किया। ईमानदारी से देखा जाये तो तर्ज़ी साहब के इल्म और लियाक़त की ज़मीन तक सबसे पहले बाक़ायदा जो कोलम्बस पहुँचा उसका नाम इमाम आज़म है। वह अपने रिसाले (पत्रिका) *तमसीले नव* के ज़रिये उनकी तख़्लीक़ात को बराबर मंज़रे आम पर लाते रहे बल्कि उनके तज़किरे में भी हमेशा तर्ज़ी साहब मौजूद रहे हैं।

एक नामवर तन्क़ीद निगार ने गुफ़्तगू के दौरान किसी शायर की अदबी सलाहियतों पर सवालिया निशान बनाते हुए यह नुक्ता पेश किया कि मौसूफ़ की ग़ज़लों का मजमुआ चार-पाँच मख़सूस बहूरों (उर्दू शायरी के मीटर्स) पर मुशतमिल (आधारित) हैं लेकिन मुसद्दसे हाली पर मुक़दमा तहरीर फ़रमाते वक़्त उन्होंने ज़मीनो आसमान के कुलाबे (कड़ियाँ) एक कर दिये। अर्ज़ यह करना चाहता हूँ कि अगर बीस बरस पहले उनके इस फ़न को जिला (रौशनी) मिली होती तो मुमकिन है उर्दू अदब को दूसरा ख़्वाजा अल्ताफ़ हुसैन हाली भी मय्यसर हो जाता लेकिन उनकी ज़्यादा उम्र तो अदब के बरज़ख़ (इस्लामी आस्था के अनुसार मरने के बाद क़यामत तक का ज़माना) में गुज़र गयी, अब देखिए सैरे जन्नत के लिए कितना वक़्त हासिल हो पाता है। बुढ़ापे की सबसे बड़ी ख़राबी तो यही होती है कि इस उम्र में दोस्त और ख़ून बनना बिल्कुल बन्द हो जाता है।

गोपीचन्द नारंग, वहाब अशरफ़ी, मज़हर इमाम, मनाज़िर आशिक़ हरगाँवी और हामिदी कश्मीरी जैसे लोगों पर लिखने के बाद उनकी अदबी हैसियत को तस्लीम करना उर्दू अदब की बेसम्ती (दिशा हीनता) की तरफ़ इशारा करता है। मेरी बातें एक तबक़े को बुरी भी लग सकती हैं लेकिन कुछ तहरीरों को इंसाफ़ की आँखों और ज़मीर की समाअत (सुनना) के हवाले से देखा जाना चाहिए। यहाँ मैं सचमुच तन्क़ीदी ज़िम्मेदारी को निभाते हुए यह अर्ज़ करना चाहता हूँ कि उर्दू के बेलौस (निःस्वार्थ) ख़ादिमों का एहतराम उनकी जवानी में ही करना चाहिए। उर्दू अदब के अरबाबे इक़्तिदार को उनकी उम्र का झुटपुटा होने से पहले ही उनसे कोई बड़ा काम लेना चाहिए। इस तरह उनको उनका हक़ भी मिल जायेगा और उर्दू के ख़ज़ाने में कुछ क़ीमती इज़ाफ़ा भी हो सकता है।

पिछले दिनों मेरी सेहत की ख़राबी की ख़बर सुनकर प्रोफ़ेसर वारिस अलवी ने फ़रमाया, ''आप अपने को सेहतमन्द रखिए, अदब को आपकी ज़रूरत है क्योंकि आप नाक़िदों के नाक़िद हैं।'' मेरे अकसर दोस्त भी मुझे समझाते हैं कि आप तन्क़ीद निगारों से ज़बर्दस्ती का झगड़ा मोल लेते रहते हैं। इससे आपको बहुत नुक़सान हो रहा है। मैं ज़वाब में मुस्कुराता हूँ और प्रोफ़ेसर एज़ाज़ अफ़ज़ल का यह शेर पढ़ता हूँ :

दे रहे हो किसे मौत की धमकियाँ
हम कहाँ जी रहे हैं कि मर जायेंगे

हम ऐसे फूल हैं जो फ़ाइलों में सूख गये

उमूमन तो यही होता आया है कि इक़्तिदार (सत्ता) और ओहदे की चकाचौंध कर देने वाली रौशनी में अकसर हज़रात अपनी अदबी और समाजी ज़िम्मेदारियाँ भूल जाते हैं। वह सैल्यूट, लालबत्ती और जी हुजूरी के इतने आदी हो जाते हैं कि नमाज़ भी इमाम के पीछे पढ़ने के बजाये अपना मुसल्ला अलग बिछाकर अदा करते हैं लेकिन अगर मिज़ाज में क़लन्दरी की थोड़ी-सी भी बू-बास होती है तो आदमी अपने आपको इन तमाम लानतों से बचा लेता है। अफ़सरी को क़लन्दरी के दबीज़ (मोटे) पर्दों में छुपा लेने के हुनर को ही तो तारीख़ अपने सफ़हात (पन्नों) पर महफ़ूज़ कर लेती है। अनीस अंसारी ने आला सरकारी ओहदे की बेपनाह ज़िम्मेदारियों और मसरूफ़ियतों के बावजूद अदब की ख़िदमत के लिए कुछ न कुछ वक़्त निकालकर अपने अदब दोस्त होने का सुबूत भी पेश किया और अपने शौक़ को जिला (रौशनी) भी बख़्शी। उर्दू अदब की निस्फ़ दर्जन मेयारी (स्तरीय) किताबें लिखकर उन्होंने अदब में अपने लिए मख़सूस मुक़ाम बना लिया है।

कुछ शख़्सियात ऐसी होती हैं जो हर हाल में और हर वक़्त अच्छी लगती हैं। उनकी तहरीर (लेखन), तक़रीर, अन्दाज़े गुफ़्तगू, रख रखाव, नर्म गुफ़्तारी, विक़ार और संजीदगी, लोगों के साथ हुस्ने सुलूक और बच्चों जैसी भोली-भाली मुस्कुराहट उनके दिल का आईना होती है। अनीस अंसारी ने अफ़सराना शानो शौकत से बचते-बचाते क़लन्दरों जैसी ज़िन्दगी गुज़ारने के शौक़ में ज़्यादातर पथरीले रास्तों का ही इन्तिख़ाब (चयन) किया। आलीशान दफ़्तरों में बैठने के बाद भी लोगों के दुःख दर्द में शामिल रहना, हर अदबी तक़रीब (आयोजन) में बाक़ायदा शामिल होना और पूरे तौर पर लुत्फ़अन्दोज़ होना सरकारी अफ़सरों को कम नसीब होता है। अपने बबूल जैसे माज़ी (अतीत) को याद रखने वालों का मुस्तक़बिल (भविष्य) गुलाब हो जाता है। माज़ी के अच्छे-बुरे दिनों को अपने नाम की तरह हमेशा याद रखना गुलाब की खेती आबयारी (सिंचाई) करने जैसा है। खुदा किसी-किसी को ऐसी क़िस्मत से नवाज़ता है कि उसकी शख़्सियत के जिस्म पर हर ओहदे का लिबास छोटा दिखाई देता हो वर्ना अक्सरो बेशतर लोग अपनी शख़्सियत के प्याज़ी छिल्के उतारने में ही अपनी सारी उम्र ख़त्म कर लेते हैं।

होंठों पर हमेशा एक शोख़-सी मुस्कुराहट जो नींबू चाटने से भी न जाये, चेहरे पर एक पुरविक़ार और निडर संजीदगी जो गवर्नर और वज़ीरे आला की आँखों में आँखें डालकर बात करने के लिए आमादा दिखाई दे, तबादिले और तक़र्रुरी (नियुक्ति) के ख़ौफ़ से बेनियाज़ (निश्चिन्त), जिसका सब एहतराम करें, जेब में उतनी ही रक़्म जितनी एक ईमानदार अफ़सर को नसीब होती है, बैंक में उतना ही ख़ज़ाना जितना पोरस के पास सिकन्दर से शिकस्त खाने के बाद बचा था, कभी के ज़मींदार नहीं, अभी भी ज़मींदार नहीं, ज़मीन का बेपनाह शौक़ लेकिन सिर्फ़ दो गज़ ज़मीन का एक टुकड़ा जो साफ़ सुथरा भी हो और वक़्फ़ कमेटियों की सियासी गन्दगी से महफ़ूज़ भी रह जाये, किताबे इश्क़ का हर सबक़ याद कर लेने की आरज़ू, कभी-कभी कोई सबक़ ज़्यादा याद हो जाने की शर्मिन्दगी भरा एहसास, कभी कोई ख़ास सबक़ अधूरा रह जाने की ख़लिस (चुभन)। हँसी की नक़ाब भी कितनी दबीज़ और कितनी वफ़ादार होती है... पैर में चुभे काँटे की तरह, कैसे भी हालात हों... दुःख के, सुख के, धूप के, छाँव के, हँसी के, आँसुओं के... यह दीवानी हँसी की नक़ाब साथ नहीं छोड़ती। दुनिया की किसी मशीन को भी अनीस अंसारी के अन्दर बैठे हुए उस इंसान के दुःखों का अन्दाज़ा नहीं हो सकता जो एक-एक बूँद हँसी के लिए हर वक़्त दुःखों के समन्दर से इत्र कशीद (निचोड़ना) करता है।

आई.ए.एस. होना बड़ी बात नहीं है और न शायर होना ही बाइसे कमाल है लेकिन सामने वाले से तआरुफ़ के बाद भी अपने ओहदे को मुनकशिफ़ (ज़ाहिर) न होने देना ही बाइसे कमाल है। अनीस अंसारी की यह अदा उन्हें अपने तमाम हमअस्र (समकालीन) शायरों और अफ़सरों में मुनफ़रिद (अलग) रखती है कि उन्हें कोई अपनी पहुँच से दूर नहीं समझता। ख़ुदा की दी हुई यह दौलत बड़े रियाज़ (अभ्यास), बड़ी मशक्क़त (परिश्रम) और बड़े नसीब से हासिल होती है। हम उर्दू नगर नामी सराय के रहने वालों की एक ख़राबी यह भी है कि अफ़सर की ख़ुशामद तो कर सकते हैं लेकिन उसके अन्दर छुपे फ़क़ीर के हमेशा ज़िन्दा और सलामत रहने के लिए कभी दुआएँ नहीं करते। जब तक हम किसी को ईमानदारी और तवज्जो (ध्यान) के साथ सुनेंगे नहीं, उसका लिखा संजीदगी से पढ़ेंगे नहीं तो हम उसकी फ़िक्र के कुएँ में उतरेंगे कैसे। मुझे तो हमेशा अनीस अंसारी से मिलते ही कड़ा मानिकपुर के रहने वाले उत्तर प्रदेश सरकार के बहुत ही मुनकसिरुल मिज़ाज (विनम्र स्वभाव) आई.सी.एस. अफ़सर, बहुत ही दियानतदार (ईमानदार) और सूफ़ी मिज़ाज शायर सय्यद सिद्दीक़ हसन की याद आने लगती है। उनकी शराफ़तों, मुरव्वतों और सादा मिज़ाजी के क़िस्से आज भी किसी न किसी से सुनने को मिल जाते हैं :

जवाज़े बरहमिये नेको बद नहीं मालूम
खुलूस में भी मुझे अपनी हद नहीं मालूम

(सिद्दीक़ हसन)

ज़िन्दगी की अहम् ज़रूरतें, रुत्बे का रख रखाव और सियासी उथल-पुथल में साबित क़दम रखना दुश्वार होता है। चेहरे पर हर मौसम में उजली मुस्कुराहट के फूल खिलाये रखना, गुफ़्तगू में बीर बहूटी जैसी मुलायमियत बरक़रार रखना, लिबास और क़िरदार को उजला रखना, छोटे-बड़ों का लिहाज़ और मोहब्बत करना, अपने आपको ग़ज़ल की तरह बना सँवार कर रखना अनीस अंसारी की शख़्सियत का हिस्सा है और इस हिस्से में वह किसी को भी हिस्सेदार बनाने के लिए कभी तैयार नहीं होते हैं।

दफ़्तर की फाइलों से उड़ती हुई मसाइल (समस्याओं) की गर्द, अफ़सरी शान रखते हुए सियासी लीडरों की ख़तरनाक शतरंजी चालों से अपने आपको बाइज़्ज़त निकाल लेना, दौलत, शोहरत और इक़्तिदार की चमक-दमक से अपने आपको अलग थलग रखना उन्हीं का हुनर है। अफ़सरी जब बेनियाज़ी की रिदा (चादर) ओढ़ लेती है तो क़लन्दरी उसे अपने पलकों पर बिठा लेती है। ओहदा जब ख़ाकसारी (विनम्रता) के बोरिये पर बैठ जाता है तो बादशाहत भी उसका एहतराम करने लगती है। दौलत की ख़्वाहिश जब अपने आपको ईमानदारी की आग में जला लेती है तो शख़्सियत कुन्दन बन जाती है। अनीस अंसारी की आँखों की चमक में उनकी खुद एतमादी (आत्मविश्वास), उनके लहजे की खनक में उनकी बेबाकी (निडरता) और उनके चेहरे के नूर (प्रकाश) में उनके गाँव की मासूमियत भी दिखाई देती है। वह जब किसी वज़ीर से बात करते हैं तो खुद भी शहज़ादे लगते हैं लेकिन जब वह किसी ग़रीब से मह्वे गुफ़्तगू (बात में व्यस्त) होते हैं तो उनके चेहरे पर वह गुर्बत भी दिखाई देती है जिसे मुफ़क्किरीने अदब (साहित्य के चिन्तक) क़नाअत (सन्तोष) के नाम से पुकारते हैं।

कोशिश के बावजूद गुज़रती हुई उम्र कभी उनके चेहरे पर अपनी कोई निशानी नहीं छोड़ पायी। इस उम्र में भी उनके अन्दर से एक नटखट बच्चा झाँकता हुआ महसूस होता है। हुकूमतें जिस मोहकमे को तमीज़, तहज़ीब और सलीक़े का एज़ाज़ बख़्शना चाहती हैं वहाँ उन्हें भेज देती हैं। उनके हमरुत्बा (समकक्ष) अफ़सर उन्हें इज़्ज़त की निगाह से देखते हैं और कम रुत्बा अफ़सर भी अपनी शख़्सियत में उनकी जैसी सादगी और मासूमियत तलाश करने लगते हैं। लफ़्ज़ों के मोती पिरोकर गेसुये ग़ज़ल के लिए गुल बूटे तैयार करना, अपने ग़म के इज़हार के लिए ग़ज़ल को वसीला बना लेना, नज़्मों को दिली जज़्बात का तर्जुमान (प्रवक्ता) बनाना, नज़्म या ग़ज़ल सुनाते वक़्त अपने तरन्नुम में पुरानी हवेली की मुँडेर पर बैठी हुई फ़ाख़्ता की कूक का दर्द भी शामिल कर लेना हर शायर के बस की बात नहीं है।

उर्दू अदब का ख़ज़ाना भी उस बहती नदी की तरह है जिसकी गहराई में छुपे हुए कुदरती हीरों और मोतियों की कोई कमी नहीं है लेकिन तन्क़ीद के शनावर (तैराक) वहाँ तक पहुँच ही नहीं पाते। वह तो किनारे पर पड़े हुए बेमसरफ़ पत्थरों

पर अपनी मोहरे करम (दया की मोहर) लगाकर उसे आलमी अदब के मद्दे मुक़ाबिल रख देते हैं। किसी ज़बानें की उम्र से उसके अदब का फ़ैसला करना सरासर नादानी है। बहुत-सी ज़बानें तो अपनी तवील उम्री की वजह से ज़बानों की भीड़ में दबकर ख़त्म हो गयी। ज़िन्दा ज़बान को ज़िन्दा लोग दरकार होते हैं, ज़िन्दा क़ौमों की ज़रूरत होती है। उर्दू ज़बान की बदनसीबी तो यही है कि आज़ादी के बाद से यह एक मुर्दा क़ौम की ज़बान बनकर रह गयी है।

हालाँकि बेतहाशा भाग-दौड़ की इस ज़िन्दगी में कुछ पल के लिए कहीं रुककर किसी का इन्तिज़ार करने के ज़माने ख़त्म हो गये हैं लेकिन दुनिया तो हमेशा दीवानों से आबाद और मोहब्बतों से ताबनाक (रौशन) रही है। मोहब्बत एक ऐसा मुजस्समा है जिसे लोग अपनी-अपनी पसन्द के लिबास और फूलों से सजाना चाहते हैं। अनीस अंसारी के लिए भी सिर्फ़ इतना लिख देना ही काफ़ी है कि यह मोहब्बतों और रवादारियों के शायर हैं। वह फूलों से लफ़्ज़ बनाने में अपनी मेहनत सर्फ़ नहीं करते हैं क्योंकि उन्हें लफ़्ज़ों से फूल-माला बनाना आता है।

मोहब्बत के इज़हार का सबसे मोवस्सर (प्रभावी) ज़रिया शायरी है। हम जिस बात को समझ लेते हैं उसे शायरी और आर्ट कहते हैं और वह मंज़रनामा जिसे हमारी आँखें लफ़्ज़ों की तरह टटोल नहीं सकती हैं हम उसे कुदरती कहकर अपनी कम इल्मी को पसे पर्दा डाल देते हैं। हम चिड़ियों की शायरी को चहकार कह देते हैं। हम झूमते-गाते फूल पौधों को महकार का नाम दे देते हैं। हम हवा के इशारे पर चराग़ों के आँखें मूँद लेने को 'दिये का बुझना' कह देते हैं। दरअस्ल मोहब्बत तो सिर्फ़ महसूस की जा सकती है ज़िसके लिए हस्सास (भावुक) होना ज़रूरी होता है लेकिन हम महबूब के गेसुओं (केशों) की छाँव में ज़िन्दगी बसर करने को इश्क़ का नाम दे देते हैं और पल भर की जिस्मानी (शारीरिक) लज़्ज़त को वस्ल (मिलाप) के नाम से जोड़ देते हैं।

लेकिन वस्ल तो उस कैफ़ियत का नाम है जिसकी तलाश ने सिद्धार्थ को गौतम बना दिया। वस्ल तो उस इन्तिज़ार को कहते हैं जिसके सहारे एक बुढ़िया रोज़ अपनी दहलीज़ पर एक दीया शहर से लौटकर आने वाले अपने बेटे के लिए रौशन करती है। वस्ल तो उस तख़्लीक़ (रचना) को कहते हैं जिसके लिए ख़ुदा एक कमज़ोर-सी औरत के ज़रिये ज़मीन की छाती पर इंसानों के रंग बिरंगे फूल खिलाता है। वस्ल तो दूध से उबलती उन छातियों को कहते हैं जो गोश्त के एक लोथड़े को इंसानी पैकर (आकार) में ढालती है। सुख-दुःख को चाँदनी और धूप समझकर ज़िन्दगी का सफ़र तय करने का हुनर सबको कहाँ आता है। अपनी अना और ख़ुद्दारी को अपनी शख़्सियत का लिबास बना लेना, अपने लहजे में सच्चाई और बेबाकी के फूल-काँटे पिरोये रखना कितना दुश्वार होता है इसका अन्दाज़ा अनीस अंसारी की उस किताब को पढ़कर होता है जो ना अभी तक लिखी गयी है और न

इसके इम्कानात हैं लेकिन दुनिया में ऐसी बहुत-सी किताबें हैं जो किसी बाज़ार में नहीं मिलती हैं लेकिन उनको हज़ारों लोग पढ़ चुके होते हैं।

दरअस्ल शायरी भी फुल टाइम जॉब है, मुस्तक़िल इबादत है, ज़िन्दगी भर अदबी एतकाफ़ (एकान्त वास) में बैठना पड़ता है, नमाज़े अदब पढ़ते रहना होता है, तिलावते ग़म (ग़म का जाप) करते रहना पड़ता है। दुनिया की तरफ़ ग़ौर से देखना भी गुनाह जैसा होता है, लेकिन इस एतबार और त्याग की कसौटी पर हर ज़माने में बहुत कम लोग खरे उतरते हैं। कुछ तो शोहरत की भूल भुलैया में गुम होकर रह जाते हैं, कुछ हज़रात गुरूर और अना के चक्रव्यूह में उलझकर ख़त्म हो जाते हैं लेकिन ज़्यादातर लोग इस इम्तिहान गाह से ज़िन्दगी का पर्चा छोड़कर इसलिए उठ आते हैं कि उन्हें घर और घरेलू मसाइल चीख़-चीख़कर बुलाते रहते हैं।

अनीस अंसारी ने शायरी को पार्ट टाइम जॉब की तरह किया लिहाज़ा वह शोहरत उनके हिस्से में नहीं आयी, जिसके वह हक़दार थे। उतना वह अदब को दे भी नहीं पाये जितना अदब उनसे तवक़्क़ो करता था। काश! अनीस अंसारी ने थोड़ा-सा ज़्यादा वक़्त गेसुए अदब सँवारने में गुज़ारा होता तो उर्दू अदब का ख़्वाबीदा (स्वप्निल) और मद्धम-सा रूमानी लहजा और ज़्यादा मालामाल हो जाता।

मेरे बच्चे मुझे बूढ़ा नहीं होने देते

मग़रिबी (पश्चिमी) बंगाल में उर्दू ज़बानो अदब की बेलौस (निःस्वार्थ) ख़िदमत करने वालों की हमेशा एक फ़ौज रही है। मिर्ज़ा ग़ालिब ने शायद कलकत्ता के सफ़र के दौरान ही यह मिसरा तख़्लीक़ (रचित) किया होगा :

न सताइश की तमन्ना न सिले की परवाह

यह मिसरा हर्फ़ ब हर्फ़ बंगाल के उर्दू शायरों अदीबों, सहाफ़ियों और दानिशवरों (बुद्धिजीवियों) पर सादिक़ आता है। मग़रिबी बंगाल के मिज़ाज में पज़ीराई (आवभगत) और मिट्टी में इतनी कशिश है कि दुनिया उसे जादूगरों की ज़मीन कहती है। मैं पूरे वसूक़ (विश्वास) के साथ कह सकता हूँ कि उर्दू ज़बान की शीरीनी और बंगला ज़बान की मिठास में कोई रिश्ता ज़रूर है।

इंक़लाब ज़िन्दाबाद का नारा उर्दू का ख़्वाब है और मग़रिबी बंगाल इसकी ज़िन्दा ताबीर है। अदब में सहाफ़त (पत्रकारिता) हलफ़िया बयान का दर्ज़ा रखती है और मग़रिबी बंगाल को यह फ़ख़्र हासिल है कि उसने उर्दू का पहला अख़बार हिन्दुस्तान की आज़ादी के मतवालों के सिरहाने सुब्हे सादिक़ के नमूदार होते ही (पौ फटते ही) रख दिया था। पज़ीराई की आदत से मजबूर बंगाल ने अपनी बन्दरगाह पर अंग्रेज़ों के क़ाफ़िले को सबसे पहले *ख़ुशआमदीद* कहा था। लिहाज़ा कफ़्फ़ारे (प्रायश्चित्त) के तौर पर अंग्रेज़ों के ख़िलाफ़ बग़ावत का आलम भी सबसे पहले बुलन्द किया। मुजाहिदीने उर्दू (उर्दू के संघर्षकर्ताओं) ने भी सबसे पहले क़लम को तलवार बनाने का तजरुबा भी इसी सरज़मीन पर किया। मौलाना मोहम्मद अली जौहर ही सहाफ़ती बेबाकी (निडरता) ने यहीं अपने उक़ाबी परों को फैलाया। मौलाना आज़ाद ने यहीं की हुगली नदी के पानी से बनायी गयी रौशनाई के ज़रिये उर्दू अदब और सहाफ़त के मुस्तक़बिल को रौशन किया लेकिन इसके बावजूद कलकत्ता की उर्दू दुनिया न जाने क्यों हमेशा एक अजीब अदबी घुटन का शिकार रही है। ये हैरतअंगेज़ बात है कि मरकज़ी हुकूमतों से कभी सीधे मुँह बात न करने वाले बंगाल के उर्दू वाले हमेशा देहली और लखनऊ की तरफ़ रुख़ करके नमाज़े अदब अदा करने में फ़ख़्र महसूस करते रहे हैं। हालाँकि लखनऊ और देहली वाले पहले तो बादशाहों और नवाबों को ख़ुश करने में मसरूफ़ रहते थे, अब अपने-अपने सियासी आक़ाओं के

दरबार में सजदा रेज़ रहते हैं। इसके बरअक्स (विपरीत) बंगाल का अदना से अदना सहाफ़ी भी अपनी क़लन्दराना रविश, अना पसन्दी, फ़क़ीराना तर्ज़े ज़िन्दगी और क़िरदार की पुख़्तगी के सहारे बड़े से बड़े दरबार में सिर उठाये हुए दाख़िल होता है और किसी भी बरसरे इक़्तिदार से नज़रें मिलाते हुए ख़िफ़्फ़त (कमज़ोरी) महसूस नहीं करता है।

यह भी ग़ौर तलब है कि फोर्ट विलियम कॉलेज से *'जामे जहाँ नुमा'* के दफ़्तर तक, 2-सूत्रसेन स्ट्रीट से आज़ाद हिन्द के लेथू प्रेस तक, मौलाना मलीहाबादी से सालिक लखनवी और इब्राहिम होश तक ने मुतअद्दिद (कई) बार सियाही की कमी के वक़्त अपनी उँगलियाँ ख़ूने दिल में डुबो लीं लेकिन अरबाबे इक़्तिदार की निगाहे इल्तिफ़ात (कृपा दृष्टि) से महरूम (वंचित) रहे। पता नहीं उर्दू वालों की तरफ़ देखते वक़्त अरबाबे सियासत की आँखें क्यों उठने आ जाती हैं।

अगर ईमानदारी से जायज़ा लिया जाये तो हिन्दुस्तानी उर्दू सहाफ़त में *अहसन* मिफ़्ताही का नाम मौजूदा सहाफ़ियों में सरे फ़ेहरिस्त तहरीर किया जाना चाहिए। दस बरस पहले भी उनका शुमार मुल्क के दस बड़े सहाफ़ियों में होना चाहिए था लेकिन यह अजीब इत्तिफ़ाक़ (संयोग) है कि उर्दू ज़बानो अदब के ख़िदमत गारों की अगर फ़ेहरिस्त बनायी जाये तो उसमें दो तरह के लोग नज़र आयेंगे। एक तो वह लोग मिलेंगे जिन्होंने अपने एक-एक लफ़्ज़ की क़ीमत सरकारी या ग़ैर सरकारी तौर पर वसूल कर ली। दूसरे वह लोग हैं जिन्होंने अपनी उम्र का बेशतर हिस्सा उर्दू की बेलौस ख़िदमत करते हुए गुज़ार दी बल्कि बेशतर सहाफ़ियों ने तो इन्तिक़ाल के बाद तरके (छोड़ा हुआ, विरासत) में सिर्फ़ आधा लिखा हुआ कॉलम ही छोड़ा है। पीरी-मुरीदी का एक फ़ायदा तो बहरहाल है कि अगर ज़िन्दगी में क़द्र नहीं होती है तो कम से कम मरने के बाद तो क़ब्र पर मेला लगता है लेकिन उर्दू शायरों, अदीबों और सहाफ़ियों की कच्ची क़ब्रें तो एक बरसात भी नहीं झेल पातीं।

हज़रत अहसन मिफ़्ताही को मैंने सारी ज़िन्दगी कम से कम बोलते और ज़्यादा से ज़्यादा लिखते देखा है। नवजवान शायरों और अदीबों की हौसला अफ़ज़ाई (उत्साहवर्धन) में तो उनकी मिसाल नहीं मिलती है। मग़रिबी बंगाल का कोई भी नवजवान शायर और अदीब ऐसा नहीं होगा जिसकी उन्होंने किसी न किसी तरह की मदद न की हो। उमूमन एक सहाफ़ी सारी ज़िन्दगी एक पेशेवर सियासतदाँ की तरह सियासी ख़बरों तक महदूद रहता है लेकिन इसके बरअक्स (विपरीत) मिफ़्ताही साहब का दायरये फ़िक्र (चिन्तन का दायरा), शौक़े मुतालिआ (अध्ययन का शौक़) और अदबी फ़राख़दिली का फैलाव बहुत ज़्यादा है।

मैंने एक बार अज़राहे मज़ाक़ (मज़ाक़ के तौर पर) किसी जगह यह कहा था कि दुनिया के सबसे अच्छे हवाई पायलट हिन्दुस्तान के होते हैं। किसी साहब ने मेरे इस दावे पर दलील की सनद तलब की तो मैंने अर्ज़ किया कि दुनिया के सबसे

ज़्यादा पुराने और ख़राब जहाज़ लेकर जो पायलट परवाज़ करते हों उनको किसी सनद की ज़रूरत नहीं हो सकती। बिल्कुल इसी तरह मैं यह भी अर्ज़ करना चाहता हूँ कि उर्दू अख़बारात से जुड़े हुए लोग जूता पालिश से *'चन्दी पाठ'* तक का सारा काम तन्हा कर लेते हैं। उर्दू अख़बारात में एडीटोरियल बोर्ड नहीं होता, मुख़्तलिफ़ मौज़ूआत पर लिखने के लिए मुख़्तलिफ़ लोग नहीं होते, चन्द लोग ही होते हैं जो इदारिये (सम्पादकीय) से लेकर इश्तिहार (विज्ञापन) तक का काम बख़ूबी अंजाम देते हैं। लिहाज़ा उनकी फ़न्नी महारत, इल्मी लियाक़त, तजरुबात, तहरीरों और उनकी जाँ फ़िशानी (सरगर्मी) की बदौलत दुनिया की किसी भी ज़बान की सहाफ़त उर्दू सहाफ़ियों को अदब और एहतराम की नज़र से देखती है। उर्दू सहाफ़त में अहसन मिफ़्ताही साहब का नाम हमेशा अदब और एहतराम से लिया जायेगा। उर्दू सहाफ़त के आसमान पर उनकी तहरीरों के चाँद-सितारे हमेशा जगमगाते रहेंगे।

उनकी तहरीरों में बेबाकी का ख़मीर बहुत ज़्यादा होता है। उनकी फ़िक्र में मिल्लत (क़ौम) के दर्द का एहसास मौजूद रहता है। उनके बयान में बंगाल का बाग़ी लहजा सिर उठाता है। उन्होंने *'अख़बारे मशरिक़'* की बुनियादों में अपनी उम्र का वह हिस्सा दफ़्न कर दिया जो अगर देहली में सर्फ़ किया होता तो अबुल फ़ज़्ल इनक्लेव में 200 गज़ की कोठी मौजूद होती और कई एज़ाज़ भी ड्राइंग रूम की अलमारियों में सजे होते लेकिन बंगाल की मिट्टी भी बंगाल की ज़ुल्फ़ की तरह होती है। जिसे जकड़ लेती है ज़िन्दा नहीं जाने देती।

उनके क़लम ने तलवार से काट सीखी है, उनके हुस्ने अख़लाक़ में बंगाल जैसी अपनाइयत है, उनकी सहाफ़त में क़लन्दराना चमक है, उनके तब्सिरों (Comments) में फ़क़ीर की सच्चाई है, उनके मज़ामीन में उनकी बेपनाह लियाक़त मौजूद है।

उम्र भी जिस्म से कैसे-कैसे खिलवाड़ करती है। अपने ज़माने के तेज़ तर्रार, बेपनाह मेहनतकश, बेख़ौफ़ गुफ़्तगू करने वाले, बेबाक तब्सिरा करने वाले मिफ़्ताही साहब अब एक मफ़लूज (फ़ालिज ग्रस्त) इंसान की तरह ज़िन्दगी गुज़ार रहे हैं लेकिन आज भी उनका क़लम मैदाने अदब और रज़्मगाहे सहाफ़त (पत्रकारिता की रणभूमि) में पूरी जवाँमर्दी के साथ नबुर्द आज़मा (युद्धरत) है।

काश! मग़रिबी बंगाल हुकूमत और मग़रिबी बंगाल उर्दू एकेडमी उनकी बेलौस अदबी और सहाफ़ती ख़िदमात के एहतराम में उनको किसी बाइज़्ज़त तमग़ये इफ़्तिख़ार (सम्मान का तमग़ा) से नवाज़कर अपनी साबिक़ा (पूर्व की) कोताहियों की पर्दापोशी कर लेतीं :

अह्दे दारोगीर में हर जुर्म मेरे नाम था
अह्दे ईनामोकरम में मैं ही छुट कर रह गया

ये बड़े लोग हैं जीने का हुनर जानते हैं

सियासत, सत्ता, मज़हबी और मसलकी झगड़ों ने लखनऊ के हुस्न को काफ़ी मैला कर दिया है। गोमती नदी जो कभी लखनवी तहज़ीब और रवादारी का आँचल समझी जाती थी उसे भी फ़िरक़ा परस्ती और नफ़रत ने गन्दा कर दिया है। गोमती के किनारे खड़े होकर मिनरल वाटर पीने वाली क़ौम ने इस महबूब और मुक़द्दस नदी को एक बरसाती नाले में तब्दील कर दिया है। अभी कल तक यहाँ की तहज़ीबी ज़बान बोलने वालों को शुगर हो जाने का ख़तरा महसूस होता था लेकिन सियासत ने इस शहर के लहजे से मिठास छीनकर इसकी ज़बान पर नफ़र अंग्रेज़ नारों के अंगारे रख दिये हैं। इसके *बरअक्स* (विपरीत) उत्तर प्रदेश की पुरानी राजधानी इलाहाबाद को गंगा और जमुना ने अभी तक धो-माँझकर पाक साफ़ रखा है। यूँ भी लखनऊ की बनावटी ज़िन्दगी और इलाहाबाद की अक्खड़ ज़िन्दगी में ज़मीन आसमान का फ़र्क़ है। लखनऊ से इठलाती और बल खाकर गुज़रती हुई नाजुक हसीना जैसी गोमती नदी के पाट को ज़ात-पात की सियासत और नीले-पीले परचमों (झण्डों) ने कम कर दिया। इसके जिस्म से तहज़ीब की चादर उतार ली, इसके चेहरे पर फ़िरक़ापरस्ती का मटमैला रंग पोतने की कोशिश की। शोर मचाते हुए लाउडस्पीकरों और सियासी नारों ने इसके कानों के पर्दे फाड़ दिये जबकि इलाहाबाद में गंगा अभी तक गुनहगारों को नहलाने और जमुना नमाज़ियों को वज़ू कराने में मसरूफ़ रहती है। पिछले दिनों जब मैंनें कार ख़रीदी, चार-पाँच महीने यह फ़ैसला करने में ही गुज़र गये कि कार की नम्बर प्लेट किस शहर की लगायी जाए। सोच और फ़िक्र की धूप-छाँव से गुज़रते हुए मैंने यह फ़ैसला किया कि नम्बर प्लेट इलाहाबाद की होनी चाहिए। मेरे एक दोस्त ने मुझसे यह जानना चाहा कि जब आप रहते लखनऊ में हैं तो कार का नम्बर इलाहाबाद से क्यों ले रहे हैं? मैंने उन्हें समझाया कि अभी तक इलाहाबाद की नम्बर प्लेट देखकर पुलिस वालों या आम आदमियों को ये एहसास होता है कि इस गाड़ी में कुछ पढ़े-लिखे लोग बैठे होंगे या हाईकोर्ट के वकील तशरीफ़ फ़रमा होंगे, नहीं तो कम से कम यह तो सोचेंगे ही कि इसमें जो लोग भी बैठे होंगे उन्हें पाक गंगा नदी अपने पास बुलाती होगी और उनके हाथ मुँह धुलाती होगी मगर लखनऊ का नम्बर देखकर लोग यही सोचेंगे कि गाड़ी में किसी सियासी पार्टी का

बदनाम लीडर होगा, कोई ठेकेदार होगा या कोई पाकेट साइज़ माफ़िया होगा। इसे मेरी ज़ाती (व्यक्तिगत) सोच भी तसव्वुर किया जा सकता है लेकिन शायर की कोई ज़ात ही नहीं होती, कोई धर्म ही नहीं होता, बल्कि सच पूछें तो उसके पास कुछ भी ज़ाती नहीं होता। मिट्टी का जिस्म होता है और किराये की साँसें होती हैं, जिनकी मदद से वह ज़िन्दगी का कारोबार चलाता है। मेरे एक छोटे भाई जैसे दोस्त श्री अयोध्या प्रसाद मिश्रा हैं, जो बिजली महकमे के आला अफ़सर भी हैं। उनसे मेरी पहली मुलाक़ात चार-पाँच साल क़ब्ल इलाहाबाद के महाकुम्भ मेले में हुई थी। शायरी के हवाले से वह मुझे पसन्द करते थे, मैं उनसे बिल्कुल ही नावाक़िफ़ था। मेरे एक बड़े भाई और दोस्त बहुत नेक और शरीफ़ इंसान पण्डित बुद्धसेन शर्मा हैं। उनके इलाहाबाद के किसी कॉलेज में अंग्रेज़ी का दर्स (शिक्षा) देने वाले लेक्चरर, शायरी के दीवाने और दोस्ती के कद्रदान श्री शशिकान्त मिश्रा के तवस्सुत (माध्यम) से आयोजित शेरी नशिस्त (काव्य गोष्ठी) में शरीक होने का मौक़ा मिला। नशिस्त ख़त्म हुई, खाना शुरू हुआ, शहर की रौनक़ें रात को अपनी तरफ़ बढ़ते देखकर कम होने लगीं, चलते वक़्त मुझे रुपयों से भरा एक लिफ़ाफ़ा दिये जाने की कोशिश की गयी तो मैंने दस्तबस्ता अर्ज़ किया कि घर में शायरी सुनाकर पैसे लेना घर को बाज़ार समझना महसूस होता है। मैंने लोगों से हाथ मिलाया और ये अर्ज़ किया कि इत्तिफ़ाक़ से मैं भी अपनी बिरादरी का पण्डित हूँ। मेरी इस फ़क़ीरी की क़द्र कोई क़लन्दर ही कर सकता है। ये कहकर मैं अपनी कार में आकर बैठा और होटल आ पहुँचा।

अगले बरस फ़िर शेरी नशिस्त का प्रोग्राम था। उन दिनों मैं रायबरेली में था। मुझसे फ़ोन पर मिश्रा जी ने इलाहाबाद आने की गुज़ारिश की। हालाँकि उसी तारीख़ में मुझे बिजनौर के एक मुशायरे में शरीक होना था मगर शायरी की सबसे बड़ी ख़ूबी यह है कि वह दिल से लालच और हवस का सारा गन्दा ख़ून निकाल देती है। मैं इलाहाबाद गया, मिश्रा जी के मख़सूस मुशायरे में शामिल हुआ, खाना खाया और होटल में वापस आ गया। अपने कारोबार के सिलसिले में मुझे तीन-चार दिनों तक रुकना था। जब मैं होटल से लखनऊ के लिए रवाना हुआ और रिसेप्शन पर होटल का बिल अदा करना चाहा तो होटल के मैनेजर ने मुझे देखते ही फ़रमाया कि आपके ठहरने और खाने के इख़राजात अदा किये जा चुके हैं। आपके दोस्त ने शेरी नशिस्त के दूसरे दिन अपने एक आदमी को भेजकर आपका बिल अदा कर दिया था। जब उस शख़्स से मैंने आपके अगले दिन भी ठहरने के बारे में बताया तो उसने कहा कि हमारे साहब ने हुक्म दिया है कि वह जब तक इलाहाबाद में रहेंगे हमारे मेहमान रहेंगे :

जब उससे गुफ़्तगू कर ली तो फ़िर शजरा नहीं पूछा
हुनर बख़ियागिरी का एक तुरपाई में खुलता है।

अयोध्या प्रसाद मिश्रा से उस मुलाक़ात के बाद कई बरस तक मिलना नसीब नहीं हुआ। दो-तीन बरस बाद अचानक एक दिन उनका फ़ोन आया। आदत के मुताबिक़ खुशरंग चिड़ियों की तरह चहकती हुई एक आवाज़ आयी, "मैं ए.पी. शर्मा बोल रहा हूँ। मैं लखनऊ में हूँ और मुझे यह भी मालूम हो चुका है, कि आप भी लखनऊ में हैं। कल शाम को आप मेरे घर तशरीफ़ लाने की ज़हमत करें, मेरे साथ खाना खायें। हम और हमारे कुछ दोस्त आपसे मिलना और बातें करना चाहते हैं।"

मैं वादे के मुताबिक़ वक़्त पर उनके घर पहुँच गया। वहाँ उनके कई दोस्त मौजूद थे। कड़ाके की सर्दी के दिन थे लेकिन जब दिलों में मोहब्बत की आग भरी हो तो कड़ाके की सर्दी भी मौसमे बहार लगती है। वहीं मेरी मुलाक़ात उनके दोस्त *दैनिक जागरण* के मशहूर सहाफ़ी शिव शंकर गोस्वामी और महकमये इत्तिलाआत (सूचना विभाग) के आला अफ़सर डॉ॰ अशोक शर्मा और मशहूर शायर देवकी नन्दन 'शान्त' से भी हुई। इलाहाबाद से बुद्धिसेन शर्मा, कैलाश गौतम, यश मालवीय और रागिनी चतुर्वेदी जैसे शायर व अदीब भी मुलाक़ात को आये थे।

अँधेरी रात के आँचल पर मोहब्बत और शायरी ने सुनहरे फूल और बूटे टाँक दिये। महफ़िल में मौजूद उनके डिपार्टमेंट के कई और अदबी ज़ौक़ो शौक़ रखने वाले अफ़सरान भी मौजूद थे। जब रात ने फ़क़ीरों का लिबास पूरी तरह ओढ़ लिया तो हम एक दूसरे से जुदा होने के लिए तैयार हो गये। मिश्रा साहब मुझे गाड़ी तक पहुँचाने आये। मेरे ड्राइवर से पूछा, "तुमने खाना खा लिया है या नहीं?" ड्राइवर के इनकार करने पर वह घर के अन्दर गये और ड्राइवर के लिए थाली में खाना खुद ही लेकर आये। हम लोग गेट पर खड़े होकर पुरानी यादों के ज़ख़्मों की पपड़ियाँ खुरच रहे थे। ड्राइवर ने खाना खाने के बाद चुपके से मेरे कान में कुछ कहना चाहा तो मिश्रा साहब ने फ़ौरन उससे पूछा, "क्या बात है?" उसने बहुत झेंपते हुए कहा, "सर! आप इतने बड़े अफ़सर हैं। बिजली के महकमे से मेरा बिल बहुत ज़्यादा बनकर आ गया है। अगर आप मेरी मदद फ़रमा दें तो आपका बेहद एहसान होगा।" दूसरे दिन मिश्रा साहब ने मुझे फ़ोन करके ड्राइवर को बिल लेकर अपने दफ़्तर बुलवाया। तीन-चार दिन बाद उन्होंने फ़ोन करके बताया कि ड्राइवर का बिल तक़रीबन चौदह हज़ार का था जिसे कम करने के बाद भी आठ हज़ार तक किया जा सकता था। वह बिल मैंने अपने पास से जमा करा दिया है। उससे कहियेगा कि जब वह किसी वक़्त इधर आये तो मेरे आदमी से अपनी रसीद ले ले। ड्राइवर साहब उसी दिन जाकर अपनी रसीद वहाँ से ले आये। उसके बाद मैंने उनको कई मर्तबा मोबाइल पर फ़ोन किया मगर वह हर मर्तबा शायद मेरा नम्बर देखकर मोबाइल काट देते थे। जब मैं उनकी बेनियाज़ी से बहुत परेशान हो गया तो एक दिन मैंने अपने इलाहाबाद वाले दोस्त श्री शशिकान्त मिश्रा को फ़ोन करके अपनी उलझन और उनकी बेवफ़ाई के बारे में बताया तो उन्हें भी बड़ी हैरत हुई मगर पन्द्रह

मिनट बाद ही उन्होंने मुझे फ़ोन करके बताया कि मैं राना साहब का नम्बर अपने मोबाइल पर देखकर मोबाइल इसलिए नहीं उठाता था कि वह फ़ौरन उन रुपयों को लौटाने की बात कहेंगे, जो मुझे अच्छी नहीं लगेगी। ड्राइवर के बिजली का बिल राना साहब अदा करें या मैं अदा करूँ, बात तो एक ही है। इस वाक़िये के कुछ दिनों बाद एक दिन मैं अचानक उनके घर पहुँच गया। उनसे बहुत देर तक गुफ़्तगू करता रहा। बातों-बातों में उन्होंने यह राज़ खोला कि मैं उत्तर प्रदेश के गोण्डा जिले के एक ग़रीब घर का बेटा हूँ। इण्टर पास करने के बाद आगे तालीम हासिल करने के लिए मेरे वालिद के पास पैसे नहीं थे। मैं दोस्तों के मशविरे के मुताबिक़ गोरखपुर में आई.टी.आई. में दाख़िला लेने का ख़्वाहिशमन्द था। मैंने अपने वालिद से इसकी फ़ीस के लिए आठ सौ रुपये तलब किये। मेरे वालिद ने अपनी मजबूरी और ग़रीबी का पत्थर मेरे हौसले के सीने पर रख दिया। मैं दुःखी दिल, थके क़दमों और आँसुओं का साथ छोड़ती हुई आँखों के साथ कुछ खाये-पिये बग़ैर बिस्तर में मुँह छुपाकर सो गया। सवेरे-सवेरे मेरे पिता जी बिस्तर के क़रीब आये, मुझे जगाया, मेरे सिर पर हाथ फेरा और मेरी जेब में बारह सौ रुपये की रक़म यह कहकर रख दी कि तुम तो सो रहे थे। रात में जबरदस्त आँधी आयी और हमारे बाग़ के चार आम के पेड़ जड़ से उखड़कर ज़मीन पर आ गिरे थे। मैंने सुबह होते ही गाँव के एक ताजिर (व्यापारी) के हाथ इन पेड़ों का बारह सौ रुपयों में सौदा कर दिया। तुम भगवान का नाम लेकर उठो और गोरखपुर जाकर अपनी तालीम मुकम्मल करो। अगर लड़का उठ जाये तो पेड़ों के गिरने का किसी बाप को कोई ग़म नहीं होता।

आज भगवान का दिया हुआ मेरे पास सब कुछ मौजूद है। मैं अपनी दानिस्त में किसी भी ग़रीब आदमी की मदद से मुँह नहीं मोड़ता क्योंकि मैं ये जान चुका हूँ कि भगवान तेज़ आँधियों से पेड़ों को बचाकर किसान को बचाता भी है और कभी-कभी आँधी के ज़रिये पेड़ों को गिराकर आँजहानी (परलोकवासी) शिव नारायन मिश्रा जैसे किसान के बेटे को इंजीनियर भी बना देता है।

सचमुच यह एक बड़े आदमी की जीवनगाथा है, ये हिन्दुस्तानी संस्कारों के वह फिंगरप्रिंट हैं जिनकी मौजूदगी में हिन्दुस्तानी शराफ़त, इंसानियत और रवादारी को रहती दुनिया तक किसी दूसरे गवाह की ज़रूरत नहीं पड़ेगी। मुझे दीवानगी की हद तक पढ़ने-पढ़ाने के शौक़ के सबब बड़े-बड़े महान् और जलीलुल क़द्र हज़रात की जीवनी और संजीवनी तक पहुँचने का इत्तिफ़ाक हुआ लेकिन अब इसको क्या कहियेगा कि किताब के पन्नों ने अपने सीने पर लिखे हुए शब्दों की गवाही देने से साफ़ इनकार कर दिया।

ये भी हक़ीक़त है कि माँओं की कोख अब ऐसी फ़स्लें उगाने से महरूम होती जा रही हैं लेकिन न जाने क्यों ये यक़ीन करने को जी चाहता है कि जब तक दुनिया के नक्शे में हिन्दुस्तान रहेगा, ए.पी. शर्मा जैसे लोग हर ज़माने में भेस बदल-बदल कर हिन्दुस्तान को सुर्ख़ रू (मर्यादित) करने के लिए पैदा होते रहेंगे :

मिलेंगे आपको हम लोग हर ज़माने में
हमारे पैरों में ज़ंजीरे माहोसाल नहीं

कहानियों के भी छोटे-छोटे पंख होते हैं। अपने इन्हीं छोटे-छोटे पंखों के सहारे जो अच्छी कहानियाँ होती हैं वह हज़ारों बरस तक फ़िज़ाओं में ख़ुशबू बिखेरती रहती हैं। ये कहानियाँ दिन भर तो आसमानों में अपने नन्हे-नन्हे पैरों को चप्पुओं की तरह चलाती रहती हैं लेकिन शाम होते-होते ये ज़मीन पर लौट आती हैं। इनमें से जिन कहानियों को माँओं के होंठ नसीब हो जाते हैं वह लोरी बन जाती हैं। जिन्हें बच्चों की तोतली ज़बान बुला लेती है वह सबक़ बन जाती हैं। जिन्हें नानी-दादी का प्यार मिल जाता है वह कहानियाँ हमेशा के लिए अमर हो जाती हैं। ये जो अँधेरी रात में जुगनू दिखाई देते हैं ये भी वो कहानी होते हैं जिन्हें ख़ुशनसीब होंठ हासिल नहीं हो पाते हैं, तभी तो जुगनू और कहानी के बीच हमेशा एक अनदेखा रिश्ता चला आ रहा है। जब माँएँ अपने छोटे-छोटे बच्चों को कहानियाँ सुनाती हैं तो आस-पास जुगनू भी नर्सरी के बच्चों की तरह मँडलाते दिखाई देते हैं।

भोली-भाली कहानियाँ और नन्हे-नन्हे जुगनू दिन की रौशनी में किसी के पास नहीं जाते हैं। ये जो आसमान में नन्हे-नन्हे सितारे दिखाई देते हैं ये भी कहानी और जुगनू जैसे ही होते हैं। इन्हीं सितारों की रौशनी के सहारे कहानियाँ और जुगनू अपना सफ़र तय करते हैं। आसमान पर चमकते हुए तारों की गिनती हमेशा घटती-बढ़ती रहती है। दुनिया में जितनी माँएँ हैं उतनी ही लोरियाँ और कहानियाँ भी हैं इसीलिए तो सितारों की रौशनी कभी पुरानी नहीं होती। जब तक माँओं के होंठों पर लोरियाँ और कहानियाँ रहेंगी तभी तक ये दुनिया भी रहेगी क्योंकि ऊपर वाले ने ये तारे, ये जुगनू, ये लोरियाँ और कहानियाँ सिर्फ़ माँओं के सम्मान में बनायी हैं। ख़ुदा करे कि दुनिया के तमाम घर माँओं की लोरियों और दादियों की कहानियों से आबाद रहें।

बचपन में मेरी अम्मा अकसर मुझे ऐसी ही कहानी सुनाती थीं। ये कहानी सुनाते वक़्त या तो वो भूल जाती थीं कि ये कहानी वो मुझे पहले भी सुना चुकी हैं या वह इस कहानी को मुझे अज़बर (कंठस्थ) कराना चाहती थीं। बाल जीवन घुट्टी पीने की मेरी उम्र निकल चुकी थी वर्ना मुमकिन है वह मुझे घुट्टी में मिलाकर ये कहानी पिला देतीं।

वह कहानी कुछ इस तरह थी कि कुछ दोस्तों की एक टोली थी जो आपस में ऐसी घुल मिल गयी थी कि शहर के लोग इन दीवानों की दोस्ती की मिसालें दिया करते थे। शाम को सब दोस्त सिर जोड़कर बैठते, ख़ूब हँसते-हँसाते, हालात, समाज और सियासत पर दिल खोलकर बहसें करते और जैसे ही रात भीगने के लिए अँगड़ाई लेती तमाम दोस्त अगले दिन मिलने का वादा करके एक दूसरे से बिछड़ जाते।

एक दिन अचानक रात गये एक दोस्त ने अपने दूसरे दोस्त के दरवाज़े की ज़ंजीर बजायी। ज़ंजीर की आवाज़ सुनते ही दोस्त फ़ौरन घर के अन्दर से निकलकर बाहर आया। अपने दरवाज़े पर अपने दोस्त को परेशानी के आलम में खड़ा देखकर उसने फ़ौरन उससे परेशानी का सबब पूछा। दोस्त ने बताया कि चार महीने से आफ़िस में तनख़्वाह नहीं मिली है, घर का ख़र्च इधर-उधर से चल रहा था लेकिन लड़कियों के स्कूल की फ़ीस जमा करने का कल आख़िरी दिन है वर्ना उनका नाम कट जायेगा। मुझे दो हज़ार रुपयों की ज़रूरत है। ये सुनते ही दोस्त उल्टे कदमों घर के अन्दर लौट गया। थोड़ी ही देर बाद वह बाहर आया तो उसके हाथ में चाय की दो प्यालियाँ थीं। दोनों दोस्त घर के बाहर बने चबूतरे पर चाय पीते रहे। दोस्त ने अपनी जेब से पाँच हज़ार रुपये निकाले और दोस्त की जेब में इस एहतियात से रखा कि शायद नेकी के फ़रिश्ते भी दस्तेसख़ी (दाता के हाथ) और जेबे ज़रूरत की गुत्थी में उलझकर रह गये होंगे।

रात के पिछले पहर पर अचानक किसी सबब से दोस्त की बीवी की आँख खुल गयी। उसने देखा कि बिस्तर का बेशतर हिस्सा गीला हो रहा है। बीवी ने शौहर का शाना (काँधा) हिलाकर पूछा कि क्या बात है, बिस्तर क्यों भीगा हुआ है और ये तुम्हारी आँखें ख़ूने कबूतर की तरह सुर्ख़ क्यों हो रही हैं, क्या तुम रात भर रोते रहे हो, आख़िर क्यों? दोस्त ने बीवी के बार-बार पूछने पर उसे बताया कि रात गये मेरे दोस्त सलीम आये थे। उनकी बेटियों की फ़ीस जमा नहीं हो सकी थी, उनका नाम कटने वाला था। बीवी ने बात को बीच में ही काटते हुए पूछा कि तुमने सलीम भाई को ख़ाली हाथ तो नहीं लौटाया? दोस्त ने कहा नहीं, मैंने उनकी जेब में पाँच हज़ार रुपये रख दिये। बीवी ने कहा कि ये बहुत ही अच्छा किया तुमने लेकिन फिर तुम ये मुसलसल रोये क्यों चले जा रहे हो? दोस्त ने कहा कि बेगम, मैं भी कितना बदनसीब आदमी हूँ कि मैं अपने दोस्त के चेहरे से उसकी परेशानी पढ़ नहीं सका, उसको मजबूर होकर मेरे घर मदद माँगने के लिए आना पड़ा।

बज़ाहिर तो यह एक कहानी थी, सिर्फ़ एक आम (सामान्य)-सी कहानी। ऐसी कहानी दुनिया में रोज़ हज़ारों क़लम लिखते हैं और लाखों आँखें पढ़ती हैं लेकिन हक़ीक़ी (वास्तविक) ज़िन्दगी में इस कहानी को मिट्टी से एक कुम्हार मिट्टी का एक सचमुच का आबख़ोरा (कुल्हड़) भी अपने चाक से सही सलामत नहीं उतार सकता है, काग़ज़ पर लिखी इस कहानी को जलाकर भूख से बिलख़ते एक नन्हे बच्चे का दूध भी गर्म नहीं किया जा सकता, बनिये की दुकान पर ये कहानी एक टूटे हुए बिस्कुट के टुकड़े से हार जाती है, सूदख़ोर बनिये के घर पर इस कहानी के काग़ज़ से पान की गिलोरियाँ बनाकर फेंक दी जाती हैं लेकिन यही काग़ज़ के टुकड़े जब किसी चाँदी कूटने वाले का मुक़द्दर बन जाते हैं तो चाँदी के नन्हे-नन्हे टुकड़ों को चाँदी के ऐसे वरक़ में तब्दील कर देते हैं जिन पर कृष्ण और सुदामा की

दोस्ती का क़िस्सा महफ़ूज़ कर लिया जाता है। सदियाँ गुज़र जाने के बाद भी आज तक चावल के कच्चे दानों से सुदामा की मोहब्बत और कृष्ण की दोस्ती की ख़ुशबू आती है। शायद दुनिया के बेशतर इलाक़ों में ज़्यादातर चावल इसीलिए खाया जाता है कि कृष्ण और सुदामा की दोस्ती की महक से फ़िज़ा कभी ख़ाली न होने पाये :

सल्तनत भी नहीं अच्छी है अगर दोस्त न हों
कुछ दिनों आ के मेरे घर में सुदामा रह जाये

गोण्डा शहर के थामसन इण्टर कालेज ने इल्मो अदब की रौशनी लुटाने में एक सदी से ज़्यादा का वक़्त गुज़ार दिया है। इसी कॉलेज ने ए॰पी॰ मिश्रा साहब को इल्मो तहज़ीब के ज़ेवर से आरास्ता (सुसज्जित) किया है। मिश्रा जी ने मुझसे इस कॉलेज में एक मख़्सूस मुशायरा करने की ख़्वाहिश ज़ाहिर की लिहाज़ा हिन्दी और उर्दू के कुछ चुनिन्दा (चुने हुए) और अहम् शोअरा और शायरात इस मुशायरे के स्टेज पर तशरीफ़ फ़रमा थे। ज़ाहिर है कि नेक नीयती के साथ होने वाले प्रोग्राम ख़ुद बख़ुद कामयाब होते हैं। इस मुशायरे की ख़ूबी यह थी कि मुसलसल कई घण्टों तक चलने वाले इस मुशायरे में उज्जैन महाकाल मन्दिर के पुजारी श्री अंगद महाराज भी रात भर बनफ़्से नफ़ीस विराजमान रहे। मुशायरा ख़त्म होने के बाद तमाम शायरों को नज़राना पेश किया जाना था। तमाम कवि और शायरों की ख़िदमत के लिए मिश्रा साहब के छोटे भाई श्री जी॰पी॰ मिश्रा (गया प्रसाद मिश्रा) ख़ुद नज़राने की रक़्म के लिफ़ाफ़े लिए खड़े थे। मैंने एक-एक करके तमाम शायरों को नज़राने का लिफ़ाफ़ा हवाले किया। तब तक खाना तैयार हो चुका था। गर्म-गर्म पूड़ियाँ, कई तरह की सब्जियाँ, रस मलाई और जलेबी ने इस महफ़िल को ज़मींदार की बारात बना दिया था।

वापसी में मेरी गाड़ी में डॉक्टर नसीब नकहत, हसन काज़िमी, तारिक़ क़मर और मलिकज़ादा जावेद मौजूद थे। मैं हस्बे मामूल अगली सीट पर बैठा हुआ था। पिछली सीट पर क़यास आराइयों (आकलन) की शतरंज जमी हुई थी। हसन काज़िमी और मलिकज़ादा जावेद में इस बात पर बहस हो रही थी कि बाबा (मुनव्वर राना) का लिफ़ाफ़ा सबसे भारी भरकम होगा लेकिन डॉक्टर नसीम नकहत जो मेरी मुँह बोली बहन और किसी हद तक हम मिज़ाज भी हैं, उन्होंने सरगोशी के अन्दाज़ में इन लोगों को बताया कि "हैरत है कि *बाबा* के साथ रहते हो और उनके मिज़ाज से भी वाक़िफ़ियत नहीं है। ए॰पी॰ मिश्रा साहब और बाबा की दोस्ती इन मराहिल (मोड़ों, पड़ावों) से काफ़ी आगे निकल चुकी है।" लखनऊ पहुँचते ही सब लोग अपनी-अपनी मंज़िल की तरफ़ रवाना हो गये। दूसरे दिन दोपहर में मिश्रा साहब ने फ़ोन पर मुझसे पूछा कि आप घर पर हैं? मेरे "हाँ" कहते ही उन्होंने कहा कि मैं आ रहा हूँ। थोड़ी ही दूर में मिश्रा साहब मेरे फ़्लैट पर तशरीफ़ लाये। उनके साथ उनका ड्राइवर भी था जो चावल की एक बोरी उठाये हुए था। मिश्रा साहब ने हँसते हुए कहा कि अपने

खेत का बेहतरीन चावल जो मैं साल भर इस्तेमाल करता हूँ, उसकी दो बोरियाँ नोएडा ले जा रहा था, सोचा कि आप *काला नमक* चावल के बहुत शौकीन हैं लिहाज़ा एक बोरी आपकी ख़िदमत में हाज़िर करता चलूँ। ग़ालिब ने बहादुर शाह ज़फ़र के साथ आम के बाग़ में घूमते हुए बादशाह के बाग़ों की ला हासिल तारीफ़ की क्योंकि उन्हें कुछ हासिल नहीं हुआ लेकिन मैं अपने सन्त मिज़ाज दोस्त के साथ सिर्फ़ उसके खेत की पगडण्डी के पास से गुज़रा और मेरे बावर्ची ख़ाने से महीनों काला नमक चावल की ख़ुशबू आती रही :

देने वाले तेरे अन्दाज़े मुरव्वत के निसार
ये तो मुमकिन ही नहीं जाम न हम तक पहुँचे

ना तजरुबेकारी के सबब लखनऊ में पत्थर का काम शुरू करने के शौक़ में मेरा हाथ ही पत्थर के नीचे दब गया। नतीजे के तौर पर जिस्म के साथ-साथ मेरा हौसला भी बुरी तरह ज़ख़्मी हुआ। कुछ बेचने वालों ने लूटा, बक़िया पत्थर के शजरा बदस्त (तथाकथित पैदाइशी सज्जन) ख़रीदारों ने। मैं अपनी शायराना तहज़ीब के पत्थरों से अपने आपको तोड़ने-फोड़ने लगा। इस ख़सारे से निकलने के लिए मैं इलाहाबाद और कलकत्ता तक इस कारोबार को फैलाता चला गया। यह अठावन बरस की तजरुबे कार ज़िन्दगी का सबसे ना तजरुबेकार फ़ैसला था। नतीजे के तौर पर नुकसान की ईंट से मेरे हौसले का प्याला भी चकनाचूर हुआ। ख़ानदानी ईमानदारी की चादर इस शहरे नाक़द्राँ में मसली जहाँ रफूगरी के हुनर से कोई आशना नहीं था। कुछ तो कारोबारी नाकामियाँ, कुछ ख़ौफ़नाक घरेलू परेशानियाँ और कुछ अहबाब की मीठी मुनाफ़िक़त (कपटचारिता)... सबने मिलकर मुझ जैसे इंसान को पत्थर का बना दिया। मैंने अपने आपको अपने कमरे में क़ैद करना शुरू किया। अपनी सेहत से खिलवाड़ करने का या ज़िन्दगी के सफ़र को तेज़ी से तय करने का आसान रास्ता यही है कि आदमी अपने आपको घर के एक कमरे में क़ैद कर ले। कुछ परेशानियाँ अपने आप दूर हुईं, कुछ नुक़सानात की क़ब्र पर सब्र के फूल चढ़ाये और कुछ तन्हाई से साज़बाज़ (साँठ-गाँठ) करके आँखों को इतना निचोड़ा कि वह भी तक़रीबन पत्थर की हो गयीं।

मैंने अभी पूरी तरह शिकस्त तस्लीम भी नहीं की थी क्योंकि अभी माँ ज़िन्दा थीं। उनकी दुआओं की चादर धूप, सर्दी और बारिश के मौसम से ही नहीं... मेरी मुसीबतों और परेशानियों के सामने दीवारे चीन से ज़्यादा मज़बूती के साथ खड़ी हो गयीं। मैंने फिर से अपने आपको जमा करने की कोशिश शुरू कर दी।

मेरी अहलिया ने मौजूदा फ़्लैट तब्दील करके एक बड़ा फ़्लैट लेने का ख़्वाब देखा था और उसकी ताबीर की तलाश में मुझे भटकना पड़ा लेकिन ये भटकाव मामूली साबित हुआ। एक दिन बेगम ने मुझसे कहा कि आपके इतने तो दोस्त हैं, एकाध से वक़्ती तौर पर कुछ रक़्म उधार ले लीजिए। मशविरा बुरा नहीं था लेकिन ज़माना

तो बुरा है। दोस्त ढूँढ़ने कहाँ जाते, दोस्त कहाँ होते हैं, कभी-कभी तो इसी भूल भुलैया में भटककर आदमी रेगिस्तान में पानी की तमन्ना में भटकते हुए मुसाफ़िर की तरह हमेशा-हमेशा के लिए आँख से ओझल हो जाता है। फिर ये हाथ बनाते वक़्त शायद क़ुदरत ने इन्हें कासा (प्याला) न बनने देने की क़सम दे दी थी :

इस हवस में कि मेरे हाथ न ख़ाली रह जायें
कितना नुक़सान हुआ है मेरी परेशानी का

बीवी के कई बार टोकने के बाद मैंने अचानक एक दिन जाने-अंजाने में ए॰पी॰ मिश्रा साहब को फ़ोन किया। दुआ सलाम के बाद मैंने उनसे उनकी लोकेशन पूछी। उन्होंने हँसते हुए कहा कि आज मैं लखनऊ में हूँ, एक मीटिंग के सिलसिले में आया हुआ हूँ, शाम को शताब्दी से मेरी वापसी नोएडा के लिए है। मैंने एक-सी साँस में अपनी रूदाद बयान कर दी कि मुझे आपसे मिलना है... मैं एक सिलसिले में काफ़ी परेशान हूँ। मिश्रा साहब ने कहा कि आप परेशान न हों, मीटिंग से निकलकर स्टेशन जाते समय मैं आपसे मिलता हुआ जाऊँगा।

अपने वादे के मुताबिक वह तक़रीबन दो बजे मेरे ग़रीब ख़ाने पर तशरीफ़ ले आये और आते ही उन्होंने मेरी परेशानी पूछी। मैं अभी अपनी परेशानी की चादर पूरी तरह फैला भी नहीं सका था कि उन्होंने पूछा कि आप तो ये बताइए कि कितनी रक़्म कम पड़ रही है। मैंने उन्हें अपनी ज़रूरत से आगाह किया... काफ़ी बड़ी रक़्म थी लेकिन फ़ौरन ही उन्होंने पूछा कि ये बताइए इतनी रक़्म में काम चल जायेगा या और बन्दोबस्त किया जाये? मैंने पेशानी से निदामत (शर्मिन्दगी) का पसीना पोंछते हुए कहा कि नहीं-नहीं, बस इतनी ही रक़्म में मेरा काम चल जायेगा। उन्होंने फ़रमाया कि कल आप किसी को मेरे पास भेज दीजिएगा मैं रक़्म उसके हवाले कर दूँगा। तब तक मेरी अहलिया चाय लेकर आ गयीं। मिश्रा जी उठ खड़े हुए और मेरी अहलिया से बोले कि नहीं भाभी! आज मैं चाय हर्गिज़ नहीं पी सकता, मुमकिन है भगवान के यहाँ ये चाय मेरे आमालनामे में सूद की रक़्म में जोड़ दी जाये। मैं उन्हें बाहर तक छोड़ने आया तो उन्होंने मेरे कन्धे पर हाथ रखते हुए कहा कि मुनव्वर भाई! रक़्म लौटाने की जल्दी मत कीजिएगा बल्कि यूँ कर लीजिए कि जब आप अपनी परेशानियों से आज़ाद हो जाइएगा तब मुझे वापिस कर दीजिएगा या जब कभी मुझे ज़रूरत होगी तो मैं आपसे माँग लूँगा। कभी-कभी मैं सोचता हूँ कि मेरे पूरे ख़ानदान के पाकिस्तान चले जाने के बावजूद मेरे वालिद का हिन्दुस्तान में रहने का फ़ैसला कितना क़ीमती था। मुमकिन है मुझे पाकिस्तान में बहुत कुछ हासिल हो जाता लेकिन क्या इतना बड़ा पाकिस्तान मुझे एक ए॰पी॰ मिश्रा लाकर दे सकता था। शायद नहीं, कभी नहीं, बिल्कुल नहीं!

तक़रीबन तीस बरस पहले कलकत्ता दूरदर्शन की हिन्दी प्रोड्यूसर सुशील गुप्ता साहिबा के घर पर बनारस के एक धानपान बुज़ुर्ग नुजूमी (भविष्य वक्ता) से मेरी

मुलाक़ात हुई थी। सुशील बहन की बेइन्तिहा गुज़ारिश पर उन्होंने मेरी हथेली पर लिखे मेरे ज़िन्दगीनामे को बग़ौर पढ़ा, कुछ देर तक ख़ामोश बैठे रहे फिर लबकुशा होते हुए फ़रमाया कि जिस दिन तुम पचास बरस के होना उस दिन कोई सफ़र मत करना बल्कि अपने घर में ही रहना, दान दक्षिणा करवाना, अपने मज़हब के मुताबिक पूजा पाठ करना क्योंकि यह दिन तुम्हारी मौत के बहुत क़रीब से गुज़रेगा। उन्होंने कहा कि इस तारीख़ को सिर्फ़ अपनी माँ के गोशगुज़ार कर देना (बता देना), क्योंकि माँ के अलावा दुनिया का कोई भी रिश्ता इस बात को याद नहीं रख पायेगा। उन्होंने ये भी बताया था अगर उम्र के पचासवें बरस का आख़िरी दिन ठीक-ठाक गुज़र गया तो उसके बाद दौलत, इज़्ज़त, शोहरत ये सब तुम्हारे आगे-पीछे चाहने वालों की तरह चलेंगे। आख़िरी बात उन नब्बे साला बुजुर्गवार ने यह कही थी कि रिश्तेदारों से तुम हमेशा परेशान रहोगे लेकिन दोस्तों के मामले में तुम्हारा नसीब इतना उज्ज्वल है कि तुम्हारे बड़े से बड़े जुर्म को तुम्हारे दोस्त मफ़लर की तरह अपने गर्दन में लपेट लेंगे, तुम्हारे दुःखों की नाव को बहाकर दूर ले जाने के लिए आँसुओं का दरिया बहा देंगे। मैं अपने अक़ीदे के मामले में ज़रा कट्टर हूँ लिहाज़ा इस तरह की बातों पर कभी मेरा कोई ख़ास विश्वास नहीं था लेकिन दिन, महीने और बरस गुज़रने के साथ-साथ उन बुजुर्ग पण्डित जी के इल्मे नुजूम का मुझ जैसे अड़ियल को भी क़ायल होना पड़ा। मुझसे मोहब्बत करने वालों की फ़ेहरिस्त यक़ीनन बहुत तावील होगी लेकिन दोस्तों की तादाद बहुत महदूद (सीमित) है। यूँ भी ज़िन्दगी में दो चार ही दोस्त होते हैं बाक़ी तो दोस्तों के नाम पर एक भीड़ होती है।

गिरीश वर्मा, ए॰पी॰ मिश्रा, तरुण विजय, प्रताप सोमवंशी, अरविन्द मण्डलोई, अरुना किन्दनानी, सुभाष मिश्रा, कृष्ण वल्लभ शर्मा ये सब मेरे वह ग़ैर मुस्लिम दोस्त हैं जिनके कुफ़्र को कभी-कभी मेरा जी चाहता है कि मेरा ईमान सलाम करे। मैं सोचता हूँ कि काश ऐसे दस-बीस लोग अगर 1947 ई॰ के बँटवारे के वक़्त सरहद पर खड़े हो जाते तो अपने आपको मुहाजिर कहलाने के लिए कोई भी हिन्दुस्तानी अपनी शहरियत (नागरिकता) के तक़द्दुस (पवित्रता) को पामाल न करता। शहद की मक्खियों का छत्ता अँधेरी रात में जलाया और मिस्सार किया जाता है लेकिन इन्हीं छत्तों से निकला हुआ मोम इंसान के लिए रौशनी के काम आता है। अच्छे लोग एक मधुमक्खी की मौत को रौशनी की मौत से ताबीर करते हैं... इतने ख़िराजे अक़ीदत (श्रद्धांजलि) की हक़दार तो यक़ीनन हर शहद की मक्खी होती है।

मैं अपने कृष्ण स्वभाव मित्र श्री ए॰पी॰ मिश्रा को इसीलिए इंसानियत की रौशनी का अलम बरदार और सफ़ीर (दूत) कहता हूँ। ये बिल्कुल ही अजीब इत्तिफ़ाक़ है कि उनका ताल्लुक़ उत्तर प्रदेश के बिजली विभाग से है लेकिन बिजली विभाग में तो हज़ारों लोग होते हैं बल्कि हिन्दुस्तान में लाखों लोग बिजली विभाग से जुड़े हुए होंगे... लेकिन अपने दिल में ग़रीबों की मोहब्बत, उनसे

हमदर्दी का जज़्बा रखने, उनके बारे में सोचने और उनकी हर तरह से मदद करने वाला ही रौशनी के मीनार तक पहुँचता है। शायरों, कवियों, लेखकों, पत्रकारों और साधु-सन्तों के सामने बाअदब खड़े रहने के लिए जिन संस्कारों की ज़रूरत होती है वह संस्कार बहुत कम लोगों के हिस्से में आते हैं। वह तो कहिए कि पत्थरों के पास दर्दमन्द दिल नहीं होता वर्ना इंसान से ज़्यादा इज़्ज़तदार पत्थर हो गये होते। मेरा एक अजीबो ग़रीब मुशाहदा (आँखों देखा अनुभव) है कि उनसे मिलने के बाद ये फ़ैसला करना दुश्वार हो जाता है कि उनसे बेपनाह मोहब्बत की जाए या उनकी बेइन्तिहा इज़्ज़त की जाये। ये ऐसे लोग हैं जो गंगा जमुना की चादर ओढ़े हुए पैदा होते हैं और फिर एक दिन अचानक चुपचाप इस चादर को वापस करने के लिए गंगा जी की गोद में सो जाते हैं :

ये उसका अपना तरीक़ा है दान करने का
वह जिससे शर्त लगाता है हार जाता है

हम जो कुछ हैं, हम जैसे हैं, वैसे ही दिखाई देते हैं

अमीन साहब की शख़्सियत कुटी हुई चाँदी के उन अवराक़ की तरह है जिन पर उम्र, तजरुबे, मुशाहदे, मुतालिए और कूव्वते बर्दाश्त ने अलग-अलग कई कहानियाँ लिख रखी हैं।

वह साफ़-सुथरी सियासत के ज़िन्दा अमीन (अमानतदार) हैं। उम्र की 72 सीढ़ियाँ चढ़ने के बाद भी न उनके इरादों में लचक दिखाई देती है, न चेहरे पर थकन के आसार। वज़ारत या इक़्तिदार की मसलहत पसन्दियाँ न उनके ख़मीर (रचना तत्त्व) में शामिल हैं न ज़मीर (आत्मा) में। अपने बच्चों को उन्होंने कभी ये महसूस ही नहीं होने दिया कि वह सूबाई हुकूमत के एक ताक़तवर वज़ीर हैं बल्कि हमेशा बच्चों को यही एहसास कराया कि वह आज भी एक मज़दूर मिज़ाज शख़्स हैं। हालाँकि वह चाहते तो मौजूदा आबो हवा के मुताबिक़ अपने बेटों के वास्ते भी ऐवाने सियासत में आने-जाने के लिए एक शानदार गलियारा बना सकते थे। लेकिन उनकी खुद्दारी और ग़ैरत ने कभी ऐसा काम नहीं किया जिससे उनकी अना (Ego) के आबगीने (नाजुक शीशा) को ठेस पहुँचती। अमीन साहब की सादा लौही (भोलापन) और सादा मिज़ाजी का पता इस बात से भी लगता है कि दस बरस तक मसनदे वज़ारत पर विराजमान रहने के बावजूद उनके जिस्म पर हमेशा बन्द गले के दो कोट ही नज़र आये जिनमें एक का रंग कत्थई और दूसरे का रंग गेहुवाँ था। शायद उन्हें मालूम है कि बेइन्तिहा लिबास की तब्दीलियाँ किरदार को कहीं-न-कहीं से मैला ज़रूर कर देती हैं।

शुरू-शुरू में अमीन साहब के सपाट चेहरे, फीकी चाय जैसी मुस्कुराहट और हर वक़्त हाई ब्लड प्रेशर की अलामत (लक्षण) बताता हुआ चेहरे का तनाव देखकर अच्छे-अच्छे डॉक्टर तक उन्हें किसी भी नर्सिंग होम में दाख़िल होने का मशविरा देने लगते थे। आँसुओं में मुस्कुराहट से ज़्यादा रमक़ (जान) और आबोताब (चमक-दमक) रहती है लेकिन इसका मतलब ये हर्गिज़ नहीं हो सकता कि हम अपने कपड़ों पर इत्र की जगह काफूर लगाकर घर से निकलें। अब इसको क्या किया जाये कि कुदरत की तरफ़ से ही कुछ आँखों को उदास रहने के लिए, कुछ दिलों को दर्दमन्दी के लिए और कुछ ज़ेहनों को सिर्फ़ सोचने के लिए बनाया गया है। जिस तरह डाक टिकट

का दामन अगर सरकारी मुहर की सियाही के दाग़ से बच जाता है तो बहुत से लोग उसे सलीक़े से निकालकर आइन्दा इस्तेमाल के लिए रख लेते हैं बिल्कुल उसी तरह इस मातमी अहृद में मुस्कुराहट को भी बचाकर रख लेना चाहिए क्योंकि मुस्कुराहट ख़ून की तरह कहीं से कर्ज़ नहीं ली जा सकती। यूँ भी दुनिया में वह लोग ज़्यादा एहतराम के क़ाबिल होते हैं जो अपनी आँखों में दूसरों का ग़म सँभालकर रखते हैं। दुनिया में वही लोग बड़े कहलाते हैं जो अपनी ख़ुशी का जश्न नहीं मनाते बल्कि मद्दे मुक़ाबिल (प्रतिद्वन्द्वी) की शिकस्त का कर्ब (पीड़ा) महसूस करते हैं।

अमीन साहब पाँच बरस तक बहैसियत मेम्बर ऑफ पार्लियामेंट राज्यसभा में बंगाल की नुमाइन्दगी करते रहे लेकिन दिल्ली की ख़ुदनुमाई (दिखावा) में मसरूफ़ फ़िज़ा में भी उन्होंने कभी अपनी बेजा ख़्वाहिशों के पर नहीं निकलने दिये। आज़ादी के बाद मोहम्मद अमीन और हाशिम अब्दुलहलीम दो ऐसे क़ौमी रहनुमा पैदा हुए जिनकी सादगी और ईमानदारी का एहतराम उनके कट्टर दुश्मन भी करते रहे हैं। इन लोगों ने पंजवक़्ता नमाज़ें नहीं पढ़ीं लेकिन किसी मस्जिद को नुक़सान भी नहीं पहुँचने दिया। बाबरी मस्जिद एक्शन कमेटी में नहीं थे लेकिन कमेटी के नामनिहाद मज़हबी लीडरों से ज़्यादा काम किया।

अमीन साहब पन्द्रह बरस तक मग़रिबी बंगाल हुकूमत में आला वज़ारत की कुर्सी पर जलवा अफ़रोज़ रहे लेकिन बिल्कुल शतरंज के वज़ीर की तरह अपने ख़ाने में रहे। वहीं तक बढ़े जहाँ तक पार्टी ने बढ़ाना चाहा। खेल ही खेल में वज़ीरे आला की कुर्सी तक भी पहुँचे लेकिन उतनी ही देर के लिए जितनी देर तक वज़ीरे आला और भी बड़ी कुर्सी की तलाश में निकले। हक़ीक़त में सियासत भी शतरंज के खेल की तरह होती है। शातिराना चाल के बग़ैर शतरंज और सियासत दोनों के खेल में बड़े-बड़े लोग नाकाम हो जाते हैं।

अमीन साहब ने कम्युनिस्ट होते हुए भी ज़िन्दगी मुसलमानों की तरह गुज़ारी। हमेशा सोने चाँदी के सिक्कों से दूर-दूर रहे और क़नाअत (सन्तोष) की दौलत से मालामाल रहे। मशक़्क़त (कठोर परिश्रम) की रोटी में सबसे ज़्यादा नशा होता है क्योंकि मशक़्क़त की रोटी के ख़मीर से ख़ुदा की ख़ुशबू आती है। अमीन साहब ने सारी ज़िन्दगी मशक्क़त की रोटी खायी। उनके पास से अभी तक जूट मिल के एक क़नाअत पसन्द (सन्तोष प्रिय) मज़दूर और एक उर्दू अख़बार के ईमानदार मुतर्जिम (अनुवादक) की सुगन्ध आती है। ये भी ज़िन्दा हक़ीक़त है कि सच्चाई, ईमानदारी और इल्म की ख़ुशबू दुनिया के हर मुतर्जिम की उँगलियों से फूटने लगती है। उम्र का एक बड़ा हिस्सा सहाफ़त (पत्रकारिता) के मुख़्तलिफ़ शोबों (विभिन्न क्षेत्रों) में गुज़ारने के बाद अमीन साहब के लहजे से साफ़गोई की इतनी तेज़ शुआएँ (किरणें) फूटने लगीं कि ख़ुशामद पसन्द और ख़ुदग़रज़ लोगों की आँखों की बीनाई को ख़तरा महसूस होने लगा। सूरज से नज़रें मिलाने का दावा करने वाले लोग छोटी-सी वेल्डिंग

मशीन के पास से गुज़रते हुए भी अपनी आँखों पर हाथ रख लेते हैं लेकिन इसी वेल्डिंग मशीन से निकलने वाली ज़हरीली रौशनी से दिन भर एक ज़रूरतमन्द मज़दूर खेलता रहता है। कभी किसी वेल्डिंग मशीन की किरनों से जूझते हुए उस बारह बरस के बच्चे की आँखों में झाँककर देखिए तो हज़ारों सूरज उसकी आँखों से उबलते हुए दिखाई देते हैं।

अमीन साहब के अन्दर छुपा हुआ मज़दूर उस बच्चे का कर्ब (पीड़ा) जानता है। ज़ाहिर है कि इस कर्ब को महसूस कर लेने वाला आदमी सारी ज़िन्दगी अन्दर-अन्दर सुलगता रहता है, अपने अन्दर छुपे हुए शोलों पर शेरो अदब का पानी डालकर इस आँच को कम करता रहता है। आग अन्दर की हो या बाहर की हो, शिकम (पेट) की हो या बस्ती की, आग बुझाने वाला शख़्स कभी हँसता हुआ दिखाई नहीं देता। काश! अमीन साहब के हँसी को तरसते हुए होंठों पर तन्क़ीद करने वाले कभी किसी फायर ब्रिगेड स्टेशन के पास से गुज़रते, उन आग बुझाने वाले लोगों पर एक निगाह डाल लेते, जो सारी उम्र माचिस की तीलियों की रगड़ पर भी चौकन्ना हो जाते हैं।

अमीन साहब ने उम्र का बेशतर हिस्सा कामरेड निज़ामुद्दीन साहब की बिल्डिंग के एक छोटे-से फ़्लैट में गुज़ार दिया। दो कमरों में ज़िन्दगी गुज़ारने वाले इस मज़दूर लीडर ने अगर अपनी अना (स्वाभिमान) की मुट्ठी थोड़ी-सी भी ढीली कर ली होती तो *ताँती बगान* के इस छोटे-से फ़्लैट में दौलतमन्दों का ताँता लग जाता। इमरजेंसी के फ़ौरन बाद मग़रिबी बंगाल में बायें बाज़ू की तशकील करंदा (बनायी हुई) हुकूमत में ट्रांसपोर्ट मिनिस्टर की हैसियत से पाँच बरस गुज़ारने के बावजूद उनकी अना पसन्द तबीयत ने सरकारी मुराआत (सुविधाओं) का इस्तेमाल भी सरकारी ज़रूरत के मुताबिक़ ही किया। कुछ तो बंगाल की मिट्टी की फ़क़ीराना रविश, कुछ कम्युनिस्टों की तुनक मिज़ाजी और फिर उसमें अमीन साहब की शायराना अनापसन्दी ने मिलजुलकर अमीन साहब की शख़्सियत को खरे सोने से कुन्दन बना दिया।

अमीन साहब के एज़ाज़ (सम्मान) में टीटागढ़ में मुशायरा था। कलकत्ता से भी शोअरा की एक बड़ी तादाद इस मुशायरे में शिरकत कर रही थी। इब्राहीम होश साहब, हज़रत सालिक लखनवी और प्रोफ़ेसर एज़ाज़ अफ़ज़ल भी एक कार के ज़रिये रवाना हो रहे थे। तीनों बरगज़ीदा (बुज़ुर्ग) शख़्सियतें कार की पिछली सीटों पर तशरीफ़ फ़रमा रहीं थीं। मैं ड्राइवर के बराबर अगली सीट पर बैठा था। तीनों हज़रात अदब की हर सिन्फ़ (विधा) पर मुसलसल गुफ़्तगू किये जा रहे थे। मेरे लिए ये सफ़र रमज़ान के पहले रोज़े की तरह महसूस हो रहा था क्योंकि चाय-पानी का कोई ज़िक्र भी नहीं कर रहा था। इन बुज़ुर्गाने अदब की मौजूदगी में सिगरेट-पानी भी हराम क़रार दिये जा चुके थे। इन लोगों के दरम्यान होने वाली गुफ़्तगू मुख़्तलिफ़ मौज़ूआत के

स्टेशनों से गुज़रती हुई नयी नस्ल की उर्दू ज़बान से नाक़िफ़ियत पर आकर ठहर गयी। गर्मा गर्म बहस इस बात पर हो रही थी कि वहशत और परवेज़ के बाद सेहतमन्द उर्दू लिखने वाले लोग इक्का दुक्का ही रह गये हैं। इब्राहीम होश साहब ने फ़रमाया कि, "पूरे हिन्दुस्तान में ही अच्छी ज़बान लिखने और बोलने वालों का अकाल पड़ता जा रहा है।" मेरी ज़बान में बहुत देर से खुजली हो रही थी लिहाज़ा सआदतमन्दियों (आज्ञाकारिता) की सीढ़ियों से नीचे उतरते हुए मैंने कहा, "चचा! अब हमारे बीच ग़ालिब भी नहीं रह गये हैं, मीर भी नहीं हैं, दाग़ भी मुल्केअदम (परलोक) को सिधार गये और चचा, अब मेरी भी तबीयत ठीक नहीं रहती।" पहले तो पिछली सीटों से बेसाख़्ता क़हक़हों की आवाज़ें आयीं। फिर दूसरे ही लम्हे पिछली सीट पर बैठे बुज़ुर्गों में से किसी का मोहब्बत भरा थप्पड़ मेरी गुद्दी पर पड़ा। अफ़ज़ल साहब मेरे मिज़ाज के बहुत नब्बाज़ (नब्ज़ जानने वाले) थे, उन्होंने फ़ौरन सालिक लखनवी साहब से कहा कि कहीं रुककर चाय तो पी ही ली जाये। मैं ऐसे ख़ुश हुआ जैसे अफ़्तार के वक़्त का इन्तिज़ार करता हुआ बच्चा मस्जिद के माइक की सुगबुगाहट पर ख़ुश हो जाता है।

मग़रिबी बंगाल सरकार के इश्तराक़ (हिस्सेदारी) से एफ्रोएशियन वालों ने दुनिया की मुख़्तलिफ़ ज़बानों का एक तारीख़ी मुशायरा राबिन्दर सदन में मुनअक़िद (आयोजित) किया। इस मुशायरे में वज़ीरे आला ज्योति बसु ने उर्दू के पुरजोश सामिईन के दरम्यान कलकत्ता युनिवर्सिटी में *इक़बाल चेयर* क़ायम करने का एलान भी किया था और बर्रे सग़ीर (उप महाद्वीप) के सबसे मुमताज़ और मोहतरम शायर हज़रत फ़ैज़ अहमद फ़ैज़ से यह एज़ाज़े गराँबार (वज़नदार सम्मान) सम्भालने की गुज़ारिश भी की थी।

ग़ालिबन अमीन साहब मुशायरा कमेटी के चेयरमैन थे। इस मुशायरे में उर्दू, हिन्दी और बंगला के अलावा मिस्री, फ़िलिस्तीनी, अरबी, वियतनामी, कोरियन और चायनीज़ समेत तक़रीबन पन्द्रह ज़बानों के शोअरा ने शिरकत की थी। उर्दू वालों में फ़ैज़ साहब, सरदार जाफ़री, मजरूह सुल्तानपुरी, कैफ़ी आज़मी, अज़ीज़ क़ैसी, हसन कमाल और शहाब जाफ़री भी शरीके मुशायरा थे। हिन्दुस्तानी और बैरूनी शोअरा की तादाद तक़रीबन तीन दर्जन थी। निज़ामत (संचालन) की ज़िम्मेदारी मुझे सौंपी गयी। तमाम शहर और मज़ाफ़ात (आसपास) में पोस्टर चस्पाँ थे। हफ़्तों से अख़बारात में इस मुशायरे की ख़बरें और इश्तहार आ रहे थे। इश्तहार में इस बात का एलान भी किया गया था कि मुशायरा साढ़े चार बजे सुबह तक रवाँ दवाँ रहेगा। सुबह पाँच बजे हुकूमते मग़रिबी बंगाल की तरफ़ से शेरो अदब के आशिक़ों की वापसी के लिए बसों का इन्तिज़ाम किया गया है। ये बसें मुख़्तलिफ़ रेलवे स्टेशनों के अलावा शहर के ख़ास-ख़ास इलाक़ों तक शायरों और सामिईनों की मदद करेंगी।

मुशायरा इब्तिदाई (शुरुआती) रस्मो रिवाज की वजह से काफ़ी ताख़ीर (देर) से शुरू हुआ। हार फूल की तक़सीम के बाद माइक मेरे हवाले कर दिया गया। किसी

मुशायरे में इतना उतार-चढ़ाव इसके बाद मैंने फिर तीस बरस में कभी नहीं देखा। मुझे भी अपनी निज़ामत की नयी-नयी दुकान की साख बचाने के लिए बहुत मेहनत करनी पड़ रही थी। हर हिन्दुस्तानी शायर को ज़हमत देने में मुझे अपनी सारी शेड्यूल कॉस्ट इल्मी ज़िहानत को झोंकना पड़ रहा था लेकिन उसके बाद ही जब कोई ग़ैर मुल्की शायर खड़ा होता और ज़बाने ग़ैर में अपना कलाम सुनाता तो सामिईन उसे हूट करते हुए तालियाँ बजाने लगते लेकिन तालियों की आवाज़ को दाद समझकर ग़ैर मुल्की शायर माइक के सामने कुछ और शान से खड़ा हो जाता। बड़ी मिन्नत समाजत (अनुनय विनय) के बाद उसको बिठाना पड़ता था। चूँकि मेरी अंग्रेज़ी की लियाक़त ट्रांसपोर्ट की बिल्टी और चालान की रहीने मिन्नत (शुक्रगुज़ार) थी कि जिसकी मदद से चेक पोस्ट से ट्रक तो निकाला जा सकता था लेकिन कोई ग़ैर मुल्की शायर नहीं सँभाला जा सकता था। लिहाज़ा ऐसे मौक़े पर हज़रत सालिक लखनवी मेरी मदद के लिए माइक पर आ जाते थे लेकिन सालिक साहब का रोल भी दो आदमियों के बीच झगड़ा ख़त्म कराने वाले उस आदमी की तरह था जो ख़ुद ही मारपीट में शामिल हो जाता है। सालिक साहब उस ग़ैर मुल्की शायर की नज़्म का तर्जुमा करते-करते अचानक घबड़ाकर अपनी ही कोई नज़्म सुनाना शुरू कर देते थे और ग़ैर मुल्की शायर हक्का-बक्का खड़ा रह जाता कि उसकी नज़्म में फ़िक्र के इतने गोशे कैसे निकल आये। उन दिनों उर्दू एकेडमी के सेक्रेटरी फ़ख़रुद्दीन साहब हुआ करते थे, पढ़े लिखे आदमी थे लेकिन जल्दबाज़ बहुत थे। जल्दबाज़ी में *'दस्ते मुबारक के हाथों को'* कह दिया और सामिईन ने उनको आड़े हाथों ले लिया। घबराहट में फ़ैज़ साहब से कुछ पूछने के लिए वह सामिईन की तरफ़ पुश्त (पीठ) करके बैठ गये और फ़ैज़ साहब से बातें करने लगे। मैंने उनसे फ़ौरन कहा कि, "सर सामिईन की तरफ़ पुश्त नहीं की जाती है।" मेरे इस जुमले पर फ़ैज़ साहब मोहरे तस्दीक़ भी लगा रहे थे लेकिन उन्होंने हमारे मशविरे को भी पसे पुश्त डाल दिया। अंग्रेज़ी और उर्दू की मिली-जुली निज़ामत में अदब सैंडविच हुआ जा रहा था। नतीजा ये हुआ कि पूरा मुशायरा 'तू चल मैं आता हूँ' की वीडियो फ़िल्म बनकर रह गया। मैंने घड़ी की तरफ़ देखा, रात के सिर्फ़ डेढ़ बजे थे। तीन दर्जन मुल्की और ग़ैर मुल्की शायरों में कुछ माइक पर आते ही, कुछ आते-आते और बक़िया पैवेलियन में बैठे-बैठे ही आउट हो चुके थे। अमीन साहब स्टेज के पिछले हिस्से की तरफ़ उठकर जाने लगे और आँखों ही आँखों में मुझे भी आने को कहा। मैं फ़ौरन उठकर उनके पास पहुँचा। उन्होंने मुझसे पूछा कि मुनव्वर, क्या होना चाहिए? मैंने अर्ज़ किया कि चचा! अब कुछ भी नहीं हो सकता, सिर्फ़ बसों का इन्तिज़ाम हो जाना चाहिए। उन्होंने बड़ी बेचारगी से फ़रमाया कि सरकारी बसें तो साढ़े चार बजे आयेंगी। मैंने अर्ज़ किया कि चचा, फिर मुनासिब यही है कि आप घर तशरीफ़ ले जाइए क्योंकि आप कई दिनों से थके हुए हैं और आपको सामिईन से बेसबब उलझना पड़ेगा। अमीन साहब ने परेशान होते हुए पूछा कि लोगों को परेशानी तो नहीं होगी। मैं मुगले आज़म के दुर्जन

सिंह की तरह सीना ठोंककर बोला, "जब तक मैं ज़िन्दा रहूँगा सब ठीक रहेगा।"

अमीन साहब के तशरीफ़ ले जाने के आधे घण्टे के अन्दर ही मुशायरे की छत पूरे तौर पर ज़मींबोस (धराशाई) हो चुकी थी। शरीफ़ सामिईन तो राबिन्दर सदन से बाहर निकलकर टैक्सियाँ तलाश कर रहे थे, जिनमें शराफ़त के फल-फूल ज़्यादा नहीं आये थे वह लोग स्टेज पर और ग्रीन रूम में मुशायरे के मुन्तज़िमीन को तलाश कर रहे थे। हर शख़्स की निगाह में हम ही चढ़ रहे थे। उस दिन यह बात समझ में आयी कि बादशाह पर हमले में सबसे पहले चोबदार क्यों मरता है। कुछ सामिईन ने हाल के बाहर हबीब हाशिमी, अहमद रईस और मुझे पकड़कर ग़ज़लें सुनीं। दोनों तरफ़ ग़रज़मन्दी के दीये जल रहे थे। हम लोग माफ़ी माँग रहे थे। सामिईन में से कुछ मनचले मुझसे मेरी सिगरेट की डिब्बी माँग रहे थे। किसी तरह अवाम से पीछा छुड़ाकर और घर वापसी का कोई ज़रिया न देखकर हम कुछ लोग पैदल ही मुशायरा गाह से वापस चल दिये। धरमतल्ले Statesman की इमारत के पास पुलिसवालों ने हम लोगों को चोर-उचक्का समझकर पूछ गछ शुरू कर दी। मेरे ये बताने पर कि "हम लोग बहुत छोटे-मोटे चोर हैं, शेर का एकाध मिसरा इधर-उधर कर लेते हैं" पुलिसवालों ने हम लोगों के चेहरे पर बरसती हुई अदबी यतीमी पर रहम खाते हुए हम लोगों को छोड़ दिया। राबिन्दर सदन से ज़करिया स्ट्रीट तक तक़रीबन चार किलोमीटर पैदल मसाफ़त (दूरी) तय करते हुए हम लोग लुटे-पिटे अपने घर पहुँचे। कई हफ़्ते तक इधर-उधर जाने की हिम्मत नहीं पड़ी कि न जाने कौन-सा टूटा-फूटा सामे (श्रोता) कहाँ मिल जाये और मुझ पर मश्क़े सितम करने लगे।

वह दिन भी क्या थे, वह ज़माना भी क्या था, वह लोग भी क्या थे। उनमें न जाने कितने ही चेहरे मिट्टी की चादर ओढ़कर सो गये होंगे। अच्छे दिनों में भी पुराने दिनों को याद रखना चराग़ों की हिफ़ाज़त करने की तरह होता है। मोहज़्ज़ब (सभ्य) क़ौमें उन खण्डरात की हिफ़ाज़त में भी जी जान से लगी रहती हैं जो उनके अस्लाफ़ (पूर्वजों) की निशानदही करते हैं :

बिछड़कर भी मोहब्बत के जमाने याद रहते हैं
उजड़ जाती है महफ़िल और चेहरे याद रहते हैं

तीन-चार बरस पहले पार्क सर्कस मैदान में मिलन मेले का मुशायरा था। पच्चीस बरस बाद जाने-पहचाने चेहरों का एक हुजूम स्टेज पर मौजूद था। ग़ालिबन अलक़मा शिबली मसनदे सदारत (अध्यक्षता) पर जलवा अफ़रोज़ थे। हज़रत सालिक लखनवी अपनी अलालत (बीमारी) के बावजूद स्टेज पर तशरीफ़ फ़रमा थे। प्रोफ़ेसर एज़ाज़ अफ़ज़ल, क़ैसर शमीम, शहूद आलम आफ़ाक़ी और प्रोफ़ेसर नस्र ग़िज़ाली के अलावा शहर के नवजवान और बुज़ुर्ग शोअरा की कसीर (ज़्यादा) तादाद स्टेज पर मौजूद थी। अमीन साहब अपनी बेपनाह मसूफ़ियत और अलालत के बावजूद मुशायरे के इफ़्तताह (उद्घाटन) के लिए तशरीफ़ लाये थे। उम्र को भी जिस्म से खिलवाड़ करने में कितना मज़ा आता है। आँखों को यक़ीन नहीं आ रहा था लेकिन

यक़ीन करने पर मजबूर भी थीं कि ये वही अमीन साहब हैं जिन्होंने सारी ज़िन्दगी एक मुजाहिद की तरह गुज़ार दी, एक बहादुर सिपाही की तरह मोर्चे पर डटे रहे।

नाज़िमे मुशायरा की हैसियत से मैंने अमीन साहब से माइक पर तशरीफ़ लाने और इफ़्तताही कलमात से सामिईन को नवाज़ने की गुज़ारिश की। अमीन साहब की थकन उनकी आँखों से झाँक रही थी। वह किसी का हल्का-सा सहारा लेकर माइक पर आये और अपने ख़ास अन्दाज़ में बहुत ख़ूबसूरत तक़रीर की। अमीन साहब तक़रीर ख़त्म करना ही चाह रहे थे कि मैंने खड़े होकर दस्तबस्ता (करबद्ध) कुछ अश्आर सुनाने की गुज़ारिश की। अमीन साहब ने कहा, "ठीक है, मैं शेर सुनाऊँगा मगर बैठकर सुनाऊँगा।" मैंने अर्ज़ किया कि चचा, ये इबादत नहीं है कि आप बैठकर भी कर लें... ये मुशायरा है। यहाँ आपको खड़े होकर ही सुनाना पड़ेगा। अमीन साहब बच्चों की तरह खिलखिलाकर हँस पड़े और कहने लगे कि, "अभी तक यह बदतमीज़ जैसा था वैसा ही है।"

हम जो कुछ हैं, हम जैसे हैं, वैसे ही दिखाई देते हैं
चेहरे पे भभूत नहीं मलते कभी काले बाल नहीं करते

लोग प्यास अपनी बुझाते हैं चले जाते हैं

इलाहाबाद की मिट्टी ज़रख़ेज़ हो या न हो लेकिन इस शहर के मिज़ाज में मुरव्वत और मिट्टी में इल्म व अदब का ख़मीर शामिल है। सियासी बाज़ीगर शाह को पिटवाते रहें लेकिन इल्म की देवी सरस्वती अपने मन्दिर में सियासी मुजरे की इजाज़त कभी नहीं दे सकती। आती-जाती सरकारें नये सिरे से इस शहर की हदबन्दी करती रहें, इस शहर के जुग़राफिये की कितनी की काँट-छाँट की जाये लेकिन जब तक्सीमे मुल्क के बाद भी अदब की तारीख़ इब्ने सफ़ी इलाहाबाद के ही रहे तो फिर दुनिया की कोई ताक़त 'नूह' नारवी को इस शहर से अलग नहीं कर सकती। शहरों का जुग़राफ़िया तो सैलाब का पानी भी बदल देता है लकिन तारीख़ तो किताबों के समन्दर और दिलों के निहाख़ानों (छुपे हुए हिस्सों) में हमेशा महफूज रहती है। इस गंगा जमनी तहज़ीब वाले शहर से अगर अकबर इलाहाबादी, निराला, फ़िराक़ गोरखपुरी, महादेवी वर्मा, सुमित्रा नन्दन पन्त, और राज़ इलाहाबादी को अलग कर दें तो अदब बेवा की सूनी कलाइयों जैसा होकर रह जायेगा। अदब से हिन्दी, उर्दू या किसी भी ज़बान को अलग करना बिल्कुल ऐसा ही है जैसे किसी घने और सायादार पेड़ पर सिर्फ एक तरह की चिड़ियों को बसेरे की इजाज़त दी जाये। अदब रखैल की तरह नहीं होता कि जिसके जिस्म और साँसों पर शहर के किसी एक रईस का कब्ज़ा बरक़रार रहता है बल्कि अदब तो उस मुक़द्दस माँ की तरह होता है जिसकी छाती से उबलता हुआ दूध मसलक और मज़हब की क़ैद से आज़ाद हर नन्हे बच्चे के प्यासे होंठों तक पहुँचने के लिए बेताब रहता है। अज़ीम होती हैं वो माँएँ जो अपनी छातियाँ किसी भी फ़िरके, किसी भी मज़हब के नवज़ाइदा बच्चे के हलक़ में उँडेल देती हैं। अदब को ज़बान की बुनियाद पर तक़सीम करने वाले दहशतगर्द तो हो सकते हैं लेकिन शायर और अदीब हर्गिज़ नहीं हो सकते क्योंकि दुनिया की किसी भी ज़बान में शायर को शायर और दहशतगर्त को दहशतगर्द ही कहा जाता है। मोहतात सियासतदाँ पंडित नेहरू से लेकर बेनियाज़ी की तस्वीर माहिर इलाहाबादी तक इस शहर के ऐसे रौशन सितारे हैं जिन्होंने इस शहर का सिर बुलन्द रखने के लिए साँसों की सारी पूँजी दयारे ग़ैर में ख़र्च कर दी, इस शहरे तबस्सुम से मुस्कुराते हुए रुख़्सत हुए और वापस हुए तो अर्थी, मय्यत और कलश की शक्ल में आये :

लाश तक घर को न पहुँची ऐसा मक़तल भा गया
हमने सोचा था कि कुछ साँसें बचा ले जायेंगे

इस शहर में आईने हमेशा कम फरोख़्त होते हैं क्योंकि यहाँ हर चेहरा आईना सिफ़त रहा है। जहाँ आँखें बोलती और बात करती हैं। हालाँकि इसी शहर में त्रिवेणी ग्लास जैसी कम्पनी मौजूद है जो सारे एशिया को आईना साज़ी का हुनर और चेहरे को ख़ूबसूरत दिखाने के आदाब सिखाती है। हिमालय की आग़ोश से निकली हुई गंगा और जमुना एक दूसरे से बेनियाज़ होकर हज़ारों मील तक बहती रहीं लेकिन इलाहाबाद पहुँचते ही दोनों एक दूसरे में इस तरह मुदग़म (मिल) हो गयीं जैसे मुद्दतों की बिछड़ी हुई बहनें एक दूसरे से लिपट जाती हैं। गंगा और जमुना की इस हम आग़ोशी का एहतराम बंगाल की ख़ाड़ी में बहती हुई वह हुगली नदी भी करती है जिसे दुर्गा और काली के शहर कलकत्ता का आँचल भी कहाँ जाता है। गंगा जमुना की इस ख़ुदसुपुर्दगी और हम आग़ोशी का ही करिश्मा है कि हिन्दुस्तान की हर ग्लास कम्पनी इलाहाबाद की शीशा सिफ़त बालू के बग़ैर वीरान रहती है। चन्दौसी से कलकत्ता और कलकत्ता से इलाहाबाद तक का सफ़र जे.के. अग्रवाल और उनके बुज़ुर्गों ने सिर्फ़ इस चमकती हुई बालू को शीशे में बदल देने के लिए ही तय किया था :

हमें महबूब को अपना बनाना तक नहीं आया
बनाने वाले आईना बना लेते हैं पत्थर से

मैं पूरे एतमाद से यह बात अर्ज़ कर रहा हूँ कि जब तक इस शहर में गिरीश वर्मा, डी.एन. आर्या जैसे लोग मौजूद हैं इस शहर को रज्जू भय्या और मुरली मनोहर जोशी से कोई ख़तरा नहीं है क्योंकि आज तक इस शहर के दरों दीवार से नेहरू के कलन्दराना रविश, लाल बहादुर शास्त्री की ईमानदारी, राजा विश्वनाथ प्रताप सिंह की फ़क़ीराना तबीयत, हेमवती नन्दन बहुगुणा की हर दिल अज़ीज़ी और मुस्तफ़ा रशीद शेरवानी की इनसान दोस्ती का नूर उबल रहा है। शायद यही वजह है कि इलेक्ट्रिक सप्लाई वालों की मुस्तक़िल नाफ़रमानी के बावजूद इस शहर में हर वक़्त उजाला रहता है। उस अदबी चौपाल की रौनक़ कभी कम नहीं हो सकती जिसके इर्द-गिर्द डॉ. राम कुमार वर्मा, मुस्तफ़ा ज़ैदी, डॉ. जगदीश गुप्ता, मुजाविर हुसैन रिज़वी, डॉ. हरिदेव बहरी, पंडित उदय नारायण तिवारी, हरिवंश राय बच्चन और शफ़ीक़ इलाहाबादी जैसे लोगों ने कहाँनियाँ बुनी हों और गज़लों के फूल चुने हों। अभी इस शहर की फ़ज़ाओं में मौलाना तुफ़ैल मदनी की बाज़गश्त (प्रतिध्वनि) महसूस होती है। अभी दायरये शाह अजमल के बुज़ुर्गों के कश्फ़ोकरामात (चमत्कार) से दुनिया नावाक़िफ़ नहीं हुई है। अभी इलाहाबाद स्टेशन पर आराम फ़रमाते हुए लाइन शाह बाबा के मज़ार पर हाज़िरी देने से पहले लोग अपनी अपनी सियासी पगड़ियों को उतार देते हैं। अभी जमुना के मुक़द्दस पानी से बुज़ुर्गों के सजदों की ख़ुशबू आती

है। अभी मुक़द्दस गंगा की सुनहरी लहरों से चन्दन टीके की महक महसूस होती है। ऐसे इल्मी और अदबी दर्सगाह की बेअदबी इनसान तो इनसान आबों हवा भी बर्दाश्त नहीं कर सकती। कंक्रीट से बनायी हुई इमारतें उस वक़्त शर्मिन्दा हो जाती हैं जब गोश्त पोस्त का इनसान अपनी ज़ात को मिट्टी में मिलाकर उसे और भी गुलज़ार बना देता है :

हम को इस मिट्टी में बो देंगी हमारी नस्लें
हम कहीं भी नहीं इस शहर से जाने वाले

यह अदबी चौपाल अगर कोयले को राख बनाती देख चुकी है तो हरी शाख़ों को कोयला होते हुए देखना भी इसका मुकद्दर है। इल्म की गर्मी और अदबी सरगर्मी को ज़िन्दा रखने के लिए शमसुर्रहमान फ़ारूक़ी, प्रो. अक़ील रिज़वी, प्रो. फ़ज़्ले इमाम, बाबू लाल शर्मा, शबनम नक़वी, रवीन्द्र कालिया, इक़बाल माहिर, सुहेल ज़ैदी, ममता कालिया, नय्यर कुरैशी, सैयद अब्दुल करीम (धुन्नी भय्या), हमीद क़ैसर, क़ाएद हुसैन कौसर, यश मालवीय, ज़ुल्फ़िक़ार सिद्दीकी और हमदून उस्मानी जैसे बड़े चिराग़ बरसों रौशनी लुटाते रहे। हरचन्द कि वक़्त की आँधी ने उनमें से कई चिराग़ों को मुज़महिल किया और कई चिराग़ों को निगल भी गयी। आँधी कितनी ही ताक़तवर क्यों न हो उसका जोर ज़्यादा देर तक नहीं रहता लेकिन पुराने चिराग़ बुझते-बुझते भी नये चिराग़ों को अपना हुनर सौंप देते हैं। आँधी और चिराग़ की जंग जब तक दुनिया है जारी रहेगी :

मिलेंगे आपको हम लोग हर ज़माने में
हमारे पैरों में ज़जीरे माहो साल नहीं

आज भी शहरे इलाहाबाद के अदबी जज़बात सर्द नहीं हुए। आज भी गंगा और जमुना की लहरों का सुरीलापन बाक़ी है। आज भी मुस्लिम हॉस्टल की गहमा गहमी का वही आलम है। आज भी बरकत टी स्टाल शायरों और अदीबों का मयख़ाना है। आज भी सियासत इस शहर में आँखें नीची कर के चलती है। आज भी अमरूद की महक सारे शहर को दीवाना कर देती है। आज भी ग़ज़ल के शैदायी अपना मज़हब नहीं जानते हैं। आज भी सुलाकी हलवाई की पूड़ी-सब्ज़ी और क़ादिर हलवाई के गाजर के हलवे के दीवानों की गिनती नहीं की जा सकती है। आज भी इमाम बख़्श (जल्लाद) की चाय अपने आप में कई बोतलों का नशा रखती है। हाईकोर्ट की पुरशिकोह इमारत जो इंसाफ और ना इंसाफ़ी के हज़ारों वाक़ियात की चश्मदीद गवाह है, सियासी इक़तिदार और हवसे नग़मये तर ने इस इमारत के विक़ार को भी कुछ मैला कर दिया है। आनन्दभवन एक तारीख़ साज इमारत है एक ज़माने तक यह मुजाहिदीने आज़ादी की सबसे बड़ी छावनी थी। इस इमारत में दाख़िल होते ही हिन्दुस्तान के शरीफ़ सियासतदानों के चेहरे निगाहों के सामने घूमने लगते हैं। खुसरो बाग़ और जमुना किनारे का क़िला आज भी हिन्दुस्तानी मुग़लिया सल्तनत

की सलीक़ेमन्दी की दाद तलब करते महसूस होते हैं। सफाई के एतबार से यह शहर उत्तर प्रदेश के और दूसरे तमाम शहरों के मुक़ाबिले में ग़नीमत है। मुमकिन है, क़लम कुछ और फ़राख़ दिली का सुबूत देता लेकिन पेशे नज़र 'ग़ीबत कदा' अदब का वह हेड क्वार्टर है जिसे उर्फ़े आम सिर्फ़ 'ओरियन्ट' कहा जाता है। इसे बहुत से लोग ग़ज़ल कदा भी कहते हैं लेकिन मेरी निगाह में यह शहर का सबसे अदबी पड़ाव है। जिस तरह किसी ज़माने में शहर के उमरा (बड़े लोग) अपने-अपने साहबज़ादगान को तहज़ीब और आदाबे महफ़िल सीखने के लिए 'कूचये अरबाबे निशात' (हसीनाओं की ग़ली) का तवाफ़ (परिक्रमा) करवाते थे उसी तरह तश्नगाने अदब (साहित्य के प्यासे) अपनी इल्मी और अदबी प्यास और दिलजले शायर व अदीब अपने दिल की भड़ास निकालने के लिए उसी तरफ़ रुख़ करते हैं। देखने में तो ये दवा की दुकान है लेकिन वक़्त ज़रूरत यहाँ से हर महफ़िल में सुर्ख़रू रहने के लिए बेहतरीन कलाम की सप्लाई भी होती है। यह 'ग़ज़लकदा' उबैद ख़ान और आसिफ़ उस्मानी जैसे ज़हीन और ख़तरनाक लोगों का हैलीपैड है, अशरफ़ ख़ाँ की कछार है। इनको इतने लोग पापा कहते हैं कि इनकी जवानी के प्रिंट आउट मश्कूक (सन्दिग्ध) लगते हैं। ख़्वाजा जावेद और हादी का ट्रेनिंग सेंटर है, जद्दन भाई की नयी ख़ानक़ाह है जहाँ वह अपने आधा दर्जन पीरों के ज़रिये ज़ेहनी तौर पर बालिग़ किये जाते हैं। यहीं से बैठकर यह भी अन्दाजा हो जाता है कि अतीक़ विधायक इस शहर पर कैसे हुकूमत करते हैं। दरअस्ल रंगबाज़ी भी मुट्ठी की रेत की तरह होती है। अगर एक ज़र्रा भी सरक ज़ाये तो पूरी मुट्ठी खाली हो जाती है। यहीं बैठकर विधायक की अदब दोस्ती और फ़य्याज़ी के क़िस्से-कहानियाँ सुनने में आती हैं। ग़रज़ कि नय्यर आक़िल और अहमद अबरार का यह दवाख़ाना वह अदबी मीनार है जहाँ से पूरे शहर का नज़्ज़ारा किया जा सकता है। राज़ साहब जब भी इस दवाख़ाने में आते थे हमेशा दुकान भरी-भरी लगती थी। जब तक ज़िन्दा रहे इलाहाबाद भरा-भरा लगता था। उनकी कमी मुद्दतों अदब वालों को महसूस होती रहेगी :

इस भीड़ में कुछ मेरी हक़ीक़त नहीं लेकिन
दब जाऊँगा मिट्टी में तो सब याद करेंगे

इलाहाबाद का मौजूदा अदबी मंज़रनामा दिलचस्प भी है और तवील भी। मेरी मालुमात महदूद हैं फिर भी इस शहर से इतना तवील रिश्ता है कि दूसरे के लोगों के मुक़ाबले में मेरी तलाश और जुस्तजू की बुनियादें ज़्यादा मज़बूत होंगी। नये मंज़र नामे में जो नाम बहुत तेज़ी से उभरकर सामने आये उनमें सरे फ़ेहरिस्त अली अहमद फ़ातिमी का नाम है। फ़ातिमी ने नस्र को अपने इज़हार का ज़रिया बनाया। नय्यर आक़िल, असलम इलाहाबादी, सालेह नदीम, इक़बाल दानिश, अहमद अबरार, अख़्तर अज़ीज़, सैयद मोहम्मद अली काज़िमी, इनआम हनफ़ी, एहतराम इस्लाम, निज़ाम हसनपुरी, बुद्धसेन शर्मा, अफ़ज़ल जायसी, अज़ीज़ इलाहाबादी, इसरार गाँधी और अतीक़ इलाहाबादी नये उर्दू अदब के अहम् नाम हैं।

इस शहर में मेरी सच्ची, पुरानी और मज़बूत दोस्ती अतीक़ इलाहाबादी से है या यूँ कहिए कि इस शहर से मेरी वाक़फ़ियत का ज़रिया भी अतीक़ इलाहाबादी ही हैं। शरीफ़ आदमी की सबसे बड़ी मजबूरी यह होती है कि वह अपने क़लम को क़रीबी दोस्त पर उठाता है तो क़लम तलवार की तरह भारी लगता है। यही मसला मेरे सामने भी है कि अतीक़ मेरे बेतकल्लुफ़ दोस्त, बीस बरस पुराने दोस्त, लिहाज़ा क़लम बार-बार हिम्मत हार रहा है, लेकिन :

मैं आज तुझे क़िस्सये ग़म क्यों न सुना लूँ
अब तो तेरे माथे पे शिकन आ ही गयी है

अतीक़ इलाहाबाद के सबके ग़ैर मुतनाज़िआ (अविवादित) और दिलचस्प शायर हैं। अदब उनका शौक़ है, ओढ़ना-बिछौना नहीं है। इसीलिए फ़ायदे में हैं क्योंकि ओढ़ने और बिछाने वाली चीज़ों को बराबर धूप दिखानी पड़ती है और अतीक़ धूप से इतना डरते हैं कि बाल सफेद होने से पहले ही एहतियातन ख़िजाब का इस्तेमाल शुरू कर दिया। दोस्ती में उनकी पसन्द बदलती रहती है लेकिन नाराज़ किसी को नहीं करते। निज़ाम खाँ उनके सबसे क़रीबी दोस्त हैं। उनसे क़ुर्बत का सबब इज़ार बन्दी रिश्ता भी है। बेगम अतीक़ की तरफ़ से मुकर्रर किये हुए सिक्योरिटी गार्ड के कमाण्डर हैं। इस ड्यूटी के फ़रायज़ अंजाम देने की तनख़्वाह बेग़म अतीक़ से लेते हैं लेकिन सारी वफ़ादारियाँ अतीक के साथ हैं। अतीक़ से मुलाक़ात करने वालों पर उक़ाबी निगाह रखते हैं। जिन्स (उर्दू वाली हो या अँग्रेज़ी वाली) तब्दील होते ही मुँह फेर लेते हैं और अपना वज़ू बरक़रार रखने में कामयाब हो जाते हैं। अतीक़ के ग़ैरकानूनी मुशीरकारों में सरे फ़ेहरिस्त मौलाना नासिर फ़ाख़िरी हैं जो उन्हें मज़हब में सियासत और सियासत में मज़हब के इस्तेमाल का तरीक़ा, उसके मुज़िर (नुक्सानदेह) असरात और उनसे बचने के तरीक़े बताते हैं। अगर अतीक़ थोड़ी-सी सियासी सूझ-बूझ और दिलचस्पी रखते तो श्यामा चरण गुप्ता के बराबर के लीडर तो बन ही सकते थे लेकिन अतीक़ को सियासत से उतनी दिलचस्पी है जितनी महात्मा गाँधी को ख़राब औरतों से थी और फिर मौजूदा हिन्दुस्तानी सियासत इतनी घिनावनी है कि कोई भी सचमुच का शायर या शायर मिज़ाज इनसान इस तरफ़ का रुख़ नहीं कर सकता।

अतीक़ सचमुच के शायर हैं। यह बात मैं इसलिए दोहरा रहा हूँ कि शायरी न तो उनका पेशा है और न ज़रूरत और न ही बक़ौले ग़ालिब 'ज़रीयये इज़्ज़त'। शायरी तो सिर्फ़ अतीक़ का शौक़ है। पेशे, ज़रूरत और इज़्ज़ज के लिए तो आदमी आजकल हराम को हलाल और जायज़ को नाजायज़ भी कर लेता है लेकिन शौक़ के लिए आदमी यह सब काम नहीं करता है। अतीक ने भी अपने शौक़ के लिए अपने उसूलों की कुर्बानी नहीं दी है वर्ना उनके जैसे तेज़ और हुनरमन्द आदमी को सलाहुद्दीन परवेज़ जैसी शोहरत हासिल करने में देर नहीं लगती । अतीक़ तो बुनियादी तौर

पर ऐसे आदमी हैं जो अपने दोस्तों को भी फलते-फूलते और अदबी उफुक़ (क्षितिज) पर जगमगाते देखकर ख़ुश होते हैं। यह तहज़ीबी सरमाया यक़ीनन उन्हें अपने वालिद मरहूम की तरफ़ से हासिल हुआ है। मेरा यह दावा उस वक़्त और दलील से आँखें मिलाता है जब मरहूम शफ़ीक़ साहब के बारे में लोग बताते हैं कि उनकी अदब नवाज़ी और सख़ावत से हज़ारहा शायर और अदीब फ़ैज़याब हुए लेकिन उनकी कलन्दरी और बेनियाजी ने अपने वक़्त के किसी भी साहिबे तर्ज़ अदीब व शायर को अपना क़सीदा लिखने नहीं दिया वर्ना वह मसऊद अख़्तर जमाल से तो हर हाल में बड़े शायर थे। अतीक भी सरापा दोस्त हैं। अगर दोस्ती की कहीं कोई तस्वीर होगी जो अतीक़ इलाहाबादी से ज़रूर मिलती जुलती होगी। दिन हो या रात का कोई भी हिस्सा हो अगर किसी दोस्त का कोई काम है तो अतीक़ कपड़े पहने तैयार मिलेंगे। ख़ातूर दोस्त हो तो उसकी भी ज़रूरत नहीं पड़ेगी।

अतीक़ को अपने वालिद की शफ़क़त ज़्यादा दिनों तक नसीब नहीं हो सकी लेकिन उन्होंने वालिदा की जी जान से ख़िदमत की बल्कि वालिद के हिस्से की ख़िदमतें भी उन्होंने अपनी मादरे मोहतरम के क़दमों में लाकर रख दीं। यही वजह है कि आज अतीक़ ने दीन और दुनिया दोनों में अपने लिए एक ख़ास जगह बना ली है। अतीक़ की नेक़ियों और शराफ़त का ही समरा है कि उनके छोटे भाई ख़लीक़, लईक़ और अक़ीक़ जिस तरह अतीक़ का एहतराम करते हैं वह शायद उन्नीसवीं सदी में भी किसी को नसीब न रहा होगा, फिर यह तो बीसवीं सदी है जो इक्कीसवीं सदी की दहलीज़ पर खड़ी होकर कटी फटी तहज़ीब का मर्सिया पढ़ रही है। बुजुर्गों के साथ होने वाली नाफरमानियों पर शर्मिन्दा हो रही है। एख़लकी (नैतिक) गिरावटों को देखकर आँखों ही आँखों में आँसू पीने की कोशिश कर रही है।

अतीक़ को अदबी एक्तिदार से भी ख़ास दिलचस्पी नहीं है वर्ना अली अहमद फ़ातिमी जैसे मामला फ़हम, ज़ीरक और मोहतात दोस्त की सोहबत में किसी भी सरकारी या नीम सरकारी अदारे के नायब इमाम की कुर्सी तो हथिया ही लेते। ज़ाहिर है कि इमाम की कुर्सी पर ख़ुद अली अहमद फ़ातिमी बुरी नज़र रखते होंगे। पूरे इलाहाबाद में उनके अलावा यह हुनर किसी को भी नहीं आता। वह बयक वक़्त कांग्रेसियों से याराना, भाजपाइयों से दोस्ताना और कुम्युनिस्टों में आना-जाना करते रहते हैं और अपनी तहरीरों के एक-एक लफ़्ज़ की क़ीमत वसूल कर लेते हैं। इतने बड़े ज़माना शनास हैं कि अपनी टाई के मचलने पर हवा का रुख़ पहचान लेते हैं। अतीक ने उनसे सिर्फ़ जवान रहने का हुनर सीखा है क्योंकि फ़ातिमी ने जवानी को ऐसे सँभालकर रखा है जैसे अँगिया जोबन को सँभाले रहती है।

हुस्ने एख़्लाक़ के एतबार से अतीक़ इलाहाबाद के सबसे अमीर आदमी हैं। उनका ड्राइंग रूम सहरा (रेगिस्तान) का सायबान है। उनकी कार अदीबों की एम्ब्युलेंस है और उनका दस्तरख़्वान गुरुद्वारे का लंगर है। पहले मैं इलाहाबाद में

अपने वालिद के दोस्त और करमफ़रमा नेअमत उल्लाह साहब के घर पर ठहरता था। फिर जब अतीक से दोस्ती हुई तो मैंने अपनी बेश्तर दोपहरें और अक्सर रातें इसी सहरा के सायबान के नीचे गुज़ार दीं। उनकी अदबी एम्ब्युलेंस (जो उस ज़माने में वाकई एम्ब्युलेंस जैसी थी) पर बहुत सफ़र किया। उनके लंगरख़ाने का आज तक मेम्बर हूँ। इधर फुर्सतों ने मुझसे नज़रें फ़ेर ली हैं तो मैं लंगरख़ाने का बराबर तवाफ़ तो नहीं कर पाता हूँ लेकिन इस ख़ौफ़ से कि मेम्बरशिप बरक़रार रहे, बराबर नमक हलाल करता रहता हूँ। लंगरख़ाने का दरवाज़ा कभी बन्द नहीं होता ख़्वाह अतीक़ शहर में हों या न हों। बल्कि अक्सर अतीक़ के डफ़रिन (अस्पताल) के गेट पर बैठने की वजह से हुक्क़ा पानी बन्द भी हो गया है लेकिन लंगरख़ाने के किसी भी मेम्बर से कटोरा नहीं छीना जाता। अब अतीक़ हालाँकि बहू वाले हो गये हैं लेकिन आदतें हु-ब-हू वही हैं। इस घर में मेरी सबसे बड़ी मद्दाह (प्रशंसक) ज़ेबा थी। ग़ालिबन उस वक़्त चार-पाँच बरस की रही होगी। वही मेरी असली मेज़बान थी। अब तो माशाअल्लाह वह बड़ी हो गयी और अब अपने घर में वो भी मेहमान की तरह रहती है। इंशाअल्लाह कुछ ही दीनों में कोई शहज़ादा कहीं से आयेगा और हम लोगों के सामने हमारी शहज़ादी को लेकर चला जायेगा :

रो रहे थे सब तो मैं भी फूटकर रोने लगा
वर्ना मुझको बेटियों की रुख़्सती अच्छी लगी

अतीक सूट पहनकर बीड़ी पीते हैं तो बिल्कुल जीन्स पहने हुई लड़की के मुँह से निकली हुई 'हाय दय्या' मालूम होते हैं। इसमें एक तो उनकी कारोबारी चौकसी का दख़ल है दूसरे यह उनकी अन्दरूनी सादा मिज़ाजी और ख़ाकसारी है जो उनके सीने पर झूलती हुई पाँच तोले की सोने की जंज़ीर को तोड़कर बाहर निकल आती है। मोबाइल उनकी कारोबारी ज़रूरत भी है और कुछ लोगों की मोबिल आइल में तरबतर गुफ़्तगू सुनने का शौक़ भी। मिज़ाज में मुरव्वत हद से ज़्यादा है लेकिन सबके सामने इतना भी नहीं खुलते जितनी ग़ैरतमन्द की मुट्ठियाँ खुलती हैं या जितने ज़रूरतमन्द के होंठ खुलते हैं। ज़िन्दगी में उन्होंने इतने उतार-चढ़ाव देखे हैं कि अब उन्हें न बुलन्दी से ख़ौफ़ आता है और न पस्ती ही उन्हें डरा पाती है। दुःख-सुख, धूप-छाँव और अपने-पराये की इतनी तस्वीरें उनकी नज़रों से गुज़री हैं कि आज तक वह अपने शायरी से, अपनी गुफ़्तगू से और अपने तौर तरीक़े से इन गुज़रे मनाज़िर को जुदा नहीं कर सके। उनकी शायरी ख़ानक़ाहों का सुकून नहीं, मक़तल की आहों फ़ुग़ाँ है लेकिन वह आहो फ़ुग़ाँ जिसकी लय उन्होंने कभी ऊँची नहीं होने दी। अतीक़ का शुमार इलाहाबाद के ज़हीन लोगों में होता है। फ़िराक़ का जिन्सी ज़िद्दीपन, फ़ारूक़ी का अदबी बचपना जिसके तहत वह फ़िराक़ के नाम की डाक अहमद मुश्ताक़ को भिजवा देते हैं। इस्लाम बेग चंगेज़ी की ज़हीन बरहना शायरी, उबैद ख़ाँ की अदबी तीरन्दाजी और आसिफ़ उस्मानी के लहजे की सफ़्फ़ाकी के साथ

अगर अतीक़ की ज़िहानत और हाज़िर जवाबी को भी रख दिया जाये तो इलाहाबाद की ज़िहानत का क़द कुछ और निकलता हुआ मालूम होता है।

अतीक़ शहर के किसी मुशायरे में मौजूद थे। नाज़िमें मुशायरा ने उन्हें ज़हमते ग़ज़ल सरायी दी वह जैसे ही माइक पर आये किसी तरफ़ से एक जुमला आया "अंकल, आपकी उम्र क्या है?" अतीक ने फ़ौरन जवाब दिया "बेटा घर जागर मम्मी से पूछ लेना।" ज़ाहिर है कि इस जवाब से इस मज़मून के हर जुमले की ताईद होती है। यह उन दिनों की बात है जब अतीक़ अपने बिखरे हुए कारोबार के पेचों ख़म निकालने में मसरूफ़ थे। हालात में उनकी साबिक़ा महबूबा (नम्बर मुझे याद नहीं है) की शादी उनसे नहीं होने दी। वह ख़ातून ब्याह कर कहीं और चली गयीं। मौसूफ़ा ने अपने कारोबारी शौहर के लेटर हेड पर अपना आख़िरी इक़रार नामा लिखकर भेजा। लेटर हेड के एक किनारे पर शेर की तस्वीर थी और दूसरे किनारे पर मौसूफ़ा के शौहर की तस्वीर थी। ख़त के आख़िर में यह भी लिखा गया था कि ऊपर वाली तस्वीर मेरे शौहर की है। अतीक़ ने मौसूफ़ा को ख़त लिखकर दरयाफ़्त किया कि शौहर कौन-सा है। ज़ाहिर है कि ज़िन्दगी के इस अहम् मोड़ पर जब अच्छे-अच्छे सहरानवर्द (जंगलों की ख़ाक छानने वाले) दिमाग़ी अस्पताल का केस होकर रह जाते हैं। उस वक़्त भी अतीक़ का इस क़दर होशमन्द रहना उनके सेहतमन्द होने का सुबूत है। अतीक़ मुहब्बत के कारोबार और शायरी के सिलसिले में कभी संजीदा नहीं रहे। कारोबार भाइयों की वजह से चल रहा है, मोहब्बत कारोबार की वजह से चल रही है और शायरी मुहब्बत की वजह से चल रही है।

उनकी अदबी एम्ब्युलेंस शबोरोज़ अदबी मरीजों का बोझ ढोती रही है। इस बेलौस ख़िदमत के हिसाब से वह अदब के फ़ादर टेरेसा हैं। जिन्हें हर वक़्त ख़िदमते अदब और ख़याले अदब रहता है। इसका एक ख़राब नतीजा यह हुआ कि कुछ ख़राब शायरों और अदीबों के ख़राब जरासीम अतीक़ की मासूम शख़्सियत से लिपट गये लेकिन इस सिलसिले में कुछ भी नहीं किया जा सकता क्योंकि सोनोग्राफ़ी और अल्ट्रासाउंड के ज़रिये हमल की जिन्स का पता तो लगाया जा सकता है लेकिन जिन्स तब्दील नहीं की जा सकती। यहीं अन्दाज़ा होता है कि साइंस हर दौर में कुदरत की मोहताज रहेगी।

उम्र भर धूप में पेड़ जलता रहा

ज़ख़्म कैसा भी हो, कुरेदिए तो अच्छा लगता है। माज़ी कैसा भी रहा हो सोचिए तो मज़ा आता है। बचपन जैसा भी गुज़रा हो राजसिंहासन से अच्छा होता है। मुझे नहीं मालूम ज़मींदारी कैसी होती है क्योंकि मैं किराये के घर में पैदा हुआ। मैं नहीं जानता ख़ुशहाली क्या होती है क्योंकि मैंने बारहा अपनी माँ को भूखे पेट सोते देखा है। मुझे क्या पता ज़मींदार कैसे होते हैं क्योंकि मैंने मुद्दतों अपने अब्बू के हाथों में स्टेयरिंग देखा है। मैंने बहुत से ख़्वाब देखे हैं। मुमकिन है मेरे अब्बू ने भी ख़्वाब देखे हों क्योंकि एक थका माँदा ट्रक ड्राइवर बहुत बेख़बरी की नींद सोता है। लेकिन मुझे मालुम है मेरी माँ ने कभी ख़्वाब नहीं देखा था क्योंकि ख़्वाब तो वह आँखें देखती हैं जो सोती हैं, लेकिन मैंने अम्मी को कभी सोते हुए नहीं देखा। उनकी आँखें हमेशा घर की दहलीज़ पर रखी देखी हैं, जिस्म जायेनमाज़ पर देखा है और जवानी उस ट्रक ड्राइवर के इन्तिज़ार में क़तरा-क़तरा पिघलते देखी है जो मेरे अब्बू भी थे और अम्मी के सिर का आँचल भी।

रायबरेली से मेरा ननिहाल सिर्फ़ बीस मील के फ़ासले पर था लेकिन गुरबत फ़ासले बढ़ा देती है, लिफ़ाफ़े और पोस्ट कार्ड को छोटा कर देती है। गुरबत में रिश्तेदार भी दूर के चिराग़ मालूम होते हैं। गुरबत में वह नशा है जिसमें ख़ुदा भी रिश्तेदार मालूम होता है। मुमकिन है ख़ुदा आसमान पर बहुत बड़े घर में रहता हो लेकिन ज़मीन पर वह सिर्फ़ ग़रीब आदमी के दिल में रहता है। गुरबत में करौंदे और बेर के काँटे उँगलियों से ख़ून की बूँद निकालकर उसकी जाँच कर लेते हैं। ख़ून की बूँदों को जाँचने और परखने के लिए किसी लेबोरेट्री में भेजने की ज़रूरत नहीं पड़ती। गुरबत के वह दिन भी क्या होते हैं जब शो केस में रखी हुई गुड़िया को देखने के लिए ग़रीबी एहतियातन हाथ-मुँह धो लेती है।

एक दिन मेरे अब्बू घर आये। मेरी अम्मी नानी के घर गयी हुई थीं। मेरे दो छोटे भाई, एक छोटा भाई यहिया राना (तक़रीबन बारह बरस पहले ऐन नवजवानी के आलम में जीप के हादसे में अपने मालिके हक़ीक़ी से जा मिला) अम्मी के साथ चले गये थे। मैं घर पर अपनी दादी के पास था क्योंकि दादी मुझे बहुत चाहती थीं। पता नहीं लड़कों को दादी से और लड़कियों को नानी से इतनी मोहब्बत क्यों होती

है। शायद नानी दुख़्तरज़ादी (नवासी) में अपनी बेटी तलाश कर लेती है, दादी पोते में अपना बेटा तलास करती है। अब्बू मुझे ट्रक में अपने साथ बिठाकर ननिहाल की तरफ़ चल दिये। जहाँ तक ट्रक जा सकता था अब्बू ट्रक चलाकर ले गये। फिर एक जगह ट्रक रोक दिया और मुझे साथ लेकर पैदल ही गाँव की तरफ़ चल दिये। ग़ालिबन दो ढ़ाई मील का फ़ासला रहा होगा। पगडण्डियों पर चलने की आदत न होने की वजह से मुझे यूँ भी तकलीफ़ हो रही थी फिर सफ़र भी लम्बा था। चलते-चलते मैं अब्बू से पीछे हो जाता , वो मुड़कर देखते तो मैं फ़िर दौड़कर उनके पास पहुँच जाता। बचपन में बाप भी ख़िज़्र अलैहिस्सलाम मालूम होता है। क़ुदरत यह एहसास बचपन को ही अता करती है। अचानक अब्बू एक जगह उकडूँ बैठ गये और बोले कि तुम मेरे कन्धे पर बैठ जाओ। मैंने कहा, नहीं अब्बू जान आप थक जायेंगे। मैं आपके साथ चलूँगा लेकिन आपके कन्धे पर नहीं बैठूँगा। अब्बू ने मेरी तरफ़ मुस्कुराकर देखा और बोले, तुम बोझ नहीं हो, मेरे बेटे हो, मैं थकूँगा नहीं। यह कह कर उन्होंने ज़बरदस्ती मुझे अपने कन्धे पर बिठा लिया और कहने लगे "ठीक है, मैं तुम्हें अपने कन्धे पर बिठाकर ले चल रहा हूँ जब तुम बड़े होना तो मुझे कार लाकर देना।" उस वक़्त मेरी उम्र मुश्किल से सात-आठ बरस रही होगी।

ख़ुशबू बचपन की तरह होता है, बहुत देर नहीं ठहरता, या बचपन को पर लग जाते हैं। दिन महीनों में और महीने बरस में तब्दील होते रहे। कुछ ही बरसों बाद सारा ख़ानदान पाकिस्तान चला गया। जैसे ताऊन में गाँव साफ़ हो जाते हैं, जैसे जंगल में आग लग जाती है, जैसे रंगत को धूप खा जाती है, जैसे किरदार को शहर खा जाते हैं, जैसे ईमान को हवस निगल लेती है, हवेलियों को अना (Ego) खा लेती है, जैसे आईने को वीरानी खा लती है। शायद आईना चेहरा देखने के लिए होता है और ढाल मैदान में तन्हा छोड़कर जाते हुए लश्कर को देखने के लिए होती है। सियासत की बिसात पर दुनिया की सबसे ज़हीन क़ौम मोहर बनकर रह गयी। तक़सीम के खेल में पाकिस्तान जीत गया लेकिन मुसलमान हार गया। कभी-कभी सोचता हूँ यह कैसी शिकस्त थी जिसका एहसास बावन बरस गुज़र जाने के बाद भी बाक़ी है। यह कैसा ज़ख़्म था जिसकी कसक हर मरने वाले के चहरे से उतरकर पैदा होने वाले के चेहरे पर चिपक जाती है। यह कैसी निदामत (शर्मिन्दगी) थी जिसे तीन नस्लों के आँसू भी नहीं धो सके। यह कैसी तक्सीम थी जिसका हिस्सा आज तक नहीं लग सका। यह कैसा फ़ैसला था जिसने ताजमहल के दो टुकड़े कर दिये, कश्मीर के दो हिस्से हो गये, तामा मस्जिद आधी हो गयी, ग़ज़ल ने मर्सिये का रूप धारण कर लिया, उर्दू ज़बान सरहद की सूली पर लटका दी गयी और फ़रार (भागने) को हिजरत का लक़ब दे दिया गया।

एक टूटे-से घर में बारिशों में टपकते हुए छप्पर के नीचे अब्बू ने अपनी गीली मिट्टी जैसे बच्चों को उस सीधी-सादी पर्देदार ख़ातून के सुपुर्द कर दिया जो मेरी माँ

थी और खुद अल्लाह का नाम लेकर अपने बाजुओं के भरोसे रोज़ी की तलाश में शबोरोज़ शेरशाह सूरी की बनवायी सड़क के पेचोख़म से खेलना शुरू कर दिया। अब्बू कभी हफ़्ते भर बाद आते, कभी दस दिनों बाद वापसी होती, कभी थोड़े दिन ठहरते, कभी थोड़ी देर ठहरते, और फिर हम लोगों के रौशन मुस्तक़बिल की तलाश में ट्रक का स्टेयरिंग़ थाम लेते। शायद वह सारी ज़िन्दगी विंड स्क्रीन ग्लास से सड़क के बजाय हमारे मुस्तक़बिल का ख़्वाब देखते रहते थे। मुस्तक़बिल का ख़्वाब वह नशा होता है जो सारी उम्र नहीं उतरता। वो अल्हड़ शराब होता है जिससे बुढ़ापा कतरा कर गुज़रता है। वो तूफ़ान होता है जिसे बाँधा नहीं जा सकता।

अब्बू हम लोगों के बारे में सोचते बहुत थे। उन्हें कोई भी मौसम डरा नहीं पाता था। वह लू-धूव की शिद्दत के ज़माने में अँगौछा भिगोकर सिर पर लपेट लेते थे। बारहा उन्होंने रायबरेली से कलकत्ता तक पंजाब मेल के ड्राइवर को आगे नहीं निकलते दिया। रफ़्ता-रफ़्ता गाड़ी चलाना उनका पेशा ही नहीं शौक़ बनकर रह गया। वह ज़्यादा से ज़्यादा वक़्त ट्रक चलाने में गुज़ार देते थे लेकिन हम लोगों से ग़ाफ़िल नहीं हो पाते थे। वह इस ख़याल से कभी पेट भर खाना भी नहीं खाते थे कि पता नहीं घर पर चूल्हा जला भी होगा या नहीं, और अक्सर ऐसा होता भी था कि मेरे घर में चूल्हा नहीं जलता था। अम्मी हम लोगों को रिश्ते की एक फूफी के घर भेज देती थीं और खुद खाली पेट सो जाती थीं या जायेनमाज़ पर खड़ी हो जाती थीं। अब्बू रास्ते में अगर कहीं आग लगी देख लेते थे तो फ़ौरन उन्हें घर का टूटा-फूटा छप्पर याद आने लगता था। फिर उन्हें यह ख़याल परेशान करने लगता था कि मेरे छोटे-छोटे बच्चे हैं। अगर ख़ुदा न ख़्वास्ता घर में आग लग गयी तो क्या होगा। मेरी अम्मी मेरे घर की रवायती (पारम्परिक) पर्दा की तरफ़दार भी थीं और निगहबान भी। हम लोगों के कपड़े ख़्वाह फटे हुए क्यों न हों लेकिन घर के दरवाज़े पर हमेशा एक मज़बूत पर्दा झूलता रहता था।

वक़्त को दबे पाँव चलने की इतनी आदत है कि महसूस हुए बग़ैर गुज़र जाता है। ग़ालिबन 1964 में अब्बू ने कलकत्ता में ट्रांसपोर्ट का छोटा-सा काम शुरू किया। 1967 में अम्मी और छोटे भाई बहन भी कलकत्ता चले गये। हम तीन भाई अब्बू के ख़ालाज़ाद भाई युनूस सूफ़ी (जिन्हें हम लोग चचा जान कहते थे) के घर में रहकर तालीम हासिल कर रहे थे। 1968 में अब्बू हम लोगों को भी लेकर कलकत्ता चले आये। मोहम्मद जान हायर सेकेण्ड्री स्कूल में मेरा नाम आठवीं जमात में लिखा गया। 1971 में वहाँ से हायर सेकेण्ड्री करने के बाद मेरा दाख़िला उमेश चन्द्र कॉलेज में बी. कॉम में हो गया। तालीम मुकम्मल करने की नौबत नहीं आयी क्योंकि एक तो मुझे शायरी, ड्रामा निगारी और स्टेज प्रोग्राम का चस्का लग गया, दूसरे अचानक अब्बू बीमार होकर इस्लामिया हॉस्पिटल में भर्ती हो गये। तक़रीबन पच्चीस दिनों तक वह अस्पताल में रहे। पढ़ाई से मेरा जी उचाट हो गया और मैं अब्बू के साथ ट्रांसपोर्ट

के ऑफ़िस में बैठने लगा। अब्बू को शायरी बहुत पसन्द थी। सोज़ सिकन्दरपुरी, प्रोफ़ेसर एज़ाज़ अफ़ज़ल, राज़ इलाहाबादी और नाज़िश प्रतापगढ़ी से उनके बहुत गहरे मरासिम थे। अपने आख़िरी दिनों में प्रोफ़ेसर एज़ाज़ अफ़ज़ल का यह शेर वह मुस्तक़िल पढ़ते रहते थे :

अफ़ज़ल का मुक़द्दर है हक़गोई व बेबाकी
हक़ बात कही होगी झुठलाये गये होंगे

वह इस बात पर क़तई राज़ी नहीं थे कि मैं शायर बनूँ लेकिन तक़दीर के लिखे को कैसे टाला जा सकता है। मैं बिगड़ते-बिगड़ते एक दिन शायर बन ही गया लेकिन अब्बू के ख़ून-पसीने से सींचे हुए कारोबारी पौधे पर कभी धूप-छाँव का असर नहीं होने दिया। करोबारी 'गद्दी' पर बिठाते वक़्त अब्बू ने पन्द्रह बीस हज़ार रुपयों के साथ ईमानदारी, बेबाकी, हक़गोई और शराफ़त की जो पूँजी मेरे हवाले की थी, ख़ुदा का शुक्र है कि मैंने उसमें इज़ाफ़ा ही किया है। 1987 में अब्बू कलकत्ता से वापस रायबरेली आ गये :

मुहाजिरो! यही तारीख़ है मकानों की
बनाने वाला हमेशा बरामदों में रहा

छोटे भाई की मौत के बाद अब्बू बहुत टूट-फूट गये लेकिन वह कभी इसका इज़हार नहीं होने देते थे बल्कि अन्दर-अन्दर धूप में रखी बर्फ़ की तरह पिघलने लगे। हम सब भाई उनको किसी भी तरह ख़ुश रखने की कोशिश में लगे रहते। हर तरह उनकी दिलजोई में मसरूफ़ रहते लेकिन अब एक तरह से वह बच्चे की तरह हो गये थे जो बहुत डरा हुआ होता है। हम लोगों को रात के सफ़र से मना करते थे, लेकिन चूँकि ट्रांसपोर्ट के काम में कैलेंडर में लाल सियाही का इस्तेमाल नहीं किया जाता है और जब तक हेड लाइट साथ दे रात को रात नहीं कहा जाता है लिहाज़ा इस मजबूरी की वजह से हमारा रातों का सफ़र अब्बू को भी घर में जगाये रखता था। हफ़्तों घर का मुँह न देखने वाले अब्बू अब कहीं भी जाते तो कोशिश यही करते कि रात होने से पहले-पहले वह रायबरेली वापस आ जायें। समन्दर की लहरों पर चलने वाला मुसाफ़िर अब नदी के किनारे बैठकर वज़ू करते हुए भी थक जाता था। अब्बू अपने चेहरे से और ख़ास तौर से अपने आवाज़ से कभी अपनी कमज़ोरी का एहसास नहीं होने देते थे। मुझे देर रात में फ़ोन करने वाले अक्सर धोखा खा जाते थे। वह टूट चुके थे लेकिन उनकी आवाज़ में लोच नहीं आयी थी।

1999 के बाद अब्बू बिल्कुल कमज़ोर हो गये थे। दोनों गुर्दों ने काम करना तक़रीबन बन्द कर दिया था। हफ़्ते में दो बार रायबरेली से लखनऊ डॉयलिसिस के लिए ले जाये जाते। इसके बावजूद उनकी ख़ुद एतमादी (आत्मविश्वास) में कमी नहीं आयी थी बल्कि कभी-कभी तो उनके चेहरे पर ज़िन्दगही की चमक देखकर मौत भी लरज़ जाती थी।

एक दिन मैंने सोचा कि अब्बू की ZEN कार पुरानी हो गयी है, नयी कार लायी जाये तो मुमकिन है कि अब्बू की ज़िन्दा रहने की उमंग बढ़ जाये। मैं कलकत्ता गया तो उनके लिए एक TATA SAFARI ख़रीदी। किसी ने अब्बू को बताया, चचा! आपके लिए भय्या ने सफ़ारी कार ख़रीदी है। अब्बू बिस्तर पर उठकर बैठ गये और बच्चों की तरह पूछा "शहर में यह गाड़ी किसी के पास है?" उसी आदमी ने बताया कि अभी यह गाड़ी पूरे ज़िले में किसी के पास नहीं है। यह सुनकर मुस्कुराये और फिर बच्चों की तरह लेटकर सो गये। जिस दिन कलकत्ता से सफ़ारी आयी अब्बू डॉयलिसिस के लिए लख़नऊ गये हुए थे।

शाम को कचहरी वालों की तरफ़ से हिन्दी दिवस के मौक़े पर फ़ीरोज़ गाँधी डिग्री कालेज के ऑडीटोरियम में एक कवि सम्मेलन था। रायबरेली के ज़िला जज मोहतरम पी.डी. कौशिक साहब उर्दू से मोहब्बत करते थे। इसी निस्बत से वह मेरा भी ख़याल करते थे। उन्होंने मुझे भी दावत नामा इस ताक़ीत के साथ भिजवाया कि आपको शरीक होना है। मैं शाम को कवि सम्मेलन में जाने के लिए निकला। कार अब्बू को लेकर अभी लौटी नही थी। ड्राइवर चुन्ने खाँ जो सफ़ारी कलकत्ता से चलाकर लाये थे। मुझसे कहने लगे चलिए, मैं आपके साथ कवि सम्मेलन में चलता हूँ। मैंने इनकार किया तो बोले, मैं आपको छोड़कर चला जाऊँगा। मैंने उन्हें समझाया कि मैं अभी सफ़ारी पर नहीं बैठ सकता क्योंकि अभी तक इस गाड़ी का असली मालिक इस गाड़ी पर नहीं बैठा है। यह सुनकर चुन्ने खाँ भी रंजीदा हो गये और मैं चुपचाप सिर झुकाये सड़क पर आ गया और एक रिक्शे पर बैठकर फ़ीरोज गाँधी डिग्री कालेज की तरफ़ रवाना हो गया। इत्तिफ़ाक़ से ऑडिटोरियम के सद्र दरवाज़े पर जिला जज साहब मिल गये। उन्होंने मुझे रिक्शे से उतरते देख लिया था। वह मेरे पास आये और शिकायती लहजे में बोले कि आपने फ़ोन कर दिया होता, कोई भी गाड़ी चली जाती और आपको ले आती। मैंने उनका शुक्रिया अदा करते हुए उनको याद दिलाया कि आपने एक बार एक क़िस्सा सुनाया था कि एक बार किसी मन्दिर में एक राजा पहुँचा और उसने मन्दिर पुजारी से पूछा कि पुजारी जी! क्या कभी किसी ने मन्दिर पर चढ़ावे में दो सेर सोना चढ़ाया है? पुजारी जी बोले, नहीं महाराज अभी तक ऐसा कोई दानी इधर से नहीं गुज़रा। राजा ने मुस्कुराकर कहा, तो पंडित जी! समझ लीजिए कि वह दानी पैदा हो गया है। आज मैं भगवान के चरणों में दो सेर सोना चढ़ाऊँगा। पंडित जी ने मुस्कुराते हुए हाथ जोड़ लिए और बोले, महाराज! मैं यह चढ़ावा लेने से इनकार करता हूँ। राजा ने पूछा, पंडित जी, आप यह चढ़ावा लेने से इनकार क्यों कर रहे हैं? पंडित जी ने फिर हाथ जोड़ लिए और बोले कि महाराज दो सेर सोना चढ़ाने वाले तो हर दौर में पैदा होते रहेंगे लेकिन मुमकिन है मेरे बाद कोई इनकार करने वाला पैदा न हो। ज़िला जज साहब ने मुझे उलझी हुई सवालिया निगाहों से देखा तो मैंने भी हाथ जोड़ लिए और अर्ज़ किया कि जनाब मैं अपने दरवाज़े पर

सफ़ारी छोड़कर इसलिए आया हूँ कि हर दौर में सफ़ारी जैसी महँगी और इससे भी महँगी गाड़ियों पर बैठकर लोग कवि सम्मेलन और मुशायरों में आते रहेंगे लेकिन मुमकिन है मेरे बाद सफ़ारी छोड़कर रिक्शे पर बैठकर आने वाला पैदा न हो।

अब्बू सिर्फ़ एक बार उस गाड़ी पर बैठ सके क्योंकि अगले हफ़्ते अम्मी अपनी कलाई की सब चूड़ियाँ तोड़ चुकी थीं। वह दिन है और आज का दिन मैंने सफ़ारी की तरफ़ निगाह उठाकर नहीं देखा। तक़रीबन छः महीने तक गाड़ी यूँ ही खड़ी रही। मैं कोशिश करता था कि इस पर निगाह न पड़ने पाये। फिर एक दिन मेरे दोस्त और मोहसिन ने मुझसे वह गाड़ी कुछ दिनों के लिए माँग ली। मैंने ड्राइवर से गाड़ी उनके घर पर खड़ी करवा दी और आज तक वापस लाने की हिम्मत नहीं कर सका। मुझे मालूम नहीं रवायती (पारम्परिक) शायरी, तरक्क़ी पसन्द अदब, जदीदियत (आधुनिकता) और माबादे जदीदियत (आधुनिकता के बाद की) किसे कहते हैं। मैं तो आप बीती को जग बीती और जग बीती को आप बीती के लिबास से आरास्ता करके ग़ज़ल बनाता हूँ। आपको अच्छी लगे तो शुक्रिया, न अच्छी लगे तो भी शुक्रिया :

दुःख बुजुर्गों ने काफ़ी उठाये मगर मेरा बचपन बहुत ही सुहाना रहा
उम्र भर धूप में पेड़ जलते रहे अपनी शाख़ें समरदार करते हुए

कहाँ की मिट्टी है हमको कहाँ बुलाती है

हिन्दोपाक के ताल्लुक़ात हमेशा सियासी धूप-छाँव के असर में रहे हैं। दोनों तरफ़ के सियासी शिकारी अपनी-अपनी गर्दन में बेज़ारी की गुलेलें लटकाये ऐवाने सियासत (सत्ताकेन्द्र) में घूमते रहते हैं लेकिन उनकी बेपनाह शतरंजी चालों के बावजूद उर्दू ग़ज़ल के मुलायम, रेशमी और बेपनाह ख़ूबसूरत हाथों की मख़रूती (तराशी हुई) उँगलियों की सरसराहट दोनों मुल्कों के अवाम और ख़वास अपने-अपने शानों (कन्धों) पर महसूस करते हैं। बीसवीं सदी के चौवन बरसों और इक्कीसवीं सदी के गुज़रे हुए बरसों में सियासी उठापटक की बदौलत दोनों तरफ़ की बहुत-सी आँखें ख़ूने कबूतर की तरह लाल हुईं। कई बार नौबत ज़गों तक भी पहुँची। दोनों तरफ़ के सिफ़ारती (राजनयिक) ताल्लुक़ात मुन्तशिर भी हुए, इम्बैसीज़ के दरवाजों पर ताले पड़ गये। दोनों तरफ़ एक दूसरे की सूरतें देखकर मुँह फेर लेने की आदत-सी पड़ गयी। बज़ाहिर सिफ़ारती अमला ख़ूबसूरत जहाज़ों में बैठकर अपने-अपने मुल्कों के लिए रवाना भी हो गया लेकिन सरहदों पर ख़ारदार तारों को लपेट देने से मुल्क तक्सीम हो सकते हैं लेकिन ज़मीन और माँ की दूध उबलती हुई छातियों को दुनिया की कोई भी साइंस तक़सीम नहीं कर सकती। यह तो मुमकिन है कि माँ अपने ज़ुड़वाँ बच्चों को अलग-अलग छातियों से दूध पिलाकर तनावर (मज़बूत) दरख़्त बना दे लेकिन माँ की मौजूदगी में तक़सीम जैसे घिनौने लफ़्ज़ को कभी अहमियत हासिल नहीं हो पाती।

अहमद फ़राज़ बज़ाहिर ख़ुशनसीब, वह बदनसीब इनसान थे जिन्हें कभी ममलिकते पाकिस्तान ने किसी मुल्क का सिफ़ारती (राजनयिक) ओहदा नहीं पेश किया लेकिन अहमद फ़राज़ को दुनिया की अज़ीम तरीन ज़बान उर्दू से मोहब्बत करने वालों ने हमेशा मर्यादा पुरुषोत्तम भगवान राम की सरज़मीने हिन्द पर पाकिस्तान का सबसे लायक़ तरीन सफ़ीर समझा।

शायरी के हवाले से अल्लामा इक़बाल के अलावा किसी भी ख़ुशनसीब शायर को यह एज़ाज़ (गौरव) नसीब नहीं हुआ। अहमद फ़राज़ के पास ग्रीन वीज़ा था लेकिन यह बहुत मामूली चीज़ है। ऐवाने इक्तिदार (सत्ता का महल) के चोबदारों

तक को इस एज़ाज़ से सरफ़राज़ कर दिया जाता है। अहमद फ़राज़ को यह एज़ाज़ हासिल था कि फ़राख़ दिल हिन्दुस्तान में उनको जिस्म तलाशियों की मंज़िल से नहीं गुज़रना पड़ता था। इलेक्ट्रानिक डिटेक्टरों का उस वक़्त गला बैठ जाता था जब वह अहमद फ़राज़ के नज़दीक़ पहुँचते थे। यह ख़ुदादाद (ख़ुदा का बख़्शा हुआ) एज़ाज़ (गौरव) उन्हें किसी सियासी पार्टी के झण्डे की बदौलत नसीब नहीं हुआ था बल्कि यह एज़ाज़ इस बात का एलान करता रहता था कि अगर हिन्दुस्तान और पाकिस्तान के शायरों और अदीबों को एम्बैसी की भूल भुलय्या से गुज़रने का दुःख न उठाना पड़े तो इन दो सगे भाइयों जैसे मुल्कों को सिफ़ारती दफ़्तर खोलने की ज़रूरत ही नहीं पड़ सकती है। मैंने कुँवर महिन्दर सिंह बेदी 'सहर' को भी पाकिस्तान एम्बैसी में ऐसे चलते देखा है जैसे लोग अपने ड्राइंग रूप में चलते हैं, शेर अपनी कछार में चलता है, हवा अपनी वादी (घाटी) में चलती है, करेंसी अपने मुल्क में चलती है और दोस्त अपने दोस्त के घर में चलते हैं।

मेरी नौजवानी में अहमद फ़राज़ मेरे सबसे पसन्दीदा शायर थे। जवानी के दिनों में वह मेरे आइडियल हो चुके थे और पचास बरस की उम्र का हिस्सा पार करते-करते वह मेरे लिए इम्तियाज़ (गौरव) का निशान हो चुके थे। उनकी शायरी उनके रख रखाव से मुतास्सिर (प्रभावित) थी। उनकी ग़ज़ल में उनकी ख़ुदादाद ख़ुदएतमादी (आत्मविश्वास) शामिल थी। उनके क़लम को अल्लाह ने वह नूर बख़्शा था कि अगर वह काग़ज़ के किसी कोने में सिर्फ़ लफ़्ज़ 'ग़ज़ल' लिखकर अपना नाम लिख दें तो उनके मुआसिरीन (समकालीन) के चेहरे उतर जाते थे। उनके फ़न को तोलने के लिए किसी नाम निहाद (तथाकथित) नाक़िद (आलोचक) की नहीं बल्कि दुनिया के बड़े जौहरी की ज़रूरत पड़ सकती है। अपनी तरंग में ज़िन्दा रहने का हुनर अहमद फ़राज़ से ज़्यादा क़िसी का नसीब नहीं बन सका। मौजूदा अहद में 'बैनुलअक़वामी (अन्तर्राष्ट्रीय) शोहरत याफ़्ता' जैसे बदक़लई लफ़्ज़ की आबरू का नाम अहमद फ़राज़ था। ग़ज़ल को सचमुच की आबरू बख़्शने वाले इस शायर की बदनसीबी थी कि वह उस ज़माने में पैदा हुआ जब मामूली से मामूली शायर के सीने पर 'बैनुलअक़वामी शोहरत' का बाज़ारी बैच लगा होता है। उसने ग़ज़ल की नोक पलक को दुरुस्त करने में जिस महारत से काम लिया था वह सिर्फ़ और सिर्फ़ उसी का हिस्सा थी। ग़ज़ल को नीम वहशी (अर्द्ध जंगली) सिनफ़ेसुख़न (साहित्यिक विधा) कहने वाले कलीमुद्दीन अहमद अगर ज़िन्दा होते और अपनी बेबाकी के बराबर ईमानदार भी होते यक़ीनन वह अहमद फ़राज़ की कुल्लियात (काव्य संग्रह) को यूँ सैल्यूट करते जैसे एक बहादुर फ़ौज का सबसे बड़ा अफ़सर शहीद होने वाले फ़ौजी की लाश सलामी देता है।

जनरल ज़ियाउलहक़ के ज़माने में उन्होंने अपनी ज़िन्दगी के काफ़ी दिन जिला वतनी की आग में जलकर गुज़ारे। बज़ाहिर जिला वतनी एक मुर्दा-सा लफ़्ज़ है

लेकिन उसे ज़िन्दा करने के लिए अपने घर के उस रौशनदान को बन्द कर दीजिए जहाँ कबूतर का घोंसला होता है फिर आप कुछ दिनों तक कबूतरों के जोड़े की छटपटाहट देखिए, उनकी बेबसी मुलाहिज़ा फ़रमाइए, उनकी उदास आँखों में तैरते हुए कर्ब (बेक़रारी) को महसूस कीजिए, उनके बार-बार बाजू तोलने का अमल देखिए तब आपको थोड़ा बहुत जिला वतनी के दुःख का अन्दाज़ा हो सकता है। अहमद फ़राज़ की जिला वतनी के ज़माने में यह ख़ाकसार, यह बेसरोसमाँ शख़्स मुनव्वर राना तक़रीबन एक महीने तक उनका मेज़बान रहा है। शायद जिला वतनी की सज़ा का कलकत्ता से हमेशा एक ख़ास ताल्लुक़ रहा है। नवाब वाजिद अली शाह ने लखनऊ के बाद कलकत्ता में रहना कुबूल किया, टीपू सुल्तान के बच्चों ने अपनी वफ़ादार मिट्टी से बंगाल की सरज़मीन को सुर्ख़रू किया तो फिर अहमद फ़राज़ कलकत्ता क्यों नहीं आते। कलकत्ता तो वह आफ़ियत (सलामती) है जिसने बांगला देश के लाखों मुहाजिरीन को अपने सीने से लगा लिया था :

कलकत्ता जिसने शाहे अवध को पनाह दी
अपना बना के वज़्ए मुरव्वत निबाह दी

एक जिला वतन के साथ दिन गुज़ारना ही दुनिया का तकलीफ़ देह अमल है क्योंकि वह हर आते-जाते परिन्दे में अपने वतन की ख़ुसबू तलाश करता है, बादे सबा (ठण्डी हवा) हो या नसीमें सहर (सुबह की हवा), उसे अपने मुल्क़ से आती हुई महसूस होती है। रात तारीकी (अँधेरा) का वह ख़ेमा है जिसके आते ही जिला वतन इनसान ऐसे बेचैन हो जाता है जैसे नाफ़े (ख़ुशबू की थैली) से फूटने वाली ख़ुशबू हिरन को पागल कर देती है। कभी ग़रीबुल वतनी (वतन से दूरी) के मौसम में रात के वक़्त ग़ौर से चाँद तारों की तरफ़ देखिए तो महसूस होता है कि जैसे यह अपने घर की छत पर खिले हुए वह फूल हैं जिन्हें हम रोज़ोशब देखते आये हैं।

फ़राज़ भाई से मेरे मरासिम दोस्ताना बिल्कुल नहीं थे क्योंकि न तो मैं उनका हम उम्र था न हम मशरब और न ही मैंने कभी अपने आपको इतना बड़ा शायर समझने की ग़लती की जो उमूमन (आमतौर पर) रिसालों में 'शाया शुदा' और मुशायरों में ज़ाया शुदा शोअरा कर बैठते हैं। लिहाज़ा मेरे और उनके दरम्यान हमेशा ईमानदाराना रिश्तेदारी रही जिसमें न ख़ौफ़ शामिल था न कमतरी का एहसास, न लालच शामिल था न खुदसरी, हम दोनों के ताल्लुक़ात में एक दूसरे के लिए बेपनाह मोहब्बतें शामिल रहीं। उन पर हमेशा एक बेज़ारी की कैफ़ियत तारी रहती थी इसे उनके तमाम हमअस्र (समकालीन) उनका बेजा गुरूर समझते थे लेकिन उनकी इस कैफ़ियत को मैंने हमेशा उनकी सीमाब मिज़ाजी (पारे जैसी तबीयत) के दर्जे में रखा। 1990 में 'शह्रे क़ाएद' के एक मुशायरे में फ़राज़ साहब स्टेज़ पर आये और जूतों समेत सिन्ध के गवर्नर के बग़ल में बैठ गये। ज़ाहिर है कि दुनिया के किसी भी मुल्क का शायर यह जुरअते रिंदाना नहीं कर सकता कि वह इज़्ज़त मआब

(महामहिम) गवर्नर के बराबर जूतों समेत आकर बैठ जाये लेकिन अहमद फ़राज़ मासूमियत, मक़बूलियत और महबूबियत की मंज़िल पर थे कि वह दुनिया किसी भी मुल्क के गवर्नर के बराबर में जूतों समेत बैठ सकते थे। आप इसे मेरी बेजा ज़िद समझेंगे लेकिन मैं इसे किसी भी शायर की फ़क़ीराना बेनियाज़ी (लापरवाही) की मामूली-सी अदा समझता हूँ। आप ख़ुद गौर फरमायें कि सिन्ध के गवर्नर का नाम किसी को भी याद नहीं होगा लेकिन फ़राज़ मौत की ख़बर सुनकर दुनिया में उनके हज़ारों चाहने वालों ने अपने सामने से खाने की प्लेटें हटा दी थीं। सुल्तान मसऊद सलजूक़ी के अह्दे हुकूमत के एक मशहूर क़ाजी कमालुद्दीन शह्रज़ोरी ने दरबार में मौजूद एक दूसरे क़ाज़ी से मुख़ातिब होते हुए कहा था कि क़ाजी तीन क़िस्म के हाते हैं जिनमें दो जहन्नम में जायेंगे और एक जन्नत में। जहन्नम में जाने वाले क़ाज़ी हम दोनों हैं जो बादशाहों के आस्तानों पर ठोकरें खाते फिरते हैं और जन्नती क़ाज़ी वह है जिसके शक्ल न इन बादशाहों ने कभी देखी है और न उसने इन बादशाहों की सूरत देखी है।

शायरी के लिए 'ग़ालिब' का फक्कड़पन ही नहीं 'मीर' जैसा मुतलव्विन मिज़ाज (ग़ैर मुस्तक़िल मिज़ाज) होना भी ज़रूरी है, मोमिन की तरह हुस्न परस्त होने के साथ-साथ 'यगाना' जैसी ख़ुदसरी (मनमाना पन) की भी ज़रूरत पड़ती है। इन तमाम कलन्दराना ख़ूबियों या ख़राबियों के साथ दुनिया को, ख़ासतौर से अपने हम अस्रों को ख़ुश रखने का सवाल ही पैदा नहीं होता। अच्छे ताले हर चाभी से नहीं ख़ुला करते, उसी तरह ग़ज़ल के गेसुए परेशाँ में खोया हुआ एक दीवाना अपने पैरहन (लिबास) की सिलवटों की तरफ़ कब देखता है। कूज़ागर (कसगर) सिर्फ़ चाक से खेलती मिट्टी की नाज़ बरदारी करना जानता है, उसे खिलौनों की नुमाइश से कोई दिलचस्पी नहीं होती। संगतराश छेनी और हथौड़ी से सूरतें उभारना चाहते हैं, उसे फ़क़ीर की दुआ और बादशाह का इनाम एक जैसे लगते हैं। जाहिर है कि ख़ाकसार की इन दलीलों की रोशनी में अगर आप अहमद फ़राज़ की शख़्सियत का जायज़ा लेंगे तो वह अपने अह्द का, संगे ग़ज़ल का सबसे बड़ा बुततराश दिखाई देगा।

फ़राज़ भाई बज़ाहिर चिड़चिड़े दिखाई देते थे, बहुत संजीदा भी नजर आते थे, हर वक़्त किसी फ़िक्र में खोये हुए रहते थे लेकिन उनके अन्दर एक बेहद हँसमुख बच्चा मौजूद था। उनकी गुफ़्तगू के खिले हुए फूलों से बहुत कम लोग वाक़िफ़ थे। उनके बेसाख़्ता क़हक़हों में आबशारों (झरनों) जैसी गुनगुनाहट शामिल थी। वह जब भी मुझे मिलते, सूरज मुखी की तरह खिल जाते थे, फिर दिलचस्प वाक़ियात की झड़ी लगा देते थे। उनके सुनाये हुए कुछ वाकियात यहाँ पेश करना जरूरी समझता हूँ ताकि कारिईन (पाठकों) को अहमद फ़राज़ की बेइन्तहा खुशतबीयती का अन्दाज़ा भी हो जाये।

एक दिन एक वाक़िया सुनाया कि तक़सीम (बँटवारा) के बाद एक साहब

पाकिस्तान से हिन्दुस्तान आये। शाम को यादगार बनाने और अपने बोसीदा (फटे पुराने) ग़मों की तुरपाई के लिए एक शराब ख़ाने में दाखिल हुए । एक मेज़ पर बैठकर उन्होंने ग़म ग़लत करना शुरू कर दिया थोड़ी देर के बाद उनकी निगाह एक सरदार जी की तरफ गयी जो पास वाली मेज़ पर बैठे हुए मयनोशी कर रहे थे। दिलचस्प बात यह थी, सरदार जी मेज़ पर अकेले थे लेकिन उनकी मेज़ पर दो गिलास रखे थे, एक गिलास मुस्तक़िल उनके इस्तेमाल में था और दूसरा गिलास मेज़ के दूसरे कोने पर भरा रखा हुआ था। जाम ख़ाली होते ही वह फिर नया जाम मँगवाते और अपनी तश्नगी दूर करने में मसरूफ़ हो जाते। पाकिस्तान से आये हुए शख़्स ने सरदार जी की मेज़ पर पहुँचकर बैठने की इजाज़त तलब की और पूछा कि जनाब अकेले हैं लेकिन आपकी मेज़ पर वेटर हमेशा दो गिलास लाकर रखता है। सरदार जी ने बोझल पलकों को उठाया और रुँधी हुई आवाज़ में कहने लगे कि यह सामने वाला गिलास मेरे बेवफ़ा दोस्त चौधरी अनवर का है जो मुझे छोड़कर पाकिस्तान चला गया है। मैं उसके बग़ैर शराबख़ाने में आता हूँ तो मेरा ग़म और भी जवान हो जाता है लेकिन दोस्ती के दर्द को सरहदों पर लगायी गयी ख़ारदार तारों की बाढ़ नहीं समझ सकती लिहाज़ा मैंने अपना यह मालूम (तरीक़ा) बना रखा है कि मैं अपने यार चौधरी अनवर के लिए भी एक गिलास बनाता हूँ। इस तरह मेरे टूटे हुए दिल के कुछ टुकड़े आपस में अपने आप जुड़ने लगते हैं। कई बरस बाद वही पाकिस्तानी साहब दोबारा हिन्दुस्तान तशरीफ़ लाये और उसी दरे मयख़ाना तक पहुँच गये जहाँ पिछली दफ़ा भी उन्होंने कई शामें गुज़ारी थीं। हस्बे मामूल सरदार जी मेज़ पर बैठे हुए मयनोशी के शुग्ल में मसरूफ़ थे लेकिन इस बार मेज़ पर सिर्फ़ एक ही गिलास मौजूद था। उन साहब ने सरदार जी से इस अकेलेपन का सबब पूछा तो सरदार जी ने बहुत उदास लहजे में बताना शुरू किया कि जनाब डॉक्टर ने मुझे शराब छूने से सख़्ती के साथ मना कर दिया है लिहाज़ा मैंने तो शराब छोड दी है सिर्फ चौधरी अनवर के हिस्से की शराब पीकर बची खुची ज़िन्दगी गुज़ार रहा हूँ।

उनका सुनाया हुआ एक ऐसा ही दिलचस्प क़िस्सा और है जिसे तहरीरी शक्ल में लाना दुश्वार है लेकिन मैं तहरीर करना चाहता हूँ ताकि अपने चाहने वालों को रोता-बिलखता छोड़कर जाने वाले शहंशाहे ग़ज़ल अहमद फ़राज़ की खुश मिज़ाजी को मुस्तनद साबित किया जा सके। एक हकीम साहब के मतब में एक ख़ान साहब तशरीफ़ लाये, काफ़ी देर तक अपना नम्बर आने और थोड़ी-सी तनहाई हो जाने का इन्तिज़ार करते रहे। ग़रज़ कि अपना नम्बर आने पर उन्होंने अपनी बीमारी का हाल बताना शूरू किया। तफ़्सील से ख़ान साहब की बीमारी के बारे में सुनने के बाद हकीम साहब ने खान साहब से कहा कि आपको आतिशक (सूज़ाक) नाम की एक जिन्सी बीमारी हो गयी है। इस बीमारी के होने की तीन वजहें हैं। एक तो यह कि आपने किसी बाज़ारी औरत के साथ मुबाशिरत (सम्भोग) की होगी। दूसरे यह कि

आप इग़लाम बाज़ी (अप्राकृतिक क्रिया) जैसे बेहूदा अमल से गुज़रे होंगे। तीसरे यह कि आपने दोपहर के वक़्त सूरज की तरफ़ रुख करके रेत पर पेशाब किया होगा। यह तीनों वजहें हैं जिसके सबब इस ग़लीज बीमार ने आपके सेहतमन्द जिस्म में अपना घर बना लिया है। लिहाज़ा ख़ान साहब! अब आप सोचकर बताइए कि आपसे कौन सी ग़लती सरज़द हुई है जिसके सबब आप इस बीमारी की चपेट में आ गये हैं। खान साहब एक लम्हे के लिए ठिठके इधर-उधर देखा फिर कहने लगे कि हकीम साहब जहाँ तक मुझे याद पड़ता है मैंने सूरज की तेज़ रौशनी में जलती हुई रेत पर खड़े होकर पेशाब किया था फिर भी एहतियातन आप दवा एग़लामबाज़ी की दीजियेगा। ऐसे बहुत से दिलचस्प वाक़ियात से उनकी गुफ़्तगू आरास्ता (सजी हुई) रहती थी।

ग़ालिबन रामपुर के मुशायरे में फ़राज़ भाई आये हुए थे, मैं कुछ घरेलू उलझनों की वजह से रामपुर के मुशायरे में शरीक नहीं हो सका। लखनऊ आये तो मुझे फ़ोन करके हालात पूछे और मेरी परेशानियों के दूर होने की दुआएँ देते रहे। मैं उनसे मिलने मेज़बान होटल गया। मुझे देखते ही वह खिल गये और मैं भी थोड़ी देर के लिए अपने घरेलू दुःखों को भूल गया। मेरे याद दिलाने पर उन्होंने एक दिलचस्प वाकिया सुनाया जो उनकी बेपनाह मक़बूलियत और महबूबियत की अक्कासी करता है। उन्होंने बताया कि मैं अमेरिका के किसी शहर में मुशायरा पढ़ रहा था। मुशायरे के एख़्तताम (समापन) पर एक नौजवान लड़की आटोग्राफ़ बुक पर एक शेर और दस्तख़्त की फ़रमाइश करने लगी। मैंने उसकी बच्ची से उसका नाम पूछा। उसने अपना नाम फ़राज़ा बताया। मैंने उस बच्ची से कहा कि बेटे! फ़राज़ा तो कोई मुस्तनद (प्रमाणित) लफ़्ज़ नहीं है। उस बच्ची ने बड़ी मासूमियत से बताया कि सर! इत्तिफ़ाक़ से आप मेरे पापा और मेरी मम्मी दोनों के ही पसन्दीदा शायर हैं। शादी के बाद मम्मी और पापा का आपसी अह्द था कि वह अपने बेटे का नाम फ़राज़ रखेंगे लेकिन क़िस्मत का खेल देखिए कि मैं पैदा हो गयी लिहाज़ा मेरे मम्मी-पापा ने मेरा नाम फ़राज़ा रख दिया :

और फ़राज़ चाहिए कितनी मोहब्बतें तुझे
माँओं ने तेरे नाम पे बच्चों का नाम रख दिया

मैं तो बुलबुल हूँ मेरा काम है गाते रहना

शराफ़त की कोई जागीर नहीं है जिसपर किसी ख़ास घराने की इजारादारी मुसल्लत रहे, न ऐसी दस्तार (पगड़ी) है जो हमेशा किसी एक ही क़बीले के सिर पर चढ़कर बोले, न ऐसी कहानी है जो चन्द मख़्सूस (ख़ास) किरदारों के नाम से मंसूब होकर रह जाये, न ऐसा कोई फल है जो किसी ख़ास क़िस्म की मिट्टी का रहीने मिन्नत (मोहताज) रहे। शराफ़त उस उफनती हुई पहाड़ी नदी की तरह है जो अपना रास्ता बदलती रहती है। कभी पत्थरों को स्नान कराती है, कभी जंगली पेड़ को सैराब करती है, कभी रेगिस्तान का मुँह धुलाती है, कभी दुरवेशों और सन्तों की कुटिया के पास आकर सो जाती है, कभी ख़ुशरंग परिन्दों के मैले परों को धोती है, कभी नीचे उतर कर फ़स्लों की आरज़ुओं का दामन भर देती है, कभी सूफ़ियों को वज़ू कराती है, कभी पुजारियों को देवता समान बनाती है, कभी पनघट बनकर गाँवों की गोरियों के लिए चौपाल बन जाती है, कभी ख़ुद गुनगुनाती है और कभी पनघट वालियों को गुनगुनाने पर मजबूर करती है।

यादों के अवराक़ (पन्ने) उलटते-उलटते आज अचानक अज़ीज़ नाजाँ का चेहरा आँखों के सामने आकर थोड़ी देर के लिए रुक गया। पन्द्रह बरस पहले तक यह जीता जागता चेहरा अपने पुरख़ुलूस लहजे, अपनी सीमाबी कैफ़ियत, अपने जुनूनी अन्दाज़ और अपने तोला-माशा होते हुए ब्लड प्रेशर की वजह से लोगों का मंज़ूरे नज़र (प्यारा) भी था। बहुत-सी नज़रों को खटकता भी था और बहुत से लोगों के लिए सलामती का साया भी था। अपनी बेइन्तहा उजलतपसन्द (जल्दबाज़ी) के सबब ज़िन्दगी का सफ़र भी तेज़ रफ़्तारी से तय करते हुए जिस ख़ाक से उठा था उसी ख़ाक को ओढ़-बिछाकर सो भी गया। बीमारियों की सुरंग से मुस्तक़िल बद परहेज़ी की क़न्दीलें जलाये गुज़रते हुए उनकी ज़िद्दी तबीयत किसी का कहना मानने पर कभी आमादा नहीं होती थीं। फिर जिसे अपने तौर पर मरना क़ुबूल हो उसे अपने तौर पर जीने देना चाहिए क्योंकि परहेज़ करने वाले भी तो एक रोज़ दुनिया से उठ जाते हैं।

अज़ीज़ भाई बज़ाहिर तो एक मशहूर क़व्वाल थे जिसे हमारे सामाज का एक ख़ास हल्क़ा (वर्ग) चाहता और पसन्द करता है लेकिन उनकी ग़रीब परवरी, अहबाब नवाज़ी, बेइन्तहा रहमदिली और मिट्टी ही की तरह रंग बदलती हुई उनकी ख़ाकसारी

(विनम्रता) अच्छे-अच्छे क़लन्दरों के हिस्से में नहीं आती है। शायरों, अदीबों यहाँ तक कि सभी पढ़े लिखे लोगों के एहतराम से उनका दिल हमेशा लबरेज़ रहता था। हर इनसान के गले से निकलने वाले सुरों में शराफ़ात का यह सुर अल्लाह अपने ख़ास बन्दों को ही अता करता है। इस लिहाज़ से अज़ीज़ भाई पर कुदरत इतनी मेहरबान थी कि उनके गले से निकलने वाले सुरों में शराफ़त का सुर पेश-पेश रहता था। उनके झुँझलाये हुए चेहरे पर एक मासूम बच्चे जैसी मासूमियत हमेशा मौजूद रहती थी। दौलत को उस शख़्स ने बदन के मैल से ज़्यादा कभी अहमियत नहीं दी। हमेशा अपनी तरंग और अपने अन्दाज़ में ज़िन्दगी गुज़ारी। मेहमान नवाज़ी में वह बिल्कुल अरब मुल्क के बाशिन्दे थे। उनका दस्तरख़्वान हमेशा अरब शहज़ादे के दस्तरख़्वान की तरह दराज़ (फैला) रहा। मुम्बई शहर में हैसियत फ़िल्मी हीरो जैसी थी। जहाँ खड़े हो जाते लोगों की भीड़ इकट्ठा हो जाती । हमेशा खोये-खोये रहने के बावजूद एक-एक से तफ़्सीली मुलाक़ात करते। किसी ज़रूरतमन्द की मदद के वक़्त जेब में हाथ डालकर नोटों का Messurment नहीं करते थे, अचानक अपनी जेब में हाथ डालते और फिर पास खड़े हुए ज़रूरतमन्द की जेब को मालामाल कर देते थे। अपनी जेबों में भरे हुए रुपयों से ऐसे परेशान रहते थे, ऐसे वहशत ज़दा रहते थे, जैसे नाफ़े से फूटने वाली मुश्क की ख़ुशबू से हिरन परेशान रहता है। उनकी बहुत-सी ग़ैर ज़िम्मेदाराना हरकतों के बावजूद उनसे मिलने को बार-बार जी चाहता था।

दुर्गा पूजा का ज़माना था, जब उनसे मेरी पहली मुलाक़ात कलकत्ता में अपने आफ़िस में हुई थी। वह किसी प्रोग्राम के सिलसिले में कलकत्ता आये थे। इस्लामिया हास्पिटल के सामने सेंट्रल होटल में अपनी टीम के साथ ठहरे थे। मुझसे मेरी एक ग़ज़ल गाने की इजाज़ात लेना चाहते थे। रात में हम लोगों ने रॉयल इण्डियन होटल में खाने का प्रोग्राम बनाया। रॉयल की चाँप और बिरयानी शौक़ीन मिज़ाजों में बहुत मशहूर है। कहा जाता है कि पण्डित जवाहर लाल नेहरू और दिलीप कुमार तक वहाँ की बिरयानी ज़रूर नोश फ़रमाते थे। मेरे ज़िद करने के बावजूद मेज़बानी के फ़राएज़ अज़ीज़ भाई ने अदा किये! लफ़्ज़ परहेज़ से दामन बचाते हुए तीन प्लेट बिरयानी और चाँप रोटी खायी, तीन या चार प्लेट खीर से भी मुँह का ज़ायक़ा बदला। हम लोगों ने जितने रुपयों का खाना खाया था उससे कहीं ज़्यादा रक़म उन्होंने तमाम बैरों के हवाले की। होटल से बाहर निकलकर अपनी जेब में पड़े हुए तक़रीबन तमाम रुपये बाहर बैठे हुए माँगने वालों में तक़्सीम कर दिये। बज़ाहिर यह सिर्फ़ सख़ावत मिज़ाजी का एक मामूली-सा वक़िया है लेकिन इस वाक़िये में एक ऐसा आदमी भी छुपा हुआ है जिसके दिल में खुदा का ख़ौफ़ भी है और जिसका दिमाग़ ग़रीब परवरी और इनसानियत से भी लबरेज़ है। इस एक मुख़्तसर-सी मुलाक़ात में ही मुझे अज़ीज भाई एक ऐसे दिलचस्प किताब की तरह लगे थे जिसका सिर्फ़ सरेवरक़ ही पढ़ने का मुझे मौक़ा मिल सका था। लिहाज़ा मैं जब भी मुम्बई जाता तो अपना थोड़ा वक़्त

निकालकर अज़ीज भाई से मिलने ज़रूर जाता। अज़ीज़ भाई तक़रीबन सभी से बहुत तपाक (जोश) से मिलते थे। ख़ातिरदारी में तो उनका कोई सानी ही नहीं था। मैं मुम्बई में ट्रांस्पोर्ट का दफ़्तर खोलने के लिए जगह तलाश कर रहा था। जगह मुनासिब मिलती तो पगड़ी मेरी हैसियत से ज़्यादा होती, जो जगह बजट के दायरे में आती वह ट्रांस्पोर्ट के दफ़्तर के हिसाब से न मुनासिब लगती। एक दिन मैंने अज़ीज भाई से अपनी परेशानी का ज़िक्र किया। बमुश्किल तमाम एक मिनट में उठ खड़े हुए, उनके घर (भिवण्डी बाज़ार) के पास ही उनकी एक दो दर की दुकान थी। उन्होंने वह दुकान मुझे दिखायी और कहने लगे कि अगर इससे काम चलता है तो आप यहाँ से काम शुरू कर लीजिए। साल दो साल में काम जम जाये तब ज़्यादा रक़म लगाने के बारे में सोचिएगा। जगह मुनासिब ही नहीं, अच्छी थी। मैंने किराये की बाबत पूछा तो बहुत ज़ोर से हँसे हालाँकि उनको हँसी बहुत कम आती थी। हमेशा गुस्से में भरे रहते थे। फिर कहने लगे कि यह जगह बन्द पड़ी है, मैं किसी को किराये पर देने के हक़ में नहीं हूँ। आपको जब तक यहाँ आफ़िस बनाये रखना है आप बनाये रखिए। किराया भाड़ा ग़ैरों से लिया जाता है। आप मेरे छोटे भाई हैं। शायर और सय्यद ज़ादे भी हैं। शायद आपके आ जाने से हमारे घर में भी बरकत के दरवाज़े खुल जायें। मुम्बई जैसे मसरूफ़, कारोबारी, बेमुरव्वत और भागते हुए शहर में यह अल्फ़ाज़ मेरे लिए जंगल में जुगनुओं के सहारे की तरह थे। दुकान के सामने ही अज़ीज़ भाई के लिए कुर्सियाँ डाल दी गयीं। हम लोग वहीं दुकान के सामने बैठकर बातें करने लगे। अज़ीज़ भाई के चाहने वालों की ज़रा-सी देर में ही भीड़-सी लग गयी। भीड़ छँटने के बाद वह मुझसे बताने लगे कि इस दुकान पर मेरे वालिदे मरहूम बैठते थे। यह इस इलाक़े की बीड़ी और सिगरेटों की मशहूर दुकान थी। अन्दर की जानिब दस बारह कारीगर बीड़ियाँ बनाते थे। यही बीड़ियों की सिंकाई होती थी। मुझे मार-मारकर वालिद साहब काउंटर पर बिठाते थे। दिन भर मैं दुकान पर बैठता था। गाने-बजाने का मुझे बचपन से बेहद शौक़ था। हर वक़्त मैं मौसीकी (संगीत) के समन्दर में गोते खाता रहता था। ग्राहक को बचे हुए पैसे देते वक़्त भी मैं चन्द लम्हों तक पैसों को काउंटर पर बजाने की कोशिश करता था। इस कोशिश में कई बार मैं वालिद साहब से पिटा भी लेकिन यह सख़्तियाँ मेरे शौक़ को जंजीर पहनाने में नाकाम साबित हो रही थीं। मुझे गाना बजाना तो बक़ायदा आता नहीं था लेकिन मैं सुरीला बहुत था। मेरा तरन्नुम और पेश करने का अन्दाज़ लोगों को बहुत पसन्द आता था। मुझे उस वक़्त के तमाम मशहूर गुलूकारों (गायकों) ख़ास तौर से क़व्वालों का कलाम अज़बर (याद) था लेकिन फिर भी चूँकि मेरा ताल्लुक़ अरबाबे निशात (संगीतज्ञ) घराने से नहीं था लिहाज़ा मुझे शुरू-शुरू में काफ़ी दिक्क़तें भी आयी थीं।

मेरे लड़कपन का ज़माना था और हाजी मस्तान भाई का शुमार सिर उठाते हुए दबंग नवजवानों में होने लगा था। अक्सर सनीचर और इतवार की रातों में मस्तान

भाई और उनके चार-पाँच दोस्त किराये की साइकिलों पर शहरगर्दी (शहर घूमने) के लिए निकलते थे। मुझे भी अपने साथ साइकिल पर बिठा लेते थे। उन दिनों क़व्वाली का बहुत ज़ोर था, जहाँ कहीं भी क़व्वाली का प्रोग्राम हो रहा होता था वहाँ मस्तान भाई और उनके साथी ज़ोर ज़बर्दस्ती करके मुझे भी गाने का मौक़ा दिलाते थे, मैं भी ख़ूब लहक-लहककर गाता था, मेरी हौसला अफ़ज़ायी और रस्मे महफ़िल के तौर पर मुझे अवाम की तरफ़ से अच्छे ख़ासे पैसे मिलते थे। कुछ पैसे मुझे देने के बाद सारे पैसे मस्तान भाई और उनके दोस्त लेते थे। मुझे यूँ भी पैसों से ज़्यादा गाने की महफ़िलों में शमूलियत (शामिल होने) का शौक़ था। मरहूम मस्तान भाई हमेशा मेरा बहुत ख़याल रखते थे। सारी ज़िन्दगी वह मेरी हर परेशानी में मेरे साथ खड़े रहते थे। कोई अगर माज़ी में ज़ख़्मों की रूदाद (कहानी) सच्चे दिल से सुनना चाहे तो ज़ख़्म ख़ुद बोलते हैं, सुनने वाले से बेतकल्लुफ़ हो जोते हैं और अपनी हर कहानी हर्फ़ व हर्फ़ बयान कर देते हैं। अज़ीज़ भाई से बातें करने में मुझे यूँ भी मज़ा आता था कि अव्वल तो वह बहुत साफ़गोई से गुफ़्तगू करते थे, दूसरे उर्दू, मुम्बइया और मलाबारी ज़बानें आपस में मिलकर सेह आतिशा हो जाती थीं।

दूसरी-तीसरी मुलाक़ात की तारीख़ या बरस तो याद नहीं लेकिन इतना याद है कि हिन्दो-पाक क्रिकेट मैच में उस शाम जावेद मियाँदाद ने आख़िरी गेद पर छक्का मारकर क्रिकेट की दुनिया में रिकार्ड और हौसलामन्दी की नयी तारीख़ लिखी थी। मैं सुबह के जहाज़ से मुम्बई पहुँचा था। एयरपोर्ट से सीधे अज़ीज़ नाज़ाँ के घर सामान लेकर पहुँच गया था। दरअसल मुझे भिवण्डी के मुशायरे में शरीक होना था लेकिन अज़ीज़ भाई ने फ़ोन पर कहा था कि आप सीधे मेरे घर आ जाइएगा, हम लोग भिवण्डी कार से चलेंगे। घर की ऊपरी मंज़िल पर मेरा ठहरने का इन्तिज़ाम था। दोपहर में खाने के वक़्त नहा-धोकर मैं भी नीचे वाले फ़्लोर पर आ गया। अज़ीज़ भाई के कई दोस्त जिनमें ज़्यादातर गाने-बजाने वाले थे, कमरे में मौजूद थे। शालीमार होटल से उस ज़माने में दो हज़ार रूपयों का खाना मँगाया गया। खाने में शरीक सभी लोगों ने सेर होकर (पेट भर के) दावत का लुत्फ़ उठाया। खाने के साथ-साथ हम लोग उस टेलीविज़न सेट पर जो बहुत ही ख़ूबसूरत और बहुत बड़े सक्रीन वाला था, जिसे अज़ीज़ भाई कुछ दिनों पहले ही कनाडा से वापसी में वहीं से लेकर आये थे, क्रिकेट मैच देख रहे थे। यूँ तो मुम्बई में घर छोटे-छोटे ही होते हैं लेकिन अज़ीज़ भाई का फ़्लैट काफ़ी बड़ा था बल्कि उनके तो तले ऊपर दो फ़्लैट थे। जो कमरा ड्राइंग रूम के तौर पर इस्तेमाल होता था वह यक़ीनन बहुत बड़ा था लेकिन अज़ीज़ भाई की मेहमान नवाज़ी, चौपाल मिज़ाजी और अहबाब नवाज़ी के मुक़ाबिले में हमेशा छोटा पड़ जाता था। मेरा .खयाल है कि मुम्बई में एक से एक बड़े ड्राइंग रूम होंगे लेकिन यह सब Messurment के पुलेसिरात से गुज़रते ही अज़ीज़ भाई के दिल की वुस्अत (फैसला) का मुक़ाबला नहीं कर सकते थे। अव्वल तो दस्तरख़्वान पर ही

काफ़ी भीड़ थी फिर हिन्दों-पाक मैच देखने के लिए काफ़ी लोग कमरे में और भी आ गये थे। मैच बेहद दिलचस्प मोड़ से गुज़र रहा था। अज़ीज़ भाई ने अहलिया के इन्तिक़ाल के बाद एक ग़ैर मुस्लिम कानपुरी ख़ातून से निकाह कर लिया था। अज़ीज़ भाई के मुक़ाबिले में कम उम्र भी थीं और कमगो (कम बोलने वाली) भी। अज़ीज़ भाई के मोहब्बत में उन्होंने अपना मज़हब भी बदल लिया था। नमाज़ रोज़े की पाबन्द भी हो चुकी थीं। पर्दे वग़ैरा का भी लिहाज़ रखती थीं। मैंच देखने वालों की भीड़ बढ़ते ही वह और उनके साथ की दूसरी ख़वातीन ड्राइंग रूम से मुल्हिक़ एक ऐसे हिस्से में जाकर बैठ गयीं जहाँ बेपर्दगी नहीं होती थीं। सब की निगाहें टी.बी. स्क्रीन पर जमी हुई थीं। अज़ीज़ भाई हस्बे आदत हर तरफ़ नज़रें भी दौड़ाये जाते थे और स्क्रीन पर भी मुस्तक़िल निगाह रखे हुए थे। वन डे मैच पल-पल सियासी गिरगिटों की तरह अपना रंग बदल रहा था। कभी हिन्दुस्तानी बॉलर मैदान पर हावी हो जाते, कभी पाकिस्तानी बल्लेबाज़ जीत की मंज़िल तक पहुँचने के लिए छलाँग लगा देते थे। अज़ीज़ भाई स्क्रीन से ज़्यादा बेगम के चेहरे के उतार-चढ़ाव पर निगाह रखे हुए थे। हिन्दुस्तानी टीम के हालात ख़राब होते ही जहाँ अज़ीज़ भाई गुलाब चेहरा हो जाते वहीं भाभी का चेहरा कपासी हो जाता। हर नयी गेंद चेहरों को उतार-चढ़ाव के इम्तिहानात से गुज़ार रही थी। आख़िर में जब हिन्दुस्तानी टीम की हालत काफ़ी मुस्तहकम (मज़बूत) हो गयी तो भाभी साहिब के चेहरे पर सुकून और इत्मीनान की लहर दौड़ गयी। अज़ीज़ भाई ने कनखियों से भाभी के चेहरे के समन्दरी सुकूत (ख़ामोशी) को देखा तो ज्वालामुखी की तरह फुनकने लगे लेकिन पूरी तरह बेबस थे क्योंकि मैदान में होते तो फॉउल मारने की गुंजाइस भी रहती। थोड़ी देर के बाद ही खेल का मंज़र नामा बदला और पाकिस्तानी बैट्समैन फिर हिन्दुस्तानी गेंदबाज़ों पर हावी हो गये। अज़ीज़ भाई के चेहरे पर उतना की इत्मीनान वापस आ गया जितना वह हल्कान हो गये थे। उन्होंने तहक़ीर आमेज़ नज़रों से अपनी बेगम की तरफ़ देखा और कुछ बड़बड़ाये भी लेकिन खेल देखने में मुनहमिक (व्यस्त) लोगों ने कुछ भी महसूस नहीं किया। अब मैच आख़िरी ओवर की अदालत में आ चुका था। हिन्दुस्तान की तरफ़ से चेतन शर्मा गेंदबाज़ी कर रहे थे, दिल की धड़कनें बढ़ा देने वाला यह ओवर अपने में एक एक बाल पर दोनों मुल्कों के बीच देखने वालों की Heart Beating चेक करने में मशगूल था। हिन्दुस्तान जीत की आख़िरी सीढ़ी तक पहुँच चुका था। भाभी सिर उठाये हुए अपने हिन्दुस्तानी होने का सुबूत दे रही थीं। अज़ीज भाई गर्दन डाल चुके थे। शर्मिन्दगी से वह भाभी की तरफ़ देख भी नहीं रहे थे। पाकिस्तान को चार रनों की ज़रूरत थी। जावेद मियाँदाद विकेट पर खड़े हुए चेतन शर्मा की आख़िरी बाल को खेलने के लिए तैयार थे। चेतन शर्मा आख़िरी बाल लेकर बहुत दूर से दौड़ते हुए जावेद मियाँदाद को गेंद फेंकने चले। जैसे-जैसे वह दौड़ते हुए अम्पायर के पास वाले विकेट की तरफ़ बढ़ रहे थे, पाकिस्तान नवाज़ों के

दिल बैठे जा रहे थे और हिन्दुस्तानियों के शोरोगुल की आवाज़ से परिन्दे और ऊँचाई की तरफ़ भाग रहे थे। जावेद मियाँदाद के बल्ले से गेंद लगी और एक लम्हे तक तो किसी की समझ में कुछ भी नहीं आया लेकिन अम्पायर के दोनों हाथ उठते ही यह मालूम हो गया कि जावेद मियाँदाद की खेली हुई गेंद सख़्तजान चिड़िया की तरह उड़ती हुई स्टेडियम में बैठे हुए लोगों के पास दाद हासिल करने पहुँच चुकी है। पलक झपकते में खेल का क़िस्मत नामा तब्दील हो चुका था। अचानक अज़ीज़ भाई जोश और खुशी से बढ़ते हुए ब्लड प्रेशर के साथ उठे और किसी अच्छे फुटबाल स्ट्राइकर की तरह टेलीविज़न स्क्रीन पर एक ऐसी ज़बर्दस्त लात मारी कि टेलीविज़न के चीथड़े उड़ गये। टी.वी. के कलर ट्यूब शोलों की लपेट में आकर एक लम्हें के लिए कुछ ज़्यादा ही रंगीन हो गये और फिर फ़ौरन ही खामोश भी हो गये। उनकी बेगम रोती हुई अन्दर के कमरे में भागकर चली गयीं और अज़ीज़ भाई भाभी की हिन्दुस्तानी मुस्कुराहट से बदला लेने में कामयाब हो गये। फ़ज़ा और मुँह का मज़ा तब्दील करने के लिए हम तमाम ही लोग फ़्लैट से उतरकर नीचे बाज़ार में आ गये। हिन्दुस्तान और पाकिस्तान ने अपने-अपने मुल्कों के अवाम में कितनी नफ़रत बो दी है कि जहाँ एक तरफ़ जावेद मियाँदाद पाकिस्तान के क़ौमी हीरो बन गये वहीं हिन्दुस्तानी अवाम की निगाह में चेतन शर्मा की हैसियत एक विलेन की-सी हो गयी। बज़ाहिर तो यह एक मग़लूब (पराजित) खिलाड़ी की सजा थी लेकिन इसके पीछे नफ़रतों के तेज़ अलाव रौशन थे, जिनमें खेल के सारे उसूलों को राम-राम सत्य कहकर जला दिया गया।

बहरहाल अज़ीज़ भाई अपनी तमाम ख़राब हरकतों और जुनूनी कैफ़ियतों के बावजूद मुझे हमेशा बहुत अच्छे लगते थे। एक तो उनके अन्दर एक बहुत मासूम बच्चा छुपा हुआ था, दूसरे उनके अन्दर रहम दिली का जज़्बा ठाठें मारते समन्दर की तरह हर वक़्त उछल कूद करता रहता था, तीसरे उनके यहाँ बनावट, गुरूर या पेशावराना बदकिरदारी बिल्कुल नहीं थी। नमाज़ नहीं पढ़ते थे लेकिन मग़रिब अज़ान एक मुअज़्ज़िन बाक़ायदा उनकी सीढ़ियों पर खड़े होकर देता था। गुस्से में हमेशा अपना नुक़सान करते थे। किसी दूसरे के नुक़सान पहुँचाने का उन्होंने कभी इरादा भी नहीं किया था।

मुख़्तलिफ़ तरह की बीमारियों में जकड़े रहने के बावजूद उन्होंने लफ़्ज़ परहेज को कभी मुँह नहीं लगाया। शराब वह पीते नहीं थे। सिगरेट से उनका कोई वास्ता नहीं था। पान की पुड़िया उनके रास्ते में आती नहीं थी लेकिन बेहतरीन खाना उनकी कमज़ोरी थी बल्कि अपनी इस कमज़ोरी को छुपाने के लिए वह ज़्यादे से ज़्यादा खाते थे। शुगर उनकी हमेशा काफ़ी बढ़ी रहती थी। दवाएँ भी बराबर खाते रहते थे लेकिन कोई भी मीठी डिश उनसे निगाहें बचाकर नहीं गुज़र सकती थी। चौपाटी पर किसी फ़ाइव स्टार होटल के नीचे एक बहुत मशहूर आइसक्रीम पार्लर हुआ करता था। एक

बार रात के तक़रीबन बारह बजे कहने लगे कि चलिए आइसक्रीम खाने चलते हैं। हालाँकि मुझे आइसक्रीम से कोई ख़ास दिलचस्पी नहीं हैं लेकिन शबगुज़ारी और तफ़रीह की ख़ातिर यह मशग़ला भी बुरा नहीं था। लिहाज़ा सारंग रोड से एक टैक्सी की गयी और हम लोग आइसक्रीम पार्लर पहुँच गये। एक आइसक्रीम मेरे लिए, एक अपने लिए और एक टैक्सी ड्राइवर के लिए लेकर वहीं खाने लगे। टैक्सी वाले से और खाने के लिए कहा, उसने तो मना कर दिया और बच गया लेकिन उनकी ज़ोर ज़बर्दस्ती से मुझे एक आइसक्रीम और खानी पड़ी। बक़िया तीन अदद आइसक्रीमें उन्होंने अपने लिए पैक करवा लीं कि रात में काम आयेंगी। एक हज़ार रुपयों में सिर्फ़ एक सौ साठ रुपये वापस हुए वह भी उन्होंने वेटर को रख लेने के लिए कहा। एक तजरुबे की बात अज़ीज़ भाई ने यह भी बतायी कि शुगर के मरीज़ की आसानतरीन पहचान यह है कि वह दस्तरख़्वान पर मीठी चीज़ पर निगाह डालता है। बल्कि मुस्तक़िल निगाह रखता है। क़व्वालों में अख़्तर आज़ाद की बहुत इज़्ज़त करते थे। यूँ भी अख़्तर आज़ाद बहुत रख-रखाव वाले आदमी हैं। अख़्तर भाई उनसे तक़रीबन हर मामले में मशविरा करते थे और अपने बड़े भाई मोहम्मद कोया का बहुत एहतराम करते थे। कोया भाई बड़े सुख़न फ़ह्म (बात की बारीकी समझने वाले) और शायर नवाज़ थे। मेरे उस्ताद वाली भाई से उनकी बहुत ज़्यादा बेतकल्लुफ़ी थी बल्कि उस्ताद और कोया दोनों ही अज़ीज़ भाई की मुतलव्विन मिज़ाज़ी और बेतरतीब ज़िन्दगी से फ़िक्रमन्द रहते थे लेकिन अज़ीज़ भाई वह मलंग थे जिन्हें समझाया नहीं जा सकता था।

कभी-कभी जब मैं ईमानदारी से अपना एहतिसाब (Self Assessment) करता हूँ तो पता चलता है कि मैं खुद एक सिरफिरा मलंग हूँ। एक ऐसा मलंग जो अपनी रौ में रहना और बहना चाहता है। पाबन्दियाँ मुझे उम्र क़ैद जैसी मालूम होती हैं, मैं अपनी सोच के दायरे से अपने आप को निकाल नहीं पाता हूँ। पता नहीं अपनी सोच के दायरे से निकलते ही दुनिया बड़ी खुदग़रज़, बड़ी लोभी और बेमक़सद क्यों दिखाई देने लगती है। मुझे दुनिया का कोई शहर कुछ ख़ास लोगों की निरबत से अच्छा लगता है। अगर ऐसे लोग उस शहर में न रह जायें तो मुझे कोई भी शहर काला पानी जैसा दिखाई देता है। मेरे साम्ने जब कोई भी शहर की तारीफ़ करता है तो मुझे उस शख़्स की आँखें ज़्यादा अच्छी लगती हैं। यूँ भी नज़्ज़ारगी का सारा दारोमदार आँखों पर टिका हुआ है। हम और हमारी उम्र के बहुत से लोग, बल्कि सभी यही कहते दिखाई देते हैं कि अब उनके शहर में वह पहली जैसी बात कहाँ है, वह रौनक़ें अब कहाँ हैं जो हमारी जवानी के ज़माने में हुआ करती थीं, लेकिन हमारे नवउम्र लड़के-लड़कियों से पूछिए तो उनको यही उनके शहर हीरे-मोतियों के बने दिखाई देते हैं। सारा खेल आँखों का है। उनकी जवान आँखें हैं तो उन्हें दुनिया जवान दिखाई देती है। अपना शहर भी उन्हे पेरिस और लन्दन जैसा नज़र आता है। हमारी बेख़्वाब आँखें मंज़रों का बोझ तक नहीं सँभाल सकतीं। हमारी आँखों से

हमारी नींदे रूठ चुकी हैं। ख़्वाब इधर का रास्ता भूल चुके हैं। हम अपनी तबीयत की नासाज़ी का इल्ज़ाम मौसम पर रख देते हैं। डॉक्टर भी हमारी हाँ में हाँ मिलाते हुए अपने पुराने नुस्ख़े में एकाध नयी गोली का इज़ाफ़ा कर देता है।

फिर मुम्बई के बारे में तो मेरा अमीक़ (गहरा) तजरुबा है कि मुम्बई भी जवान औरत की तरह है। उसे जवान ही आदमी क़ाबू में कर सकता है। भागती-दौड़ती ज़िन्दगी में ढलती हुई उम्र सैंडविच होकर रह जाती है। यूँ भी मुम्बई शहर नहीं, आदत की तरह है, एक तेज़ क़िस्म का नशा है, एक पागल कर देने वाली ख़ुशबू है, एक सदाबहार मौसम है, एक मुस्तक़िल रंगीन ख़्वाब है, आरज़ुओं और तमन्नाओं का ताजमहल है, ख़्वाहिशात का सिर उठाता हुआ दरिया है, जराएम की अन्धी सुरंग है, सख़ावत और दरिया दिली का समन्दर है, शेयर बाज़ार का ज़्वार भाटा है, फ़िल्मी चकाचौंध का मेला है, बियर बारों का हेड क्वार्टर है, जिस्म फ़रोशी का बिग बाज़ार है, दाऊद इब्राहीम का शहर है, अरुण गवली और छोटा राजन का नगर है, मराठा शेर बाल ठाकरे की कछार है, हर ठाकरे का लाउड स्पीकर है, अब्दुल करीम तेलगी और अर्षद मेहता का शहर है, मुस्तक़बिल की तलास में भटकने वालों का पसन्दीदा पड़ाव है, काबुकनुमा फ़्लैटों में क़ैद रहने वालों का सबसे बड़ा ठिकाना है, झुग्गियों से आबाद एक बेख़्वाब दुनिया है, एक ऐसी दुनिया जहाँ हर तरह के गुनाह और गुनाहों से तौबा करते हुए लोग आबाद हैं। जहाँ की तकलीफ़ें उठाने वाले उपने-अपने गाँवों में ख़ुशहाली लाने के ख़्वाब देखा करते हैं। मुम्बई दिन-रात चलती है मगर थकती नहीं है। दौड़ती है मगर गिरती नहीं, हादसों से गुज़रती है मगर डरती नही, बीमार होती है मगर मरती नहीं है। कभी मुम्बई उस शोख़ बच्चे की तरह थी जो बात-बात पर खिलखिलाकर हँस देता है, कभी मुम्बई देहाती औरतों की तरह खूब ठट्ठे लगाती थी लेकिन सियासी भेड़ियों ने इस शहर को अब इतना ख़ौफ़ज़दा कर दिया है कि यह शहर कुर्बानी के बकरे की तरह फटे-फटे दीदों से अपनी जानिब बढ़ती हुई मौत को देखा करता है। मौत के वार्डरोब में नित नये लिबासों का इज़ाफ़ा होता रहता है। कभी यह हादिसों का चोला पहन लेती है तो कभी उम्र को बहाना बना लेती है। कभी गैंगवार का जामा ज़ेबेतन कर लेती है, कभी हार्ट अटैक और कैंसर के कैक्टस से बुनी हुई शाल पहनकर निकलती है और कभी बाज़ारे हुस्न में एड्स का ग़ैर मुल्क लिबास पहनकर खड़ी दिखाई देती है। पता नहीं मुझे मुम्बई कभी अच्छी क्यों नहीं लगी। न जाने मुम्बई में मेरा जी क्यों नहीं लगता। मालूम नहीं मेरे मिज़ाज के चेहरे पर मुम्बई का ग़ाजा देर तक क्यों नहीं रुकता। शायद इसकी वजह यही है कि मुझे शहर के कुछ लोग अच्छे लगते हैं, शहर कोई अच्छा नहीं लगता। मुम्बई में जो दस-पाँच लोग मुझे अच्छे लगते थे उन्ही में भाई अज़ीज़ नाज़ाँ भी थे।

मैंने अज़ीज़ नाज़ाँ मरहूम की बेश्तर ख़ामियों का दबे लफ़्ज़ों में तज़किरा कर दिया है। मुझसे ज़्यादा ख़ामियाँ उनके बहुत से क़रीबी अहबाब जानते होंगे लेकिन यहाँ मैं

एक ख़ास वाक़ये का ज़िक्र करना चाहता हूँ क्योंकि अगर इस वाक़ये के ज़िक्र से मैंने दामन बचाने की कोशिश की तो शायद मेरा गुनाह हमेशा मुझे कचोके लगाता रहेगा।

मैं मुम्बई में हमेशा मराठा मन्दिर के पास YMCA गेस्ट हाउस में रुकता रहा हूँ। तक़रीबन पच्चीस बरस से मेरा मामूल रहा है कि मैं इसी गेस्ट हाउस में क़याम करूँ बल्कि एक लतीफ़ा भी इस गेस्ट हाउस से मंसूब हो गया है। वह भी आपको सुनाता चलूँ। YMCA में मुस्तक़िल-क़याम की वजह से वहाँ के तमाम लोग बहुत ख़याल करते हैं। वहाँ एक साहब हुआ करते थे जिनका नाम था Mr. Josh। हिन्दुस्तानी क्रिश्चियन थे। एक दिन मुझसे कहने लगे कि जब आप बराबर यहीं ठहरते हैं तो फ़िर आप कोशिश करके यहाँ के मेम्बर क्यों नहीं हो जाते हैं, इससे आपको और भी कई फ़ायदे हासिल रहेंगे। मसलन मिशनरी के स्कूलों में आपके बच्चों का मुनासिब फ़ीस पर दाख़िला हो जायेगा। मिशनरी के तमाम अस्पतालों में आपको मुफ़्त की सहूलियतें हासिल रहेंगी और सारी दुनिया में आप YMCA के ऑनरेरी मेहमान रहेंगे। मैंने पूछा कि जोश साहब मेम्बरी के लिए शर्तें क्या हैं। उन्होंने कहा सालाना दो हजार रुपये फीस के तौर पर जमा करने होंगे। मैंने कहा तब आसान है आप मुझे मेम्बर बनवा दीजिए। उन्होंने कहा कि पहली शर्त यह है कि आप किसी ज़ी विक़ार (इज़्ज़तदार) क्रिश्चियन से एक सिफ़ारिश नामा ले आयें या फ़ोन करा दें। क्या कोई ऐसा क्रिश्चयन आपके शनासाओं (जानने वालों) में है? मैं थोड़ी देर तक सोचता रहा लेकिन् ज़ेह्न के स्क्रीन पर ऐसा कोई भी नाम नहीं उभरा। जोश साहब ने मुझे लुक़मा दिया कि पहली शर्त ही सबसे मुश्किल है। मैंने बरजस्ता कहा कि नहीं-नहीं, ऐसा बिल्कुल नहीं है, मैं सिफ़ारिश तो हज़रत ईसा से भी करवा सकता हूँ क्योंकि हमारे रसूले अकरम हज़रत मोहम्मद सल्लल्लाहु अलैहि वसल्लम के मरासिम (ताल्लुक़ात) उनसे भी बहुत अच्छे हैं। मेरे इस जुमले से उनके चेहरे पर एक रंग आकर गुज़र गया और मैं अपनी शुगुफ़्ता मिज़ाजी की दाद माँगता ही रह गया।

कई दिनों से कारोबारी मामलात के सबब मैं मुम्बई में मुक़ीम था। YMCA में मेरा क़याम था। एक दिन अज़ीज़ भाई से मिलने उनके घर भी गया। अज़ीज़ भाई ने शिकायती लहजे में कहा कि आप कई दिनों से मुम्बई में मुक़ीम हैं। आपकों फ़लाँ-फ़लाँ जगह पर देखा गया। वज़ीर होटल में आप तक़रीबन रोज़ रात में आकर बैठते थे। मैंने, CBI अफ़सर की तरह गुनाह गिनवाते हुए, अज़ीज़ भाई की तमाम शिकायतें सुनीं, उनके ख़ामोश होते ही मैंने कहा कि अज़ीज़ भाई मुम्बई में तमाम लोग मसरूफ़ दिखाई देते हैं। ज़ाहिर है कि आप भी अपने कामों में उलझे रहते हैं। लिहाज़ा रोज़-रोज़ आकर आपको परेशान करना मुनासिब नहीं था। उनकी नाराज़गी, शिकायत और ख़फ़गी पर मैं अपने लफ़्ज़ों के ओलों का सर्द पानी रखता रहा। थोड़ी ही देर में वह बच्चों की तरह खुश दिखाई देने लगे। काफ़ी देर उनके रहने के बाद मैंने इजाज़त चाही तो उन्होंने मेरा प्रोग्राम पूछा। मैंने उन्हें बताया कि कल सवेरे छः बजे के जहाज़ से देहली जा रहा हूँ।

वहाँ दो एक दिन क़याम के बाद कलकत्ता चला जाऊँगा चलते वक़्त उन्होंने मुझे ग़ैर मुल्क़ के सेंट की कई शीशियाँ दीं, उनमें एक सेंट का नाम Poison था। बीस बरस गुज़रने के बाद भी मेरे जिस्म से उस क़ीमती सेंट की महक आती रही क्योंकि उस महक में जो ख़ुलूस और अपनाइयत थी वह आज तक मेरे लहजे में मौजूद है।

रात के तक़रीबन डेढ़ बजे अज़ीज़ भाई अचानक YMCA में मुझसे मिलने आ गये। उनको देखते ही होटल का सारा अमला (Staff) निहाल हो गया। वह मेरे पास थोड़ी देर तक ख़ामोश बैठे रहे फिर उन्होंने मुझे एक रंग का मैग्ज़ीन साइज़ वाला भारी लिफ़ाफ़ा दिया और बोले कि जामा मस्जिद के पास होटल De Romana के काउंटर पर फ़लाँ शख़्स आपको मिलेंगे, यह लिफ़ाफ़ा आप उनके हाथों में दे दीजियेगा। इधर-उधर की गुफ़्तगू के बाद वह कहने लगे कि आप कहें तो मैं सवेरे आपको एयरपोर्ट अपनी गाड़ी से छोड़ आऊँगा। मैंने शुक्रिया अदा किया और उन्हें बताया कि मैंने टैक्सी वाले से कह दिया है, वह सुबह मुझे एयरपार्ट पहुँचायेगा। अज़ीज़ भाई के जाने के बाद मैं सोचने लगा कि पता नहीं इस भारी लिफ़ाफ़े में क्या है? फिर यह लिफ़ाफ़ा अज़ीज़ भाई ने चलते वक़्त ही मेरे हवाले क्यों नहीं किया था? इतनी रात गये YMCA में यह लिफ़ाफ़ा पहुँचाने क्यों आये? मेरे दिमाग़ में तरह-तरह के सवालात उभरने लगे। उन दिनों फ़िल्मी हीरोइनों की तरह नशे वाली हीरोइन का भी बहुत शोहरा था। मेरे दिल में तरह-तरह के बुरे ख़्यालात आने लगे। मैंने अपने आपको इन ढेर सारे सवालात के हिसार (क़ैद) से निकालने के लिए मैग्ज़ीन साइज़ के लिफ़ाफ़े को सलीक़े से चाक किया। लिफ़ाफ़ चाक करते ही मेरी परेशानी में मज़ीद (और) इज़ाफ़ा हो गया क्योंकि उस बड़े लिफ़ाफ़े के अन्दर तक़रीबन डेढ़ दर्जन छोटे लिफ़ाफ़े मौजूद थे। मैंने एक के बाद एक दीगरे तमाम लिफ़ाफ़ों को चाक करना शुरू कर दिया। हर लिफ़ाफ़े में एक हज़ार, पन्द्रह सौ या दो हज़ार की रक़म मौजूद थी। किसी एक लिफ़ाफ़े में रक़म के साथ एक ख़त भी रखा था। एक तो उन्हीं साहब के नाम जिनको होटल Da Romana में मुझे यह लिफ़ाफ़े सौंपने थे। ख़त में मग़रिबी (पश्चिमी) उत्तर प्रदेश के कई शहरों के मुख़्तलिफ़ लोगों के नाम दर्ज थे, जिनकी अज़ीज़ भाई गाहे गाहे (कभी-कभी) मदद करते रहते थे। क्योंकि ख़त में अज़ीज़ भाई ने यह भी लिखा था कि मैं काफ़ी दिनों से हिन्दुस्तान से बाहर था और फिर इधर मेरा देहली की तरफ़ आना भी नहीं हुआ लिहाज़ा मैं मुनव्वर राना साहब के ज़रिये यह रक़म भिजवा रहा हूँ आप इन लोगों को भिजवा दीजियेगा। मैं अपनी शैतानी सोच पर आज तक ख़ुद पर लानत मलामत करता रहता हूँ और अज़ीज़ भाई जब भी याद आते हैं तो महसूस होता है कि वह मैदाने हश्र में फूलों से लदे हुए हैं और मैं एक गुनहगार की तरह उनके पास खड़ा हुआ हूँ। आज इस मज़मून के ज़रिये तहरीरी (लिखित) तौर पर अपने जुर्म का इक़रार करने के बाद यूँ महसूस हो रहा है कि मेरे काँधों से बहुत बड़ा बोझ उतर गया है या मैं एहसासे जुर्म की ज़ंजीर से आज़ाद हो गया हूँ।

तुम्हें देखेंगे सब मशहर में दामाँ कौन देखेगा

अकबर इलाहाबादी, अमरूद और आसिफ़ उस्मानी में एक चीज़ मुश्तरक है कि तीनों का तज़किरा आते ही ज़बान लज़्जतों से, होंठ मुस्कुराहट से और ज़ेहन कृष्ण बिहारी नूर के इस मिस्रे से मेलजोल बढ़ाने लगता है :

आँख अपना मज़ा चाहे दिल अपना मज़ा चाहे

हालाँकि अकबर इलाहाबाद में रहे नहीं, अमरूद बहुत महँगे हो गये और आसिफ उस्मानी आसानी से दस्तयाब नहीं होते लेकिन उनके चाहने वाले आख़िरकार उन्हें ढूँढ़ निकालते हैं। हर शहर में कुछ ऐसे लोग होते हैं जो बज़ाहिर तो ज़र्रे होते हैं लेकिन उनकी गुफ़्तगू में सूरज की तमाज़त (चमक) और चाँदनी का इत्र शामिल होता है। ऐसे लोग अपने अन्दर एक खुश मिज़ाजी की दुनिया आबाद किये रहते हैं और दुनिया को मुस्कुराहट के लम्स (स्पर्श) से वाकिफ़ कराते हैं। उनकी गुफ़्तगू में न फ़लसफ़ा होता है न साइंस, उनकी गुफ़्तगू में मासूम बच्चों की तरह सच बोलने की ललक होती है। ऐसे लोगों की गुफ़्तगू में कई साज़ों की खनक और तरन्नुम मुदग़म (विलीन) हो जाते हैं। ऐसे लोगों की गुफ़्तगू में वह मिठास होती है जो शुगर के मरीज़ों के लिए आबे हयात बन जाती है, उनकी गुफ़्तगू तबीयतों को बाग़ो बहार कर देती है। ऐसे लोगों के होंठ खुलते ही शहर की बारूदी फ़ज़ा हार मान लेती है। साइंस की तरक़्क़ी के इस दौर में ऐसे लोग ग़ायब होते जा रहे हैं जो दूसरे रगों में विखरते हुए साँप के ज़हर को अपने होंठों से खींचकर बाहर निकाल लेते हैं। ऐसे लोग अब ख़ाक का पेवन्द हो गये जो डूबते को बचाने में खुद कुएँ की तह में बैठ जाते थे।

हँसना एक कुदरती अमल है जिसके लिए आदमी रोने को भी तैयार हो जाता है। दरअसल दुनिया को हँसाने वाले हमेशा यह भूल जाते हैं कि हँसना उनके लिए भी ज़रूरी है। जैसे-जैसे इनसान के क़दम चाँद और सूरज तक पहुँच रहे हैं वैसे-वैसे आम इनसानों के खुश होने के इमकानात भी ख़त्म होते जा रहे हैं क्योंकि ज़िन्दगी की चक्की में उम्र का गेहूँ पिसता रहता है। हालात, ज़रूरतें, मसायल, घरेलू उलझने, बुलन्दी से पस्ती पर आने का ख़ौफ़ और उम्र की कमज़ोर होती डोर आदमी को इतना मोहतात, फ़िक्रमन्द और चिड़चिड़ा बना देती है कि आदमी अपने होंठों पर मचलने वाली मुस्कुराहट को भी अंगारा समझता है।

आसिफ़ उस्मानी चेहरे-मोहरे से सेठ, चाल-ढाल से माफ़िया, गुफ़्तगू से बहुत बड़े चौपालिए और ख़ामोश रहें तो दानिशवर (बुद्धिजीवी) मालूम होते हैं। उनकी शख़्सियत के इतने निराले और हसीन शेड्स हैं कि महफ़िल में चार चाँद लग जाते हैं। हालाँकि वह खुश्कसाली (दुर्भिक्ष) को हमेशा साली खुश्क कहकर नज़र अन्दाज़ कर देते हैं इसके बावजूद वह ख़वातीन में भी ख़ासे मक़बूल हैं। हरचन्द कि यह जुमला उनकी अज़्दुवाजी (वैवाहिक) ज़िन्दगी पर बुरा असर डाल सकता है और यह भी मुमकिन है कि मानीख़ेज़ और भारी भरकम जुमला भी ताख़ीर (विलम्ब) से हासिल होने वाली ख़बर की तरह होता हो। अपनी आक़िबत (अंजाम) के पेशे नज़र कोई भी शख़्स उनके सिलसिले में नाआक़िबत अन्देशी (अंजाम से लापरवाही) नहीं करता है लेकिन कुछ मुख़बिर नाआक़िबत अन्देश होते हैं। यह और बात है कि क़िस्मत के ज़ोर पर वह अख़बार के मालिक हो जाते हैं। हाज़िर जवाबी और तबियत की शोख़ी कुदरत का वह क़ीमती तोहफ़ा हैं जो सबका मुक़द्दर नहीं होते। हर अह्द में यह कुदरती तोहफ़े क़द्रोमंज़िलत (क़द्र और इज़्ज़त) की निगाह से देखे जाते हैं।

ज़बान की शमशीर को हर वक़्त मुहावरों की सान पर रखना, गुफ़्तगू के दरम्यान हमेशा सादगी की चिलमन डाले रखना, अल्फ़ाज़ को उनके सही मुक़ाम पर इस्तेमाल करना, तज़हीक (मज़ाक उड़ाना) की टूटी हुई किर्चों के ऊपर से सलामती के साथ गुज़र जाना, लहजे में कच्ची मिट्टी के सोंधेपन को बरक़रार रखना, मुस्कुराहट की फूल-पत्तियों पर आँसुओं का छिड़काव करते रहना, दिलों की उदासी पर मुस्कुराहट के फूल खिला देना, चेहरों को किताब की तरह पढ़ना और अल्फ़ाज़ की बन्दिश को तहज़ीब की लक्ष्मण रेखा पार न करने देना, कच्चे और कमज़ोर जुमलों को मश्शाक़ (निपुण) शहसवार की तरह होंठों पर आने से रोक लेना, हर हाल में मिज़ाज को शायराना रखना, मौक़ा और मुनासिबत की नब्ज़ पर मुस्तक़िल उँगली रखे रहना और आँखों में हमेशा मासूमियत को सजाये रखना बहुत दुश्वार है। इल्म और अदब के इस सख़्त पुल से गुज़रने के बाद ही शख़्सियत की शाख़ों में हाज़िर जवाबी और तबीयत की शोख़ी के फल-फूल आते हैं।

आसिफ़ भाई के कम्प्यूटर में शायरी ज़्यादा Feed नहीं हो पाती क्योंकि उन्हें कुछ तो शायरों से एलर्जी है, कुछ की हरकतों से और बक़िया के कलाम से। मौसूफ़ मुशायरों में ऐसी जगह बैठते हैं जहाँ से शायर के कलाम, चहरे और किरदार पर नज़र रख सकें। मुशायरे में बहुत देर तक और बड़ी मेहनत से कलाम सुनाने वाले को 'मुशायरे का मज़दूर' कहते हैं। जिस शायर पर जुमला लगा देते हैं वह मज़े में अमरूद हो जाता है। जो उनके लफ़्ज़ों के मिज़ाइल से बच निकलता है, नमरूद हो जाता है। आसिफ़ भाई को शहर के तमाम खुशमिज़ाज पहचानते हैं। बदमिज़ाज भी अपना Mental System ठीक करने में मसरूफ़ हो जाते हैं। क्रिकेट खेलते हैं तो विकेट के बजाय बल्लेबाज़ की खोपड़ी का निशाना लेते हैं। नतीजे के तौर पर

बल्लेबाज़ या तो अस्पताल में होता है या ग़लत तरीक़े से आउट होने के जुर्म में टीम से निकाला जाता है। आसिफ़ भाई का क्या होता, उन्होंने कभी इस सिलसिले में कुछ ग़ौर भी नहीं किया।

उनकी निगाह ज़मीनी सेटलाइट है जिससे वह शहर के तमाम गरेबानों में झाँकते रहते हैं। मज़े की बात तो यह है कि हर शख़्स उनके निशाने की ज़द पर रहना चाहता है। अर्जुन की निगाह हमेशा चिड़िया की आँख पर रहती थी। आसिफ़ भाई चिड़्डे के कैरेक्टर पर भी निगाह रखते हैं। मैंने अपनी ज़िन्दगी में इतने चाक़ोचौबन्द (चुस्त दुरुस्त) कम ही लोग देखे हैं जो पुलिस के महकमे में न होते हुए भी मुजरिमों पर निगाह रखते हैं, नक़्क़ाद (आलोचक) न होते हुए भी शायरों के कलाम और उसके मुज़िर (नुक़सानदेह) असरात पर निगाह रखते हैं और उसके तदारुक (इलाज) के लिए उमेश नारायण शर्मा और मोहम्मद अली काज़िमी से बग़ैर फ़ीस का मश्विरा करते हैं। कहा जाता है कि आसिफ़ भाई से कोई फ़ीस नहीं माँगता। बचपन में सिर्फ़ स्कूल वाले नहीं माँगते थे, अब कोई नहीं माँगता। डॉक्टर भी उनका इलाज डूबी हुई रक़म के तौर पर करते हैं। यह और बात है कि उनके ऊपर किसी की फ़ीस न देने का कोई इल्ज़ाम नहीं है। हाँ, मोहब्बत में देर-सवेर तो होती ही रहती है। कहने वाले तो यहाँ तक कहते हैं कि कूचये अरबाबे निशात (हसीनाओं की गली) में भी उनके लिए पच्चीस फ़ीसदी की डिस्काउण्ट स्कीम रहती है, अब इस डिस्काउण्ट से वह फ़ायदा उठाते हैं या नहीं इसका पता लगाना पुलिस वालों का काम है और अगर पुलिस वाले इसी लायक़ होते तो हर शहर के बीचो बीच कूचये अरबाबे निशात और ज़िन्दा गोश्त की दुकानें ही क्यों होतीं।

उनके चाहने वालों में नगर नरेश अतीक़ भाई का भी सुमार होता है। मौसूफ़ आसिफ़ भाई को दिन में कई बार याद करते हैं लकिन आसिफ़ भाई यह सुनकर ख़ुश नहीं हाते। उनका कहना है कि मैं कोई सबक़ तो हूँ नहीं कि लोग मुझे याद करें। अतीक़ भाई विधायक बनने के बाद पहली बार पीस कमेटी की मीटिंग में शिरकत करने की ग़रज़ से कोतवाली गये, आसिफ़ भाई उनके साथ थे। कोतवाली में दाख़िल होते ही उन्होंने आसिफ़ भाई से कहा कि डेमोक्रेसी पर तक़रीर करने के लिए कुछ ख़ास प्वाइंट बताओ। आसिफ़ भाई ने एक निगाह कोतवाली के बोर्ड पर डालते हुए कहा, विधायक जी आप कोतवाली में खड़े हैं और कोई कुछ नहीं कह रहा है, यही सबसे बड़ी डेमोक्रेसी है।

मशहूर नाक़िद सय्यद मोहम्मद अक़ील इलाहाबाद हाईकोर्ट में प्रोफ़ेसर थे। नये आने वाले तालिब इल्मों से तआरुफ़ (परिचय) की रस्म पूरी की जा रही थी। अब यह इत्तिफ़ाक था कि आसिफ़ भाई से पहले जितने तालिब इल्मों से उन्होंने नाम पूछा उनमें से बेश्तर शिया मसलक़ से ताल्लुक रखते थे लिहाज़ा प्रोफ़ेसर अक़ील ने जब आसिफ़ भाई से नाम पूछा तो मौसूफ़ ने किस्कीनों जैसी सूरत बनाते हुए

सर झुकाकर कहा, हुजूर मैं सुन्नी हूँ। अक़ील साहब जैसे संजीदा शख़्स भी बेसाख़्ता मुस्कुराने लगे। आसिफ़ भाई हर जगह अपनी मौजूदगी का गोशा निकाल लेते हैं। उनके एक बहुत बेतकल्लुफ़ दोस्त किसी हादसे में जख़्मी हो गये। आसिफ़ भाई को मालूम हुआ तो फ़ौरन उनकी अयादत के लिए अस्पताल पहुँचे। उनकी बेगम से मिज़ाजपुर्सी की और उनकी कैफ़ियत मालूम की। उनकी बेगम ने बहुत ही बुझे हुए लहजे में बताया कि आसिफ़ भाई दुआ कीजिए, लगता है वह अपनी याददाश्त खो बैठे हैं। आसिफ़ भाई फ़ौरन अपने मरीज़ दोस्त के कमरे की तरफ़ गये और दाख़िल होते ही पूछा कि पहले ख़लीफ़ा कौन थे? वह साहब शदीद तकलीफ़ के बावजूद हँसते हुए उठकर बैठ गये। आसिफ़ भाई ने कहा कि भाभी बेसबब बरामदे में परेशान खड़ी हैं। उनका ख़याल था कि हादसे में तुम याददाश्त खो बैठे हो।

आसिफ़ भाई के वालिद शेरवानी कालेज में प्रिंसिपल थे। उन्होंने इमदाद हुसैन अलवी साहब से आसिफ़ भाई को जीप फ्लैश लाइट कम्पनी में कहीं एडजस्ट करने की गुज़ारिश की। अलवी साहब ने आसिफ़ भाई को बुलवाया और उनसे कुछ मामूली क़िस्म के सवालात करना शुरू किये। पहले सवाल के तौर पर अलवी साहब ने आसिफ़ भाई की तरफ़ देखते हुए कहा कि मैं आपसे क्या पूछूँ? आसिफ़ भाई ने जवाब दिया कि जो न आता हो पूछ लीजिए। अलवी साहब ने नाराज़ होकर आसिफ़ भाई से तालीम पूछी, फिर सवाल किया कि बताइए पानीपत कितनी बार जंग के मैदानो में तब्दील हुआ? आठवीं क्लास का सवाल सुनकर आसिफ़ भाई बोर हो चुके थे लिहाज़ा कहने लगे कि सर! वैसे तो दो बार पानीपत में लड़ाई हुई थी लेकिन अब अगर उसके बाद भी लड़ गये हों तो मुझे पता नहीं। अलवी साहब अपनी संजीदा मिज़ाजी के बावजूद उनके जवाबात में दिलचस्पी ले रहे थे। उन्होंने एक और सवाल किया कि U.N.O. में कितनी ज़बानें इस्तेमाल की जाती हैं। जवाब देने के बजाय आसिफ़ भाई ने अपनी तनख़्वाह पूछी। जवाब में उन्हें बताया गया कि आपकी तनख़्वाह छः सौ रुपये मुक़र्रर की जायेगी। आसिफ़ भाई ने दस्तबस्ता अर्ज़ किया कि सर! इतनी तनख़्वाह में आप सिर्फ़ क़ौमी (राष्ट्रीय) मालूमात का इम्तिहान ले सकते हैं बैनुल अक़वामी (अन्तर्राष्ट्रीय) सवाल के जवाब मैं हर्गिज़ नहीं दे सकता।

आसिफ़ भाई हर वक़्त अपने ज़ेहन को योगा कराते हैं और जिस्म को आराम करने के लिए छोड़ देते हैं। किसी शादी का खाना पक रहा था, डेग से लगे एक मोटे-से साहब तशरीफ़ फ़रमा थे। आसिफ़ भाई ने उनसे कहा कि जनाब आप यहाँ से हट जाइए वर्ना अगर आप किसी डेग में गिर गये तो लोग कहेंगे कि चिकन के नाम पर बड़े का खिला दिया। आसिफ़ भाई की खुशमिज़ाजी की फुहार घर से निकलते ही शुरू हो जाती है। घर से निकलकर थोड़ी ही दूर आये होंगे कि किसी साहब ने पूछ लिया, जनाब यह गली रानी मण्डी जाती है? आसिफ़ भाई मुस्कुराते हुए उसे बताते हैं कि भाई मैं सुबह देर से सोकर उठता हूँ, तैयार होकर आफ़िस चला जाता हूँ और रात गये वापस लौटता हूँ। मुझे नहीं मालूम कि रानी मण्डी जाती है या कहीं और निकल जाती है।

सूरज की किरणों के साथ-साथ आसिफ़ भाई की खुश गुफ़्तारी शुरू हो जाती और दिन चढ़ते सारे शहर को अपनी लपेट में ले लेती है। दफ़्तर जाते हुए मुख़्तलिफ़ चौकियों को सर करते हैं। रास्ते में पहलवान की पान-सिगरेट की दुकान पड़ती है। आसिफ़ भाई हमेशा वहाँ रुककर सिगरेट ख़रीदते हैं। एक दिन पहलवान से सिगरेट तलब करते हुए उन्होंने महसूस किया कि पहलवान को सिगरेट का पैकेट हाथ बढ़ा कर उठाने में कुछ तकलीफ़ हो रही है। आसिफ़ भाई ने हमदर्दी से पूछा कि क्या बात है पहलवान! तबीयत ठीक नहीं है क्या? पहलवान ने बड़ी बेचारगी से कहा, आसिफ़ मियाँ! पहलवान और रण्डी का बुढ़ापा बड़ी तकलीफ़ में गुज़रता है। आसिफ़ भाई ने फ़ौरन पूछा कि आप जवानी में पहलवान थे या...ज़ाहिर है पहलवान की तकलीफ़ फ़ौरन दूर हो गयी। एक साहब गवर्नमेंट से क़र्ज़ लेने और कभी न वापस करने के लिए बहुत मशहूर हैं। एक दावत में दस्तरख़्वान पर आसिफ़ भाई मद्दे मुक़ाबिल (आमने-सामने) आ गये। वह साहब खाने में तकल्लुफ़ से काम ले रहे थे। साहिबे ख़ाना ने जब उनसे खाने में बेतकल्लुफ़ी का मज़ाहिरा करने के लिए कहा तो उन्होंने यह कहकर माज़िरत (माफ़ी) चाही कि इन दिनों हाज़मा साथ नहीं दे रहा है। आसिफ़ भाई ने उनको समझाया कि हुज़ूर सरकारी क़र्ज़ समझकर खाइए, इंशाअल्लाह हज़्म हो जायेगा।

ग़रज़ कि आसिफ़ भाई की चौमुखी से बहुत कम लोग महफ़ूज़ रह पाते हैं। मौलाना नासिर फ़ाख़िरी हज के सफ़र के लिए रवाना हो रहे थे। स्टेशन पर उनके मुरीदों, मोहब्बत करने वालों और अक़ीदत मन्दों की भीड़ जमा थी। लोग इज़हारे अक़ीदत के तौर पर उनसे हाथ मिला रहे थे और उनके मुरीद उनके हाथ का बोसा ले रहे थे। अपनी बारी आने पर आसिफ़ भाई ने भी लपककर मौलाना का हाथ पकड़ लिया और बड़ी देर तक उनके हाथों को देखते और चूमते रहे और साथ में यह भी कहते जा रहे थे कि मुमकिन है हज से वापसी पर यह हाथ वहीं रह जायें लिहाज़ा इन्हें जी भरकर देख लेने दो। मौलाना ने उनका इशारा समझते ही हाथ खींच लिया :

हम बहुत ख़ुश हैं उसे दे के इबादत का फ़रेब
वो मगर ख़ूब समझता है ख़ुदा है वह भी

एक नवजवान अपने हाईस्कूल में फ़ेल हो जाने के सिलसिले में मुख़्तलिफ़ तावीलें पेश कर रहा था। बातों-बातों में कहने लगा कि पूरी एजूकेशन बोर्ड की इमारत की रँगाई मैंने की लेकिन मुझ पर किसी ने रहम नहीं खाया। आसिफ़ भाई उसे समझाने लगे बेटा, अगर इमारत की चूनाकारी के ज़रिये ही पास होना चाहते थे तो मेडिकल कालेज की रँगाई करके डॉक्टर बनना चाहिए था, दसवीं क्लास के इम्तिहान में क्यों इतनी उम्मीद और आस लगाये हुए थे।

बशारत भाई इलाहाबाद हाईकोर्ट में वकालत करते हैं, हर वक़्त इस इन्तिज़ार में रहते हैं कि कोई उन्हें छेड़े। मज़हबी बहस का दरिया रवाँ दवाँ था। दौराने गुफ़्तगू

आसिफ़ भाई ने हज़रत अमीर मुआविया का कोई वाक़िया बयान करना चाहा लेकिन फ़ौरन ही बशारत भाई ने एतराज़ कर दिया कि आप अमीर मुआविया के नाम के साथ हज़रत नहीं लगा सकते। आसिफ़ भाई ने कहा, चलिए जनाब से काम चला लेता हूँ। बशारत भाई ने कहा हर्गिज़ नहीं, आप उनके नाम के साथ जनाब भी नहीं लगा सकते। आसिफ़ भाई ने कहा, ठीक है जनाब का इस्तेमाल भी नहीं करूँगा लेकिन श्री से कम पर मैं भी नहीं मानूँगा ओर बशारत भाई मान गये।

आसिफ़ भाई इतनी बरजस्ता गुफ़्तगू करते हैं कि लगता है घर से रटकर आये हों। किसी साहब ने आसिफ़ भाई से पूछा कि आदमी में सियासी शऊर (समझ) किस उम्र में आता है? आसिफ़ भाई ने फ़ौरन जवाब दिया कि जब उसका इज़ारबन्द दूसरे लोग बाँधने लगें। वह अपनी दिलचस्प गुफ़्तगू, ख़ूबसूरत जुमलों और मुस्तक़िल हाज़िर जवाबी की वजह से हर जगह मौजूद रहते हैं। अगर वह ग़ैर हाज़िर भी रहें तो उनकी दिलचस्प बज़ला संजी मुस्कुराहट की चाँदी के वरक़ में लपेटकर पेश कर दी जाती है। लोग इस तोहफ़े को बासरोचश्म कुबूल करते हैं और खुश होते हैं। गिरीश वर्मा उनके आशिक़, अतीक भाई उनके दीवाने, काज़िमी साहब उनके मद्‌दाह, उमेश नारायण शर्मा उनके क़द्रदान, अतीक़ इलाहाबादी उनके तर्जुमान (प्रवक्ता), असलम इलाहाबादी उनके क़िस्सागो, ओरियंट उनका ब्राडकॉस्टिंग सेंटर, अहमद अबरार और नय्यर अक़िल उनके जमुलों की ज़द में आकर ज़ख़्मी होने वालों की मरहम पट्‌टी के ठेकेदार, बशारत भाई चोंच बाज़ी के लिए उनके मुस्तक़िल मुतलाशी, हर महफ़िल उनके बग़ैर सूनी, हर मुशायरा उनके बग़ैर अधूरा, हर शायर फ़ास्ट बॉलिंग से अपने को बचाने में मसरूफ़।

आसिफ़ भाई को इलाहाबाद की सड़कें पहचानती हैं। गलियाँ उनकी शनासा हैं, उनको पैदल भी पहचानते हैं और शहसवार भी, उनको याद करने वालों में सरदार भी हैं और असरदार भी, वह हर उस महफ़िल में मौजूद रहते हैं जहाँ ज़ोर से हँसना बेअदबी में शुमार किया जाता है। लिबास के सिलसिले में बहुत लापरवाह दिखाई देते हैं बल्कि जो भी लिबास पहने हों लगता है घरवालों ने ज़बरदस्ती पहना दिया है। न वो अपना लिबास देखते हैं न लोग उनके लिबास पर निगाह डालते हैं। हर शख़्स सिर्फ़ उनके तुम्बिशे लब का मुन्तज़िर रहता है। एक मुख़बिर के इस बयान की अभी तक तस्दीक़ नहीं हो सकी कि वह तनख़्वाह लेने खुद जाते हैं या डिपार्टमेंट उनकी तनख़्वाह घर पर भिजवाकर अपने आपको महफ़ूज़ महसूस करता है :

पड़े हैं तो पड़े रहने दो मेरे ख़ून के धब्बे
तुम्हें देखेंगे सब मशहर में दामाँ कौन देखेगा

तुम्हारे बाद ये आँगन तुम्हें पुकारेगा

बड़े शहरों की सबसे बड़ी ट्रेजडी यह है कि लोग एक दूसरे से मिलना चाहें तो आसानी से नहीं मिल सकते क्योंकि उन शहरों में ज़िन्दगी तो बहुत सुबह जागती है लेकिन लोग काफ़ी देर तक सोते रहते हैं। शहर की मस्जिदों में भी फ़ज्र की नमाज़ के मुक़ाबले में ज़ोहर और अस्र में ज़्यादा लोग रहते हैं। मिठाई की दुकानों पर नाश्ता ज़्यादा बिकने की वजह अस्ल में यह है कि ख़ातूनेख़ाना भी बिस्तर को मायके की चीज़ों की तरह सीने से लगाये रखना चाहती हैं। दूसरी तरफ़ शौहरों का ये हाल है कि जब घर से निकल जाते हैं तो पुलिस वाले भी उन्हें ढूँढ़ने में नाकाम हो जाते हैं और ये मज़लूम जब रात ढले घर में दाख़िल होते हैं तो रात का खाना और बेगम की गालियाँ साथ-साथ खाते हैं। इसी बदपरहेज़ी का नतीजा है कि पेट मुस्तक़िल ख़राब रहता है। शौहरों की इस आदत की वजह से बेचारी बीवियों को भी रात गये तक आहटों के सहारे बैठा रहना पड़ता है :

सिगरेटें, चाय, धुआँ, रात गये तक बहसें
और कोई फूल-सा आँचल कहीं नम होता है

जब सूरज अपनी चुभती हुई किरनों को खिड़कियों के ज़रिये बिस्तर पर सोये हुए लोगों तक भेज देता है तब आँखें खुलती हैं क्योंकि शहर में न चिड़ियों की चहकार मयस्सर, न कलियों की चटक नसीब और न ही नसीमे सुब्ह (भोर की हवा) का सरगोशियों भरा पैग़ाम। वहाँ होटल की भट्ठियों से उठने वाला धुआँ हवा का लिबास पहनकर जगाने आता है। वह भी क्या दौर था जब :

हम उठते थे अज़ानों से भी पहले
सहर के राज़दानों से भी पहले
निगाहों से ज़बानों से भी पहले

इस ज़माने में एत्तहादो इत्तिफ़ाक़ (एकता और सहमति) का ज़बरदस्त फ़िक़दान (कमी) है। मस्जिदें तक़सीम हो गयी हैं, क़ब्रिस्तान भी हिन्दुस्तान की तरह बटवारे की नज़्र हो गये हैं। ऐसी सूरत में अगर कुछ बिछड़े हुए लोग किसी मुक़ाम पर इकट्ठा हो जायें तो ग़नीमत जानिए। पिछले दिनों ऐसी ही एक तरक़ीब में मुझे भी शिरकत का मौक़ा मिला। मुल्क के मुमताज़ शायर प्रोफ़ेसर एज़ाज़ अफ़ज़ल की

लड़की का अक़्द था। अफ़ज़ल साहब चूँकि निरे शायर क़िस्म के ग़ैर घरेलू आदमी हैं लिहाज़ा पिछले दो माह से वह सख़्त परेशान थे। इस ज़माने में लड़की की शादी एक बहुत बड़ा मसला है। फिर एक शायर की लड़की का निकाह.... उनके चेहरे से वही परेशानी झलक रही थी जो किसी मुशायरे में पहली बार ग़ज़ल पढ़ने वाले शायर के चेहरे से झलकती है। अफ़ज़ल साहब को देखकर यह अन्दाज़ा हुआ कि महात्मा गौतम बुद्ध अपना घरबार और बीवी बच्चे छोड़कर क्यों चले गये थे।

एक शायर जो हमेशा अदब को अपनी हवेली, फ़न को अपना सरमाया और तख़लीक़ को अपना ज़ेवर समझता है, ज़िन्दगी की इस सच्ची कसौटी पर किस तरह पूरा उतरता है यह सिर्फ़ एक फ़नकार ही समझ सकता है। वह शायर जो सारी ज़िन्दगी दूसरों को हौसलामन्द रहने का दर्स देता है, मुस्कुराते रहने की तालीम देता है वही शायर या फ़नकार जब अपने गुंचये दिल (दिल का फूल) को गुलिस्ताँ से जुदा करता है तो कई ज़मानों का दुःख उसके चेहरे पर दिखाई देने लगता है। बेटी भी कुदरत का अजीबो ग़रीब तोहफ़ा है, जब तक घर में रहती है परायी अमानत का बोझ मालूम होती है लेकिन जब अपनी ससुराल की तरफ़ रवाना होती है तो सारी कायनात (सृष्टि) को रुला देती है। माँ-बाप की आँखें महीनों कमरे, दहलीज़ और आँगन में किसी को तलाश करती रहती हैं। अफ़ज़ल साहब को मैंने न तो कभी ज़्यादा हँसते देखा और न रोते हुए लेकिन पहली बार एक ऐसा शायर जो हमेशा दारोरसन और मक़तल (वधशाला) की कहानियों पर मुस्कुराता हुआ दिखाई देता था, अपनी आँखों में ऐसे आँसुओं को छुपाये था जिनमें बाप की शफ़क़त और माँ की ममता दोनों मौजूद थीं। अब हम ईरान सोसाइटी चलते हैं जहाँ एक पुरानी सी इमारत... न रंग न रौग़न, न जाहो जलाल... माज़ी की इस हसीन इमारत के लान पर घास किसी क़ैदी के बालों की तरह बेतरतीबी से बढ़ी नज़र आयी। वीरान और उदास-उदास यह इमारत मुझे ईरान-इराक की सरहद पर बने हुए किसी घर की तरह लगी। फाटक पर एक मरियल सा दरबान बिल्कुल अम्न के परचम की तरह सहमा-सहमा-सा अपनी आँखों से माज़ी की दास्तान सुना रहा था।

गेट पर ही हज़रत सालिक लखनवी बहुत ख़ूबसूरत सूट पहने हुए कम्युनिस्ट क़िस्म की ख़ुशबू लगाये हुए टहल रहे थे। उनको देखकर मार्क्सी कम्युनिस्ट पार्टी की निगाहें इन्तिख़ाब (चयन दृष्टि) को दाद देने को जी चाहा, एल्डर मैन (हण्टर वाले) के इन्तिख़ाब में कितनी दूर अन्देशी से काम लिया गया है। सालिक साहब मुझे देखकर मुस्कुराये मैंने उन्हें सलाम किया, उन्होंने नक़्क़ादों की तरह दाद दी और दूसरों से मुख़ातिब हो गये। ख़िलाफ़े तवक़्क़ो (उम्मीद के ख़िलाफ़) बारात बिल्कुल सही वक़्त पर आ चुकी थी। बारात के सही वक़्त पर आ जाने की वजह ग़ालिबन यही थी कि डिप्टी कमिश्नर (ट्रैफ़िक) तय्यब ख़ाँ ख़ुद इस तक़रीब में मौजूद थे वर्ना

'जब तक सूरज चाँद रहेगा, कलकत्ते में जाम रहेगा'

इस तक़रीब में शरीक होकर यह एहसास हुआ कि वीराने में चुपके से बहार कैसे आती है और वह बोसीदा (जीर्ण शीर्ण)-सी इमारत जो अपने जिस्म के खोखलेपन को प्लास्टरों की चादर से ढाँपे हुए थी, किस तरह अचानक तितलियों के परों की तरह ख़ूबसूरत दिखाई देने लगी। इस ख़ूबसूरत-सी तक़रीब में शायर, अदीब, नक़्क़ाद, सहाफ़, दानिश्वर, फ़लसफ़ी, हकीम, डॉक्टर, वकील, सरकारी और ग़ैर सरकारी अफ़सरान शामिल थे। शहर के वह अदबी फूल जिन्हें हवा के झोंकों ने बड़े दुलार से पाला था, वह सभी यहाँ मौजूद थे। इन हज़रात को देखने के बाद ये एहसास हुआ कि प्रोफ़ेसर साहब ने अपनी ज़िन्दगी में क्या कमाया है। अदब और कल्चर के वो चेहरे जिन्हें मुस्तक़बिल कभी माज़ी नहीं बनने देगा और जो किताबों के सफ़हात में नहीं बल्कि सीना ब सीना हमेशा ज़िन्दा रहेंगे। ऐसे तमाम ख़ुशरंग पैकर यहाँ मौजूद थे। शायरों और अदीबों का सरमायये हयात (ज़िन्दगी का सरमाया) यही चीज़ें होती हैं बल्कि क़ौमें भी इन्हीं चीज़ों पर फ़ख़्र करती हैं :

बाहर का धन आता जाता अस्ल ख़ज़ाना घर में है

मैंने फ़रोज़ आबिद से कहा, "इस सहने अदब में सबसे कम तालीमयाफ़्ता मैं हूँ" फ़ीरोज़ आबिद ने मेरे एतराफ़े हक़ (सत्य की स्वीकारोक्ति) की ताईद में गर्दन हिलायी और मुस्कुराये। उनकी मुस्कुराहट न *मोनालिज़ा* की मुस्कुराहट थी न ही महात्मा गौतम बुद्ध जैसी। बिल्कुल अजनबी मुस्कुराहट थी, उस मुस्कुराहट की शक्ल हमारे वतन के लीडरों से किसी हद तक मुशाबिहत (समरूपता) रखती थी। मैंने फ़ीरोज़ आबिद को मशविरा दिया, "आप अपनी किताबें यहाँ ले आते तो काफ़ी निकल जातीं।" वह बड़ी संजीदगी से इस सिलसिले में सोचने लगे। उम्मीद है कि अगली बार वह ऐसी किसी तक़रीब में शामिल होंगे तो अपनी किताबों का बण्डल साथ लायेंगे।

अपने हकीम साहब हस्बे उम्मीद उस महफ़िल में भी मौजूद थे लेकिन बहुत ही उदास दिखाई दे रहे थे। वजह ये थी कि उस महफ़िल में हकीम साहब के हमपेशा बहुत बड़ी तादाद में मौजूद थे बल्कि मेरे ख़याल से हकीम मोमिन ख़ाँ को छोड़कर तक़रीबन तमाम हकीम उस तक़रीब में नज़र आ रहे थे। डॉक्टरों की सूरते हाल भी यही थी। डॉक्टर जावेद निहाल से लेकर डॉक्टर मक़बूल तक सभी खाने की मेज़ पर दिखाई दिये। हकीम साहब मुझसे कहने लगे, "अफ़ज़ल साहब की सेहत की ख़राबी की वजह यही है कि वो डॉक्टर और हकीम दोनों का इलाज करते रहते हैं और याद रखो ग़ज़ल और नज़्म दोनों के चक्कर में पड़ने से उस्तादी बाक़ी रहती है लेकिन शायरी ख़त्म हो जाती है" :

उस्ताद बन गया तो वो शायर नहीं रहा

हकीम साहब के लहजे से उनके पेशे की रक़ाबत (प्रतिद्वन्द्विता) झाँक रही थी। कलकत्ता के उर्दू अख़बारात एक दूसरे से सख़्त नाराज़ रहते हैं बल्कि अगर इन

तमाम एडीटरों को सरकार रिवाल्वर का लाइसेंस दे दे तो शायद यह लोग एक दूसरे को क़त्ल करने से भी गुरेज़ न करेंगे लेकिन इस तक़रीब में एक ही लय में खाने का नम्बर आने की दुआ माँग रहे थे :

आ गया ऐन लड़ाई में अगर वक़्ते तआम
एक ही सफ़ में नज़र आये रऊफ़ और निज़ाम
कोई हाकिम था वहाँ और न कोई शख़्स गुलाम
एक ही मेज़ पे बैठे थे मुदीरान तमाम
हो कमिश्नर कि सिपाही हो सभी एक हुए
जो अलग थे तेरी दावत में वही एक हुए

जिस वक़्त हम लोग शामियाने में दाख़िल हुए, तक़रीब निकाह के मरहले में दाख़िल हो चुकी थी। दूल्हा मक़सूद हसन ख़तरनाक क़िस्म के बुज़ुर्गों और गवाहों में घिरे हुए थे और बहुत ही ख़ौफ़ज़दा दिखाई दे रहे थे। ग़ालिबन यही एक ऐसा मौक़ा होता है जब आदमी बाप की मौजूदगी में भी यतीम दिखाई देता है। अफ़ज़ल साहब ने मेंहदी हसन साहब से मेरा तआरुफ़ (परिचय) कराया। मौसूफ़ शरीफ़ों की कमयाब (कम मिलने वाली) नस्ल से ताल्लुक़ रखते हैं। उनको देखकर यक़ीन हो गया कि उन्होंने दहेज़ नहीं माँगा होगा बल्कि लड़की भी उन्होंने बहुत शर्माते हुए माँगी होगी।

दूल्हा मियाँ एक प्रेस मालिक हैं और सारी ज़िन्दगी काग़ज़ात छापने और सफ़हात गिनने में गुज़ारी है। अब उन्हें बेगम की त्योरियों के बल और दिन में तारे भी गिनने पड़ेंगे। निकाह होते ही मुमताज़ अहमद छुआरों की तक़सीम के लिए आगे बढ़े। उनकी तक़सीम में सैलाब ज़दा इलाक़े की इमदाद वाला हुक्म मौजूद था और हमारा हाल ये कि :

हैं तो महफ़िल में मगर ऐसी जगह बैठे हैं
जामे मय हादिसा बन जाये तो हम तक पहुँचे

अफ़ज़ल साहब बहुत ही दुबले-पतले जिस्म के मालिक हैं बल्कि छोटी बह्र की ग़ज़ल की तरह, लेकिन दोस्ती हमेशा भारी भरकम और बड़ी बह्र की ग़ज़ल से करते हैं। चुनाँचे ख़्वाजा मोहम्मद युसुफ़, ख़्वाजा अब्दुल हमीद भी इसी तक़रीब में मौजूद थे। ये लोग नक़ाहत (कमज़ोरी) की वजह से अपनी कुर्सियों पर ही बैठे रहे। यूँ भी अगर ये तमाम लोग छुहारे हासिल करने पर खुद आमादा हो जाते तो अफ़ज़ल साहब जैसे कई लोग छुहारा बन जाते।

इस कूद-फाँद के ख़त्म होते ही एक बुज़ुर्गवार सेहरा पढ़ने खड़े हुए उनको देखते ही तमाम उस्तादाने फ़न उनके कलाम में ख़ामियाँ निकालने के लिए चौकन्ने हो गये। मैंने बुज़ुर्गवार से कहा कि "हज़रत, फ़न का ख़याल रखियेगा क्योंकि यहाँ बड़े-बड़े 'मुतफ़न्नी' मौजूद हैं।" कुछ शायरों को मेरा ये जुमला नागवार भी गुज़रा लेकिन :

भूख के वक़्त ये एहसास नहीं होता है

अल्हाज अब्दुर्रऊफ़ अंसारी मुझसे कहने लगे, "तुम लोग सेहरा क्यों नहीं पढ़ते?" मैंने अर्ज़ किया कि हज़रत हम लोग लड़की वालों की तरफ़ से शरीक हैं लिहाज़ा हम लोगों का सेहरा पढ़ना मुनासिब नहीं। चचा! आप लीडर लोग हैं, नाजायज़ को जायज़ कर सकते हैं लेकिन हम शायरों के यहाँ ग़लत को ग़लत ही कहा जाता है। मैंने अपनी बात की ताईद (समर्थन) के लिए ज़फ़र अहमद एडवोकेट की तरफ़ देखा। वह फ़ौरन छुहारा खाते हुए लोगों की तरफ़ देखने लगे बल्कि ख़लीकुर्रहमान ने एक क़हक़हा लगाया और मैं अकेला का अकेला ही रहा। हेड मास्टर अख़्तर हुसैन और जाफ़र हुसैन मेरे जवाब से खुश तो हुए लेकिन उन लोगों से दाद मिलने की उम्मीद नहीं थी। उन लोगों ने मेरी तालिब इल्मी के ज़माने में मुझे कभी ज़्यादा नम्बर नहीं दिये तो दाद क्या देते। रहे मंसूर मलिक साहब, तो उनसे क्या शिकवा? वह दूसरे मोहल्ले के आदमी हैं।

जनाबे कलीमुद्दीन शम्स की सबसे बड़ी ख़ूबी यह है कि उन्हें हर आदमी अपना समझता है बल्कि कई औरतें भी उन्हें अपना आदमी समझकर ज़िन्दा हैं :

अगर न हो ये फ़रेबे पैहम तो दम निकल जाये आदमी का

अनीस रफ़ी भी अपने भाई के साथ मौजूद थे और कुछ बुझे-बुझे-से दिखाई दे रहे थे क्योंकि ऐसी तक़रीबों में कोई मेहमान V.I.P. नहीं होता। मौसूफ़ ने अपने सब भाइयों को कुछ इस तरह की तरबियत (प्रशिक्षण) दी है कि दूर से उनका हर भाई अनीस रफ़ी मालूम होता है।

अचानक शोर उठा कि खाना तैयार है। तमाम लोग खाने की मेज़ों की तरफ़ बढ़ने लगे। कई तो शामियाने की रस्सियों से टकरा गये और कई रस्सियाँ तुड़ाकर निकलने में कामयाब हो गये। ये मंज़र देखकर अमेरिका के इम्पीरियल हाउस से टकराकर मर जाने वाली हज़ारों चिड़ियाँ याद आ गयीं। अफ़ज़ल साहब अपनी शायरी में हुनरमन्दी, सलीक़े के अल्फ़ाज़ और मज़मून के अछूते पन का ख़ास ख़याल रखते हैं। यही ख़ूबियाँ उनकी इस तक़रीब में भी मौजूद थीं। उनके शागिर्दों की टोली *'ज़ख़्मे सदा'* की ग़ज़लों की तरह मेहमानों से दाद तलब कर रही थी और उनकी कम ख़ूराकी महफ़िल के तमाम ख़ुशख़ूराकों को लज़्ज़त बख़्श रही थी। अफ़ज़ल साहब खाने से उसी तरह भागते हैं जैसे कौआ गुलेल से भागता है लेकिन उन्होंने जो खाना मेहमानों को खिलवाया उसका ज़ायक़ा बहुत दिनों तक ज़बानों पर रहेगा। कई मेहमानों को प्लेट में आलू छोड़ते और हकीम साहब को आलू पेश करने वाले मेज़बान पर हाथ छोड़ते देखा गया। खाने की ज़्यादती से जो शख़्स भी ज़रा बोझल कदमों से डायनिंग हाल से निकलता, मेरे दोस्त मुश्ताक़ (अप्सरा टेक्सटाइल्स) उससे हकीम साहब का तआरुफ़ करवाते, फिर हकीम साहब उन साहब से मुश्ताक़ का तआरुफ़ कराते और ये भी बताते कि इनकी कपड़े की दुकान खुली हुई है। हालाँकि आज इतवार है लेकिन मौत और गाहक वक़्त मुक़र्रर करके नहीं आते।

खाना ख़त्म होते ही फ़िज़ा बोझल, माहौल उदास और ज़बानें ख़ामोश हो गयीं लेकिन दिल की धड़कनें बढ़ने लगीं। महफ़िल में मौजूद हर आँख आँसू बहाने पर आमादा दिखाई देने लगी। घर से अगर चिड़िया भी जाने लगे तो आदमी तड़प जाता है। यहाँ तो बेटी रुख़्सत हो रही थी, जिसको सँवारने और जिसकी परवरिश के लिए प्रोफ़ेसर अफ़ज़ल साहब ने कलकत्ते की मज़बूत सड़कों पर बरसों इतना सफ़र किया है कि पैरों से उलझकर उड़ने वाली गर्द ने बेगम अफ़ज़ल के बाल सफ़ेद कर दिये :

जहाँ भी जाओ उरूसे बहार बन के रहो
कभी न ख़त्म हो वो इन्तिज़ार बन के रहो
हर एक दिल का मुसलसल क़रार बन के रहो
दिलों पे राज करो, एतबार बन के रहो
जो माँ से तुमको मिलीं हैं वफ़ाएँ रख लेना
ग़रीब बाप की बूढ़ी दुवाएँ रख लेना
ग़रीब बाप का मसकन तुम्हें पुकारेगा
बिछड़ता छूटता बचपन तुम्हें पुकारेगा
बहन की आँखों का सावन तुम्हें पुकारेगा
तुम्हारे बाद ये आँगन तुम्हें पुकारेगा
बहुत हसीन-सी मंज़िल की सिम्त जाती है
ये रहगुज़र जो किसी दिल की सिम्त जाती है

मैं इक दिन बेख़याली में कहीं सच बोल बैठा था

प्रोफ़ेसर एज़ाज़ अफ़ज़ल साहब से मैं मोहब्बत इसलिए करता हूँ कि वह मेरे मरहूम वालिद के बहुत क़रीबी दोस्त हैं, इतने क़रीबी कि जब मेरे वालिद कलकत्ते को ख़ैर बाद कहकर रायबरेली जाने लगे तो हम तमाम भाइयों को उनकी सरपरस्ती में देते हुए कहा था कि आपकी निगरानी में दे रहा हूँ, इनका ख़याल रखियेगा वर्ना हश्र के दिन आपका दामन होगा और मेरा हाथ होगा...और हमेशा एज़ाज़ साहब ने हम लोगों का बहुत ख़याल रखा। इसकी एक वजह तो यही है कि उन्होंने दोस्ती का पास किया (निर्वाह किया), दूसरी वजह बक़ौल हक़ीम साहब ये है कि अफ़ज़ल साहब मौत से बहुत डरते हैं और ज़ाहिर है कि आदमी मैदाने हश्र में मरने के बाद ही पहुँचेगा।

अफ़ज़ल साहब का अदब मैं इसलिए करता हूँ कि मुझे जो कुछ आता है सब उनका दिया है, जो अदबी हुनरकारी मुझे आती है, उनकी बख़्शी हुई है। शेर कहने और शेर परखने की तमीज़ मैंने उन्हीं से सीखी है। मैं अदब की गीली मिट्टी से उठा पटक करने वाला एक क़स्बाती नवजवान था, मुझे फ़ख़्र है कि मारुति कार मुझे अफ़ज़ल साहब ने बनाया। मेरी चुलबुली और शोख़ तबीयत को शायरी की तरफ़ माएल करने में उनका बड़ा हाथ है।

मेरी तख़्लीक़ी कूव्वत (रचना शक्ति) की मिट्टी में उनकी तरबियत का सोंधापन शामिल है, मेरी ग़ज़ल में उनका लहजा बोलता है, मेरी गुफ़्तगू में उनका हुनर बोलता है, मेरी शख़्सियत से उनके बख़्शे हुए मुश्क की ख़ुशबू आती है। ये और बात है कि कभी-कभी मुश्क की चाहत मे हिरन का नाफ़ा (मृग नाभि) भी ज़ख़्मी हो जाता है। अफ़ज़ल साहब का एहतराम मैं इसलिए करता हूँ कि इस वक़्त मग़रिबी बंगाल के अदबी उफुक़ (साहित्यिक क्षितिज) पर उनसे ज़्यादा मुस्तनद (प्रमाणित) और मोहतरम कोई दूसरी शख़्सियत नहीं है। उनकी इल्मी और अदबी लियाक़त को चैलेंज करने के लिए जितने इल्म और लियाक़त की ज़रूरत है उतनी लियाक़त अफ़ज़ल साहब के सिवा किसी के पास नहीं है। जिन लफ़्ज़ों के मानी देखने के लिए बहुत-से प्रोफ़ेसर डिक्शनरी खोल लेते हैं वह अफ़ज़ल साहब के ज़ेहन में इधर-उधर पड़े रहते हैं। जिन बह्रों (Tunes) में ग़ज़ल कहने के लिए लोग तक़तीअ (काव्य सन्तुलन) की तख़्ती

निकालते हैं उन बहूरों को अफ़ज़ल साहब ने अपने नालायक़ शागिर्दों को भी दस बरस पहले सिखा दिया है।

अफ़ज़ल साहब की इल्मी बसीरत (विद्वत्ता), अदबी कदो क़ामत (डील-डौल) ज़िन्दगी के हर पहलू को क़लम की आँख से देखने और मुशाहिदे (अनुभव) की आँच से गुज़ारने के शौक़ ने उनकी शख़्सियत को इतना क़द्दावर बना दिया कि अच्छे-अच्छे उनके सामने बौने नज़र आते हैं। शेर कहने से पहले एक-एक लफ़्ज़ को घड़े की तरह ठोंक-बजाकर देख लेते हैं लेकिन घड़ा ख़ुद नहीं उठाते, इतने नाज़ुक मिज़ाज हैं कि मुशायरे में किसी का मिसरा भी नहीं उठाते। सिर्फ़ हारे हुए कंडीडेट के सर से दस्ते शफ़क़त (स्नेह हस्त) उठा लेते हैं। ग़ालिबन अफ़ज़ल साहब मुस्तक़िल मोहब्बत के फ़ार्मूले को नहीं मानते हैं। ख़ुदा के भी क़ाएल मोहब्बत से नहीं बल्कि मौत के डर से हैं। मोहब्बत में उनकी पसन्द और दोस्ती में तवक़्क़ुआत (आशाएँ) बदलती रहती हैं।

मिनिस्टर की मौजूदगी में पी.ए. और पी.ए. की मौजूदगी में बग़ैर पिये से हाथ हिलाना भी पसन्द नहीं करते। मुझे ज़िन्दगी में या तो एयर होस्टेस को देखकर तरस आता है कि उसे उस वक़्त भी मेकअप करना पड़ता है जब तवायफ़ें तक अपना मेकअप उतार चुकी होती हैं या उस शख़्स पर तरस आता है जो अफ़ज़ल साहब की मोहब्बत पर यक़ीन करता है। लतीफ़ा ये है कि अफ़ज़ल साहब हम लोगों पर पूरा भरोसा करते हैं लेकिन हम लोग उन पर भरोसा नहीं करते। सियासत की आँख मिचौली और इक़्तिदार से लुका-छुपी का खेल मैंने उन्हीं से सीखा है। वो इस बात से बख़ूबी वाक़िफ़ हैं कि जो पसमंज़र (Back Ground) में रहता है वह मंज़र में नहीं रहता है। लिहाज़ा वो हर क़ीमत पर और हमेशा मंज़र में बने रहना चाहते हैं और रहे हैं। अब तो सामिईन (श्रोताओं) तक में यह बात मशहूर हो गयी है कि अफ़ज़ल साहब को सदारत का इतना शौक़ है कि वह शायरी छोड़ सकते हैं लेकिन मसनदे सदारत नहीं। बक़ौल हकीम साहब उनकी सेहत की ख़राबी का सबसे बड़ा सबब मसनदे सदारत ही है। अगर वो मसनदे सदारत पर नहीं होते तो ऐसे कुढ़ते रहते हैं जैसे पुरानी नायिकाएँ नवख़ेज़ (नव यौवना) तवायफ़ों को देखकर कुढ़ती हैं और अगर मसनदे सदारत पर विराजमान होते हैं तो फितरी ज़रूरत (लघुशंका आदि) के पेशे नज़र भी जगह नहीं छोड़ते :

दुश्मनी पर सबको उकसाते हैं रंगा रंग फूल
मैं उन्हें छोड़ूँगा कोई दूसरा ले जायेगा

ज़ाहिर है कि फितरी तकाज़े से चश्मपोशी (Ignorance) का सीधा असर गुर्दों पर पड़ता है और गुर्दों की ख़राबी ने कभी किसी को सेहतमन्द नहीं रहने दिया है। हकीम साहब की इस हकीमाना दलील में दम तो है लेकिन अफ़ज़ल साहब ने हकीम साहब की नब्बाज़ी (नब्ज़ पहचानने की निपुणता) को कभी तस्लीम नहीं किया ...हाँ, उनकी ज़बान दराज़ी के वह हमेशा से क़ायल हैं। हकीम साहब तो यहाँ

तक कहते हैं कि अगर अफ़ज़ल साहब से पूछा जाये कि आप जन्नत में जाना पसन्द करेंगे या जन्नम में तो वो फ़ौरन कह देंगे कि जहाँ सदारत के इम्कानात वाज़ेह (साफ़), और ये हक़ीक़त है कि अफ़ज़ल साहब दूसरे की सदारत में कलाम सुनाने से ऐसे भागते हैं जैसे कौआ गुलेल से, बच्चे निसाबी (पाठ्यक्रम की) किताबों से, बशीर बद्र दूसरों की तारीफ़ से, फ़िरक़ापरस्त क़ौमी यकजहती से और मोलवी दाल-रोटी की दावत से। उनको सदारत के बहाने कहीं भी ले जाया जा सकता है, हत्ता कि बाबरी मस्जिद में भी जाने को तैयार हो जायेंगे...हालाँकि बाबरी मस्जिद का नाम आते ही विश्व हिन्दू परिषद् वाले सवाल करेंगे कि बाबरी मस्जिद अब है कहाँ? अब उनको कौन समझाये कि अल्लाह का घर किसी शक्ल में रहे अल्लाह का घर रहेगा क्योंकि दरो दीवार, फूल-पत्ती और नक़्शो निगार तो इनसान बनाते हैं, अल्लाह तो सिर्फ़ इनसानों को पैदा करता है और जो उसे याद करते हैं उनके दिलों में रहता है :

ख़ुदा हद बन्दिये मेहराबो मेम्बर में नहीं रहता
हमें मालूम है भगवान पत्थर में नहीं रहता

अफ़ज़ल साहब तारीफ़ से जितना ख़ुश होते हैं तन्क़ीद से उतना ही ख़ौफ़ ज़दा रहते हैं। अपने बारे में लिखी गयी हर तन्क़ीद को ऐसे पढ़ते हैं जैसे फ़िरक़ा परस्त अफ़सर अक़्लियतों की गुज़ारिश सुनता है, जिस रिसाले में उन पर तन्क़ीद छप जाये उसकी तरफ़ निगाह उठाकर नहीं देखते। अमीराने शहर की दावतों में ज़रूर जाते हैं, क़ब्रिस्तान जाने की दोस्ती नहीं करते। आज तक किसी दावत में उन्हें खाना खाते नहीं देखा गया। मैं तो बरसों उनकी जूतियाँ सीधी करने के बावजूद उन्हें अपने घर में भी खाते नहीं देख सका। सुना तो यही था कि शेर की मुबाशिरत (सम्भोग), ख़्वाजा सरा (हिजड़े) का जनाज़ा, अबाबील को दाना चुगते और हरियल को ज़मीन पर बैठते किसी ने नहीं देखा। मेरी दर बदरी ने मुझे यह सब दिखा दिया लेकिन मैं अफ़ज़ल साहब को कभी खाना खाते नहीं देख सका। हकीम साहब का कहना है कि खाने में नमक ज़रूरी है चाहे तोला भर हो या रत्ती भर...इसलिए कि नमक सारी ज़िन्दगी वफ़ादारी का एहसास दिलाता है। अगर ज़मीर मसलहत की बिना पर ख़ामोश भी रह जाये तो नमक चीख़ने लगता है लिहाज़ा बेवफ़ाई करने के लिए नमक छोड़ना पड़ता है और नमक छोड़ने के लिए खाना छोड़ देना पड़ता है। यहाँ तो इतना नमक खा लिया है कि डॉक्टर कहता है कि अब आपको ब्लड प्रेशर की वजह से नमक छोड़ने की क़तई ज़रूरत नहीं है क्योंकि आपकी रगों में ब्लड प्रेशर की गर्दिश नहीं होती बल्कि नमक प्रेशर की दौड़ रहती है। कई बार तो ब्लड टेस्ट करने वाले की सिरिंज में ख़ून की जगह नमक तैरता दिखाई दिया। डॉक्टर कहते हैं कि आपके ख़मीर में नमक बहुत ज़्यादा है, मैं कहता हूँ नहीं मेरे ख़मीर में शक्कर कम है :

लतीफ़ बात भी अहबाब को खटकती है
न जाने कौन-सा काँटा मेरी ज़बान में है

अफ़ज़ल साहब अब उरूज (उत्थान) की उस मंज़िल पर हैं कि वह सदारत कर रहे हों चाहे न कर रहे हों, लगते सद्र ही हैं लेकिन वो मेरे इस जुम्ले की बलाग़त (अलंकरण) से बिल्कुल इत्तिफ़ाक़ नहीं करते और करना भी नहीं चाहिए क्योंकि मेरे छोटे भाई की बेटी मलीहा जिसकी उम्र बमुश्किल छः या सात बरस रही होगी वह मेरे बेटे तबरेज़ से ख़ूब लड़ती थी। जब घरवालों ने उसे समझाया कि तबरेज़ उम्र में तुमसे छोटा है और तुम्हारा भाई लगता है तो उसने बरजस्ता जवाब दिया कि भाई लगता है...मगर भाई है तो नहीं। उसके इस जुम्ले ने हिन्दुस्तानी मुसलमानों पर सैकड़ों बरस से होने वाले मज़ालिम का राज़ समझा दिया :

आपने खुल के मुहब्बत नहीं की है हमसे
आप भाई नहीं कहते हैं मियाँ कहते हैं

यही बचकाना ज़द अफ़ज़ल साहब की बुजुर्गी में भी उतर आयी। बुढ़ापा भी दिलचस्प दौर होता है। आदमी अपने को बुज़ुर्ग समझता है और बच्चों जैसी हरकतें करता है। बेटे को डाँट-डपटकर, मार-पीटकर सीधा कर देता है लेकिन पोते के सामने घोड़ा बन जाता है। दुख़्तरज़ादों (नातियों) को मुख़्तलिफ़ शक्लें बनाकर हँसाता है, उनके साथ उछलता-कूदता है। दरहक़ीक़त इश्क़ मुहब्बत का बूढ़ा होता हुआ वो जज़्बा है जो अरस्तू को घोड़ा बना देता है और जब सिकन्दर पूछता है कि आप मुझे तो इश्क़ के आज़ार (रोग) से बचने की नसीहत फ़रमाते थे और ख़ुद उसी औरत के इश्क़ में घोड़ा बन गये...वो भी ऐसा घोड़ा जिस पर चाबुक लिए औरत सवार है। अरस्तू मुस्कुराया फिर सिकन्दर से कहने लगा कि अच्छा हुआ तूने इस हालत में देख लिया, मैं ख़ुद भी चाहता था कि मुहब्बत के इस कमज़ोर पहलू को तू समझ ले कि जो औरत तेरे उस्ताद पर सवारी कर सकती है वह तुझे क्या बनाकर छोड़ती ...यह तू सोच भी नहीं सकता :

आलमे ज़ात में दुर्वेश बना देता है
इश्क़ इनसान को पागल नहीं होने देता

अफ़ज़ल साहब से मैंने शायरी की अलिफ़ बे सीखी है। इसके आगे का सबक़ वह किसी को नहीं सिखाते हैं, लिखकर दे देते हैं। आपने भी ऐसे बहुत-से लोग देखे होंगे जो अंगूर से किशमिश होती अपनी जवानी को बरक़रार रखने की कोशिश में अपने बेटों की सर उठाती जवानी को मसरूफ़ियत और ज़िम्मेदारियों का सिन्दूर खिला देते हैं लेकिन जनाब, किसी पहलवान का एक दिन का सिखाया हुआ शागिर्द भी कभी-कभी चन्दगीराम साबित होता है। मछली अल्लाह की बनायी हुई वो मज़लूम मख़लूक़ (प्राणी) है जिसको अपने बच्चों का सबसे कम साथ मयस्सर होता है लेकिन जब मछली का वही यतीम बच्चा (जिसके माँ-बाप ख़ुश खूराक लोगों का निवाला बन चुके होते हैं) समन्दर की मौजों से खेलता है तो इंग्लिश चैनल पार करने वाले भी उससे मुँह छुपाने लगते हैं।

मुझसे हिन्दुस्तान में और हिन्दुस्तान के बाहर जब भी किसी ने सवाल किया कि मग़रिबी बंगाल में सबसे बड़ा शायर कौन है तो मैंने हमेशा जवाब दिया है कि अफ़ज़ल साहब। फिर जब पूछा गया कि दूसरे मुक़ाम पर? तो मैंने कहा अफ़ज़ल साहब। जब तीसरे सवाल के ज़वाब में भी मैं अफ़ज़ल साहब का नाम लेता हूँ तो साथ में ये भी कह देता हूँ कि एक से दस नम्बर तक अकेले अफ़ज़ल साहब हैं बाक़ी लोग इसके बाद शुरू होते हैं। मेरे इस जुम्ले में न ख़ुशामद है न अफ़ज़ल परस्ती और न कम इल्मी क्योंकि जो लोग मुझसे ये सवाल करते हैं उन्हें ये भी मालूम नहीं रहता है कि हम दरोग़ गो (मिथ्या वादी) अदीब नहीं हैं बल्कि अदब के दारोग़ा हैं और शरीफ़ लोग हर ज़माने में दारोग़ा को दारोग़ा ही समझते रहे हैं चाहे ग़ालिब के ज़माने में सदरुद्दीन रहे हों या मायावती के ज़माने में गंगादीन।

शायरी से हटकर आम ज़िन्दगी में भी अफ़ज़ल साहब उक़ाब की निगाह रखते हैं, कबूतर की नहीं क्योंकि कबूतर तो कहीं भी बैठ सकता है लेकिन उक़ाब शाही परिन्दा है, हर पेड़ पर नहीं बैठता और शाही परिन्दा कोई शाही इमाम तो होता नहीं है कि सियासी दल बदली करता फिरे। समाजी, सियासी और अदबी सूझ-बूझ का इतना बड़ा पेड़ पूरे बगाल में नहीं मिलेगा लेकिन एज़ाज़ अफ़ज़ल नाम के इस पेड़ ने अपनी जड़ों को दूर तक नहीं फैलाया जिसकी वजह से मुख़ालिफ़त की हल्की-सी आँधी भी इस पेड़ को सजदा रेज़ी (सजदा करना) पर मजबूर कर देती है। सियासी आँधी तो ऐसे पेड़ों के एहतराम में रुक जाती है जिनकी जड़ें दूर तक फैली हों। इक़्तिदार ऐसे लोगों के दरवाज़े पर सुबह-शाम दस्तकें देता है जिनके दरवाज़े पर दस बीस वफ़ादार हर वक़्त खड़े रहते हैं लेकिन :

अपनी फ़ज़ा से अपने ज़मानों से कट गया
पत्थर .ख़ुदा हुआ तो चट्टानों से कट गया

अफ़ज़ल साहब चितपुर रोड पर रहते थे तो थोड़ा-बहुत हम लोगों का ख़याल भी रखते थे। जब से क्रिश्चियनों के मोहल्ले में आबाद हो गये तो हम लोगों को मुसलमान समझकर सुलूक करते हैं। रिपन स्ट्रीट की शहरियत हासिल होते ही हम लोग ऐसे छूट गये जैसे तक़रीब (उत्सव) के दावतनामों की तक़सीम के वक़्त ग़रीब रिश्तेदारों के नाम छूट जाते हैं। अफ़ज़ल साहब से मुस्तक़िल मोहब्बत की तवक़्क़ो करना किसी सरदार जी से सैलून का पता पूछना है। लेकिन शायद बेवफ़ाई में ज़्यादा लज़्ज़त है। ऐसे लोगों के पास हज़ारहा चाहने वालों की भीड़ होती है जो किसी को नहीं चाहते।.बक़ौल हकीम साहब अगर बेवफ़ाई में ज़्यादा लज़्ज़त न होती तो दुनिया में हर साल तवायफ़ों की तादाद मे इज़ाफ़ा न होता, ये सजे-सजाये बाज़ार खेत हो गये होते। अफ़ज़ल साहब किसी पर ज़ुल्म होते नहीं देख सकते...फ़ौरन नज़रें हटा लेते हैं। काश! वो अपनी शायरी पर अमल भी कर लेते तो आज हिन्दुस्तान की पचासों कुर्सियाँ उनकी मुन्तज़िर (प्रतीक्षित) होतीं, उन्हें किसी कुर्सी का इन्तिज़ार न करना पड़ता :

दुनिया मेरे पैरों के बराबर में चली आयी
ठुकराया इसे मैंने तो ठोकर में चली आयी

तमाम दलीलें, तावीलें कमज़ोरियाँ अपनी जगह लेकिन यह बात अपनी जगह मुसल्लम है कि मग़रिबी बंगाल की ज़रख़ेज़ (उपजाऊ) मिट्टी मुद्दतों तक एज़ाज़ अफ़ज़ल का सानी (बदल) नहीं पैदा कर सकेगी जिनकी बेइन्तिहा सलाहियतों के आगे हिन्दुस्तान के बड़े-बड़े चराग़ धुँधले नज़र आते हैं। दरहक़ीक़त अफ़ज़ल साहब उस तारीख़ी जुम्ले की मुक़म्मल तफ़सीर (व्याख्या) हैं कि आज जो बंगाल सोच रहा है वह कल सारा हिन्दुस्तान साचेगा। किसी ने उनसे पूछ लिया कि ब्लू फ़िल्म देखना चाहिए या नहीं? अफ़ज़ल साहब मुस्कुराये, फ़िर फ़रमाया कि अल्लाह तौफ़ीक़ दे तो देखना चाहिए। इस जुम्ले की बलाग़त (अलंकरण) की पर्तें खोलते रहिए, लुत्फ़ लेते रहिए और ब्लू फ़िल्म देखने वालों की उम्रों का अन्दाज़ा लगाते रहिए। एक दिन फ़रमाया कि औरत की वही उम्र होती है जितनी उम्र की वो दिखाई देती है। अपने आपको ख़ानक़ाहों जैसे एक कमरे की क़ैद में रखकर निस्वानी फ़ितरत (औरतों की प्रकृति) का इससे अच्छा अहाता नहीं किया जा सकता।

एक मुशायरे में एक शायर ने ग़ज़ल सुनायी। मुशायरे के बाद मुझसे पूछा, किसने दी है ये ग़ज़ल? मैंने सर झुकाकर अपना जुर्म तस्लीम कर लिया। कहने लगे इतनी अच्छी ग़ज़ल इसे क्यों दे दी? मैंने दस्तबस्ता अर्ज़ किया कि चचा! ज़कात में अच्छा बुरा नहीं देखा जाता, बस निकाल दी जाती है। कहने लगे मियाँ, ग़ज़ल देना अच्छी बात नहीं होती, कभी-कभी जो शेर उस्ताद को शोहरत बख़्शने वाला होता है वह शागिर्द के हिस्से में चला जाता है। बहज़ाद लखनवी ने कलकत्ता के एक मुशायरे में एक ग़ज़ल पढ़ी जिसका एक शेर ये था :

आख़िर कोई सूरत भी हो इस ख़नये दिल की
काबा नहीं बनता है तो बुतख़ाना बना दे

ग़ज़ल रातों रात सीना ब सीना लाहौर के बाज़ारों तक जा पहुँची, चन्द ही दिनों में बहज़ाद लखनवी मक़बूलियत की तमाम हदें पार कर गये लेकिन जिन बुजुर्गवार की ग़ज़ल रही होगी वह उस्ताद लखनऊ के चायख़ानों में उधार की चाय पी-पीकर मर गये होंगे। मैंने इस वाक़ए को सुनकर सबक लिया और उस शायरा की अदबी इम्दाद बन्द कर दी। कुछ ही दिनों बाद वही शायरा लखनऊ के एक बड़े मुशायरे में ग़ज़ल पढ़ रही थीं। मतला सुनते ही शेर की नादिराकारी और मिसरों की साख़्त (शैली) से मैं पहचान गया कि माल किस दुकान का है। मैंने तफ़रीहन पूछ लिया कि यह किसका बच्चा आप स्टेज पर खिला रही थीं। पहले तो थोड़ा-सा शर्मायीं फिर होंठों पर शोख़ मुस्कुराहट का रंग नुमायाँ किया और फ़रमाया कि शौहर से बच्चा नहीं मिला तो ख़ुस्र (ससुर) का बच्चा खिलाने लगी।

जब भी कोई हसीं देखा आवाज़ लगा दी है

ग़ालिबन हिन्दुस्तान के नक़्शे में कानपुर ही एक ऐसा तिजारती शहर है जो अपनी तमाम तर मसरूफ़ियात के बावजूद फ़क़ीरों, दुर्वेशों, सन्तों और शायरों को मुहब्बतों से नवाज़ता है। उनकी ख़िदमतें करके खुश होता है वर्ना इस भागते-दौड़ते अह्द में ख़ास तौर पर शायरों और अदीबों का बुरा हाल है। सियासत पर माफ़िया और बेहरम सियासतजदाँ क़ाबिज़ हैं। उनके आगे-पीछे बेज़मीर (आत्मा विहीन) अफ़सरों की वह टोली है जो घड़ी और कैलेण्डर देखे बग़ैर वफ़ादारी नहीं करती। अहालियाने इक्तिदार (सत्तासीन लोग) तान्त्रिक, बाक़ी सियासतदाँ जनतान्त्रिक और मुशायरों का कारोबार ख़ुशामदी दुआ तावीज़ के सहारे चल रहा है। इन तमाम ख़राबियों के बावजूद मैं सर ज़मीने कानपुर की मिट्टी को सलाम करता हूँ कि उसने कभी अपने शायरों, अदीबों और फ़नकारों को मायूस नहीं होने दिया। मुजाहिदे आज़ादी (स्वतन्त्रता संग्राम सेनानी) मौलाना *हसरत मोहानी* और *नुशूर वाहिदी* से लेकर अल्लामा *कौसर जायसी* तक ने कानपुर के अदबी और सियासी शऊर (समझबूझ) में इज़ाफ़ा किया। कानपुर जो अंग्रेजी हुकूमत का सबसे ज़्यादा निशाना बना, उसने जेल की रोटी और चक्की की मशक़्क़त के लिए तैयार रहने में कभी अपने लहजे और रख रखाव से थकन का इज़हार नहीं होने दिया। उसकी पीठ पर अभी तक आज़ादी के ज़ख़्मों के निशानात हैं। उसकी आँखों में फ़िरक़ा परस्ती की आग में जलते हुए इस शहर का हर मंज़र क़ैद है।

यूँ तो कानपुर सारी दुनिया में एक तिजारती शहर के नाम से जाना जाता है लेकिन कानपुर की पहचान जिस तरह होनी चाहिए थी शायद उस पर अहले इल्म की निगाहें नहीं पड़ी हैं। कानपुर की एक अहम् खूबी वहाँ की ख़ामोश अदबी ख़िदमत भी है। ज़ाहिर है कि तिजारती शहर को अपने कारोबारी हंगामों से ही फ़ुर्सत नहीं मिलती है तो फिर यह उम्मीद बेकार ही है कि वहाँ की अदबी तारीख़ को भी सलीक़े से और सँभालकर रखा जा सकता। हज़रते फ़ना निज़ामी बीसवीं सदी की छठी और सातवीं दहाई के एक ऐसे अहम् शायर थे जिनके उस्लूबे बयान (बयान करने की शैली) में बेसाख़्तगी का ख़ास दख़्ल था। यही बात उनकी गुफ़्तगू और ज़िन्दगी गुज़ारने में भी थी। एक ज़माने तक हिन्दुस्तान के मुशायरों में वह गॉड फ़ादर की हैसियत रखते थे। उनकी शख़्सियत में वह तमाम ख़ूबियाँ थीं जो उस ज़माने

के अहालियाने सुख़न (साहित्यकारों) में होती थीं। मिज़ाज की शोख़ी, लहजे की मीठी सफ़्फ़ाकी (क्रूरता) और लफ़्ज़ों की नादिराक़ारी उनके कलाम में पूरे तौर पर मौजूद थी। उनका कलाम कभी भी मुशायरों की हाव हू और हंगामों की नज़्र (भेंट) नहीं हुआ। वह हमेशा अहले अदब में मुमताज़ हैसियत रखते थे। बीसवीं सदी की सातवीं दहाई (दशक) के इब्तिदाई (शुरुआती) बरसों में पहली बार उन्हें रायबरेली में नेशनल इण्टर कॉलेज के एक मुशायरे में सुना थे। उस वक़्त मेरी उम्र बमुश्किल पन्द्रह बरस रही होगी। जब नाज़िमे मुशायरा ने उनका नाम पुकारा तो उन्होंने अपनी मुतरन्निम (सुरीली) लेकिन पाटदार आवाज़ में जो ग़ज़ल पढ़ी थी उसका मतला ग़ालिबन यही था :

अह्ले दैरो हरम रह गये
उनके दीवाने कम रह गये।

ज़ाहिर है उस ज़माने के सामिईन (श्रोतागण) मुशायरे को कल्चर शो की तरह नहीं बल्कि गंगा-जमुना उर्दू तहज़ीब के ताजमहल की तरह देखते थे। जिस तरह बहार का मौसम जाते-जाते अपने साथ फूल पत्तियाँ लेकर जाता है उसी तरह हर अच्छा शायर अपने साथ सुनने वालों की भी एक बड़ी तादाद लेकर चला जाता है। तरक़्क़ी पसन्दों में एक ख़ूबी तो बहरहाल थी कि वह अपनी पार्टी के लोगों की तारीफ़ में कंजूसी से काम नहीं लेते थे।

फ़ना साहब अपनी खुशमिज़ाजी और तबीयत की शोख़ी के लिए बहुत मशहूर थे। एक बार मैं वाली भाई के साथ फ़ना साहब के घर गया। वाली भाई को पानी का गिलास देते हुए कहने लगे कि पंजाब में गिलास में चाय पेश की जाती है, मैंने पूछा, "और पानी?" हँसते हुए बोले, "वहाँ इसकी ज़रूरत ही नहीं पड़ती, शाम के बाद तो बिल्कुल नहीं।" फ़ना साहब ने उर्दू शायरों के अच्छे दिन देखे थे। ये वह ज़माना था जब इलेक्ट्रानिक मीडिया की बिदअत शुरू नहीं हुई थी। शोहरत को किसी मीडिया या ब्यूटी पार्लर में जाने की ज़रूरत नहीं पड़ती थी। शायर का कलाम ही सीना ब सीना हज़ारों मील और सैकड़ों बरस का सफ़र तय कर लेता था। एक अच्छे शायर को हर जगह इज़्ज़त और एहतराम की नज़र से देखा जाता था। फिर फ़ना साहब का शुमार तो अपने अह्द के उन चहेते शायरों में होता था जिन्हें एक आम रिक्शेवाले से लेकर मरकज़ी वज़ीर तक अपने नज़दीक बिठाकर अपनी इज़्ज़त में इज़ाफ़ा करना चाहता था।

दरअस्ल उर्दू शायरी के नशेमन पर सिर्फ़ पचास बरसों में दो बार सियासत की बिजली गिरी। पहली बार तो मुल्क की तक़सीम ने क़ौमी एत्तहाद के आईने को चकनाचूर करते हुए उर्दू को एक ख़ास फ़िरक़े (सम्प्रदाय) की ज़बान बना दिया। अभी इस ग़म से उर्दू बेचारी सँभाला भी नहीं ले पायी थी कि उसके ज़ख़्मी जिस्म पर बाबरी मस्जिद का मल्बा भी गिर पड़ा। एक दबी कुचली ज़बान को सँभाला लेने में कितना वक़्त लगता है इसका तो अन्दाज़ा नहीं लगाया जा सकता लेकिन ये बात

तय है कि मल्बे की नीचे से निकली हुई ज़बान या अदब नौनिहालों के लिए अजनबी ही नहीं, बोझ जैसे मालूम होते हैं। नफ़रतों के ज़ेरे असर गिरायी गयी इमारतें पूरे मुल्क का लबो लहजा ही नहीं, लफ़्ज़ों की मानवीयत (अर्थ) भी बदल देती हैं।

फ़ना साहब के मिज़ाज में क़लन्दरी, शायरों वाली तुनक मिज़ाजी, पठानों वाला गुस्सा और कानपुरी अक्खड़पन अपने तौर पर मौजूद था जिससे उनको हमेशा नुकसान पहुँचा जो बहरहाल पहुँचना चाहिए था। चूँकि हमारे नाक़ीदीने अदब की निगाहे इन्तिख़ाब (चयन दृष्टि) ऐसे लोगों की तलाश में रहती है जहाँ लिखने-लिखाने से कुछ फ़ौरी फ़ायदे का इमकान होता है। बल्कि अब तो ये सूरत हो गयी है कि मुशायरों में अक्सर शायर एक अदद लँगड़ी-लूली शायरा के साथ शरीक होते हैं। जो इस दौलत से महरूम (वंचित) हैं वो कम से कम अपना एक मुशायरा एनाउंसर ज़रूर किराये पर लिए रहते हैं। बक़िया बचे कुछ शायर अपने-अपने इलाक़े के एकाध मुशायरों की इन्तिज़ामिया कमेटी (प्रबन्ध समिति) में शामिल रहते हैं। कुछ ख़ास शायर हज़रात मोबाइल और S.T.D. के काँटे की मदद से मुशायरों की मछली फँसाने में मसरूफ़ रहते हैं।

अल्लामा कौसर जायसी, अल्लामा रशीद क़मर लखनवी, हज़रत शारिक़ ऐरायानी, हज़रत हक़ बनारसी, हज़रत नामी अंसारी और जनाब क़य्यूम नाशाद ने कानपुर की अदबी फ़ज़ा को मुअत्तर (सुगन्धित) करने के लिए उर्दू अदब के बाग़ में तरह-तरह के फूल खिलाये, उर्दू से मोहब्बत करने वालों की एक पूरी फ़ौज तैयार कर दी। ग़ज़ल जब अपना क्लासिकल लिबास तब्दील करना चाहती थी तो कानपुर की मिट्टी ने ज़ेब ग़ौरी जैसा जदीद और बाँका शायर पैदा किया जिसकी सदाबहार खुशबू से आज भी पिछली सदी की कई दहाइयाँ महक रही हैं। इशतर ज़फ़र आज भी उस लहजे की हिफ़ाज़त ईमानदारी से कर रहे हैं। बुजुर्गों ने नौजवान शायरों की एक ऐसी सफ़ (पंक्ति) तैयार कर दी है जो किसी भी अदबी फ़ौज की अगली सफ़ तक पहुँचने का हौसला और लियाक़त (योग्यता) रखते हैं। अदब के यह गिरोहबाज़ कबूतर आज सारे आसमाने अदब पर तारे बने हुए हैं।

हमारे नामनिहाद तरक्क़ी पसन्द अदीब व शायर मजाज़ के हादिसाती क़त्ल में कहीं न कहीं शरीक भी रहे और मजाज़ को अदबी तौर पर मोअतबर (विश्वसनीय) और मुस्तनद (प्रमाणित) भी बनाया है। मजाज़ के लतीफ़ों तक को अदब में महफ़ूज़ कर दिया। फ़िराक़ के हमअस्रों (समकालीनों) ने भी उनके एक-एक लतीफ़े को काग़ज़ के जहाज़ पर सवार करा दिया लेकिन फ़ना साहब जिनकी गुफ़्तगू में, जिनके अन्दाज़ में, सैकड़ों लतीफ़े साँस लेते रहते थे, उन पर कभी किसी ने भरपूर अन्दाज़ से क़लम नहीं उठाया। फ़ना साहब के लतीफ़े और दिलचस्प वाक़ियात अगर मेहनत और ईमानदारी से यकजा किये जायें तो एक मुकम्मल किताब वजूद (अस्तित्व) में आ सकती है।

एक मुशायरे में फ़ना साहब माइक पर ग़ज़लसरा थे। निज़ामत की मसनद पर कुँवर महिन्दर सिंह बेदी जलवा अफ़रोज़ थे। किसी शेर पर बेदी साहब कह उठे, "वाह! फ़ना साहब, पठान होकर भी क्या अच्छा शेर कहा है" फ़ना साहब ने फ़ौरन पलटकर कहा, "वाह! बेदी साहब, सरदार होकर भी कितनी सही दाद दी है।" फ़ना साहब के इस बेसाख़्ता जवाब पर महफ़िल शगुफ़्ताज़ार हो गयी। बेदी साहब और फ़ना साहब में बराबर शोख़िये गुफ़्तार (गुफ़्तगू की शोख़ी) की खींचा तानी होती रहती थी। किसी मुशायरे में बेदी साहब सामिईन से फ़ना साहब के तआरुफ़ (परिचय) के दौरान बोले कि हज़रात अब मैं उर्दू के चोटी के शायर हज़रते फ़ना निज़ामी को ज़हमते ग़ज़ल सराई दे रहा हूँ। फ़ना साहब ने माइक पर आते ही बेदी साहब की तरफ़ इशारा करते हुए फ़रमाया, "हज़रत! चोटी के शायर तो आप हैं, मैं तो दाढ़ी का शायर हूँ।"

एक दिन फ़ना साहब कहीं से गुज़र रहे थे। किसी ठेले पर शरीफ़े फ़रोख़्त हो रहे थे। पके हुए हरे भरे शरीफ़े देखकर फ़ना साहब रुक गये और ठेले वाले से पूछा कि मियाँ, शरीफ़े क्या हिसाब हैं। ठेले वाले ने चहककर जवाब दिया कि हुज़ूर, पाँच रुपये दर्जन, कितने निकाल दूँ? अचानक फ़ना साहब की निगाह ठेले पर दूसरी तरफ़ रखे कुछ मुरझाये हुए छोटे-छोटे शरीफ़ों पर जम गयी। उन्होंने इन शरीफ़ों की तरफ इशारा करके पूछा कि मियाँ ये कमीने क्या हिसाब दोगे।

फ़ना साहब ने ज़िन्दगी वैसी ही गुज़ारी जैसी एक शायर को गुज़ारनी चाहिए थी। यानी बेतरतीब, बेनियाज़ और बेग़रज़। किसी रिटायर्ड जस्टिस ने पिछले दिनों Judiciary को मशविरा देते हुए कहा था कि इंसाफ़ करने के लिए जज हज़रात को गोशानशीन और तनहाई पसन्द होना चाहिए बल्कि जब तक वह इंसाफ़ की कुर्सी पर रहता है उसे हिन्दू बेवा जैसी ज़िन्दगी गुज़ारनी चाहिए। यह बात हमारे शायरों और अदीबों पर सबसे ज़्यादा लागू होती है।

सरकार ने एकेडमियों और एज़ाज़ात (सम्मानों) की शक्ल में हर तरफ़ ज़हरीले गुड़ का शीरा बिछा दिया है। हमारे शायर और अदीब भी अदीब तख़लीक़ करने के बजाय किसी न किसी की क़सीदाख़्वानी (गुणगान) में मसरूफ़ रहते हैं। उर्दू अदब में बहुत बड़ा माफ़िया सिस्टम पनप रहा है। ठेकेदारों की बनायी हुई शाहराहों और पुलों की तरह, हमारे यहाँ जो अदब तख़्लीक़ हो रहा है वह भी बग़ैर सीमेंट की दीवार और बग़ैर लोहे के पुल जैसा है। ज़ाहिर है कि ये सूरतेहाल हमारे लिए पहले अफ़सोसनाक थी लेकिन अब बहुत ख़तरनाक हो गयी है।

फ़ना साहब से सारा कानपुर मोहब्बत करता था और कानपुर भी फ़ना साहब की कमज़ोरी था। मुशायरे के स्टेज पर उस ज़माने में भी अच्छे-बुरे शायरों की एक फ़ौज इकट्ठा रहती थी लेकिन फ़ना साहब के बग़ैर हिन्दुस्तान के हर बड़े मुशायरे का स्टेज ख़ाली-ख़ाली लगता था। तरक़्क़ी पसन्दों ने ग़ालिब के बाद हाज़िर जवाबी

और तबीयत की शोख़ी के तमाम क़िस्से-कहानियाँ मजाज़ से जोड़ दिये हालाँकि फ़ना निज़ामी की शख़्सियत में शोख़ियों के जितने गुलबूटे थे उनको समेटकर एक किताब लिखी जा सकती है, लेकिन हमारा तनक़ीदी निज़ाम एक दूसरे की पीठ थपथपाकर ख़ुश हो जाता है :

अब भी मेरी फ़ितरत में पहली-सी ही शोख़ी है
जब कोई हसीं देखा आवाज़ लगा दी है।

फ़िराक़ लोग ढूँढ़ेंगे हमें भी हाँ मगर सदियों के बाद

जो शख़्स अपने क़द्रदान (प्रशंसक) से ये कहे कि जब आप अपने नाम के साथ दारू वाला भी लिखते हैं तो आप इलाहाबाद पहुँचकर जिसे भी अपना नाम बतायेंगे वह आपको मेरे ठिकाने पर ले आयेगा। जो शख़्स इन्श्योरेंस एजेंट को डाँटते हुए बता रहा हो कि मैं कोई मच्छर या मक्खी नहीं हूँ जिसके इन्तिक़ाल पर नगर पालिकाएँ *सनद मर्ग* (मृत्यु प्रमाण पत्र) जारी करती हैं, मैं फ़िराक़ हूँ, फ़िराक़!! मैं जिस रोज़ इस दुनिया को ख़ैरबाद कहूँगा उस दिन चीख़ते-चीख़ते रेडियो और अख़बारात के गले बैठ जायेंगे।

जिस शख़्स ने सारी ज़िन्दगी दस्तख़त की जगह फ़िराक़ लिखा हो, सिर्फ़ फ़िराक़, न आगे कुछ न पीछे कुछ, न ये डिग्री न वो डिग्री, न ये एवार्ड न वो सम्मान! उसकी खुदएतमादी (आत्मविश्वास) की क़सम तो ईमानदार दुश्मनों को भी फ़ौरन खा लेनी चाहिए।

जिस शख़्स ने चैम्बर ऑफ कॉमर्स की मीटिंग में ब माँगे दुल्हन (एलानिया और ज़ोर देकर) कह दिया हो कि आप लोग उर्दू इसलिए पढ़ें कि अफ़सर बनने के बाद अफ़सर नज़र भी आयें।

उस बेबाक शायर, क़लन्दर सिफ़त इंसान, साफ़ गोई के पैरोकार और दुर्वेशाना रविश के नुमाइन्दे को उर्दू वाले ही इतनी जल्दी फ़रामोश कर देंगे, इसके बारे में किसी ने कभी सोचा भी नहीं होगा। शायद एवाने अदब में एख़लाक़ियात (नैतिकता) का जाने अंजाने में एक बड़ा क़त्ल हो गया। शायद ओहदों और इक्तिदार के बेशक़ीमती क़ालीन पर अपनी अना (Ego) की खड़ाऊँ पहनकर उसका बेनियाज़ाना (लापरवाही के साथ) गुज़र जाने का अमल उसके हम अस्र (समकालीन) शायरों, अदब के नाक़िदों और अरबाबे इक्तिदार के नौनिहालों को भी पसन्द नहीं आया। अपनी पुर सेह्र (जादू भरी) शख़्सियत और बेइन्तिहा तालिमी लियाक़त के ज़रिये कुछ भी हासिल कर लेने वाले फ़िराक़ साहब मीर तक़ी मीर के बाद दूसरे ऐसे शायर थे जिन्होंने अरबाबे इक्तिदार और मसलहतों के दरबार में कभी सजदा करने की कोशिश नहीं की।

हक़ीक़त में फ़िराक़ साहब उर्दू वालों की तंग नज़री, हिन्दी वालों के मुतअस्सिबाना

(साम्प्रदायिकता पूर्ण) रवैये और इक्तिदार के मठाधीशों की चश्मपोशी का शिकार हो गये। वैसे तो फ़िराक़ साहब की इल्मी अदबी और शेरी सलाहियत पर तनक़ीद करने के लिए जितने इल्म और दानिशमन्दी (बुद्धिमत्ता) की ज़रूरत थी उतना इल्म ही फ़िराक़ साहब के अलावा पूरे बर्रेसग़ीर (उप महाद्वीप) में किसी दूसरे के पास नहीं था। यूँ भी फ़िराक़ साहब के इल्म के पंजे के नीचे कई अदबी उक़ाब फड़फड़ाया करते थे लिहाज़ा उनके दोस्त अहबाब तलाश करना एक कारे बेमसरफ (व्यर्थ का काम) ही था। फ़ैज़ अहमद फ़ैज़ अपनी कमगोई (कम बोलने की आदत) तरक़्क़ी पसन्द के मज़बूत हिसार (रक्षा पंक्ति) और पंजाबियों की पंजाब नवाज़ी के सबब हर तरह से बच गये, जिगर साहब बेचारे अपने हुस्ने सुलूक (व्यवहार कुशलता) और ख़ाकसाराना रविश (विनम्र जीवन शैली) के सबब तनक़ीद को भी देहाती मुसलमान की तरह तबलीग़ (प्रचार प्रसार) के अन्दाज़ में चुपचाप सुनने की वजह से किसी हद तक महफूज़ रहे लेकिन फ़िराक़ साहब किसी समझौते, किसी शरीफ़ाना मसलहत और किसी मुनाफ़िक़ाना (कपटपूर्ण) डिप्लोमेसी के क़ायल ही नहीं थे। बोलने से कभी चूकते नहीं थे, आदमबेज़ारी के साथ-साथ खुद सताई (अहं) जैसी मोहलक (घातक) बीमारी के शिकारी थे। अपने बेबाक फ़िक़रों (जुमलों) और बेहंगम क़हक़हों से किसी भी महफ़िल के मुँह का मज़ा बिगाड़ देते थे। जिसके नतीजे में उनकी सारी उम्र अदबी अदालत के कटघरे में खड़े-खड़े ही गुज़र गयी। हालाँकि फ़िराक़ साहब की यह तमाम ग़ैर शायराना हकरतें, अक्खड़पन और चिड़चिड़ा लहजा उनकी उम्र भर की नामुरादियों और उदासियों के ख़ौफ़नाक चेहरे पर पड़े हुए दबीज़ पर्दे की तरह थीं, लेकिन तंग नज़र अहबाब, कम नज़र दुश्मन, अण्डर ट्रायल नाक़िदीने अदब और पॉकेट साइज़ शायरों और अदीबों ने उनके होंठों पर जमी हुई पान की पीक को भी किसी मज़लूम का लहू साबित करने में ताख़ीर (देरी) नहीं की। शबनम नक़वी और रमेश दीक्षित जैसे कुछ क़द्रदानों ने अफ़वाहों का कोहरा साफ़ करने की बहुत कोशिश की लेकिन तब तक ज़माना तेज़ रफ्तारी से आगे बढ़ चुका था।

यक़ीनन फ़िराक़ साहब की बहुत-सी कमज़ोरियाँ बहुत ताक़तवर थीं जिनसे तो सारी ज़िन्दगी पीछा नहीं छुड़ा सके लेकिन अब इसको क्या कहा जाये कि अदब का बड़े से बड़ा पारखी भी उस मामूली लेकिन ईमानदार सुनार की बराबरी नहीं कर सकता जो इस्तेमाल शुदा ज़ेवर का मैल काटकर असली सोने की सूरत और क़ीमत निकाल लेता है। यूँ भी तनक़ीद के नाख़ुदाओं (मल्लाहों) ने अपने क़लम के चप्पुओं की मदद से बहुत सफ़ीने डुबोये हैं।

हरचन्द कि फ़िराक़ साहब की अज़दुवाजी (घरेलू) ज़िन्दगी की किताब ख़ालिस मायूसियों की रौशनाई से तहरीर थी इसके बावजूद फ़िराक़ साहब ने अपनी अदबी ज़िम्मेदारियों को निभाने में कोई कसर नहीं छोड़ी लेकिन क्या इसे फ़िराक़ जैसे

हुस्नपसन्द और शृंगार रस के प्रचारक की बदनसीबी में शुमार नहीं किया जायेगा कि उनकी अहलिया (पत्नी) को उनका एक शेर भी याद नहीं था।

नाख़ुदाये सुख़न हज़रत मीर तक़ी मीर अत्तार (औषधीय जड़ी बूटी विक्रेता) के लौंडे से दवा लेने के बावजूद मीर बने रहे लेकिन फ़िराक़ बेचारे नयी-नयी-सी रहगुज़र की तलाश में बहुत आसानी से मार लिए गये। हिन्दुस्तान के पहले वज़ीरे आज़म के बतक़ल्लुफ़ दोस्त, हिन्दुस्तान की सबसे ताक़तवर वज़ीरे आज़म के तक़रीबन हक़ीक़ी चचा, ऑल इण्डिया कांग्रेस कमेटी के सबसे चहेते शायर और दानिश्वर प्रोफ़ेसर रघुपति सहाय फ़िराक़ गोरखपुरी इलाहाबाद यूनिवर्सिटी के एलाटशुदा मामूली से मकान में मर-खप गये हालाँकि उनके एक अदना (छोटे) से इशारे पर इलाहाबाद से लेकर देहली तक में उनके नाम कोठियाँ एलाट हो सकती थीं लेकिन :

खरा शायर कभी अज़मत के चक्कर में नहीं रहता

फ़िराक़ साहब अपनी अलालत (बीमारी) के सिलसिले में काफ़ी दिनों तक देहली के ऑल इण्डिया इंस्टीट्यूट में ज़ेरे इलाज रहे। एक दिन जब उन्हें मालूम हुआ कि मोहतरमा इन्दिरा गाँधी उनकी मिज़ाजपुरसी के लिए आ रही हैं तो वो बेइन्तिहा खुश हुए। बेतरतीब ज़िन्दगी और बेतरतीबी के साथ लिबास का इस्तेमाल करने वाले फ़िराक़ साहब ने रमेश जी को बुलाकर कहा कि मुझे लिबास ठीक से पहनाकर चादर भी सलीके से ओढ़ा दो, आज मुझसे इन्दू मिलने आ रही है। सख़्त बीमारी के आलम में और होशोहवास तितर-बितर होने के बावजूद उर्दू तहज़ीब के इस सिपहसालार को मालूम था कि किसके सामने कितना बरहना (नंगा) होना चाहिए।

अगर दुनिया की किसी दूसरी ज़बान का इतना बड़ा शायर, मुफ़क्किर (चिन्तक), फ़लसफ़ी और आलिम इस दारे फ़ानी (नश्वर संसार) से कूच करता तो उसके नामेनामी से कोई छोटा-सा शहर बसा दिया जाता, उसके नाम पर शाहराहों, स्टेशनों और स्कूलों के नाम रखे जाते लेकिन महात्माओं से भरे इस मुल्क में फ़िराक़ साहब की यादगार क़ायम करने के बजाय उनकी गुर्बतज़दा यादों से यूनिवर्सिटी का मकान भी ख़ाली करा लिया गया, उनका तमाम अदबी सरमाया पहले तो खुर्द बुर्द होने दिया गया फिर बची खुची यादों को मकान ख़ाली कराने के बहाने सड़क पर बिखेर दिया गया। हैरत है कि मामूली और पॉकेट साइज़ लीडरों और धर्मगुरुओं के मरने के बाद उनकी सरकारी कोठियाँ हुकूमत ख़ाली नहीं करा पाती लेकिन यह इन्तिहाई शर्म और अफ़सोस की बात है कि मुश्तरिका (संयुक्त) हिन्दुस्तान के अदब और उर्दू ज़बान में जमालियाती मसलक (शृंगार रस) का पहला इमाम निहायत कसमपुरसी के आलम में इस दुनिया से रुख़सत हो गया। ये इंसानी और इख़्लाकी नाक़द्री भी उसी कांग्रेस पार्टी के ज़माने में हुई, फ़िराक़ साहब जिसके फाउण्डर मेम्बर ही नहीं, सिपहसालार भी हुआ करते थे। हैरत है कि फ़िराक़ साहब की यादों के सरमाये से यूनिवर्सिटी का मकान ख़ाली करवा लिया गया और क़रीब ही खड़ी हुई

हाईकोर्ट की पुरशिकोह (भव्य) इमारत इस नाइंसाफ़ी को हाथ बाँधे हुए देखती रही।

फ़िराक़ साहब ने कभी ख़्वाब में भी अपने साथ नाइंसाफ़ी और इतनी नाक़द्री के बारे में नहीं सोचा होगा वर्ना मुमकिन है वह भी ग़ज़लों के लिए नयी-नयी ज़मीनें तलाश करने के बजाय अपने लिए इलाहाबाद या देहली में हज़ार दो हज़ार गज़ का प्लाट लेकर छोटी मोटी कोठी बना लेते। फ़िराक़ साहब मिज़ाजन नागा साधु थे लेकिन रस्मे दुनिया का लिहाज़ रखने के लिए कभी-कभी बेहतरीन लिबास भी ज़ेबेतन कर लेते थे मगर उनकी क़लन्दरी हमेशा उनके लिबास से दूर खड़ी मिलती थी वर्ना वो किसी भी वक़्त पैदल को वज़ीर से पिटवाकर किसी भी यूनिवर्सिटी में वाइस चांसलर बन सकते थे। फ़िराक़ साहब न मुशायरे पढ़ते थे, न ही क्लास में तलबा (छात्रों) को पढ़ाते थे बल्कि वो लफ़्ज़ों की कतरनों से शहज़ादिये ग़ज़ल के लिए ऐसा लिबास तैयार कर देते थे कि ग़ज़ल भी *बिलक़ीस* की तरह *सुलेमान* के अदबी महल में दाख़िल होती थी।

फ़िराक़ साहब से अहमद मुशताक़ का तक़ाबुल (तुलना) वैसा ही है जैसे टकाहिनों (निम्न श्रेणी की वेश्याएँ) का मुवाज़ना मुन्नी बाई हिजाब या उमराव जान से किया जाये। यहाँ मेरा मक़सद अहमद मुशताक़ को छोटा साबित करना कतई नहीं है बल्कि यहाँ मैं सिर्फ़ इतना अर्ज़ करना चाहता हूँ कि बेईमान बनिया भी मोल-तोल में इतनी बददियानती नहीं करता है जितनी बददियानती अब हमारे अदब में आयी हैं।

ज्ञानचन्द जैन की बेवफ़ाई को Issue बनाने से बेहतर तो यही था कि फ़िराक़ साहब की उर्दू ज़बान से जुनून की हद तक मोहब्बत पर बहस की जाती। मेरा ख़याल है कि ज्ञानचन्द जैन की नाशुक्री पर तब्सिरा करने के बजाय फ़िराक़ भी उर्दू नवाज़ी पर नये सिरे से बहस की जाये ताकि पिछली कोताहियों का कुछ तो अज़ाला (भरपाई) हो सके क्योंकि आधी सदी से ज़्यादा गुज़र जाने के बाद भी पूरी दुनिया में बयक वक़्त कई ज़बानों पर यकसाँ उबूर (आधिपत्य) रखने वाला फ़िराक़ के अलावा दूसरा कोई शायर नज़र नहीं आता।

दस्तबस्ता (क़रबद्ध) ये भी गुज़ारिश करना चाहता हूँ कि फ़िराक़ साहब के बाद उर्दू ज़बान के पास अपना कोई भी सच्चा और दबंग वकील नहीं है। ये बेचारी मज़लूम ज़बान एक मुद्दत से अपने मुक़दमे की पैरवी खुद कर रही है। आज भी ये बदनसीब ज़बान हज़रत नूह के कबूतरों की तरह ज़मीन की तलाश में भटक रही है और ज़मींदारी सौंपने के लिए किसी रघुपति सहाय को तलाश कर रही है।

या इतने नर्म दिल कि रगे गुल से कट गये

उर्दू तनक़ीद के बेहंगम शोर शराबे के बावजूद निहायत सुबुक रफ़्तारी (तेज़ रफ़्तारी) और तहज़ीबी विक़ार के साथ उर्दू ग़ज़ल ने कई सदियों का तवील सफ़र तय कर लिया है। कुछ हासिदीने ग़ज़ल (ग़ज़ल से ईर्ष्या रखने वाले) के नज़दीक अपनी ग़िनाइयत (सुरीलापन) के बलबूते पर ग़ज़ल ने ये मुश्किल सफ़र तय किया है, कुछ नाक़िदीने अदब के मुताबिक़ तुकबन्दी और आसान सिन्फ़े सुख़न (साहित्यिक विधा) होने की वजह से ग़ज़ल को मक़बूलियत का ये दर्जा हासिल हुआ है। ग़रज़ कि अदब के हर मसलक (पन्थ) के इमाम (पेशवा) ने अपने-अपने तौर पर ग़ज़ल की मक़बूलियत और हरदिल अज़ीज़ी के ख़िलाफ़ फ़तवे दिये लेकिन इन तमाम तब्सिरों से गुरेज़ करते हुए अगर ईमानदाराना जायज़ा लिया जाये तो ये हैरत अंगेज़ हक़ीक़त सामने आती है कि लफ़्ज़ों की फ़िज़ूल ख़र्ची से गुरेज़ और क़नाअत पसन्दी (सन्तोष प्रियता) ने ग़ज़ल को क़ारिईन (पाठकों) और सामिईन (श्रोताओं) दोनों की पहली पसन्द बना दिया। दुनिया की किसी भी ज़बान में किसी भी मौज़ू (विषय) को लफ़्ज़ी जामा पहनाने की कोशिश में अल्फ़ाज़, रोशनाई और काग़ज़ का जितना असराफ़े बेजा (बेजा इस्तेमाल) होता है उसी मज़मून को ग़ज़ल बड़ी सादगी और आसानी के साथ कैप्सूल बनाकर सवाअतों के रास्ते दिलों और ज़ेहनों तक पहुँचा देती है। ये हुनर मुश्किल ज़रूर है लेकिन ग़ज़ल इसी हुनर को आसान बनाने का नाम है।

बेपनाह मसरूफ़ियत, एहतियात की धूप-छाँव और ज़बरदस्त आपा-धापी के इस रवाँ-दवाँ अहद में लोग यूँ भी अदबी दर्देसरी से बचना चाहते हैं लिहाज़ा अपने अन्दर की टूट-फूट, अपने इर्द-गिर्द जाल बुनते हुए मसाएल, समाज की सफ़्फ़ाकियों, नाहमवारियों, रिश्तों की बेतरतीब बेलों और खिलखिलाते हुए गुलाब चेहरों की कहानी सुनते वक़्त भारी भरकम लफ़्ज़ों की दीवार तले दबने को तैयार नहीं होते हैं। शायद इसीलिए आज भी इज़हार (अभिव्यक्ति) के पुलेसिरात (कठिनतम राह) से गुज़रने के लिए ग़ज़ल से ज़्यादा भरोसे मन्द कोई दूसरी सिन्फ़ नहीं है।

हमारे तक़रीबन तमाम असातिज़ये किराम (उस्तादों, ज्ञानदाताओं) ने भी शायद

ग़ज़ल को अपने जज़्बे के इज़हार का ज़रिया बनाना इसीलिए पसन्द किया होगा कि आने वाली नस्लें अपनी अदीमुल फ़ुर्सती (अवकाश विहीनता) और शबोरोज़ के मसाइल के सबब पोथियाँ याद करने लायक़ नहीं रह जायेंगी, भागते हुए तेज़ तरीन अहृद में अपने क़रीब तरीन लोगों के फ़ोन और मोबाइल नम्बर ज़ेहन नशीन करने के बजाय मोबाइल के मेमोरी कार्ड पर महफ़ूज़ करने वाली नस्ल से लम्बी-लम्बी नज़्में याद करने या ज़ेरे समाअत लाने (सुनने) की फ़रमाइश भी नहीं की जा सकती। अदब और इबादत में मुश्किल पसन्दी से बचना चाहिए। इंसानियत और रवादारी का सबक़ अगर मुश्किल होता तो दुनिया हज़ारों बरस पहले ही तबाह हो गयी होती। क़दीम (प्राचीन) ज़मानों में इल्म कम था लेकिन लोग जानवरों और परिन्दों की बोली से उनके दुःख-दर्द को पहचान लेते थे। नंगे पाँव चलने वालों के तलुवे आज भी ज़मीन का दुःख-सुख समझ लेते हैं लेकिन बज़ाहिर बेपनाह तरक़्क़ीयाफ़्ता और मुहज़्ज़ब दुनिया रिश्तों में पड़ती हुई दरारों तक को नहीं देख पाती हैं। एक ही घर में रहते हुए लोग एक दूसरे के मिज़ाजों से नाआशना (अपरिचित) होते हैं, एक दूसरे से बेख़बर और ला ताल्लुक़ होते हैं। शायरी में ये जादू तो बहरहाल मौजूद है कि ज़रा-सी देर को ही सही लेकिन अशरफ़ुल मख़लूक़ (जीवधारियों में सर्वश्रेष्ठ) मशीनी इंसान को आदमी बना देती है। काश! दुनिया के हर आदमी को थोड़ी देर शायरी पढ़ने और उसे महसूस करने की फ़ुर्सत मिल जाती।

एक निजी महफ़िल में पुलिस महकमे के एक आला अफ़सर ने मुझसे मुख़ातिब होते हुए अज़राहे तफ़न्नुन (मज़ाक़ के तौर पर) फ़रमाया कि फ़लाँ-फ़लाँ माफ़िया के आपसे बहुत मरासिम हैं फिर मुस्कुराते हुए ये भी फ़रमाया कि वह तो शायद आपके घर भी अकसर आता-जाता रहता है। मैंने उस आला लेकिन मशीनी अफ़सर को बताया कि जनाब! वह मेरे पास कारतूस या असलहा लेने तो आता नहीं होगा, न मेरे जैसे कमज़ोर आदमी से उसे कोई ताज़ा कुमक की तवक़्क़ो होगी। हाँ, ये बात ज़रूर हो सकती है कि अगर कोई माफ़िया किसी शायर या अदीब की सोहबत में बैठना चाहता है तो इसका मतलब ये है कि उसके दिल में इंसानियत की धुँधली-सी कोई शमा अभी तक झिलमिला रही होगी, उसके ज़मीर की मिट्टी में मुलायमियत और नमी अभी तक मौजूद होगी। उस मिट्टी से अगर हम कोशिश करें तो चराग़ और देवताओं की मूरत भी बनायी जा सकती है। आइए अब इसी दिलचस्प तस्वीर को उलटकर देखते हैं। इतिज़ामिया (प्रशासन) या पुलिस महकमे का अदना-सा आदमी हो या आलातरीन अफ़सर... अगर उसके दिल में इंसानियत, ईमानदारी और रवादारी की मद्धम-सी ज्योति भी रौशन है तो वह शायरी से मोहब्बत ज़रूर करता होगा। शेक्सपियर ने शायद इसीलिए कहा था कि जिसे शायरी नापसन्द हो उसे मेरी महफ़िल से उठा दीजिए। ये ख़ाकसार भी शायरी से मोहब्बत करने वाले को उम्र और तजरुबे की निशानदही के बग़ैर सेल्यूट करता है और उसके सम्मान में सिर झुकाता है।

ग़ज़ल हज़ारों बरस का तवील सफ़र तय करती हुई फ़िराक़ और फ़राज़ को सरफ़राज़ करती हुई नवजवान, ख़ूबरू (ख़ूबसूरत) और ताज़ाकार शायर फ़य्याज़ फ़ारूक़ी तक पहुँची है। ग़ज़ल दूरअन्देश (दूरदर्शी) तवायफ़ की तरह अपने सच्चे आशिक़ का इन्तिख़ाब (चयन) बहुत छान-फटक और ठोंक-बजाकर करती है। इसकी कसौटी पर खरा उतरने के लिए कई इम्तिहानात की सीढ़ियों से गुज़रना पड़ता है, कई मुश्किल मंज़िलों का सामना करना पड़ता है, कई बरसों की रियाज़त (तपस्या) की ज़रूरत पड़ती है और सोच के तलवों को मसाइल के ख़ारों (काँटों) के हवाले करना पड़ता है। फ़य्याज़ फ़ारूक़ी ने शख़्सियत को पाक व शफ़्फ़ाफ़ (निर्मल) रखने का हुनर गंगा से, लहजे को नर्म और खुनक (ठंडा) रखने का सलीक़ा जमुना से सीखा और सरस्वती से अपने क़लम को वजू कराया है। ख़ाकसारी और क़लन्दरी का वस्फ़ (खूबी) इलाहाबाद से हासिल किया है और बुजुर्गों की इज़्ज़त करना, अपने अकाबिरीन (बड़ों) का एहतराम करना अपने वालिदे मरहूम मुबारक हुसैन शाद से सीखा है। मिज़ाज में शगुफ़्तगी (प्रफुल्लता), शाइस्तगी और सरलता वालिदा से घुट्टी में मिलाकर पी है और मुश्किलात में बाहिम्मत और साबित क़दम रहना हालात ने सिखाया है।

इलाहाबाद की शाहराहों पर मुद्दतों भटकता हुआ ये शायर हमेशा शायरों, कवियों और अदीबों की ख़िदमत गुज़ारी में पेश-पेश रहा है। यूँ भी इलाहाबाद की मिट्टी में ज़रख़ेज़ी बहुत है और कशिश भी बेपनाह है। अंग्रेज़ों ने इलाहाबाद को मुद्दतों उत्तर प्रदेश का दारुल ख़िलाफ़ (राजधानी) यूँ ही नहीं बनाये रखा। निराला से नूह नारवी तक, महादेवी वर्मा से फ़िराक़ गोरखपुरी तक, अकबर इलाहाबादी से हरिवंश राय बच्चन तक और कमलेश्वर से शम्सुर्रहमान फ़ारूक़ी तक की नस्लों का पसन्दीदा शहर इलाहाबाद रहा है। तालीमी मैदान में आज भी ये शहर हिन्दुस्तान के ऑक्सफ़ोर्ड जैसा है। यहाँ की अदालत के फ़ैसलों का आज तक सारी दुनिया में एहतराम किया जाता है। मैं अर्ज़ करना चाहता हूँ कि पुश्त पर माज़ी का इल्मी, तहज़ीबी और दानिश्वरी का बोझ यूँ भी किसी को सीना तानकर चलने की इजाज़त नहीं देता है। अच्छा और ख़ुशगवार माहौल शायरी के लिए भी ताज़ा हवा और ऑक्सीजन की तरह होता है। इलाहाबाद के एक बज़ाहिर खाते-पीते घराने के नवजवान को I.P.S. के इम्तहान से गुज़रने के बाद पंजाब कैडर सौंपा जाता है और यह दुश्वार फ़ैसला भी उस वक़्त होता है जब पंजाब के सियासी हालात बिगड़ने की वजह से वहाँ के बड़े अफ़सरान पंजाब से निकलना चाहते थे लेकिन जिस तरह मिट्टी को मिट्टी पहचानती है उसी तरह पानी को भी पानी पहचानता है। राबी और सतलज के साहिलों ने गंगा किनारे खेलने वाले एक नवजवान को पंजाब की ताक़तवर रेत पर अपने ज़िन्दा ख़्वाबों के महल की बुनियाद रखने की इजाज़त दे दी। बहादुरी और क़लन्दरी के ताने-बाने से बुनी हुई वह शाल भी उसके शाने पर

डाल दी जिसके लिए पंजाब सारी दुनिया में शहीदों, सूफ़ियों और सन्तों का दारुस्सल्तनत (राजधानी) माना जाता है। थोड़े दिनों के बाद दोशीज़ये, ग़ज़ल ने इस नवजवान से बाक़ायदा छेड़छाड़ शुरू कर दी। मसरूफ़ियत की दबीज़ शाल ओढ़ने के बावजूद उसे सोते-जागते ग़ज़ल का सरापा परेशान करने लगा। बेपनाह मसरूफ़ियतों के बीच फुर्सत का एकाध झोंका नसीब होते ही उसने भी ग़ज़ल के दामने आरजू पर लफ़्जों के चाँद-सूरज टाँकने की कोशिश शुरू कर दी। हिन्दी शायरी, ख़ासतौर से जदीद हिन्दी शायरी ने इलाहाबाद को ही अपना दारुलख़िलाफ़ा बनाये रखा। पेशावराना ज़ेहनियत से इलाहाबाद के शायर और अदीब हमेशा दूर-दूर रहे। नूह नारवी से लेकर अकबर इलाहाबादी तक और फिर फ़िराक़ गोरखपुरी से लेकर नस्र कुरैशी तक की नस्ल ने शेरो अदब के ख़जाने को मालामाल तो किया लेकिन उससे अँधेरे-उजाले कोई माली और सियासी फ़ायदा नहीं उठाया। मरहूम अतीक़ इलाहाबादी ने सारी ज़िन्दगी शेर कहे, अकाबिरीने अदब की ख़िदमत की और शायरों और अदीबों के दुःख-सुख में साथ-साथ खड़े रहे।

चमन में जा के मैं हैरान हो गया अकसर
ये फूल पा गये कैसे तेरे जमाल का रंग

लज़्ज़ते आवारगी ने दे दिये हैं ज़ख़्म वो
प्यार आ जाता है पैरों से उलझते ख़ार पर

न पिघला वो जिसे हम मोम का पैकर समझे थे
पिघल जाता अगर इतना किसी पत्थर को समझाते

फ़य्याज़ इंकिसार की क़ीमत उरूज है
सूरज ज़मीं से हो के गया आसमान पर

ये ख़ुश्क पत्ते ये साये उदास चाँद ये शब
यही तो हैं जो मेरे साथ चलने वाले हैं

ये चन्द अश्आर जिन्हें मैंने नमूने के तौर पर पेश करने की कोशिश की है, ये मेरी अदना-सी पसन्द हैं जो यक़ीनन तजरुबेकार क़ारिईन (पाठकों) की पसन्द के मुक़ाबले में बहुत मामूली इन्तिख़ाब साबित होंगे क्योंकि फ़य्याज़ फ़ारूक़ी को नज़्म और ग़ज़ल दोनों के हवाले से पढ़ते हुए कहीं-कहीं मुझे अपनी कम इल्मी का एहसास भी हुआ है। ज़ाहिर है कि ताज़ाकार शायर और ताज़ा दम कबूतर की मंज़िल तक कमज़ोर आसाब (शरीर के पट्ठे) वालों की निगाह तक नहीं जाती है।

सच तो यही है कि जब से तख़लीक (रचना) के सीने पर पेशावर क़लमकारों की तहरीर के पत्थर रखे जाने लगे उसी वक़्त से उर्दू पढ़ने वालों की आँखें पथराने लगीं, फिर जैसे-जैसे ये चलन बढ़ता गया अच्छी तख़लीक़ात ग़रीब की बेटियों की तरह घर में ही बैठी रह गयीं। यक़ीनन तनक़ीद के बग़ैर तख़लीक़ बेतरतीब मेंहदी की बाढ़ की तरह होती है लेकिन इसकी तराश-ख़राश एक बाग़बान की तरह ही होनी चाहिए।

अपने मुस्तक़बिल से ज़्यादा ज़बानो अदब के मुस्तक़बिल का ध्यान रखना ही एक शायर या अदीब की ज़िम्मेदारी होती है। मुझे ख़ुशी है कि फ़य्याज़ फ़ारूक़ी अपने असलाफ़ (पूर्वजों) की रविश (शैली) पर चलते हुए ज़बानो अदब की ख़िदमत को इबादत का दर्जा देते हैं। मेरी दुआ है कि आइन्दा आने वाले दिनों में वह उर्दू ज़बान की बराबर ख़िदमत करते रहें ताकि हमारे शेरो अदब के ख़ज़ाने को अपने मुख़्तसर होने का ग़म न उठाना पड़े। मुझे उम्मीद ही नहीं, यक़ीन है कि वक़्त के साथ उनके कलाम में नुदरते ख़याल (विचारों की नवीनता) का इज़ाफ़ा होता जायेगा। मैं उनको रौशन इम्कानात (सम्भावनाओं) और ख़ुशआयन्द (ख़ूबसूरत) मुस्तक़बिल की दुआएँ देता हूँ।

हाय कुल चार वरक़ का ये मक़ाला ग़ालिब

रात ने सर्दी के ख़ौफ़ से सरे शाम ही फ़क़ीरों का लिबास पहन लिया था। मेरे घर के नीचे से गुज़रने वाली सड़क ज़ंजीर की इक्का-दुक्का आवाज़ को भी तरस रही थी। स्ट्रीट लाइट की दूधिया रोशनी में पतिंगे भी जुगनू जैसे लग रहे थे। ग़ालिबन रात का पिछला पहर था, नींद से आँखें गोंद की तरह चिपक रही थीं कि अचानक महसूस हुआ जैसे कोई दरवाज़े की ज़ंजीर खटखटा रहा है। रज़ाई से मुँह निकालना दुश्मन के लिए मुँह से दुआएँ निकालने की तरह बुरा लग रहा था। मैं अधखुली आँखों से अपने कमरे का जायज़ा लेने लगा। बेग़म शायद ख़्वाब में भी मुझे देख रही थीं और बुरे-बुरे मुँह बना रही थीं। रज़ाई से मुँह निकालते ही सर्दी की शिद्दत से दाँत होली खेलने वालों के बाजे की तरह बज रहे थे। मैंने दरवाज़ा खोलने की ज़हमत से बचने के लिए कई बार बेगम को जगाने की कोशिश की, वह हूकूमत की तरह बेदार होतीं और कमज़ोर ख़्वाहिशों की तरह दोबारा सो जातीं। मैंने बेगम को झँझोड़कर उठाया और कहा कि दरवाज़ा खोलकर देखो, मुमकिन है मेरी ससुराल के लोग हों या हो सकता है कि तुम्हारी कोई सहेली तशरीफ़ लायी हों। बेगम ने मुझे खा जाने वाली नज़रों से देखा फिर बोलीं, "तुम्हारी ससुराल के लोग मेरी ससुराल के लोगों की तरह न तो ग़ैर मुहज़्ज़ब (असभ्य) हैं और न ग़ैर तालीम याफ़्ता जो इतनी रात गये तुम्हारा दरवाज़ा खटखटाने आयें और रहा मेरी किसी सहेली की तशरीफ़ आवरी का सवाल तो कान खोलकर सुन लीजिए कि आपका किरदार मेरी सहेलियों की नज़र में जितना मशकूक (सन्दिग्ध) है उतने तो फिरक़ापरस्तों (साम्प्रदायिक लोगों) की निगाह में मुसलमान भी मशकूक नहीं हैं।" मैंने अपने ख़ानदानी शजरे और शराफ़त को मज़ीद मैला होने से बचाने के लिए खुद ही दरवाज़ा खोलने में आफ़ियत (भलाई) महसूस की। बेगम ने मुझे एक बार तो टूटती हुई बाबरी मस्जिद की तरह देखा और फिर फ़ौरन ही हुकूमत की तरह आँखें मूँद लीं।

दरवाज़ा खोलते ही एक ऐसे बुज़ुर्गवार पर नज़र पड़ी जिनकी शख़्सियत जानी-पहचानी मालूम पड़ रही थी। मैंने ज़ेहन पर ज़ोर दिया कि कौन साहब हैं? कहाँ मुलाकात हुई है लेकिन कुछ भी याद नहीं पड़ रहा था। एक तो नींद का ग़लबा

दूसरे हवा के सर्द तरीन झोंके कुछ सोचने की मोहलत ही नहीं दे रहे थे। हम दोनों एक दूसरे का आईना बने हुए थे :

इधर कुछ नातवानी है, उधर कुछ बदगुमानी है
न पूछा जाये है उससे, न बोला जाये है मुझसे

मैं बुजुर्गवार से नाम और पता पूछने में तकल्लुफ़ महसूस कर रहा था और वह भी मुझे जौहर की क़द्र न जानने वाले की तरह दिखाई दे रहे थे। मैं अपनी तमाम क़ाबलियत को बरूये कार लाकर बुजुर्गवार को मुख़ातिब ही करने वाला था कि पीछे से मेरी अहलिया नमूदार हुईं और जैसे ही उन बुजुर्गवार को देखा तो फ़ौरन चचा कहकर आदाब किया, फिर मेरी तरफ़ घूरकर देखते हुए बोलीं कि तुम शायर लोग अपनी ही ज़ात की अमरबेल में जकड़े रहते हो, तुम लोग खुद सतायी (अपने मुँह मियाँ मिट्ठू बनने) की उस मंज़िल पर रहते हो जहाँ अपने सिवा कुछ नज़र ही नहीं आता है, जाओ और बैठक का दरवाज़ा खोलो, चचा मोहतरम आख़िर कब तक बाहर खड़े रहेंगे। मैंने जल्दी से बैठक का दरवाज़ा खोला, बुजुर्गवार बैठक खाने में एक ख़ास तमकनत (शानो शौक़त) से दाखिल हुए और एक सोफ़े पर विराजमान हो गये। कुछ लम्हों बाद मेरी सवाली नज़रों की झोली में जवाब की ख़ैरात डालते हुए बोले, ''हम अपनी ढहती हुई तहज़ीब का मलबा हैं, हम अपने अह्द के वह रौशन चिराग़ हैं जिनके शीशे काले पड़ चुके हैं, हम अपने ज़माने की वह ज़िन्दा तहरीर हैं जो हर ज़माने में कमफ़हमों (नासमझों) की इज़्ज़त को उजाला बख़्शती है। इस दुर्वेशे अदब को घरवालों ने *असदउल्लाह* के नाम से पुकारा, मद्दाहों ने *ग़ालिब* को कुबूल किया और ग़ालिब को ज़माने ने दिले लख़्त शहनशाहे ग़ज़ल तसलीम कर लिया, ख़ाकसार को असदउल्लाह ख़ाँ ग़ालिब कहते हैं। उर्दू का छोटा-सा शायर हूँ, बादशाहे वक़्त का वज़ीफ़ाख़्वार हूँ, ज़माने में इमीलिए ख़्वार (ज़लील) हूँ। ग़ज़ल के बिखरे हुए गेसुओं को सँवारने की मसरूफ़ियत में यह पता ही नहीं चला कि जवानी कब साथ छोड़कर चली गयी। होश आया तो ग़ज़ल के गुदाज़ (कोमल) बदन से जवानी फूट रही थी लेकिन मेरे जिस्म के हिस्से जवाब दे रहे थे। घर की ज़रूरतें मज़बूरियों की इस मंज़िल पर ले आयीं जहाँ खुद्दारी भी वज़ीफ़े का दर्जा देकर ज़रूरत मन्दों की आबरू की पर्दापोशी करके अपनी फ़य्याज़ी की सनद हासिल करते थे।'' मैंने गुफ़्तगू का रुख मोड़ते हुए अर्ज़ किया, आप कलकत्ता कब तशरीफ़ लाये? कोई मुशायरा है क्या? बुजुर्गवार जो यक़ीनन मिर्ज़ा ग़ालिब थे, फ़रमाने लगे, ''भई मुशायरों में अब मुझे कौन पूछेगा?'' मैंने अर्ज़ किया, यह आप क्या फ़रमा रहे हैं, आपकी चर्चा तो सारे आलम में है। आपके मानने और चाहने वाले पूरी दुनिया में मौजूद हैं। चचा जवाब में मुस्कुराये (उनकी मुस्कुराहट में किसी मायूस मरीज़ का कर्ब छुपा हुआ था) और बोले, ''बरखुरदार! जिस तरह नालायक़ शख़्स अपने बच्चों की नानी को कुबूल करना नहीं चाहता उसी तरह मौजूदा ज़माने के पढ़े-लिखे लोगों ने मेरी नातवानी से

नानी को अलाहिदा कर दिया है। ज़ाहिर है कि नातवानी से नानी हटा देने के बाद सिर्फ़ तवा बचता है, एक ऐसा तवा जिस पर मुख़्तलिफ़ मकतबये फ़िक्र (विचारधाराओं) के लोग अपनी-अपनी रोटियाँ सेंक रहे हैं। कभी सियासी लोग मेरा इस्तेमाल इलेक्शन के अखाड़े में करते हैं, कभी प्रोफ़ेसर हज़रात अपने बच्चों के अंग्रेज़ी स्कूल की फ़ीस की अदायगी के लिए मुझ पर उर्दू में मक़ाले (लेख) लिखते हैं, अपने घरों को डिग्रियों और एवार्ड से सजाने के लिए मुझे नुतफये ना तहक़ीक़ (पितृविहीन, जिसके बाप का पता न हो) समझकर मुझ पर तहक़ीक़ (शोध) करते हैं, मेरी रौंदी हुई ज़मीनों पर ग़ज़ल कहकर कितने ही लोग ज़मींदार कहलाते हैं और मैं रफ़्ता-रफ़्ता अपनी ज़मीनों से इस तरह बेदख़ल हुआ जा रहा हूँ जैसे बाबरी मस्जिद से मुसलमान बेदख़ल कर दिये गये, गाने बजाने वालों ने मेरी ग़ज़लों से दौलत कमाकर कोठियाँ खड़ी कर लीं, ऐसी कोठियाँ जिनके आगे वज़ीरों के महल भी शर्मिन्दगी महसूस करें। बरख़ुरदार मुनव्वर राना! क्या यह मुक़ामे अफ़सोस नहीं है कि ग़ालिब फ़रोशों की क़िस्मत में ऐसी-ऐसी सुबुक रफ़्तार कारें हैं जिनके सामने महबूब की बाँहों के झूले भी शर्मिन्दगी हो जायें और अपने हिस्से में वही पालकी है जो बहादुर शाह ज़फ़र का दरबारी होने के तुफ़ैल में नसीब हुई थी, उस पर मज़ा यह है कि अब पालकी है, उठाने वाले कहार भी मयस्सर नहीं हैं। अव्वल तो सब मंडल के कमीशन के तुफ़ैल मुझसे ज़्यादा सरकारी रियायतें हासिल कर रहे हैं, बाक़ी कांशीराम के हाथी पर सवार होकर बहादुर शाह की दिल्ली को ग़ज़बनाक निगाहों से देख रहे हैं। थोड़े बहुत जो बच गये थे उनकी क़यादत (नेतृत्व) चम्बल की मलिका फूलन देवी फ़रमाती हैं। वह तो अल्लाह भला करे *काले ख़ाँ* का, जिनकी मेहरबानियों से सर छुपाने के लिए आफ़ियत का एक गोशा मयस्सर है वर्ना मैं भी मीर तक़ी मीर की तरह ख़्वार फिरता और कोई पूछने वाला भी नहीं होता। हरचन्द कि "मेरे मकान के एक बड़े हिस्से पर एक कोयले वाले ने कब्ज़ा कर लिया है और कोयले की दलाली में हीरे ख़रीद रहा है और एक मैं हूँ कि अपने हीरे कोयले के भाव में बेच रहा हूँ?" चचा थोड़ी देर के लिए रुके, मेरी बेगम को आवाज़ दी और चाय के दूसरे दौर का हुक्म दिया। साथ में उन्हें उनके सुहाग की सलामती की दुआ दी। मैंने अर्ज़ किया, ''आप सिर्फ़ मुझे दराज़िये उम्र (लम्बी उम्र) की दुआ देते।'' चचा तो इस जुमले से ख़ुश हुए लेकिन बेगम की त्यौरियाँ उत्तर प्रदेश सरकार की तरह फ़ौरन चढ़ गयीं।

चाय से लुत्फ़अन्दोज़ होने के बाद चचा फिर बोले, ''भई कलकत्ते से मुझे कोई ख़ास लगाव नहीं है क्योंकि पिछला तजुरबा ही बड़ा तल्ख़ (कड़वा) है। भला बताइए अगर मैंने यह कह दिया था कि मिर्ज़ा क़तील खत्री बच्चा है, वह फ़ारसी क्या जाने, तो क्या ज़रूरी था कि उनके हमनवा (हिमायती) मुझे माँ की गालियों से नवाज़ते। मुझे गालियों का इतना मलाल नहीं है। गालियाँ तो उस्ताद ज़ौक़ और मोमिन ख़ाँ के परस्तार भी मुझे बराबर देते रहते हैं। मुझे अफ़सोस सिर्फ़ उस बदज़ौक़ी का है

जिसका सुबूत कलकत्ते के कुछ शायर और अदीब हज़रात ने दिया है। मैंने मेंहदी मजरूह को ख़त में लिखा भी था कि बताइए, मुझ 62 साला बूढ़े को माँ की गाली देना कहाँ तक मुनासिब है। अरे अगर गालियों से ही अपनी शहवत (कामवासना) को तस्कीन पहुँचाना मक़सद था तो मेरी बहू को गाली देते, मेरी दुख़्तरज़ादी (नवासी) और पिसरज़ादी (पोती) को गालियों से नवाज़ते। भला बताइए साठ-बासठ साला बूढ़े की माँ में क्या रखा होगा। आप खुद ही सोचिए कि जो शायर अदीब गालियों की लज़्ज़त और लुत्फ़ से नाआशना हों उनकी शायरी में हुस्न तलाश करना कूचये अरबाबे निशात (कोठे वालियों की गली) में आबरू तलाश करना है।"

चचा थोड़ी देर के लिए रुके, बेगम के हाथ से पानी लिया और उन्हें ढेर सारी दुआएँ दीं। ज़ाहिर है मैं कुढ़ने के सिवा कर भी क्या सकता था। चचा फिर अस्ल मौज़ू (विषय) की तरफ़ लौटे। मैंने कलकत्ता वालों के ताल्लुक़ से एक शेर कहा, तब जाकर मेरे जी का बोझ हल्का हुआ लेकिन इसको क्या कीजिए कि नासमझ नक्क़ादों की ग़लती से वह शेर कलकत्ता की तारीफ़ से जुड़ गया। बरखुरदार तुम खुद सोचो कि मैं इस बात को दरगुज़र कैसे कर सकता था। नहीं-नहीं, क़तई नहीं! मैं इतना फ़राख़ दिल नहीं हूँ कि हाय-हाय भी करूँ और हर तरफ़ से आने वाले तीरों को अपने दिल के मकान में ठहरने की इजाज़त भी दूँ। मैंने अर्ज़ किया, यहाँ के अवाम से तो आपको कोई शिकायत नहीं है, वह तो आपसे बेपनाह मोहब्बत करते हैं। आपके कलाम को अजदाद (पूर्वजों) की निशानी की तरह सँभालकर रखते हैं। चचा बहुत ज़ोर से हँसे और कहने लगे हाँ, यह बात तारीफ़ के क़ाबिल है और शायद यही जज़्बा मुझे यहाँ खींच भी लाया है लेकिन यहाँ आने पर मालूम हुआ कि जिस ज़बान के शेरोअदब को मैंने दरबारों से खींचकर बाहर निकाला था उस ज़बान के मुशायरों को शहर के अमीरों के हवाले कर दिया था। दाख़िला कार्ड हासिल करने के लिए एक मोटी रक़म की ज़रूरत पड़ रही है, ज़ाहिर है मैं अपनी तंगदस्ती से अगर परेशान न होता तो सूखे टुकड़े शराब में भिगोकर क्यों खाता, सूखे टुकड़े खाने वालों के दोस्त अमीर ज़ादे कभी नहीं हो सकते। मैंने अर्ज़ किया, आप मुशायरे में तो शिरकत फ़रमायेंगे? कहने लगे इस मुशायरे में मेरी शिरकत बिल्कुल ग़ैर यक़ीनी है क्योंकि ग़ालिब सदी मनाने वाले मुन्तज़िमीन (आयोजकों) से मेरे मरासिम नहीं हैं बल्कि वह मुझे जानते ही नहीं, उनके इर्द-गिर्द रहने वाले भी मुझे नहीं पहचानते, फिर इन दिनों मुशायरों में जैसा कलाम पढ़ा जाता है, तरन्नुम और अदाएँ दिखाई जाती हैं वह सब तो मेरे पास हैं ही नहीं और फिर सबसे बुरी बात यह हुई कि जिन कोठों पर मैं अपना दिल बहलाने जाता था अब वही कोठे वालियाँ मुशायरे के स्टेज पर आ गयी हैं। लिहाज़ा मैं अजीबोग़रीब सूरते हाल से दो-चार हूँ, कोठे वालियों के बग़ैर, कोठे बग़ैर तरन्नुम की ग़ज़ल होकर रह गये हैं और स्टेज का माहौल इतना ख़राब हो गया है कि कोई शरीफ़ आदमी वहाँ बैठकर अपनी वालिदा का ख़त भी नहीं पढ़ सकता।

अचानक किसी ने बड़ी बेदर्दी से मेरे जिस्म से रज़ाई छीन ली, मैं हड़बड़ाकर उठ बैठा, सारे मंज़र बदले हुए थे, न चचा ग़ालिब थे और न उनकी गुफ़्तगू। हर तरफ सिर्फ़ बेगम दिखाई दे रही थीं। क़हर भरी निगाहों से मुझे घूरती रहीं फिर बोलीं, इतनी देर तक शरीफ़ आदमी नहीं सोते हैं। मैंने उन्हें तफ़सील बताने की कोशिश की तो वह मेरा मज़ाक उड़ाने पर तुल गयीं, कहने लगीं तुम्हारे ख़्वाब में चचा ग़ालिब हर्गिज़ नहीं आ सकते। तुम्हारे ख़्वाब में सिर्फ़ डोमनी आ सकती थी और इतनी देर तक ख़्वाब देखते में तुम्हारी सियासत भी यही थी कि या तो डोमनी नीचे आ जाये या तुम्हें कोठे पर जाने का मौक़ा मिल जाये :

हाय कुल चार वरक़ का ये मक़ाला ग़ालिब
जिससे नक़्क़ादों की तक़दीर सँवर जाती है

फटी रह जाएँगी आँखें जो मुट्ठी खोल दी हमने

गोपी चन्द नारंग के बारे में सुना बहुत, बल्कि बहुत कुछ, उनके बारे में पढ़ा भी बहुत, उनका लिखा हुआ भी और उनके बारे में लिखा हुआ भी, वह भी जो सनाख़्वाने नारंग (नारंग के गुणगान कर्ता) लिखते रहे और वह भी जो बुग़्ज़े लिल्लाही (अकारण बैर) में लिखा जाता है। जितना पढ़ा वह बहुत ईमानदारी से पढ़ा क्योंकि बेशतर किताबें और रसाएल (पत्रिकाएँ) ख़रीदकर पढ़े। ख़रीदने की नौबत यूँ आयी कि मेरे पास प्रोफ़ेसर या डॉक्टर की कोई सिफ़ारिश या सनद नहीं थी और माँगने की आदत बुज़ुर्गों और क़िस्मत ने पड़ने ही नहीं दी। यह चन्द वज़ाहती (व्याख्यात्मक) जुमले यूँ लिखने पड़ रहे हैं कि क़ारिईन को (पाठकों) को ये पता चल जाये कि सफ़े सामिईन (श्रोताओं की पंक्ति) में बैठे हुए हज़रात को डिग्री होल्डर और सनदयाफ्ता हज़रात अक्सर अपने से कम पढ़ा लिखा समझने की गलती कर बैठते हैं :

पड़ा रहने दो अपने बोरिये पर हम फ़क़ीरों को
फटी रह जायेंगी आँखें जो मुट्ठी खोल दी हमने

तहरीर और शख़्सियत में मुशाबिहत (समरूपता) ज़रूर होती होगी लेकिन जिस तरह ब्लड शुगर की घरेलू जाँच मशीनों पर मुकम्मल भरोसा करने से मना किया जाता है वैसे ही अदब में भी इन दिनों बहुत मोहतात (सतर्क) रहने की ज़रूरत है क्योंकि शुगर मशीन की ग़लती सिर्फ़ एक शख़्स की मौत का सबब बनती है लेकिन अदबी शुगर मशीन की ग़लत रिपोर्ट से पूरी एक नस्ल के मुतास्सिर (प्रभावित) होने का ख़तरा रहता है।

यूँ तो अन्धे की रेवड़ी बाँटने वाली कहावत बहुत आम है। ख़ासतौर से उर्दू अदब में बददियानती की उम्र भी उतनी ही है जितनी उम्र बेचारी उर्दू ज़बान की है, क्योंकि इसके साथ ज़ात-पात, छुआ-छूत, अपर कास्ट, लोवर कास्ट और शेड्यूल कास्ट की बिदअत (अशोभनीय परम्परा) भी इसकी पैदाइश के साथ ही शुरू हो गयी थी। कभी ये सिर्फ़ ख़वास (ख़ास लोगों) की ज़बान थी यानी तवायफ़ के मख़सूस मुजरे की तरह सिर्फ़ नवाबों, जागीरदारों और हद से हद ज़मींदारों के लिए... और इस ज़बान के साथ इसके चाहने वालों का सुलूक भी जागीरदाराना था। फिर ये ज़बान इक्तिदार पसन्द (सत्ता लोलुप) हिन्दुस्तानियों की नज़र से उतर गयी या इस बेचारी तवायफ़ज़ादी

(वेश्यापुत्री) के कोठे से उमरा (अमीर लोग) एक-एक करके उतरकर चले गये। तवायफ़ज़ादी कहकर मैं उर्दू ज़बान के ख़ानदानी पसमंज़र (पार्श्वभाग) को नज़र अन्दाज़ नहीं कर रहा हूँ बल्कि याद दहानी (याद दिलाने) के तौर पर यह अर्ज़ करना चाहता हूँ कि जम्हूरियत, रवादारी और यकजहती का लिहाज़ करते हुए और तहज़ीबी फ़राख़दिली का सबूत देते हुए इस ज़बान ने हर ज़बान के ख़ूबसूरत अल्फ़ाज़ को अपनी कोख में पनाह देना शुरू कर दिया। जिसके नतीजे में यह ज़बान बहुत ही कम मुद्दत में जम्हूरियत की महूर मान ली गयी लेकिन रफ़्ता-रफ़्ता जम्हूरियत की पैदाइशी ख़राबियों का असर इस ज़बान पर भी पड़ने लगा। इब्तिदा से मुश्तरिका तहज़ीब (संयुक्त सभ्यता), गंगा जमुनी कल्चर और शैख़ो बरहमन की नुमाइन्दा कही जाने वाली यह ज़बान इलाक़ाई असबीयत (पक्षपात) का शिकार होती गयी। यहाँ तक कि मिर्ज़ा ग़ालिब जैसे दूर अन्देश शायर ने भी मिर्ज़ा क़तील की अदबी हैसियत से इनकार करते हुए *मदरसये आलिया* के एक जल्से में कह दिया था कि वह खत्री बच्चा क्या जाने कि फ़ारसी क्या चीज़ है। मिर्ज़ा ग़ालिब के इस ग़ैर शायराना बयान पर मिर्ज़ा क़तील के हामियों ने उन्हें घेर लिया था, काफ़ी ले-दे हुई, आख़िरकार मिर्ज़ा ग़ालिब ने अपने एक शागिर्द हरपाल तुफ़्ता को ख़त में यह लिखकर अपनी जान छुड़ायी कि कलकत्ता वाले गालियाँ बकने का शऊर (Sense) तो रखते नहीं हैं, फिर उनसे अच्छी शायरी की तवक़्क़ो कैसे की जा सकती है।

इब्तिदा से आज तक हर नवमौलूदे अदब (अदब का नवजात) को यही बताया जाता है कि उर्दू और हिन्दी दो सगी बहनें हैं, उर्दू और हिन्दी इबादतगाह के दो मीनार हैं, उर्दू और हिन्दी हिन्दुस्तान के चेहरे पर दो आँखों की तरह हैं लेकिन फ़ारसी और अरबी से इसका रिश्ता यूँ जोड़ा गया कि दोनों में तरकीबे इज़ाफ़ी की बुनियाद पर निकाह भी हो सकता है लेकिन हिन्दी के साथ ज़्यादा कुर्बत (निकटता) और मेल मिलाप को हमेशा ज़िनाकारी (व्यभिचार) के दर्जे में रखा गया। शायद इसी अहमक़ाना तफ़रीक़ (मूर्खतापूर्ण पक्षपात) की सज़ा है जो उर्दू की हर आती-जाती हुई नस्ल को काटनी पड़ रही है।

देहली उर्दू एकेडमी में मेरे एक देरीना करम फ़रमा हैं, बिरादरे अज़ीज हैं, बेकतल्लुफ़ दोस्त भी हैं, पठान भी हैं इसलिए यह तहरीर करने की क़तई ज़रूरत नहीं है कि साफ़गो और कौड़ियाले भी हैं। मौसूफ़ एक बेतकल्लुफ़ मुलाक़ात में हँसते हुए कहने लगे कि मुनव्वर भाई! नारंग साहब में भी तमाम बशरी (मानवीय) कमज़ोरियाँ होंगी, हर तरह की ख़राबियाँ होंगी, मुमकिन है वह थोड़ी बहुत फ़िरक़ापरस्ती के भी शिकार हों लेकिन आप अगर तस्वीर के दूसरे रुख़ पर नज़र डालिए तो उर्दू के पूरे मंज़रनामे (पटल) पर दूर-दूर तक कोई भी ऐसी शख़्सियत नहीं दिखाई देती जो सद्र जम्हूरिया (राष्ट्रपति) और वज़ीरेआज़म जैसी शख़्सियतों के सामने भी अपने किसी मामूली मिलने वाले से भी बढ़कर मुसाफ़ा करे, अपनाइयत

से पेश आये और आली मर्तबत (उच्च पदस्थ) शख़्सियतों से उसका तआरुफ़ भी कराये। एख़लाक़ की इस ख़ास दौलत के मामले में पूरी उर्दू दुनिया नारंग साहब के सामने तक़रीबन दिवालिया नज़र आती है।

नारंग साहब से मेरी पहली बिलमुशाफ़ा मुलाक़ात (आमने-सामने की मुलाक़ात) लाल क़िला के उस मुशायरे में हुई थी जो इन्दिरा गाँधी के क़त्ल और 1984 के दंगों के बाद एहतियातन इन्द्रप्रस्थ स्टेडियम में हुआ था। नारंग साहब स्टेज पर ग़ालिबन मख़मूर सईदी, मोहम्मद अल्वी, शहरयार और ऐसे ही कई भारी भरकम शायरों के साथ सारी रात मुशायरा सुनते रहे और दरम्यान में दिलचस्प गुफ़्तगू भी करते रहे। उसी मुशायरे में अज़हर इनायती ने अपनी वह मशहूर ग़ज़ल पढ़ी थी जिसका यह शेर उर्दू दुनिया में बेपनाह मक़बूल है :

यूँ भी रहा है कूचये जानाँ में अपना रंग
आहट हुई कि चाँद दरीचे में आ गया

इसी ग़ज़ल में अज़हर भाई ने एक शेर पढ़ा जिसमें क़ाफ़िये के तौर पर ख़ेमे का इस्तेमाल किया गया था। शेर का मफ़हूम (सार) कुछ इस तरह था कि मेरे दुश्मन ने भी अम्न का परचम लहराने की कोशिश की और मैं भी अपनी तलवार लिए अपने ख़ेमे में आ गया। अगली सफ़ में बैठे हुए लोगों में से किसी ने माहौल में ये जुमला उछाला कि तलवार लेकर ख़ेमे में क्यों आ गया... नारंग साहब ने सरगोशियों वाले अन्दाज़ में फ़ौरन ही कहा कि क़ाफ़िया तलाश करने। लाल क़िले के मुशायरे में यह मेरी पहली हाज़िरी थी। यौमे जम्हूरिया (गणतन्त्र दिवस) के इस मुशायरे की निज़ामत (संचालन) प्रोफ़ेसर सलाहुद्दीन साहब फ़रमा रहे थे। लेकिन सामिईन के एक हल्क़े की तूफ़ाने बदतमीज़ी की वजह से मुशायरे का नाज़िम बदलना पड़ा। उन दिनों भी बशीर बद्र को मंज़र में बने रहने का बेहद शौक़ था। जैसे-जैसे प्रोफ़ेसर सलाहुद्दीन की निज़ामत फ़ेल हो रही थी, बशीर भाई इफ़्तिख़ार आरिफ़ के बारहवें खिलाड़ी की तरह **Warm-Up** में मसरूफ़ थे लेकिन लाल क़िले का मुशायरा लाल क़िले का मुशायरा होता है। वहाँ ओबामा और ओसामा सब एक भाव में तौल दिये जाते हैं लिहाज़ा बशीर बद्र की निज़ामत के दौरान हूट करने वालों की तादाद कुछ और बढ़ गयी थी, कुछ तो ट्रेडीशनल हूटर्स भी थे, बक़िया देहली वाले थे जो प्रोफ़ेसर सलाहुद्दीन से निज़ामत की ज़िम्मेदारी छीने जाने पर नाराज़ थे। नारंग साहब शुरू से आख़िरी शायर तक मुशायरे में रहे और मुशायरे का भरपूर लुत्फ़ भी लेते रहे। यह मेरी पहली मुलाक़ात या दीदार का क़िस्सा है जिसमें कुछ अनोखा हो या न हो लेकिन आँखों से उर्दू ज़बानो अदब के इतने सारे चाँद-तारे मैंने एक साथ देखे थे। अदीबों और दानिशवरों से मेरा लगाव इससे ज़्यादा कभी बढ़ नहीं सका। दूसरी बार नारंग साहब से मेरी मुलाक़ात दूरदर्शन के इफ़्तिताही मुशायरे में देहली दूरदर्शन के ख़ूबसूरत आडोटोरियम में हुई। ज़ाहिर है कि मुल्क के बेशतर नावमर शोअरा उस

मुशायरे में मौजूद थे, वह भी जो मुशायरे को बड़ी हक़ीर (तुच्छ) नज़रों से देखते हैं बल्कि ज़्यादा तादाद ऐसे मुशायरों में उन्हीं ख़ुदसाख़्ता (स्वयं भू) आली मुक़ाम शायरों की होती है। बचपन में पतंगबाज़ी के शौक़ में हम और हमारे ही जैसे कई कम उम्र लड़के पतंग के पीछे लपकते थे और कटी हुई पतंग तक पहुँचने में कामयाब भी हो जाते थे लेकिन अचानक बड़ी उम्र के लग्गेबाज़ हम लोगों को धक्का देकर पतंग ख़ुद लूट लेते थे। हम लोगों के हिस्से में सिर्फ़ दो चार हाथ माँझा आता था और हम लोग इसी पर इक्तिफ़ा (सन्तोष) कर लेते थे। बल्कि अगर कभी हममें से कोई कम उम्र लड़का अपने नसीब और फुर्तीलेपन की वजह से पतंग हासिल करके भाग जाता था तो यह बड़े पतंग लूटने वाले हफ़्तों हम लोगों को लूट मार में शामिल ही नहीं होने देते थे। कमोबेश यही सूरते हाल हमारे उर्दू अदब में भी है। जैसे ही कोई नवजवान शायर कामयाबी की पतंग लूट लेता है तो उसे यह ख़ुदसाख़्ता पैग़म्बराने अदब (स्वयं भू साहित्यिक अवतार) उसे अपने मसलक (पन्थ) से ऐसे अलग कर देते हैं जैसे उर्दू शायरी के अज़ीम शायर हज़रते मीर तक़ी मीर ने इनामउल्लाह ख़ाँ यक़ी का हुक़्क़ा पानी बन्द कर दिया था।

बहरहाल मुशायरे की सदारत के लिए दूरदर्शन के सी॰ई॰ओ॰ जनाब बलविन्दर सिंह बाली ने हज़रत गोपी चन्द नारंग का नाम पेश किया जो जम्हूरी तर्ज़ पर अकसरियत की बिना पर मंजूर कर लिया गया लिहाज़ा ज़ुबैर रिज़वी को एहतिजाजन (विरोध स्वरूप) स्टेज से उठकर चला जाना पड़ा।

ख़ैर! यह अलग क़िस्सा है, यह कहानी फिर सही। नारंग साहब माइक पर सदारती तक़रीर के लिए आये। बक़ौल ग़ालिब, *यह खत्री बच्चा फारसी क्या जाने* की तरह मुमकिन है उनकी तहरीरें कहीं-कहीं जानिबदारी की खपरैलें फाँद जाती हों लेकिन तक़रीर में तो गोपीचन्द नारंग से बेहतर तक़रीर करने वाला उर्दू में दूर-दूर तक नज़र नहीं आता। अब यह तो क़ुदरत की देन है लिहाज़ा इम्तिहान के इस पर्चे में किसी का बस नहीं चलता। उमूमन जब कोई ख़तीब तक़रीर की लज़्ज़त के ज़रिये किसी के दिल में पहुँचना चाहता है तो वह मुश्किल तरीन अल्फ़ाज़ की भूल भुलैया में इतना खो जाता है कि उसे अपने आप तक वापस लौटने में भी सख़्त दुश्वारी महसूस होती है लेकिन नारंग साहब पहले अपने को जिन्नाती ज़बान से अलग करते हैं फिर अपने साहिराना (जादुई) लहजे का कमाल दिखाते हुए उर्दू ज़बान के मामूली अल्फ़ाज़ का सहारा लेकर झाड़फूँक शुरू करते हैं और थोड़ी ही देर में अपने इस ख़ुदादाद हुनर से सबको हैरतज़दा कर देते हैं।

तक़रीर के दौरान ज़बानो बयान पर अपनी गिरफ़्त किसी मश्शाक़ (अभ्यस्त) पतंग बाज़ की तरह मज़बूत रखते हुए उन्होंने फ़रमाया कि हज़रात! पासे अदब के बजाय मैं हद्दे अदब से गुज़र रहा हूँ क्योंकि मेरी पुश्त (पीठ) उन अकाबिरीने अदब (साहित्य के बड़े लोगों) की तरफ़ है जिनके सामने शेरो अदब भी दो ज़ानू (घुटने

मोड़कर) होकर बैठते हैं लेकिन फिर इस ख़ाकसार और कम इल्म शख़्स को इस बात पर भी ख़ुशी होती है कि इसे आज इन तमाम बुज़ुर्गाने अदब की पुश्त पनाही हासिल है। ईमानदारी की बात तो यही है कि जब क़ाफ़िये, रदीफ़, बह्र और वज़्न की चादर छोटी पड़ने लगती है तो बेचारे मज़मून को नस्र (गद्य) का बोरिया ओढ़ना पड़ता है लेकिन यही वह बोरिया है जिस पर हमारी अदबी तारीख़ का बेशतर क़ीमती हिस्सा जल्वा अफ़रोज़ (सुशोभित) है।

नारंग साहब की मुख़्तसर तक़रीर ने नज़्म के हिस्से का क़र्ज अदा किया और सदारत की आबरू (लाज) बचाने का फ़र्ज़ भी। नारंग साहब ने शोअरा से माज़िरत आमेज़ (क्षमा पूर्ण) लहजे में इस बात की इजाज़त भी चाही कि वह सफ़े सामिईन में बैठकर उर्दू ज़बानो अदब की इस दोशीज़ए ग़ज़ल का दीदार करना चाहते हैं। उनका इजाज़त तलब करना ही उनकी आला ज़र्फ़ी और उर्दू का तहज़ीबी सरमाया है वर्ना सद्र तो सद्र होता है... मुशायरे का हो या किसी मुल्क का हो।

हस्बे तहज़ीब (सभ्यता के अनुरूप) नारंग साहब आख़िर-आख़िर तक मुशायरे में सामने बैठकर मुशायरे से लुत्फ़ अन्दोज़ (आनन्दित) होते रहे और मेरे जैसे कमज़ोर नम्बरों वाले शायरों की हौसला अफ़ज़ाई भी फ़रमाते रहे। शीन. काफ़. निज़ाम को दादा तहसीन से नवाज़ते वक़्त उन्होंने थोड़ी लफ़्ज़ी फ़िजूल ख़र्ची से काम लिया लेकिन दूसरे शायरों पर भी दादो तहसीन की लागत लगाते रहे। ख़ैर, सद्र होने का मतलब ख़ुदा होना तो है नहीं कि इंसाफ़ के काँटे की सुई पत्थर के नीचे दबे हुए कीड़े मकोड़ों तक की निशानदही करती रहे।

नारंग साहब से ताज़ातरीन मुलाक़ात *मस्क़त* (सल्तनते अम्मान) के एक मुशायरे में हुई थी। मुशायरे की इब्तिदाई कार्रवाई में सदारत का इन्तिख़ाब (चुनाव) होना था। ज़ाहिर है कि मसनदे सदारत को ललचायी हुई नज़रों से देखने की सबको इजाज़त होती है लेकिन शहबाज़ (गरुड़) की मौजूदगी में शिकरों का बस कभी नहीं चलता। रवायत (परम्परा) के मुताबिक़ अपनी तक़रीर के बाद नारंग साहब तराजू के भारी पलड़े की तरफ़ चले गये। सफ़े सामिईन स्टेज से ज़्यादा भारी भरकम हो गयी। आख़िर तक वह मुशायरा गाह में एक ताज़ा सामे (श्रोता) की तरह मौजूद रहे। सल्तनते अम्मान के दारुलख़िलाफ़ा (राजधानी) मस्क़त के आँचल पर गंगा जमुनी तहज़ीब जम्हूरियत के गुल बूँटे टाँकने में मसरूफ़ थी और उर्दू अपने पाँच सौ साला जाहो जलाल (शानो शौकत की पराकाष्ठा) के साथ अनारकली की तरह बादशाहत की आँखों में आँखें डाले गुफ़्तगू कर रही थी :

याराने ख़ुशमज़ाक़ ने अल्लाह की पनाह
उर्दू को बेकुसूर मुसलमान कर दिया

दूसरे दिन शाम की फ्लाइट से जिन लोगों की वापसी थी उनमें भी सरे फ़ेहरिस्त नारंग साहब थे यानी यहाँ भी अव्वलीयत (प्राथमिकता) का दर्जा उन्हीं को हासिल

था। एयरपोर्ट में दाख़िल होते ही हमारा एत्तहाद कई क़तारों में बँट चुका था। आटोमेटिक सीढ़ियों के ज़रिये मैं जब ड्यूटी फ्री शॉप में दाखिल हुआ तो नारंग साहब ड्यूटी फ्री फ़्लोर के एक अंगूरी काउण्टर पर ख़डे हुए दुख़्तरे अंगूर (शराब) से सरगोशी फ़रमा रहे थे। मुझे देखते ही उन्होंने मुझे भी दावते मयनोशी दी। लेकिन यह सुनकर उन्हें बड़ी हैरत हुई कि इस ख़ुमार आशना सिलसिलये बोसो कनार (मद भर देने वाले इस चुम्बन व आलिंगन) से मेरी कोई शनासाई (जान पहचान) नहीं है। मैं उनके मुख़लिसाना सुलूक से ही मख़मूर (नशा ग्रस्त) हुआ जा रहा था। ज़ाहिर है कि ऐसी महफ़िलों में सूफ़ी बिल्कुल गँवार लगता है लिहाज़ा वह भी यही चाहते रहे होंगे कि मैं आयी बला की तरह टल जाऊँ और मैं भी अपने रंगे तसव्वुफ़ को मटमैला नहीं करना चाहता था इसलिए उनसे इजाज़त लेकर मैं उस शक्की औरत की तरफ़ चल दिया जिसे लोग सिक्योरिटी कहते हैं। वक्त गुज़ारने के लिए मैं भी तम्बाकू और रजनीगन्धा पान मसाला निकालकर उन्हें एक दूसरे से मुद्‌गम (विलीन) करने लगा। थोड़ी ही देर के बाद नारंग साहब एक बहुत ख़ूबसूरत से Slim सूटकेस के साथ आते हुए दिखाई दिये। वाक़ई वह सूटकेस किसी जिम से निकली ख़ातून की तरह तरोताज़ा और चुस्त दुरुस्त था। मैंने उन्हें बैठने की जगह पेश की। उनके बैठते ही मैंने अर्ज़ किया कि सर! ये सूटकेस बहुत ख़ूबसूरत है। वह मुस्कुराते हुए बोले कि भई, दो ब्लैक लेबिल बोतलों के साथ उसी काउंटर पर यह सूटकेस तोहफ़े के तौर पर मिल रहा है जहाँ आपसे अभी मुलाक़ात हुई थी। मेरे बराबर में एक बहुत सीनियर और मशहूर शायर तशरीफ़ फ़रमा थे। बहुत देर से वह ललचायी हुई नज़रों से नारंग साहब का सूटकेस तक रहे थे। मुझसे सरगोशी वाले लहजे में कहने लगे कि आइए मुनव्वर मियाँ, इस स्कीम से हम लोग भी फ़ैज़याब हुए जाते हैं। शराब की बोतलें देहली में चलकर बेच देंगे, इस तरह यह सूटकेस हम लोगों को भी स्कीम में मुफ़्त मिल जायेगा। मुझे मौसूफ़ की इस बात से बड़ा धक्का लगा। मैंने दिल ही दिल में सोचा कि शराब की बोतलों के साथ तो यह फ़क़ीर जन्नत भी इस स्कीम में लेने को तैयार नहीं हो सकता।

ये दीवाना ज़माने भर की दौलत छोड़ सकता है
मदीने की गली दे दो तो जन्नत छोड़ सकता है

शहर में कोई नहीं होगा हमारे जैसा

अपने बेतरतीब और उलझे हुए बालों को सँवारने की कशमकश में उलझाये, आँखों में कई सदियों की थकान और रतजगे छुपाये, अपने उतरे हुए चेहरे पर मोहब्बत की नाकामी की भभूत मले, सिगरेट और जलती-बुझती बीड़ियों के निकोटीन से फेफड़ों को दाग़दार करता हुआ, वक़्त के चलते-फिरते स्क्रीन पर जिन्दगी की रंग-बिरंगी तस्वीरें देखता हुआ, मौसम की बेरहमी का मज़ाक़ उड़ाता हुआ, लड़कपन को जवान होते, देहातों को शहरों में बदलते और बुढ़ापे को शमशान की तरफ़ बढ़ते देखता हुआ, सुबह के आसार नुमायाँ होते ही बोझल क़दमों से धीमें सुरों में गुनगुनाता हुआ, शराबख़ाने की हाव-हू से निकलकर इन्तिज़ार की दहलीज़ पर बैठी हुई ख़ौफ़नाक तन्हाई की उजड़ी हुई माँग में ज़िन्दगी का सिन्दूर भरने के लिए यह जो शख़्स चला जा रहा है यह गोपाल दास 'नीरज' है।

कभी अपनी महरूमियों पर इतना रोया कि सावन शर्मिन्दा हो गया, कभी अपनी उदासी पर इतना हँसा कि क़ैद ख़ानों की दीवारें हिल गयीं, शराब में अपने ग़मों को इतना घोला कि वो बेअसर हो गयीं, आवारगी को इतनी रफ़्तार सौंप दी कि मंज़िलें रेल से गुज़रते हुए दरख़्तों की तरह मिलती और बिछड़ती गयीं, बेवफाइयों के अवराक़ (पन्नों) पर इतने बोसे टाँक दिये कि उसे अय्याशी की सनद और एतबार हासिल हो गया। किसी से बिछड़ने का इन्तिक़ाम सारी जिन्देगी मील के पत्थरों से लेने का इरादा कर लिया, वो चलता रहा और सिर्फ चलता रहा। उर्दू वाले पूछते हैं कि तुम कवि हो या शायर, तो वह हँसते हुए कहता है–"मैं कवि हूँ" और जब हिन्दी वाले यही सवाल दोहराते हैं तो वो पूरे एतमाद (विश्वास) के साथ कहता है–"मैं शायर हूँ।" वह अपनी तरंग में कुछ और आगे बढ़ता है तो मज़हबी ठेकेदार उसको घेर लेते हैं और उसका मज़हब पूछते हैं। वह सिसकियाँ लेते हुए कहता है कि मैं सिर्फ़ इनसान हूँ, इनसान पैदा हुआ हूँ और इनसान की तरह मरूँगा भी! लेकिन मेरी अर्थी तुम में से उन्हीं के हवाले की जायेगी जो अकसरियत (Majority) में होंगे, क्योंकि जम्हूरियत के सियासी बाज़ार में अक़लियत (Minority) खोटे सिक्के की तरह होती है, यह सिक्का बाज़ार में नहीं चलता और अगर चलता भी है तो आधे दामों पर, यही जम्हूरियत का इंसाफ़ भी है और सियाह तरीन जुर्म भी।

सरकारें जब कोई ओवर ब्रिज या रीवर ब्रिज बनाती हैं तो उसके किसी सुतून पर उसके इफ़्तताह (उद्घाटन) करने वाले का नाम भी खुदवा दिया जाता है, टोल-टैक्स जैसे जुर्माने के लिए एक चौकी क़ायम की जाती है, इन पुलों की एक उम्र भी मुक़र्रर की जाती है जिसके बाद पुल मख़्दूश (टूटे हुए) झूले में शुमार होने लगता है, उन पुलों की देखभाल के लिए एक कमेटी बनायी जाती है, यह कमेटी उसकी देखभाल के नाम पर सरकारी ख़ज़ाने में हर बरस छोटी-मोटी डकैती डालती है। इसके बावजूद इफ़्तताह करने वाले का नाम धूल मिट्टी में अटकर हमेशा के लिए नजरों से गायब हो जाता है।

लेकिन वह पुल जिसे तहज़ीबें बनाती हैं या कई तहज़ीबें जिस पुल के जरिये एक दूसरे से मिलने की ख़ातिर गुज़रती हैं उन्हें वक्त की उमड़ी हुई धूल से कोई ख़तरा नहीं होता, मौसमों की उठापटक भी ऐसे पुलों की तरफ साज़िशी नज़रों से नहीं देखती, कुदरत ऐसे पुलों की रखवाली खुद करती है, ज़माना ऐसे पुलों की हिफ़ाज़त करता है और आने वाली नस्लें इस पुल के सुतूनों में अपने लहू का ईंट-गारा शामिल कर देती हैं। इसी तरह के पुलों की बदौलत मुल्क अपनी पहचान बनाते हैं, कौमें अपनी सुर्ख़रूई का एलान करती हैं। गुज़रने वाले मुसाफ़िर एहतरामन वहाँ रुक जाते हैं, काजल की लकीरों से आँसुओं को गंगाजल बनाते हैं और अपनी धूप जैसी यादों के बादल से खेलते हुए अपने मंज़िल की तलाश में चल पड़ते हैं।

ऐसे ही एक तहज़ीबी पुल का नाम गोपाल दास 'नीरज' है। नीरज साहब ने भी फूलों की तरह ज़मीन से जो कुछ और जितना हासिल किया उससे ज़्यादा उसे लौटा दिया। उनकी शख़्सियत देहातों से गुजरती उस साफ सुथरी नदी की तरह है जिसका शफ़्फाफ (निर्मल) पानी मन्दिर और मस्जिद दोनों के घड़ों और सुराहियों में रखा जा सकता है। उस नदी के किनारे मुख़्तलिफ़ मज़हबों के लोग बैठकर एक दूसरे से मोहब्बत करना और एक दूसरे की अक़ीदतों से मोहब्बत करना सीखते हैं। उस नदी के किनारे बैठकर नयी उम्र के कवि और शायर गीत और दोशीज़ये ग़ज़ल लिए खूबसूरत घरौंदे बनाते हैं, उन घरों में रोशनी के लिए मुख़्तलिफ़ भाषाएँ अपने जुगनू जैसे शब्दों की कहकशाँ बिछा देती हैं। गाँवों, क़स्बों और शहरों की पहचान उसी नदी से होती है। उसी नदी की बदौलत वहाँ पर बसने वालों को इज़्ज़त और एहतराम की निगाह से देखा जाता है। गोपाल दास 'नीरज' भी ऐसी ही किसी नदी की तरह चुपचाप बहते हुए ज़िन्दगी के उस मोड़ पर आ पहुँचे हैं जहाँ पहुँचकर नदियाँ दरियाओं के रास्ते समन्दरों में हमेशा के लिए गुम हो जाती हैं। नदी के पानी की तरह उम्र की रवानी भी सफ़र में रहती है, उनके ठहर जाने का मतलब मौत होता है।

गोपाल दास 'नीरज' ने भी अपनी शायरी जिसमें ग़ज़ल भी है, गीत भी, छन्द भी है, मुक्तक भी, उनकी कविता मधुरता, सुन्दरता और सरलता का एक ऐसा संसार अपने शब्दों में छिपाये रहती है जिसको महसूस करते हुए दिल की धड़कनों की लय

तेज़ हो जाती है, वह शायरी और क़लन्दरी के उस मुक़ाम पर खड़े हैं जहाँ शब्द खुद चलकर आते हैं और उनसे उठने और बैठने का सलीका सीख़ते हैं। यह हुनर दो-चार बरस में कभी हासिल नहीं होता। यह तो संस्कारों की तरह है, एक उम्र की रियाज़त (कठिन तपस्या) माँगता है। संस्कार भी माँ की छाती से उबलते हुए दूध की तरह नयी नस्लों में मुन्तक़िल (Transfer) होते रहते हैं। सिर्फ़ 'नीरज' नाम रख लेने से कोई गोपाल दास नहीं हो सकता और न गोपाल दास नाम रख लेने से कोई शख़्स 'नीरज' हो सकता है। गोपाल दास 'नीरज' होने के लिए राम मन्दिर और बाबरी मस्जिद के दरम्यान पुल बनना पड़ता है, सरहदी लकीरों को अपने आँसुओं से धोकर अपने ख़ून से दस्तख़त करना पड़ता है। गोपाल दास 'नीरज' होने के लिए वह ग्वाला बनना पड़ता है जो दंगे के ज़माने में सिर्फ़ भूख से बिलखते नन्हे बच्चों की तस्वीरें अपनी दूध की बाल्टी में देखता रहता है। उसे त्रिशूल और तलवार लिए हिन्दू मुसलमान नज़र ही नहीं आते। शोहरत और मक़बूलियत (लोकप्रियता) के चाँद को हमेशा तन्क़ीद (आलोचना) के ग्रहण का ख़तरा रहता है लेकिन चाँद तो चाँद होता है और ग्रहण को भी गहनों और ज़ेवरों की तरह पहनकर चाँदनी बिखेरता रहता है। दुआ के लिए उठे हज़ारों-लाखों हाथ उसकी सलामती की दुआएँ माँगा करते हैं और दुआओं की पूँजी कभी नहीं डूबती, वह तो कमल के फूल की तरह तालाब के सिंहासन पर बैठकर अपना राजपाट चलाया करती है।

गोपाल दास 'नीरज' की देवमालाई शख़्सियत को सिर उठाकर देखने में हमेशा तन्क़ीद निगारों (आलोचकों) के सिरों की पगड़ियाँ गिर गयी हैं। मज़े की बात तो यह है कि हिन्दी तन्क़ीद के पैग़म्बराने अदब (साहित्यिक अवतार) तो 'नीरज' साहब के हमेशा मुख़ालिफ़ ही रहे लेकिन उनकी उम्मतें (अनुयायी) हमेशा 'नीरज' साहब की तरफ़दार रही हैं। चाहने वालों की दौलत से सरशार, 'नीरज' साहब ने कभी चाहे जाने की तमन्ना करने वालों को शिकायत का मौका नहीं दिया। वो ग़लिब के मिस्रे 'गालियाँ खा के बेमज़ा न हुआ' की तरह ज़िन्दगी के रास्तों से अपनी तरंग में गुज़रते रहे। गोपाल दास 'नीरज' ने अपनी ज़िन्दगी कस्तूरी की नाफ़ से धागे की तरह गुज़ारी। वह अपने सुनने, पढ़ने और चाहने वालों में अपनी शायरी की खुशबू बाँटने में हमेशा इतने मसरूफ़ रहे कि उन्हें अपनी उम्र और दुश्मनों की तादात का एहसास तक नहीं हुआ।

आम तौर से लोग भरपूर ज़िन्दगी गुजारने का जो मतलब निकालते हैं वह मतलब शायर की ज़िन्दगी से बिल्कुल मेल नहीं खाता। शायर के यहाँ ज़िन्दगी का मतलब दूसरों का ग़म महसूस करना, उसे अपने सीने में मुद्दतों पालना, फिर अपना ख़ूने जिगर पिलाकर उसे शायरी के साँचे में ढालना होता है। यह दुश्वार तरीन काम हमारे समाज के बहुत से ज़िम्मेदार हज़रात मिलकर भी नहीं कर पाते लेकिन एक शायर ऐसे मुश्किल काम को तने तनहा करता है। गोपाल दास 'नीरज' ने सारी ज़िन्दगी आँसूओं पर अपनी फ़क़ीराना मुस्कुराहट का पर्दा डाले रखा और लफ़्ज़ों के

मोतियों से 'गीतिका' और 'ग़ज़लांजलि' की तख़लीक़ (रचना) करते रहे। अपने ज़ख़्मों पर मुस्कुराना और दूसरों के दुःख पर आँखें भिगो लेने का हुनर गोपाल दास 'नीरज' से बेहतर इस अह्द में दूसरे किसी हिन्दी शायर का नसीब नहीं बन सका।

आठवीं दहाई ने अभी आँखें ही खोली थीं, जनवरी की कड़कड़ाती सर्दी का मौसम था, भोपाल से देहली जाने वाली किसी ट्रेन पर 'वाली' आसी साहब के साथ मैं भी सफ़र कर रहा था। 'वाली' भाई 'दाग़' देहलवी के ख़ानवादे (घराना) से ताल्लुक़ रखने वाले मौलाना अब्दुल बारी 'आसी' के साहबज़ादे और मेरे उस्तादे मोहतरम भी थे। ट्रेन के फ़र्स्ट क्लास कूपे में दाख़िल होते ही 'नीरज' साहब और 'वाली' भाई से सलाम दुआ हुई। 'नीरज' साहब इन्दौर से देहली लौट रहे थे। धुली धुलाई सफेद चादर पर साफ शफ़्फ़ाफ़ खादी का कुर्ता-पाजामा पहने हुए नीरज साहब विराजमान थे। अटेंडेंट उनके गिलास में सोडे और शराब को एक दूसरे से मिलाने में मसरूफ़ था। 'नीरज' साहब ने हँसते हुए वाली भाई से कहा कि यार वाली भाई, आप सूफ़ी के सूफ़ी ही रह गये, क्या शागिर्द को भी अपने नक़्शे क़दम पर चलाने का इरादा है? वाली भाई ने मुस्कुराते हुए ज़वाब दिया कि यह तो मुझसे बड़ा सूफ़ी है। थोड़ी देर तक कहक़हे आपस में जाम की तरह टकराते रहे, नशे के साथ-साथ संजीदगी भी बढ़ने लगी। वाली भाई ने मुझसे नीरज साहब को ग़ज़ल सुनाने के लिए कहा। ग़ज़ल ख़त्म होते ही नीरज साहब ने कुछ और शेर सुनाने का हुक्म दिया। वाली भाई ने नीरज साहब से कहा कि मुनव्वर की नयी किताब 'पीपल छाँव' आ रही है, आप उसे चन्द दुआइया जुमलों से तहरीरी तौर पर नवाज़ दीजिए। नीरज साहब ने एक हफ़्ते के अन्दर ही वाली भाई को 'पीपल छाँव' के लिए एक मुख़्तसर (संक्षिप्त) मज़मून लिखकर भेज दिया।

नीरज साहब से यह मेरी पहली मुलाक़ात थी। उनकी शख़्सियत की सेह्रकारी (जादूगरी) और उनकी तख़्लीकी हुनरकारी से तो मैं बहुत पहले से वाक़िफ़ था लेकिन उनके दीदार की दौलत से मेरी आँखें पहली बार मालामाल हो रही थीं। अपनी शोहरत और नामवरी से बेपरवाह नीरज साहब की क़लन्दरी मुझे बहुत अच्छी लगी। मैंने उनकी इस सादा मिज़ाजी की सलामती के लिए दुआएँ माँगी और उनकी इस क़लन्दरी की थोड़ी-सी राख लेकर अपने चेहरे पर मली। शायद मेरे चेहरे पर क़लन्दरी का नूर इसी राख की बदौलत है। जिन्दादिली के साथ जिन्दा रहने का हुनर नीरज साहब से ज़्यादा किसी को नहीं आता। इसी ज़माने में कलकत्ता एयरपोर्ट पर नीरज साहब से मुलाक़ात हो गयी। वह ग़ालिबन (शायद) आई.आई.टी. ख़डगपुर के कवि सम्मेलन से लौट रहे थे। मैंने उन्हें अदब से सलाम किया, उन्होंने पूछा, क्या आप भी देहली चल रहे हैं? मेरे हाँ कहने पर फ़रमाया, चलिए देहली तक आपका साथ रहेगा। मुझे तो देहली से वापस फिर अलीगढ़ की तरफ आना है। मैंने अपनी शोख़ी का तीर चलाते हुए कहा कि सर, बजाय देहली जाने के आपको अलीगढ़ में ही उतर जाना चाहिए। उन्होंने मुस्कुराते हुए फ़रमाया कि मियाँ, रात का वक़्त होता तो मैं अँधेरे का फायदा उठाते हुए नशे के सहारे अलीगढ़ में ही उतर जाता। हम दोनों की

बातों पर आसपास के लोग भी मज़ा लेते रहे। तीन-चार बरस पहले मिर्ज़ा ग़ालिब के सिलसिले में देहली के टाउन हाल में मुशायरा था। कड़ाके की सर्दी थी। मुशायरा ख़त्म होते ही नीरज साहब ने मुझे अपने पास बुलाया और कहने लगे कि तुम मेरी कार से चलोगे, मैं तुम्हें होटल छोड़ दूँगा, इसे मेरी मेहरबानी मत समझो, मैं तुम्हारे साथ जामा मस्जिद के किसी होटल में खाने के लिए चलता हूँ। उन दिनों उत्तर प्रदेश सरकार ने उन्हें एक लाल बत्ती गाड़ी दे रखी थी, हालाँकी वह लाल बत्ती वाली अपनी गाड़ी को भी बग़ैर बत्ती की लालटेन की तरह इस्तेमाल करते थे क्योंकि उन्हें अच्छी तरह पता था कि रौशनी या रौशन ज़मीरी के लिए किसी लाल-पीली बत्ती की ज़रूरत नहीं होती। बक़रीद क़रीब होने के सबब जामा मस्जिद के इलाके में बक़रों की बोहतात थी। कोई साहब बहुत ही मोटा-ताज़ा बकरा लिए टहल रहे थे। वह भी माशाअल्लाह खाये-पिये हुए थे। नीरज साहब बहुत देर तक यह दिलचस्प मंज़र देखते रहे फिर मुझसे आहिस्ता से पुछा, मुनव्वर भाई! इसमें बकरा कौन है? बढ़ती हुई उम्र और ढेर सारी बीमारियों के बावजूद शराब और शोख़ ने उनका पीछा नहीं छोड़ा। देहली के किसी होटल में नीरज भाई ठहरे हुए थे, उनके रूम का दरवाज़ा खोलकर अचानक एक ख़ूबसूरत ख़ातून दाख़िल हुई लेकिन फ़ौरन ही उन्होंने यह कहकर पलटना चाहा कि माफ़ कीजियेगा, मैं ग़लत कमरे में आ गयी। नीरज साहब ने क़हक़हा लगाते हुए कहा कि मैडम, कमरा तो सही है लेकिन आप ग़लत उम्र में हमारे पास आयी हैं। सच्चाई तो यही है कि बढ़ती हुई उम्र और ख़तरनाक बीमारियों से बहादुरी के साथ जूझने का नाम ही गोपाल दास 'नीरज' है।

लहजे में नर्मी, लफ़्ज़ों में बेसाख़्तगी, गुफ़्तगू में अपनापन, चेहरे पर शफ़क़तों और शराफ़तों के फूल खिलाये वह जिधर से भी गुज़र गये, ज़माने का रुख भी उधर को हो गया। उन्होंने जिन्दगी और सरकारों से कभी किसी तरह का इनाम नहीं माँगा। उन्हें तो कभी अपने कास-ए-उम्मीद की तरफ़ देखने की फुर्सत ही नहीं मिली क्योंकि वह तो मुहब्बतें बाँटने में इतने मसरूफ़ रहे कि उन्हें अन्दाज़ा भी नहीं हुआ कि उम्र की धूप गौरैया की तरह उड़कर मुँडेर पर बैठ चुकी है। फिल्मी दुनिया उन्हें ज़्यादा रास नहीं आयी क्योंकि इस सुनहरे पिंजरे में आजादी के ख़्वाब की आँख खुल सकती थी। यूँ भी क़लन्दरी कभी बादशाहत की तरफ़ मुँह करके इबादत नहीं कर सकती। क़लन्दरी तो नंगे पाँव रेगिस्तानों में चलती है और शाम होते ही सूरज के साथ-साथ कहीं रूपोश हो जाती है।

दुनियावी एतबार से गोपाल दास 'नीरज' को वह सभी कुछ हासिल रहा है जिसका ख़्वाब ही आँखों के लिए सुकूनबख़्श होता है। लेकिन हासिल होने वाले हर ओहदे, रुतबे और इनामात ने गोपाल दास 'नीरज' के दामन में पहुँचकर अपनी ही इज़्ज़त में इज़ाफ़ा किया, गोपाल दास नीरज को इन सरकारी तमाशों से कभी कोई दिलचस्पी नहीं रहीं :

शम्ए तन्हा की तरह सुब्ह के तारे जैसा
शहर में कोई नहीं होगा हमारे जैसा

हर राह में इक नक़्शे कदम छोड़ दिया है

गंगा सिर्फ़ नदी हर्गिज़ नहीं है। इसका शफ़्फ़ाफ (निर्मल) पानी इनसान को किरदार की आईना साज़ी (चरित्र सँवारना) का हुनर सिखाता है। गंगा तो वह माँ है जो बच्चे को गले लगाते वक़्त उसका मज़हब, उसकी ज़ात, उसकी तालीम, मंसब (ओहदा) और तनख्वाह नहीं पूछती है। उसके फैले हुए आँचल के एक किनारे पर लोग वज़ू करते हैं तो दूसरे किनारे पर लोग स्नान करते हैं। उसकी बल खाती लहरों में परिन्दे अपने परों को धोते हैं। इलाहाबाद पहुँचते-पहुँचते वह आवाज़ देकर जमुना को भी बुला लेती है। फिर गंगा और जमुना के मिलने और बिछड़ने की कहानी लिखने के लिए सरस्वती भी अपनी तख़्ती सँभालकर बैठ जाती हैं। अपने दामन में सबको पनाह देने का हुनर गंगा ने इलाहाबाद को सिखाया है। जिसने भी गंगा को प्यार से आवाज़ दी, गंगा ने उसका नाम और ज़ात पूछे बग़ैर दुआ दी कि 'अल्लाह आबाद रखे।' अंग्रेज़ों ने लखनऊ को उत्तर प्रदेश की राजधानी बना दिया लेकिन हाईकोर्ट इलाहाबाद ही में रहने दिया कि गंगा से ज़्यादा इनसाफ़ का एहसास गोमती नहीं दिला सकती। एजूकेशन बोर्ड भी यहीं रहने दिया कि सरस्वती, गंगा और जमुना के बीच में रहकर सारी दुनिया को इल्मों अदब की रोशनी बाँटती रहे। सदियों पुराने इस शहर के चेहरे पर कहीं थकान नहीं दिखाई देती। यह शहर मुनाफ़िक़त (मक्कारी) और रस्मी तकल्लुफ़ात से बहुत दूर है। हर इलाहाबादी का चेहरा तसन्नो (बनावट) और बेज़ारी से पाक रहता है। मुक़दमे की फ़ाइलों में धूल खाते हुए रिश्ते, काग़ज़ों को यकजहती (एकता) का सबक़ सिखाने वाली लोहे की ज़ंग खायी हुई पिन और मज़हब की आड़ लेकर मुल्क की सालमियत (अखण्डता) पर निशाना साधने वाले इस शहर में सिर झुकाकर चलते हैं। जिस तरह पुल के लिए सुतून (खम्भा), इश्क़ के लिए जुनून और कुर्बानी के लिए ख़ून की ज़रूरत पड़ती है उसी तरह शहरों की तारीख़ लिखने के लिए क़लन्दरों की ज़रूरत पड़ती है। क़लन्दर मिज़ाज़ों से ख़ाली शाहर बाँझ औरत की तरह होता है। कैलेण्डर पर बने शहर को भी कलन्दरों की ज़रूरत महसूस होती है। शहर अगर सिर्फ़ ईंटों के ढेर से तामीर हो सकता तो हर ईंट का भट्ठा किसी बड़े आदमी का महल होता। शहर की तामीर के लिए अगर सिर्फ़ लोहा काफ़ी होता तो हर फ़ौलाद का कारख़ाना एक मोहल्ला होता, शहर अगर

सिर्फ़ सीमेंट और मौरंग का नाम होता तो ग़ालिब को सैलाब की वजह से तीन दिनों तक नदी के उस पार न रुकना पड़ता। नवाब बाँदा उनके लिए रात शहर की तामीर करवा सकते थे। लेकिन शहर तो वह होता है जहाँ कहानियाँ बुनने वाले होते हैं, जहाँ दुःखों की किताब सुनने वाले होते हैं, एक दूसरे के गले में हाथ डाले हुए घूमते हैं। शहर तो वह होता है जहाँ लोग गेसुये ग़ज़ल को चूमते हैं । शहर तो वह होता है जहाँ लोग पिये बग़ैर भी झूमते हैं। शहर तो वह होता है जहाँ हर वक़्त सवेरा रहे, जहाँ के पेड़ पर चिड़ियों का बसेरा रहे, जहाँ हर वक़्त क़लन्दरों का डेरा रहे।

साधु-सन्तों, फ़क़ीरों, अदीबों, कवियों, लेखकों, सियासतदानों, वज़ीर आज़मों, वकीलों और जजों के इस शहर में अवध के मर्दुमख़ेज़ ख़ित्ते (होनहार पैदा करने वाला क्षेत्र) ख़ैराबाद से हिजरत करके कायस्थों का एक ख़ानदान गंगा के किनारे आकर आबाद हुआ। अपने दामन में अवध की ख़ाक, आँखों में ख़ैराबाद के तहज़ीबी आँसू, होंठों पर सच्चाई का ज़हर सजाये बाबू जमुना प्रसाद जब इलाहाबाद पहुँचे तो गंगा ने उनके एज़ाज़ में उन्हें अपने फैले हुए आँचल के बहुत क़रीब जगह दी। अवध की खुद्दारी की खाक को जब गंगा जी ने नहला-धुलाकर तरो ताज़ा किया तो इलाहाबाद में एक ऐसी शख़्सियत का इज़ाफ़ा हो गया जो अपने ईमान की रौशनी में अपने दुःखों की किताब पढ़ता था। अना (स्वाभिमान) की बोसीदा (फटी पुरानी) चादर से अपनी सिर उठाती ज़रूरतों को ढाँपता रहता था। अपनी नेक नीयती के असलहे से अपने किरदार की रखवाली करता था। अपने उसूलों को अपनी दौलत, अपनी इनसानियत दोस्ती को अपना सरमाया और अपने घर को इबादत गाह समझता था। घर में दवा के बग़ैर कराहती हुई बीवी को अपना ख़ूने जिगर तक पिला दिया लेकिन बख़्शिश में मिली हुई दौलत और रिश्वत से ख़रीदी हुई दवा से बचाने की कभी कोशिश नहीं की। लगभग बीस बरस बीवी के ग़म में उन्हें हर दिन जीना और हर रात मरना कुबूल था, तन्हाई के ज़हर से अपने जिस्म के ज़ख़्मों को नासूर बनाना कुबूल था मगर मसूरी के Hotel Sevoy के मालिक कैप्टन कृपा राम से रिश्वत की बड़ी भीख लेकर अपने आप को छोटा कर लेना मंज़ूर नहीं था। बीवी भी ऐसी सीता साथी जैसी कि न कभी फ़रमाइश की न कोई शिकायत, न दवा की कमी पर उदास हुई, न सेहत की दुआ माँगी, न ज़िन्दगी की। उन्हें तो अपने मजाज़ी खुदा (पति) को परेशान देखना भी मंज़ूर नहीं था। लेकिन मर्द की बायीं पसली से बनायी गयी औरत को क्या मालूम कि औरत की एक पसली के दर्द को मर्द पूरे जिस्म में महसूस करता है। इस इम्तिहान से गुज़रते वक़्त बाबू जमुना प्रसाद कैसे दुःख के पुलों से गुज़र गये। इसमें वह दुःख भी शामिल हो गया जब एक मजबूर और ग़रीब अपनी बीवी की अर्थी को चिता की ओर लेकर चलता है, सारे रास्ते अर्थी फूल बनती जाती है और काँधा देने वाला शौहर पत्थर होकर रह जाता है। फिर तो चिता से उठने वाले शोलों ने बाबू जमुना प्रसाद और उनके ख़ानदान को कुन्दन बनाने की क़सम खा ली।

गिरीश वर्मा के बुजुर्ग अवध के मर्दुमख़ेज़ ख़ित्ते ख़ैराबाद से हिजरत करके इलाहाबाद आये थे। ख़ैराबाद उत्तर प्रदेश का एक ऐसा हिस्सा है जो मुद्दतों अह्ले इल्मों अदब और साहिबाने कश्फ़े करामत से आबाद था। आज भी इस क़स्बे के दरों दीवार से मोहब्बत, दोस्ती, भाईचारे और इल्म दोस्ती की खुशबु आती है। लखौरी की ईंटों से बने हुए सदियों पुराने मकानात आज भी भजन गाते, ग़ज़ल गुनगुनाते और शेर सुनाते महसूस होते हैं। बाबू जमुना प्रसाद ने जिन्दगी के शबोरोज़ ऐसे गुज़ारे जैसे पुजारी मन्दिर में और सूफ़ी ख़ानक़ाहों में अपनी उम्र गुज़ारते हैं। जिस ईमानदारी, सादगी और मासूमियत से उन्होंने हाईकोर्ट में पेशकार और सीनियर स्टाम्प रिपोर्टर के अपने फ़रायज़ की अदायगी की, वह अपनी मिसाल आप है। 1968 में वह हाईकोर्ट की मुलाज़िमत से बाइज़्ज़त तौर पर सुबुकदोश (सेवानिवृत्त) हुए।

गिरीश भाई उस वक़्त एक लाउबाली नवजवान थे। अपने बाबू जमूना प्रसाद से उन्होंने सिर्फ़ तहज़ीब, ईमानदारी और इल्म दोस्ती सीखी। बाक़ी बातें उन्हें हालात और ज़माने ने खुद सिखा दी :

कुछ तो तेरे मौसम भी मुझे रास न आये
और कुछ मेरी मिट्टी में बग़ावत भी बहुत थी

गिरीश भाई की सीमाब मिज़ाजी और बिफरे हुए दरिया जैसी कैफ़ियत ने उनसे बहुत दरबदरी करवायी। कभी वह, जन्तर-मन्तर में कांग्रेस के ऑफ़िस में रहे, कभी लाल बहादुर शास्त्री की ख़िदमत करते हुए कांग्रेस के उड़ीसा के जलसों में पहुँच गये। देहली से जी उकता गया तो 1966 से 1969 तक बिरला जी की हिंडालको में रहे लेकिन मिज़ाज ने हिंडालको के एक मैनेजर की नाइंसाफ़ियों से समझौता नहीं करने दिया। हरचन्द कि पैरों में मीरा भाभी की चाहत की ज़ंजीर पड़ चुकी थी लेकिन :

हँसता हूँ अपने पाँव की ज़ंजीर देखकर
जो साथ चल रही है वो रोकेगी क्या मुझे

मीरा भाभी की दुआओं और घर में आये नये-नये संजू की किलकारियों ने गरीश भाई को पत्थर से मोम बना दिया। उनके दरबदरी के शौक़ पर भाभी ने अपनी आरज़ुओं का दुपट्टा डाल दिया। गिरीश भाई मोम की तरह पिघलने लगे। घर में दूसरे बेटे पंकज की आमद ने गिरीश भाई को दो नन्हे फूल जैसे बच्चों का बाप बना दिया। बाबू जमुना प्रसाद जो गिरीश भाई की वालिदा के बग़ैर बुढ़ापे में तन्हाई के क़र्ब से गुज़र रहे थे, उनके लिए संजू और पंकज ऐसे दिलचस्प खिलौने बन गये जिसके लिए हर आदमी बुढ़ापे का इन्तिज़ार करता है लेकिन बुढ़ापा बहुत देर तक बचपन का साथ नहीं दे पाता। पोतों का हर लम्हे दादा को तलाश करना भी मौत के फ़रिश्तों को अच्छा नहीं लगता। आखिर 24 दिसम्बर, 1979 की एक शाम को बाबू जमुना प्रसाद का मिट्टी बदन इलाहाबाद की मिट्टी का हिस्सा बन गया। गंगा नदी के किनारे जलती हुई बाबू जी की चिता पर जब गंगा के मुक़द्दस पानी का

छिड़काव हुआ तो खफ़ीफ़ (थोड़ा)-सा धुआँ उठा और फ़ज़ा में तहलील (घुल) हो गया :

ज़िन्दगी में ये बदन शोलये जव्वालाँ था
मौजये सर्द मेरी राख ठिकाने से उठा

बाबू जमुना प्रसाद अपने पीछे तहज़ीब, इल्मदोस्ती और इनसानियत का जो ख़ज़ाना छोड़ गये थे उसकी रखवाली बहुत दुश्वार थी लेकिन रुख़्सत हाने से पहले बाबू जी ने गिरीश भाई की पेशानी पर अपने बूढ़े होंठ नहीं रखे थे बल्कि ख़ानदानी फ़क़ीराना मिज़ाजी की वह मुहर लगायी थी जिससे बादशाहे वक़्त तक नज़रें चुराने लगते हैं।

ज़िन्दगी की लम्बी शाहराह पर दौड़ते-दौड़ते गिरीश भाई भी कुछ थकन महसूस करने लेने थे। चन्द दोस्तों के इसरार (आग्रह) पर स्वरूप रानी मेडिकल कालेज में चाय का कैंटीन खोला। एक तो चाय अच्छी फिर उसमें मोहब्बत की मिठास और फिर चाय के हर घूँट के साथ गिरीश भाई की दिलचस्प गुफ़्तगू ने इस कैंटीन को पढ़े लिखे लोगों का चौपाल बना दिया। एक दिन इलाहाबाद हाईकोर्ट के जस्टिस Mr. S.K. Verma गिरीश, भाई के वालिद बाबू जमुना प्रसाद के साथ अस्पताल में अपनी आँखों में हुई 'जय बंगला' बीमारी दिखाने आये। जब किसी ने इज़्ज़त मआब (महामहिम) चीफ़ जस्टिस को बताया कि गिरीश वर्मा बाबू जमुना प्रसाद के बेटे हैं तो उन्होंने फ़ौरन ही गिरीश भाई से चाय ख़ाना बन्द करके हाईकार्ट में मुतरजिम (अनुवादक) की नौकरी शुरू करने का हुक्म दिया। 400/- के पे स्केल पर 13 जुलाई, 1971 में गिरीश भाई इलाहाबाद हाईकोर्ट में नौकर हो गये। कुछ दिनों बाद इज़्ज़तमआब जस्टिस K.B. Asthana ने उस वक़्त के वज़ीरे आला नारायण दत्त तिवारी से कहकर पी.आर.ओ. की पोस्ट क्रिएट करायी! 1985 में गिरीश भाई हाईकोर्ट के रजिस्ट्रार प्रोटोकाल बना दिये गये। अपनी आलाज़र्फ़ी, दोस्तनवाज़ी, ग़रीब परवरी, बेपनाह मेहनत और ईमानदारी के बलबूते पर आज वह हाईकोर्ट के ही नहीं बल्कि सारे इलाहाबाद के चहेते हैं। दोस्त हैं, जाने महफ़िल हैं और शायरों और अदीबों के मुस्तक़िल मेज़बान हैं। इलाहाबाद खुशनसीब है कि गिरीश भाई इलाहाबाद से इश्क़ करते हैं। गिरीश भाई भी खुशनसीब हैं कि सारा इलाहाबाद उनसे बेपनाह मोहब्बत करता है।

ज़िन्दगी में गिरीश भाई की तरह एक दोस्त मिल जाये तो दुश्मनों की तादाद से परेशानी नहीं हो सकती। कुँवर महिन्दर सिंह बेदी 'सहर' ने अपनी किताब *'यादों का जश्न'* में एक मजिस्ट्रेट साहब का तज़किरा करते हुए लिखा था कि मौसूफ़ अपने सौ दोस्त छोड़ सकते थे लेकिन अपना एक उसूल नहीं तोड़ सकते थे। हालाँकि बेदी साहब ने उनको यह बता दिया था कि मैं अपने एक दोस्त के लिए अपने सौ उसूल तोड़ देता हूँ। दोस्ती में उसूल की बात करने वाले या तो बुज़दिल होते

हैं या ज़ेह्नी तौर पर छोटे होते हैं। प्रोफ़ेसर एज़ाज़ अफ़ज़ल का क़ौल है कि बा उसूल आदमी की इज़्ज़त करो लेकिन उस पर भरोसा मत करो क्योंकि वह बुरे वक़्त में साथ छोड़ देगा :

अब कह दिया तो साथ निभायेंगे उम्र भर
हालाँकि दोस्ती का ज़माना तो है नहीं

हाईकोर्ट में गिरीश भाई का दफ़्तर किसी फ़क़ीर की ख़ानक़ाह लगाता है या किसी हकीम का मतब मालूम होता है वर्ना कचहरी, अदालत, पुलिस स्टेशन, सरकारी दफ़्तर, अस्पताल और दौलतमन्द ससुराल में कोई किसी का पुरसाने हाल (हाल पूछने वाला) नहीं होता है। गुज़रा गवाह, रिटायर्ड जज, कम बोलने वाला वकील, स्टेज से उतरा हुआ शायर, लौटता बाराती, जुएखाना का उधार, पतुरिया का प्यार, पार्टी से निकाला हुआ नेता, बग़ैर वर्दी का पुलिस अफ़सर यह सब उरूज और ज़वाल (उत्थान और पतन) की ज़िन्दा तस्वीर होते हैं। लेकिन बक़ौल हकीम साहब ज़िन्दा तस्वीर की तरकीब ही ग़लत है क्योंकि ज़िन्दा आदमी तस्वीर नहीं हो सकता और तस्वीर ज़िन्दा नहीं हो सकती।

गिरीश भाई के आफ़िस में शायर, नाशायर, मुताशायर, क़व्वाल, साज़िन्दे, गुलूकार, अदाकार, मौलवी, पंडित, अंगूर की बेटी के आशिक़, ग़ालिब के साथ जुआ खेलने वाले, तलाक़ के ख़्वाहिशमन्द, मुतलक़ा (तलाक़ पायी हुई औरत) से निकाह के मुतमन्नी (इच्छुक), सचमुच के कुँवारे, झूठमूठ के शादी शुदा, कुर्सी से उतरे वज़ीर, बोरियानशीन फ़क़ीर, शहर के बड़े-बड़े अमीर, इस अह्द के ख़ुदसाख़्ता (स्वयंभू) ग़ालिब और मीर, खद्दर धारी नेता, गेरुवाधारी साधु, हरी पगड़ी के मौलाना, सफ़ेद पगड़ियों वाले सरदार, हर तरह के प्रोफ़ेसर, रंगबिरंगे डॉक्टर, तरह-तरह के ठेकेदार, मुस्कुराते हुए थानेदार, लैला के रक़ाबतदार, मजनूँ के रक़ाबतदार (ईर्ष्यालु), क़ुतुबफ़रोश, इत्रफ़रोश, मिल्लतफ़रोश, दवाफ़रोश, फ़िल्मफ़रोश, अदबफरोश, इल्मफरोश, जमीरफरोश ग़रीब रिक्शेवाला, मुस्तक़बिल से जंग करता हुआ मज़दूर ग़रज़ यह कि हर मसलको मज़हब और हर मकतबये फ़िक्र (विचारधारा) से ताल्लुक़ रखने वालों की इतनी भीड़ किसी दूसरी जगह देखने को नहीं मिल सकती :

लोग प्यास अपनी बुझाते हैं, चले जाते हैं
और दरिया है कि चुपचाप रवाँ रहता है

अदालत वह दुनियावी मैदाने हश्र है जहाँ कोई किसी को नही पहचानता। बग़ैर फ़ीस के वकील मुवक्किल को नहीं पहचानते, जज मुजरिम को नहीं पहचानते, गवाह क़ातिल को नहीं पहचानता, अदालत मजबूरियों को नहीं पहचानती, मुंसिफ़ रिश्तों को नहीं पहचानता, जहाँ शनासायी (जान पहचान) यूँ धक्के खा रही हो वहाँ तितली के परों पर लिखी तहरीर को कौन पढ़ता है। वहाँ चेहरे की खुली किताब पर कौन निगाह डालता है। अदालत में औरत की मज़लूम अना (स्वाभिमान) मुंसिफ़ के

सामने बेकुसूर हाथ जोड़े खड़ी रहती है। एक ख़ातून क़त्ल के इल्ज़ाम में लायी गयी। बहस के दौरान जज ने उस औरत से उसकी उम्र दरयाफ़्त की, औरत ने अपनी उम्र बीस साल कुछ महीने बतायी। जज ने जब औरत से डाँटकर पूछा कि बीस साल कितने महीने? तो औरत ने जल्दी से बताया कि बीस साल एक सौ बीस महीने। अब बेचारे जज साहब औरत के जिस्म का जुग़राफ़िया क्या जानें। उन्हें क्या पता कि औरत की असली उम्र वही सच्ची है जितनी उम्र की वजह दिखायी देती हो। हकीम साहब ने अपनी पुश्तैनी रवायतों के ज़ेरे असर बहुत-सी अदालतों के चक्कर लगाये हैं। उनका कहना है कि बाज़ (कुछ) अदालतों में कुछ ऐसी ख़वातीन वकील भी होती हैं जिन्हें देखकर हर उम्र का आदमी ज़िना (व्यभिचार) के जुर्म में गिरफ़्तार होना चाहता है। बल्कि हकीम साहब ने यह भी बताया कि उनके एक दूर के चचा को सत्तर बरस की उम्र में जब इस्मतदरी (बलात्कार) के केस में सज़ा सुनायी गयी तो उन्होंने जज साहब के फ़ैसले की कई दर्जन कापियाँ अपने दोस्तनुमा दुश्मन और दुश्मन नुमा दास्तों को भिजवायीं :

अभी तक फड़फड़ाती है किसी के लम्स की लज़्ज़त
मैं बूढ़ा हो गया हूँ फिर भी गर्माहट नहीं जाती

गिरीश भाई के आफ़िस में ख़वातीन भी आती रहती हैं लेकिन सिर्फ़ उतनी ही देर तक के लिए जितनी देर तक बुलबुल मुँडेर पर बैठती है क्योंकि औरत सब कुछ बर्दाश्त कर सकती है लेकिन खुदनुमायी की तौहीन बर्दाश्त नहीं कर सकती और गिरीश के दरबारनुमा आफ़िस में किसी को फुर्सत वह ग़जल की लखनवी शायरी करे। वहाँ तो ज़्यादातर ज़र को गँवाये, ज़न (औरत) के सताये और ज़मीन से उठाये हुए लोगो की भीड़ रहती है। इस भीड़ में गिरीश भाई की शख़्सियत नूरानी तेल जैसी हो जाती है। वहाँ तो गिरीश भाई फ़ाइलों में ग़ल्तियाँ पकड़ते हैं। हैदर ज़ैदी दूसरों की शायरी में ऐब तलाश करते हैं। बशारत भाई वाक़ियाते कर्बला बयान करके यह साबित कर देते हैं कि हिन्दुस्तान का डाक का निज़ाम बहुत बोगस है। बहुत-सी ख़बरें यहाँ चौदह सौ बरस बाद पहुँचती हैं। करामत भाई भुने हुए गोश्त की प्लेट देखते हैं। उमेश नारायण शर्मा अपनी खुमार आलूद (नशे में बोझल) आँखों से सब कुछ देखते रहते हैं और चुप रहते हैं। काज़िमी साहब अपने लिबास को शायर की नयी ग़ज़ल की तरह दाद के लिए इस्तेमाल करते हैं। मुक़दमा जीतकर आते हैं तो अपनी कामयाबी पर हँसते हैं और अगर हारकर आते हैं तो मुवक्किल पर और आसिफ़ उस्मानी उनकी क़िस्मत पर मुस्कुराते हैं :

बदन चुरा के न चल ऐ क़यामते गुज़राँ
किसी-किसी को तो हम आँख उठाके देखते हैं

अतीक़ इलाहाबाद के मुशायरे में पाकिस्तानी शायरा ज़किया ग़ज़ल तशरीफ़ लायी थीं। मुशायरे के दूसरे दिन उनकी वापसी थी लेकिन गिरीश भाई इस बात पर

अड़ गये कि यह मुमकिन ही नहीं है कि बहन हिन्दुस्तान आये और भाई के घर न आये। यह इलाहाबाद है, यहाँ तो गंगा भी जमुना में आकर मिल गयी है। फिर बहन अपने भाई से मिले बग़ैर जा ही नहीं सकती। मैं इजाज़त भी दे दूँ तो गंगा नहीं जाने देगी। वो सामने गंगा का किनारा है जहाँ मेले में बरसों के खोये हुए मिल जाते हैं। ग़रज़ कि हिन्दुस्तान की पज़ीरायी (आवभगत) के सामने पाकिस्तान शर्मिन्दा हो गया। दूसरे दिन शाम को ज़किया ग़ज़ल अपने शौहर के साथ गिरीश भाई के घर तशरीफ़ ले गयीं। घर में भाभी ने उन लोगों का इस्तक़बाल इस तरह किया जैसे कि बेटियों का मायके में होता है। घण्टे भर की मुलाक़ात में तमाम मोहब्बतों की रस्में पूरी की गयीं। चलते वक़्त तोहफ़ों का एक भारी बैग भी मीरा भाभी ने यह कहकर साथ कर दिया कि लड़कियाँ अपने भाई के घर से ख़ाली हाथ नहीं जातीं। सारा घर उन लोगों को स्टेशन पहुँचाने गया और रेल की सीटी के दर्द की तफ़सीर (खुलासा होने) से पहले ज़किया, गिरीश भाई और भाभी से इस तरह लिपटकर रोयीं जैसे लड़कियाँ पहली बार घर छोड़ते हुए रोती हैं। नफ़रत की लगायी हुई कँटीले तारों की बाढ़ भाई बहन के आसुओं की हिद्दत से यूँ पिघल गयी जैसे मोम पिघलकर अंगारे को काला कर देती है।

सय्यद मोहम्मद अली काज़िमी जो गिरीश भाई के बुढ़ापे का इश्क़ भी हैं और जवानी का इन्तिज़ार भी, काज़िमी साहब का सारा ख़ानदान पाकिस्तान चला गया। हिजरत की आँधी में काज़िमी का बाग़ ही बज़ड़ गया। काज़िमी साहब कानपुर से हिजरत करके इलाहाबाद आ गये। पता नहीं लोग सिर्फ़ पाकिस्तान जाने को हिजरत क्यों कहते हैं हिज़रत की इससे बड़ी तौहीन और क्या हो सकती है कि उसे सियासी तक़सीम के साथ जोड़ दिया जाये। हज़ारहा हिन्दुस्तानी मुसलमान हिन्दुस्तान छोड़कर इधर-उधर चले गये लेकिन न तो उन्होंने अपने को मुहाजिर लिखा और न हिजरत का मातम किया। एक हिन्दुस्तानी कहावत है कि 'फिसल गये तो हर गंगा'। अपनी तरक़्क़ी के लिए, अपनी खुशहाली के लिए वतन छोड़ने वाले कभी मुहाजिर नहीं हो सकते। हिजरत का लफ़्ज़ तो उस ज़ातेगरामी (महानतम व्यक्ति यान हज़रत मोहम्मद) से मंसूब (जुड़ा) है जिसने उम्मत की खुशहाली और इस्लाम को ज़िन्दा करने के लिए हिजरत की थी। किसी सियासी रहनुमा को क़ाएदे आज़म के लक़ब से नवाज़ना इस्लाम के फ़लसफ़े का मज़ाक़ उड़ाना है लेकिन खुदसाख़्ता क़ायदे आज़म, खुदगर्ज़ी के नतीजे में जनम लेने वाला मुल्क और अपने क़लम से खुद मुहाजिर हो जाने वाले हज़रात क्या इतना भी नहीं जानते कि :

हर आदमी को याद है हिजरत रसूल की

मुझे इस ख़ानक़ाह में हाज़िरी देते पाँच बरस का अर्सा हो गया है लेकिन आज तक मैंने किसी ऐसे आदमी को नहीं देखा है जिसके वक़्त पर गिरीश भाई काम न आये हों, अब यह अलग बात है कि किसी का काम न हुआ हो। गिरीश भाई तो

खुद कहते हैं कि यार मेरी कोशिश से अगर किसी की मदद हो जाये तो क्या बुराई है, लेकिन मैं सिर्फ़ कह सकता हूँ, गुज़ारिश कर सकता हूँ, यहाँ तक कि दस्तबस्ता इल्तिज़ा कर सकता हूँ लेकिन हाथ पकड़कर तो किसी से लिखवा नहीं सकता। गिरीश भाई जिससे भी इश्क़ करते हैं, टूट कर करते हैं। नफ़रत का उनके यहाँ कोई मुस्तक़िल ख़ाना नहीं है। मूड में होते हैं तो मुस्कुराते हैं। मूड ख़राब हो तो गुनगुनाना शुरू कर देते हैं। अगर इस तरह भी क़ाबू नहीं पाते हैं और पान की लाली होंठों पर आती हुई गाली को रोक लेती है। दुःख के मौसम में उनके चेहरे की मुस्कुराहट और भी गहरी हो जाती है :

हर दौर से गुज़रा हूँ मसर्रत हो कि ग़म हो
हर राह में इक नक्शे क़दम छोड़ दिया है

गिरीश भाई अपनी खुशी, खाने, लतीफ़े और चाय के दौर में सबको एक कर लेते हैं। वह दिलचस्प वाक़ियात, नये पुराने लतीफ़े और चटपटी गुफ़्तगू के लिए हर वक़्त तैयार रहते हैं।

एक दिन उन्होंने एक दिलचस्प क़िस्सा सुनाया। बताने लगे कि उन दिनों हाईकोर्ट में एक सीनियर जज साहब हुआ करते थे। मैं उनके पास पहुँचा और अपनी ज़रूरत बयान करते हुए अर्ज़ किया कि "सर! आज मैं ज़रा जल्दी हाईकोर्ट से जाना चाहता हूँ क्योंकि मेरे साढ़ू जा रहे हैं। उन्हें स्टेशन छोड़ने जाना पड़ेगा।" जज साहब ने बर्जस्ता पूछा कि, "भई गिरीश! यह साढ़ू क्या होता है?" गिरीश भाई समझे कि जज साहब जाट आदमी हैं, मुमकिन है साढ़ू के माने से नवाक़िफ़ हों लिहाज़ा फ़ौरन बोले "सर! साली के शौहर को साढ़ू कहते हैं" जज साहब ने फ़ौरन बात क़ाटते हुए कहा, "भई! साढ़ू के माने अच्छी तरह जानता हूँ! उर्दू में उसे हमजुल्फ़ कहा जाता है।" गिरिश भाई ने फ़ौरन हाँ में गर्दन हिलायी, जज साहब पहले तो मुस्कुराये फिर गिरीश 'भाई से कहने लगे कि' "एक बात समझ लीजिए जनाब! साढ़ू का रिश्ता कोई नहीं होता और हो भी कैसे सकता है। मैं आपको समझाता हूँ, आपने हिन्दुस्तान मोटर्स के शोरूम से एक एम्बैस्डर कार ख़रीदी, उसी शोरूम से एक किसी दूसरे शख़्स ने भी एम्बैस्डर कार ख़रीदी, जो आपके पास अपनी कार रोककर आता है और आपसे कहता है कि आप मेरे रिश्तेदार हैं, तो क्या आप उसे अपना रिश्तेदार तस्लीम कर लेंगे। बिल्कुल इसी तरह किसी साहब की दो बेटियाँ हैं, एक की शादी आपके साथ हो गयी और दूसरी लड़की की शादी किसी और शख़्स से हो गयी तो वह आपका रिश्तेदार कैसे हो जायेगा। ख़ैर, आप अपनी साली और उसके शौहर को स्टेशन पहुँचाने जा रहे है तो अच्छी बात है लेकिन साली के शौहर को रिश्तेदार समझना सरासर बेवकूफ़ी है।"

ज़िन्दगी से भरपूर क़हक़हे, कबूतरों की तरह साफ़ शफ़्फ़ाफ़ रहना और टूट के मिलना, दोस्तों के लिए आँखों के जलते दीये दहलीज़ पर रखे रहना, दोस्तों को फ़ोन करके हाल अहवाल पूछना, बुजुर्गों को एहतराम नवाज़ना, दोस्तों की क़द्र करना, शायरों और अदीबों से झुककर मिलना यह सब उनका पुश्तैनी सरमाया है :

झुक के मिलते हैं बुजुर्गों से हमारे बच्चे
फूल पर बाग़ की मिट्टी का असर आता है

उनके घर का माहौल ठहरे हुए दरिया जैसा है। उनका घर ख़ानक़ाहों का दस्तरख़्वान है, गाँव की चौपाल है, चौपाल की चारपाई है, जामा मस्जिद की सीढ़ी है, मोहब्बतों का चबूतरा है, फूलों की वह बेल जो मस्जिद और मन्दिर से एक साथ लिपटती है। उनकी शख़्सियत उस बादशाह जैसी है जो दिन में दरबार लगाता था और रात में दुःखी दिलों से अहवाल पूछता था। उनका घर वह हिन्दुस्तान है जहाँ बाबरी मस्जिद और राम जन्म भूमि आपस में गले मिलते दिखाई पड़ती हैं। वह अपनी गुफ़्तगू, अपने तौर तरीके, अपने पुरखुलूस लहजे, अपनी शराफ़त और अपनी सख़ावत से उस हिन्दुस्तान का नक़्शा हैं जिसमें घरों पर नाम और नम्बर नहीं लिखे जाते थे, सिर्फ़ 'खुशआमदीद' (सुस्वागतम) लिखा रहता था। उनके घर में रेफ्रिजरेटर सिर्फ़ ठंडे पानी के लिए इस्तेमाल होता है। खाना बचाकर दूसरे दिन के लिए नहीं रखा जाता :

ठंडे मौसम में भी सड़ जाता है बासी खाना
बच गया है तो ग़रीबों के हवाले कर दे

ज़रूरत के वक़्त किसी की भी इमदाद करना उनकी आदत है। शायरी उनका ओढ़ना-बिछौना, मेहमान नवाज़ी उनका शौक़, हौसला अफ़ज़ायी उनकी शराफ़त, ईमानदारी उनका पुश्तैनी असासा, यारबाशी उनका नशा, नौकरी उनकी ज़रूरत, दफ़्तर उनका ड्राइंगरूम, दोस्तों को याद रखना उनकी आला ज़र्फ़ी, ख़ूबसूरत जुमले बोलना उनका हक़, बेधड़क कुछ भी कह जाना उनकी सादा मिज़ाजी, गालियाँ बकना उनका स्टाइल, और इनसानियत उनका मज़हब है। उनकी तमाम ख़ूबियों से उनके दोस्त और दुश्मन सब वाक़िफ़ हैं। लतीफ़े गढ़ना और शेर में तरमीम (सशोधन) करके उसे हस्बे हाल कर लेना उनका कमाल है। ग़ुस्से में मुस्कुराना और फ़ुर्सत में गुनगुनाना उनकी ज़िन्दगी का हिस्सा है। हर शख़्स को गिरीश भाई से कुछ न कुछ फ़रमाइश करते देखा गया। लेकिन गिरीश भाई को आज तक किसी से कोई फ़रमाइश करते नहीं देखा गया। भाभी से भी इश्क़ करते हैं, फ़रमाइश नहीं करते लेकिन भाभी भी उनके सीमाब सिफ़त मिज़ाज से इतना वाक़िफ़ हो गयी हैं कि पसन्द और ना पसन्द समझती हैं :

कोई दुःख हो, कभी कहना नहीं पड़ता उससे
वह जरूरत हो तलबगार से पहचानता है

संजू और पंकज उनके दो बेटे हैं। दोनों गिरीश भाई के पुश्तैनी तहज़ीब के वारिस भी हैं और अलमबरदार (ध्वजा वाहक) भी। गिरीश भाई घर पर मौजूद न भी हों तो बच्चे इस तरह पेश आते हैं कि जैसे घर पर दो गिरीश भाई मौजूद हों। भाभी अल्ला मियाँ की गाय हैं। अपनी सेहत की ख़राबी और बुजुर्गी के बावजूद मेहमान

नवाज़ी में कितनी बार प्लास्टर बँधवा चुकी हैं। गिरीश भाई को आज भी उतना ही चाहती हैं जितना जवानी में चाहती थीं। जब गिरीश भाई रहते हैं उनको देखा करती हैं। इंजेक्शन लगवाते वक़्त भी, दवा खाते हुए भी, प्लास्टर बँधवाते हुए भी और जब गिरीश भाई नहीं होते तो उनके बिस्तर को या तो साफ़ करती रहती हैं या उनके साथ अपनी शादी की तस्वीरें देखा करती हैं। अच्छे-अच्छे लोग भाभी की गिरीश भाई से इस बेपनाह मोहब्बत को देखकर रश्क करते हैं।

बिछड़ेंगे तो मर जायेंगे हम दोनों बिछड़कर
इक डोर में हमको यही डर बाँधे हुए है

हाईकार्ट के माहौल और वकीलों की सोहबत में रहते-रहते उनको भी लड़ाई देखने का बहुत शौक़ है। हर तरह से बहू को सास के ख़िलाफ़ उकसाया मगर उनकी बहू शिवानी भी एक मिट्टी की बनी हुई है। उसने कभी सास से लड़कर नहीं दिया। ग़िरीश भाई ने बहुत मिन्नत समाजत की, उसे यह भी बताया कि मैंने अपने घर में कभी सास-बहू की लड़ाई नहीं देखी है, कम से कम यह हसरत तो पूरी कर दो, लेकिन वह भी गिरीश भाई की बहू है, उसने कह दिया कि बाबू जी हसरत जयपुरी तो हो सकती है लेकिन हसरत पूरी नहीं हो सकती क्योंकि ससूराल में वहीं लड़कियाँ आकर लड़ाई-झगड़े करती हैं जो अपनी रुख़्सती से पहले अपने वालिदैन को जहेज़ के इन्तिज़ाम के लिए परेशान, इधर-उधर हाथ फैलाते हुए देखती हैं लेकिन बाबू जी आप तो हमें हमारे घर से इस तरह लाये हैं जैसे दूसरे के घर से अपनी सोयी हुई बेटी को उठाकर बाप लाता है और माता जी ने तो मुझे घर में इस तरह रखा है जैसे लक्ष्मी और सरस्वती की मूर्ति रखी जाती है। लड़ाई तो दूर की बात है बाबू जी! अगर कभी मेरी आवाज भी ऊँची हो गयी तो भगवान हमसे स्वर्ग छीन लेगा। गुनहगारों से हुकूमत छीन लेता है।

गिरीश भाई ने बहू से ज़िन्दगी का सच्चा फ़लसफ़ा सुनने के बाद अब उसे बेटी बना लिया है, पता नहीं गिरीश भाई हार गये या शिवानी जीत गयी!

और फिर इक दिन इसी मिट्टी में मिट्टी मिल गयी

उत्तर प्रदेश का एक शहर रायबरेली। सलीक़े से सई नदी का दोशाला ओढ़े, गले में इल्मो अदब की क़ीमती माला डाले, इक़तिदार और सियासत की आँख मिचौली को ख़ामोशी से देखता हुआ, अपने क़स्बों और तहसीलों को गवाह बनाये गंगा नदी से थोड़े फ़ासले पर रवाँ दवाँ इक्कीसवीं सदी की अदालत में भी सिर उठाये खड़ा है।

सय्यद अहमद शहीद और राना बेनी माधव के ख़ून से हिन्दुस्तान की आज़ादी पर इब्तिदायी (शुरुआती) दस्तख़त करने वालों की कुर्बानी से रंगारंग इस शहर की तारीख़ का बोझ दो-चार काग़ज़ के पन्ने कभी नहीं उठा सकते लेकिन यादों के एकाध क़िस्से की फैलती हुई रोशनाई को काग़ज़ पर महफ़ूज़ किया जा सकता है। शहर से बहुत थोड़े फ़ासले पर सई नदी के कटाव पर मोहल्ला तकिया कई सदियों से आबाद है। इसी नदी के किनारे एक छोटी-सी मस्जिद है जिसके बाहरी हिस्से से एक मामूली-सी ईंट पत्थरों से बनी सीढ़ी नदी के किनारे तक पहुँचने वालों की मदद के लिए हर घड़ी तैयार रहती है लेकिन इन सीढ़ियों पर पाँव रखते हुए फ़ौरन ही ज़ेहन में यादों की कई खिड़कियाँ खुलने लगती हैं क्योंकि इन्हीं मामूली सीढ़ियों की मदद से वज़ू करने के लिए अभी एक दहाई पहले तक एक ऐसी शख़्सियत के मुबारक क़दम पड़ते थे जिसे शहर *अली मियाँ के नाम से, दुनिया अबुल हसन नदवी और आलमे इस्लाम कलीद बरदारे काबा* (काबा शरीफ़ की चाभी से गौरवान्वित) के लक़ब से पुकारती थी। अपनी मिट्टी को इस मिट्टी के हवाले करने से पहले हिन्दुस्तान के गले में ताजमहल और लाल क़िला से बड़े एज़ाज़ (गौरव) का ज़ेवर डाल दिया, ख़ानये काबा (जिसे अल्लाह का घर भी कहते हैं) की चाभी सऊदी अरब के बादशाह को एक ऐसे शख़्स के दस्ते मुबारक (पवित्र हाथ) पर रखनी पड़ी जिसका ख़मीर हिन्दुस्तान की मिट्टी से उठा और जिसके नाम के आगे *'अलहिन्दी'* भी तहरीर किया जाता है। रायबरेली से गुज़रती हुई सई नदी को यह एज़ाज़ हासिल है कि उसने आलमे इस्लाम की बेपनाह अज़ीम शख़्सियतों को ही नहीं बल्कि सरज़मीने अरब के कई शाहों और शहज़ादों तक को सिर्फ़ वज़ू के लिए पानी ही नहीं दिया बल्कि उन्हें नहला-धुलाकर उनके सफ़र की सऊबतों (परेशानियों) को दूर करके उन्हें ताज़ा दम करने में मदद की।

हिन्दुस्तान के मुख़्तलिफ़ वज़ीरों से लेकर अरब शाहज़ादे ही नहीं, सारी दुनिया के दानिश वराने क़ौम (बुद्धिजीवी) हज़रत मौलाना के पास इल्म की रोशनी हासिल करने आते थे लेकिन इस ख़ानवादे (ख़ानदान) ने कभी किसी साहिबे इक्तिदार (सत्ताधारी) से अपने मकान की दीवारों और ताक़ों के लिए किसी चिराग़ की फ़रमाइश नहीं की। अरब मुल्कों में *नदवतुलउलमा* की मुहर को शाहाना दस्तख़्त की हैसियत इसीलिए हासिल है कि हज़रत मौलाना ने अपने कासये आरज़ू किसी के सामने नहीं फैलाया। क़ौम और मुल्क की इज़्ज़त के लिए हज़रत मौलाना ने हमेशा एक ख़ामोश जिहाद जारी रखा। यह हज़रत मौलाना की कोशिशों, जाँफ़िशानियों और कुर्बानियों का नतीजा है कि आज दुनिया के तमाम इस्लामी मुल्कों में हिन्दुस्तान के जज़्बये जम्हूरियत और मज़हबी रवादारी (भाईचारा) का एहतराम किया जाता है। जामिया अज़हर यूनिवर्सिटी (मिस्र) के अलावा भी दुनिया के बेशतर मुल्कों की यूनिवर्सिटियाँ हज़रत मौलाना के एक लेक्चर के लिए बरसों इन्तज़ार करती थीं। जैसी मिसाली और सादा ज़िन्दगी गुज़ारकर हज़रत मौलाना ख़ामोशी से मानो मिट्टी की चादर ओढ़कर सो गये, ऐसी सादा मिज़ाजी के लिए मुल्कों को सदियों ऐसी किसी शख़्सियत का इन्तज़ार करना पड़ता है। हज़रत मौलाना के इल्मी कारनामों का यह छोटा-सा नमूना था कि सऊदी अरब के शाहाने वक़्त (समकालीन शाह) खुद उनके इस्तक़बाल के लिए एयर पोर्ट पर हाज़िरी देते थे।

मेरे ख़ानदान के मरासिम (ताल्लुक़ात) हज़रत मौलाना के घराने से बहुत क़रीबी रहे हैं। मेरा नाम तो मेरे दादा सय्यद सादिक़ अली ने रखा था जो बाद में मेरी दादी साहिबा की ज़िद में पाकिस्तान चले गये थे और उनका इन्तिक़ाल भी उसी दयारे ग़ैर में हुआ था, वहीं की अजनबी मिट्टी ने अपनी मिट्टी में उनकी ख़ाक को समेट लिया। बक़िया मेरे भाइयों के नाम हज़रत मौलाना के रखे हुए हैं। मेरी दो बेटियों का निकाह भी मौलाना ने ही पढ़ाया था। तीसरी बेटी के निकाह के वक़्त रायबरेली मौलाना के साये से महरूम हो चुका था। मौलाना मेरे दादा का बड़ा एहतराम करते थे और दादा भी हज़रत मौलाना से बहुत रग़बत (अपनत्व) रखते थे। इतिहास के पन्नों पर ऐसे इत्तिफ़ाक़ात बड़ी मुश्किल से नज़र आयेंगे कि मेरे छोटे भाई यहिया राना का नाम भी मौलाना ने रखा, निकाह भी उन्होंने पढ़ाया और उसकी नमाज़े जनाज़ा भी मौलाना ने ही पढ़ायी थी।

कई दर्जन किताबों पर अपने इल्म, इंसानियत, मज़हबी रवादारी और इस्लामी फ़लसफ़े को बिखेरकर पूरी अरब दुनिया के दिल में हिन्दुस्तान के लिए एहतराम और अक़ीदत के जज़्बे की फ़स्ल उगाकर, उन्हें चौदह सौ बरस की इस्लामी तारीख़ को सलीक़े से याद दिलाते हुए रमज़ान के आख़िरी हफ़्ते में सई नदी के किनारे हजरत मौलाना अबुल हसन नदवी मादरे वतन की मिट्टी ओढ़कर अपने बुजुर्गों के क़दमों में फ़रमाँ बरदारी के साथ हमेशा के लिए सो गये।

मैं इस मिट्टी से उठा था बगोले की तरह
और फिर इक दिन इसी मिट्टी में मिट्टी मिल गयी

मौलाना की क़यामग़ाह तकिया जाते हुए रास्ते में शहनशाह औरंगज़ेब की बनवायी हुई आलमगीरी मस्जिद पड़ती है। उसी से मिला हुआ एक बाज़ार है जो क़िला बाज़ार के नाम से मशहूर है। मौलाना को क़िला बाज़ार से ख़ास लगाव था। ज़ाहिर है कि उनके बचपन और उनके लड़कपन से इस बाज़ार का ख़ास ताल्लुक़ रहा होगा।

स्टेशन या बस अड्डे से तकिया जाने के लिए क़िला बाज़ार से गुज़रना पड़ता है। यूँ तो और भी कई रास्ते तकिया जाने के लिए हैं लेकिन मौलाना ज़्यादातर क़िला बाज़ार से होकर ही अपनी क़यामगाह तकिया जाते थे। हज़रत मौलाना क़िला की ढाल से पैदल आ रहे हों, रिक्शे पर बैठे हों या कार पर तशरीफ़ फ़रमा रहे हों, क़िला बाज़ार में उनके दाख़िल होते ही सारा इलाक़ा एक अजीब तरह की तमानियत (इत्मीनान) महसूस करता था। हज़रत मौलाना के सफ़र पर रवाना होते ही यह सारा बाज़ार और उससे मिले मोहल्ले एक अजीब तरह की उदासी ओढ़ लेते थे।

इसी बाज़ार में एक साहब हुआ करते थे, शुबराती पहलवान। उनका चाय और नाश्ते का छोटा-सा होटल था। पहलवान का गाय भैंसों और दूध का छोटा-सा कारोबार भी था। पहलवान चौदह सौ बरस पहले वाले मुसलमान थे। होटल उनका शौक़ भी था, कारोबार भी और वक़्त गुज़ारने का मुस्तक़िल ज़रिया भी। अल्लाह और रसूल के बाद अपने दूध पर भरोसा करते थे। ख़ालिस दूध बेचते थे वह भी बड़े अक्खड़ तरीक़े से। कभी किसी ग्राहक को वापस नहीं करते थे। एक आने और दो आने का दूध लेने वाले भी उनके होटल पर आते थे और सेर दो सेर दूध ख़रीदने वालों के बराबर इज़्ज़त पाते थे। उनके हिसाब से दूध सिर्फ़ उनकी भैंसें देती थीं, बक़िया भैंसों की कोई गारण्टी नहीं होती थी। मौलाना की सवारी जैसे ही क़िला के ढाल से उतरने लगती, पहलवान के कारिन्दे उन्हें ख़बरदार कर देते थे। शुबराती पहलवान सब काम काज छोड़कर सड़क के किनारे धुले-मँजे गिलास में चाय लेकर मौलाना के इन्तज़ार में खड़े हो जाते थे। गाड़ी रुक जाती थी, शुबराती पहलवान आगे बढ़ते और हज़रत मौलाना को बा अदब तरीक़े से सलाम करते हुए गरमा गर्म चाय का गिलास हज़रत की तरफ़ बढ़ा देते थे। पहलवान की मासूम ख़्वाहिश के पेशे नज़र मौलाना अक्सर चाय का एकाध घूँट पी लेते थे। यह सिलसिला उसी वक़्त ख़त्म हुआ जब मौलाना ने इस दुनिया को अलविदा कहा। मौलाना की मौत के बाद शुबराती पहलवान बहुत बुझ गये थे। बीमार तो वह पहले से रहते थे लेकिन हज़रत मौलाना के इन्तिक़ाल के बाद उन्होंने होटल अपने लड़के के हवाले कर दिया। बस थोड़ी देर के लिए कभी-कभी होटल आते थे लेकिन अब उनकी होटल से कोई ख़ास दिलचस्पी नहीं रह गयी थी।

चूँकि पहलवान का होटल देर रात तक खुला रहता था लिहाज़ा हज़रत मौलाना के देसी और बिदेसी मेहमान भी अक्सर पहलवान की दुकान पर जलवा अफ़रोज़ होते थे। अवध की क़स्बाती बैठकों में ग़ज़ब का नशा होता है। जिस क़लन्दर को अवध के क़स्बे रास आ जाते हैं वह दुनिया का नक्शा भूल जाता है। यूँ भी दुनिया के नक़्शे में अवध के क़स्बे कहीं और दिखाई नहीं देते। मौलाना के एक मोतक़िद (श्रद्धालु) सऊदी अरब से अक्सर रायबरेली आते थे। किसी दिन वह शुबराती पहलवान की गुफ़्तगू, अक्खड़पन और कड़क चाय से रूशनास (परिचित) हुए। अरब की निस्बत से वह पहलवान के लिए सरापा एहतराम के लायक़ थे। पहलवान बचे हुए दूध और कड़ाही की खुर्चन से रात में पेड़े बना लेते थे। उनकी नेक नीयती के सबब उन पेड़ों का ज़ायक़ा बिल्कुल अलग-थलग होता था।

सऊदी अरब वाले मेहमान ने वह पेड़े खाये तो शुबराती पहलवान के खुलूस और पेड़ों की मिठास ने उन्हें अपना गुरवीदा (आशिक़) बना लिया। वह जितने दिन भी रहे शुबराती पहलवान के होटल पर पेड़े खाने ज़रूर आते थे।

एक दिन मौलाना ने पहलवान को बताया कि शुबराती! मैं अगले हफ़्ते सऊदी अरब के दौरे पर जा रहा हूँ। शुबराती पहलवान ने हज़रत मौलाना से मिन्नते करते हुए कहा कि हज़रत, एक किलो पेड़े बना दूँगा आप उन साहब के वास्ते लेते जाइएगा। मौलाना ने कहा कि शुबराती मैं सफ़र में ज़्यादा सामान लेकर नहीं जाता हूँ। लेकिन पहलवान की मिन्नत, समाजत और दिल रखने की ग़रज़ से उन्होंने कहा कि चलो यूँ करो कि तुम एक पेड़ा बना देना मैं उनके पास तुम्हारा तोहफ़ा पहुँचा दूँगा। मौलाना के सफ़र से पहले शुबराती पहलवान पेड़ा लेकर मौलाना की ख़िदमत में पहुँच गये, पेड़ा तो उन्होंने एक ही बनाया था लेकिन वह पूरे एक किलो का था। मौलाना ने मुस्कुराते हुए उनका तोहफ़ा ले जाने के लिए रख लिया।

मौलाना की सारी ज़िन्दगी ख़ाकसारी (विनम्रता) से इबारत (लिखी हुई) है। रायबरेली से हज़रत को बेपनाह मोहब्बत थी। रायबरेली भी उनकी शख़्सियत पर बे इन्तिहा फ़ख्र करता था। रायबरेली की आबो हवा, मौसम, मिट्टी और लोगों ने मौलाना के ख़ानवादे के एहतराम और अक़ीदत में वहाँ फ़िरक़ा परस्ती का कभी कोई चिराग़ जलने नहीं दिया। मौलाना जिस तरफ़ से भी गुज़रते थे उनके एहतराम में बाअदब खड़े रहने वालों के चेहरे पयामे इंसानियत की तालीम से चमकते दिखाई देते थे। उनकी हयात (ज़िन्दगी) में सियासी एक्तिदार की कोई खिड़की भी रायबरेली की जानिब नहीं खुल सकी।

इस ख़ानदान ने अरबाबे इक़्तिदार (सत्ताधारियों) की चौखट पर कभी सलामी नहीं दी, न ही सियासतदानों को अपनी ख़ानक़ाह के इर्दगिर्द मँडराने की इजाज़त दी। रायबरेली की फ़क़ीराना रविश और कलन्दराना सिफ़त की लौ इस ख़ानदान ने इतनी तेज़ कर दी कि अरब लोग भी रायबरेली का नाम एहतराम और अक़ीदत से लेते थे।

मेरा बचपन आलमगीरी मस्जिद के सहन में, इसी से मुल्हिक़ (मिले हुए) मदरसे में, बड़े अब्बा हकीम सय्यद अब्दुल जब्बार के आँगन में या तकिया पर मौलाना के घर के आस पास गुज़रा। चूँकि मेरे चचा सय्यद मुशर्रफ़ अली पाकिस्तान जाना नहीं चाहते थे लेकिन दादा और दादी साहिबा उनको पाकिस्तान ले जाने पर आमादा थे इसीलिए आख़िरी फ़ैसले के तौर पर चचा मोहतरम ने अपनी परेशानी और उलझन हज़रत मौलाना के सामने रखी। हज़रत मौलाना भी चचा मोहतरम के पाकिस्तान जाने के तरफ़दार नहीं थे लेकिन मामला वालिदैन की फ़रमाँ बरदारी का था लिहाज़ा मौलाना को अपना जी कड़ा करके मेरे चचा मोहतरम को कराची जाने का दुश्वार तरीन मश्विरा देना पड़ा।

रायबरेली में इन्दिरा गाँधी ने मौलाना से मिलने के लिए बहुत डोर डाले लेकिन मौलाना हमेशा सियासत और सियासतदानों से दूर रहते थे, बल्कि शायद यह चलन उनके ख़ानदान में आम है कि वह अरबाबे सियासत और अरबाबे इक्तिदार दोनों से अलग-थलग रहते हैं।

हज़रत मौलाना में बला की ज़िहानत (बुद्धिमानी) थी। वह हमेशा सामने वाले से उसी के मिज़ाज के मुताबिक़ बातें करते थे। मौलाना बहुत ही ठण्डा पानी पीते थे। किसी ने पूछ लिया कि हज़रत आप इतना ठण्डा पानी पीते हैं, मौलाना ने हँसते हुए जवाब दिया कि इससे ज़्यादा ठण्डा पानी कहीं दस्तयाब नहीं होता, बर्फ़ ही इसका बदल दिखाई देती है।

मौलाना का दस्तरख़्वान सचमुच क़लन्दरों का दस्तरख़्वान था। कोई एहतमाम, कोई तसन्नो (बनावट) और किसी बेजा ज़हमत का उनके यहाँ कोई ख़ाना ही नहीं था। मौलाना अक्सर मुझे सुबह सवेरे बुलाते थे, अपने साथ नाश्ते के लिए दस्तरख़्वान पर बिठाते थे, मुझसे शेर सुनते थे, कभी-कभी इस्लाह भी फ़र्माते थे और शायरी में इबहाम (उलझाव) के ऐब को कम करने का हुक्म देते थे। घर के दूध से निकली हुई बालाई (मलाई) वह बहुत पसन्द करते थे। नाश्ते में उनके सामने बालाई ज़रूर रखी जाती थी। सुबह के नाश्ते में बालाई खाने का उन्हें बहुत शौक़ था। हज़रत मौलाना मुझसे अपने ही प्याले में खाने के लिए कहते और मैं भी तकल्लुफ़ को ताक़ पर रखकर बासी रोटी और बालाई पर हाथ साफ़ करने में लग जाता था। दस्तरख़्वान पर बैठे हुए दूसरे मुअज़्ज़ीन तरह-तरह के मुँह बनाते लेकिन ऐसी बातों का मेरी सेहत पर कभी कोई असर नहीं पड़ता था। चूँकि मौलाना मेरे ख़ानदान से मोहब्बत भी करते थे और हम लोगों का बहुत ख़याल भी रखते थे, लिहाज़ा मुझे कोई टोकता भी नहीं था।

मौलाना के ख़ानवादे की एक सबसे बड़ी ख़ूबी यह रही है कि मसलकी (पन्थी) छेड़छाड़ या सियासी दख़ल अन्दाज़ी से हमेशा यह ख़ानदान दूर रहा है। मौलाना के मौज़ू (Subject) का दायरा हमेशा पयामे इंसानियत ही रहा। मसलक और मज़हब

को बुनियाद बनाकर बेसबब की तल्ख़ियों से अपने दामने फ़िक्र को बचाया। अपनी किताब *पुराने चिराग़* में उन्होंने शायरे रिन्दे बलानोश जिगर मुरादाबादी से अपने मरासिम (सम्बन्धों) का इज़हार किया है। उन्होंने दुआ-तावीज़ और झाड़-फूँक करने वालों से भी अपना दामन कभी नहीं बचाया।

शादी के फ़ौरन बाद ही मेरी अहलिया (पत्नी) पर कुछ आसेबी असर हो गया था। शहर के कई आमिल और झाड़-फूँक करने वाले आये लेकिन कुछ ख़ास फ़ायदा नहीं हो रहा था। वह अचानक मर्दाना आवाज़ में बोलने लगतीं और उनके सारे जिस्म में पित्ती उछल आती थी। अब्बू मुझे साथ लेकर तकिया गये, मैंने मौलाना से रो रोकर अपनी विपदा सुनायी। वह मेरे वालिद से शहर के हालात के सिलसिले में गुफ़्तगू कर रहे थे। उन्होंने मेरी बात सुनते ही कहा कि मुनव्वर मियाँ! आप परेशान क़तई न हों, अल्लाह पर भरोसा रखें। मेरे पास इस बीमारी के भी 'डॉक्टर' हैं। फिर उन्होंने अपने एक बहुत ही ख़ास और क़रीबी निसार मियाँ (मरहूम) से कहा कि अनवर भाई की बहू पर कुछ आसेबी (भूतप्रेत सम्बन्धित) असर हो गया है, आप इन्हें देख लीजिए। क़िस्सा मुख़्तसर यह कि मैं अम्मी के साथ अपनी अहलिया को लेकर मौलाना के घर गया, अम्मी और मेरी अहलिया को मौलाना के घर की मोहतरम औरतों में अन्दर भेज दिया गया। अल्लाह मोलवी निसार मियाँ को ग़रीक़े रहमत करे, उन्होंने पानी और शकर दम कर के दिया और एक तावीज़ भी दी। अल्लाह की मेहरबानी से फिर आज तक यानी 38 बरस होने को आये हैं, कोई परेशानी नहीं हुई।

मौलाना के ख़ानदान की एक बगिया थी जिसे हर बरस किराये पर दे दिया जाता था। उन दिनों 6 सौ रुपयों से लेकर 9 सौ रुपयों तक में यह बाग़ एक फ़स्ल के लिए किराये पर दिया जाता था। शहर के लोग इसे किराये पर ले लेते थे। एक साल मोहल्ला ख़न्दक़ तले के किसी खटिक ने इसे किराये पर लिया था। फ़स्ल ख़त्म होने के बाद वह खटिक मौलाना के पास आया और तयशुदा रक़म मौलाना की ख़िदमत में पेश कर दी। मौलाना ने मुस्कुराते हुए पूछा—इस बरस कितनी आमदनी हुई? वह शख़्स शर्मिन्दगी के साथ बोला कि हज़रत, इस बार एक तो आँधी बहुत आयी, दूसरे आस-पास के लड़के, बच्चे भी काफी आम तोड़ ले गये, अब हम उन्हें ज़्यादा मना भी नहीं कर सके क्योंकि वह आपका पुश्तैनी बाग़ है। मेरा पूरा घर उस बगिया की रखवाली में लगा रहता है, लिहाज़ा दूसरा कोई काम भी नहीं हो पाता इसीलिए इस बार क़िस्मत ने साथ नहीं दिया। ख़ैर हज़रत आप मेरे लिए दुआ कर दीजिए, ऊपर वाला चाहेगा तो अगली फ़स्ल में नुक़सान पूरा हो जायेगा। मौलाना ने उस खटिक की दी हुई पूरी रक़म उसे वापस कर दी और उसे आइन्दा के कारोबारी मुस्तक़बिल के लिए दुआएँ भी दीं। शायद पयामे इंसानियत की यही सच्ची तालीम है जिसकी रौशनाई से मौलाना क़ी पूरी ज़िन्दगी तहरीर थी।

कौन रमज़ान में ग़ालिब से मुलाक़ात करे

रमज़ान का महीना आते ही तक़द्दुस, पाकीज़गी, इबादत और सख़ावत का नूर सारी क़ायनात में फैल जाता है। नवजवान रोज़ेदारों की टोलियाँ फ़रिश्तों की क़तारें दिखाई देती हैं। नन्हे-नन्हे रोज़ादार अपने ख़ुश्क होंठों पर जज़्बये ईसार (त्यागभावना) की प्यास सजाये दरबारे ख़ुदावन्दी में अपने अशरफुल मख़्लूकात (जीवधारियों में श्रेष्ठ) होने का सुबूत देते रहते हैं। सुबह से पहले बच्चे, बूढ़े और जवान अल्लाह के कलम की तिलावत में मसरूफ़ रहते हैं। रूह की पाकीज़गी उनकी आँखों की रौशनी में इज़ाफ़ा करती रहती है। सुबह होते ही दरख़्तों से चिड़ियों की तिलावत जैसी आवाज़ समाअतों (श्रवण) को सुकून बख़्शने लगती है। शाम को फिर यही ख़ुशरंग चिड़ियाँ अपनी-अपनी बोली में अपने परवरदिगार को याद करती हुई नींद की आग़ोश में सिमट जाती हैं। दुनिया के तक़रीबन सभी मज़हब वाले रमज़ान के बरकतों से फ़ैज़याब (लाभान्वित) होने के लिए इसका एहतराम करते हैं। हिन्दुस्तान ग़ालिबन दुनिया का वाहिद (अकेला) मुल्क है जहाँ बड़े-बड़े सियासी नफ़रतकदों के बावजूद आज भी हज़ारों ग़ैर मुस्लिम न सिर्फ़ यह कि रोज़ा रखते हैं बल्कि रोज़ादारों के लिए अफ़तारी और सहरी का इन्तिज़ाम भी करते हैं :

हम काफ़िरों ने शौक़ में रोज़ा तो रख लिया
अब होसला बढ़ाने को अफ़तार भी तो हो

मिर्ज़ा ग़ालिब से मनसूब यह लतीफ़ा बहुत मशहूर है कि चचा अपने कमरे में बैठे हुए शुग़ल फ़रमा रहे थे। कुछ बेतकल्लुफ़ दोस्त आ गये। चचा ने बेहिजाबी (बेपर्दगी) का दामन नहीं छोड़ा। आलाते-मयकशी (पीने-पिलाने के बर्तन) पर नज़र पड़ते ही किसी ने पूछ लिया कि मिर्ज़ा! सुना तो यह था कि रमज़ान के महीने में शैतान क़ैद हो जाते हैं। चचा ने फ़रमाया, आपने जो सुना है वह बिल्कुल सही सुना है लेकिन शायद आपको यह नहीं मालूम है कि शैतान जहाँ क़ैद किये जाते हैं, यह वही कमरा है।

अपने हकीम साहब भी इस लिहाज़ से मज़े के आदमी थे। कभी पूरे रोज़े ख़ुद भी नहीं रखे, न अपने क़रीबी दोस्तों को रखने दिया। पूरे महीने न रोज़े रखते और न ही कुछ खाते-पीते थे। सिर्फ़ बीड़ी और चाय पर सारा दिन गुज़ार देते थे। बीड़ी

ऐसी इस्तेमाल करते थे जो रिश्तेदारों की तरह जले और धुआँ पड़ोसी के मुँह से बरामद होता रहै। चाय पीते वक्त मतब (क्लीनिक) का एक दरवाज़ा इस तरह हल्का सा भेड़ देते थे जैसे बाज़ारी औरतें आँख मारने से पहले एक हाथ रुख़सार (गाल) पर रख लेती हैं। कभी-कभी मूड में यह भी कहते थे कि अगर बीड़ी और चाय की इजाज़त होती तो मैं साल भर रोज़ा रख सकता था। एक दिन उनके एक हिन्दू दोस्त ने व्रत का रोज़े से मुवाज़ना (तुलना) कर दिया। बस फिर क्या था क़यामत ही आ गयी। हकीम साहब के अन्दर का बेरोज़ेदार मुसलमान पूरी तरह जाग गया। अपने हिन्दू दोस्त से कहने लगे कि रोज़े और व्रत का क्या मुकाबला? आप लोग तो इतने कमज़ोर होते हैं कि ज़्यादातर व्रत औरतों से रखवाते हैं और फिर आप लोग व्रत में शर्बत पीते हैं, फल खाते हैं। अगर इतनी सहूलियतें मुसलमानों को मयस्सर हो जायें तो वह क़यामत तक रोज़ा रख सकते हैं।

हकीम साहब रमज़ान में किसी ग़ैर मुस्लिम होटल में दाख़िल भी नहीं होते थे। बिरादरी के होटलों की चिलमन से ताका झाँकी करते हुए गालियाँ और खाना खाते थे। ग़ैर मुस्लिम होटलों से गुरेज़ की वजह यह बताते थे कि मेरी इस हरकत से पूरी मिल्लत (क़ौम) का किरदार मशकूक (सन्दिग्ध) हो सकता है। उन बुर्क़ापोश औरतों से भी बहुत नाराज़ रहते थे जो मोहल्ले से निकलते ही नक़ाब को दुपट्टा बना लेती हैं। अफ़तार पार्टी के तो सख़्त मुख़ालिफ़ थे। कहते थे अफ़तार पार्टी में जाने से तो यह अच्छा है कि भारतीय जनता पार्टी में चला जाये। उनका कहना था कि इस क़िस्म की पार्टियाँ मुसलमानों से ख़ाकसारी (विनम्रता) छीनकर उनके हाथों में ख़ुदनुमायी का कटोरा दे देती हैं। कभी-कभी ज़िन्दगी का यह फ़लसफ़ा भी बयान करते थे कि अमीरी अगर सादगी पसन्द भी हो तो बेले का फूल मालूम होती है। उमूमन (आमतौर पर) अफ़तार पार्टियों से भागते थे लेकिन कभी कभार मुँह का ज़ायका बदलने के लिए शरीक भी हो जाते थे। कभी आँखों की मुरव्वत की रस्म निभाने के लिए मुझे भी साथ ले लेते थे। यह कहकर एहसान भी जताते थे कि बुज़ुर्गों का क़ौल है कि ख़राब महफ़िलों में हमेशा एक अच्छे दोस्त को साथ रखना चाहिए। जब तक कार का स्टेयरिंग मेरे हाथ में रहता था। मेरी दोस्ती का दम भरते थे। कार से उतरते ही मुझे यूँ फ़रामोश कर देते थे जैसे मैं दोस्त नहीं, मुलायम सिंह यादव का वोट बैंक हूँ।

एक दिन बहुत मूड में थे। मुझे देखते ही घुँघरुओं की तरह बजने लगे। इधर-उधर निगाह के घोड़े दौड़ाये, फिर कहने लगे कि कई बरस पहले गवर्नर हाउस में अफ़तार पार्टी थी। शहर के तमाम इक़बालमन्द (खुशनसीब) हज़रात वहाँ मौजूद थे। मिस्वाक (दातुन) की डिमांड ज़ोरों पर थी। गवर्नर हाउस में लगे नीम के पेड़ अपने वजूद (अस्तित्व) के बरक़रार रहने की दुआएँ माँग रहे थे। अज़ान की अवाज़ से ज़्यादा गवर्नर साहब की तशरीफ़आवरी का इन्तिज़ार था। बेरोज़ादार ख़ुदा से

ज़्यादा गवर्नर की कुर्बत के लिए बेक़रार थे। कुछ साहिबाने सरवत (हैसियतदार लोग) अपने साथ फ़ोटोग्राफ़र भी लाये थे। जो लोग जल्दबाज़ी या फ़ोटोग्राफ़रों की क़िल्लत की वजह से ख़ाली हाथ आये थे वह दूसरों के फ़ोटोग्राफ़रों से आँख मटक्का की कोशिश में मसरूफ़ थे। शैतानों की नज़रबन्दी के सबब ज़्यादातर शायर हज़रात ग़ैर हाज़िर थे। जो दिखाई दे रहे थे उनमें बेशतर मुतशायर थे या ऐसी टोपियाँ लगाये हुए थे जिनसे उनका चेहरा ही नहीं कलाम की गल्तियाँ भी छुप गयी थीं :

बन्दवो साहबो मोहताजो .गनी एक हुए
रोज़ा अफ़्तार को पहुँचे तो सभी एक हुए

गवर्नर साहब के तशरीफ़ लाते ही हर शख़्स उन्हें ईद के चाँद की तरह बग़ौर देखने लगा। गवर्नर साहब ने फुटबाल के रेफ़री की तरह अपनी कलाई पर बँधी घड़ी पर निगाह डाली। फिर क्या देर थी, एक तरक़्क़ी पसन्द सरकारी मोलवी साहब ने 'अल्लाहु अकबर' की सदा से अज़ान की इब्तिदा कर दी। तक़रीबन सभी लोग क़ाबों और कबाबों पर टूट पड़े। तूफ़ान थम जाने के बाद पता चला कि अज़ान वक़्त से तीन मिनट पहले ही दे दी गयी है। मौलाना मासूमी गबर्नर हाउस के एक पुरसुकून गोशे में मुकर्रर वक़्त पर रोज़ा खोलते हुए मुस्कुरा रहे थे, हालाँकि वह अपने इल्मी और मज़हमी अख़्तियारात का इस्तेमाल करके लोगों को इस गुनाह और बेलज़्ज़त अफ़्तार से बचा सकते थे लेकिन जन्नत में ज़्यादा भीड़ भाड़ हो जाने के ख़ौफ़ से उन्होंने ज़बान बन्द रखना ही मुनासिब समझा। मेरे पूछने पर पहले तो देर तक हँसते रहे फिर आहिस्ता से बोले कि जहाँ गवर्नर मौजूद हों वहाँ मेरी कौन सुनता है। दूसरे बेरोज़ादारों के शोर में आवाज़े हक़ की क्या ज़रूरत है। यूँ भी उनमें से ज़्यादातर हज़रात अज़ान की आवाज़ पर नहीं बल्कि गवर्नर के इशारे पर रोज़ा खोलने आये थे।

कई बरस पहले अफ़्तार पार्टियों की इत्तिला एक दिन पहले अख़बार में छप जाती थी लेकिन अब यह सिलसिला तक़रीबन बन्द हो गया है क्योंकि इस तरह कुछ सचमुच के रोज़ेदार भी पहुँच जाते थे। लिहाज़ा अब अफ़्तार पार्टी के दूसरे दिन अख़बारों में कुछ रजिस्टर्ड क़िस्म के रोज़ेदारों की तस्वीरें छप जाती हैं। हैरत है कि उर्दू अख़बार वाले इश्तिहारात की कमी का रोना रोते हैं लेकिन 4 × 8 साइज़ की इश्तिहारनुमा अफ़्तार पार्टी की तस्वीर बिला मुआवज़ा छाप देते हैं।

पिछले हफ़्ते उर्दू एकेडमी के मुलाज़िमीन की तरफ़ से एक अफ़्तार पार्टी का एहतमाम किया गया था। ज़ाहिर है कि ये सब नौकरी पेशा लोग हैं। उर्दू एकेडमी के हालात भी ज़्यादा खुशगवार नहीं रहते हैं लेकिन उनके जज़्बे की सदाक़त पर भी शक नहीं किया जा सकता है और फिर मैं रोज़ा भी नहीं था लिहाज़ा अपने चेहरे पर तक़द्दुस (पवित्रता) का मसनुई (बनावट) ग़ाज़ा मले हुए मैं भी उस पार्टी की जलवा सामानियों (चकाचौंध) से लुत्फ़ अन्दोज़ होने के लिए एकेडमी के दफ़्तर पहुँच

गया। दफ़्तर में चहल पहल बिल्कुल नहीं थी। चेयरमैन और वाइस चेयरमैन तक ग़ैरहाज़िर थे। इसकी वजह ग़ालिबन यही थी कि किसी भी वज़ीरे मोहतरम की तशरीफ़ आवरी का बाक़ायदा एलान नहीं हुआ था और एकेडमी की गवर्निंग बॉडी भी तहलील (निष्क्रिय) हो चुकी थी। लिहाज़ा एकेडमी के ग़रीब मुलाज़िमीन की सजायी हुई छोटी मोटी महफ़िल में कौन आता है। यूँ भी शहर में कई दूसरी अहम् (ख़ास) अफ़्तार पार्टियाँ भी थीं जहाँ चरने-चुगने का बेहतरीन इन्तिज़ाम था और ज़ाहिर है कि बादाम के मोहल्ले में चीना बादाम (मूँगफली के दाने) हरिजन की चारपाई हो जाते हैं। बेचारी खजूर परेशान हाल रिश्तेदारों की तरह एक निगाहे इल्तिफ़ात (दया दृष्टि) के लिए बिरयानी और क़ोरमे के दरवाज़े पर खड़ी रहती है :

शोरे मातम न जनाज़े पे हुजूमे अहबाब
कितना ख़ामोश ग़रीबों का सफ़र होता है

हुकूमत को चाहिए कि हर अफ़्तार पार्टी करने वाले को यह हुक्म दे कि वह साल भर कम अज़ कम एक भूखे आदमी को दोनों वक़्त खाना खिलाये। अगर बड़ी अफ़्तार पार्टी है तो उसके नाम निहाद मुन्तज़िमीन (तथाकथित आयोजकों) को कम अज़ कम पाँच आदमियों के पेट के दोज़ख को भरने का वादा साल भर तक वफ़ा करना चाहिए। अफ़्तार पार्टी अगर सरकारी है तो पचास भूखे लोगों की रोज़ी-रोटी का साल भर तक इन्तिज़ाम करने का ज़िम्मा लेना चाहिए। इस तरह या तो अफ़्तार पार्टियों की फ़िजूल खर्चियों से हम लोग बच जायेंगे या कई लाख भूखे रोज़ खाना खायेंगे :

तुम्हारी राह में मिट्टी के घर नहीं आते
इसीलिए तो तुम्हें हम नज़र नहीं आते

बहरहाल, एक एकेडमी की अफ़्तार पार्टी में काफ़ी लोग थे जिनमें नवजवानों की तादाद ज़्यादा थी, जो तवक़्क़ोआत (उम्मीदों) की शम्एँ रौशन किये मुख़्तलिफ़ सफ़ों में शामिल थे। प्रोफ़ेसर आसिम, शहनवाज, शिबली पिसर जनाब अलक़मा शिबली (वाइस चेयरमैन), उर्दू एकेडमी और डॉ॰ ख़्वाजा नसीम अख़्तर, डिप्टी लेबर कमिश्नर अपने अहबाब के दरम्यान नुमायाँ दिखाई दे रहे थे। मैं पार्टी के हारे या सताये हुए लोगों के पास बोझ की सूरत रखा हुआ था। मेरी सफ़ में निज़ामुद्दीन साहब साबिक़ एम॰एल॰ए॰, शमीर अनवर खाँ, साबिक़ काउंसिलर (मौजूदा कुछ नहीं), ख़्वाजा अहमद हुसैन (अभी तक कुछ नहीं) और मैं (यानी कभी कुछ नहीं) एक साथ बैठे थे। यूँ तो डिप्टी सेक्रेटरी निशात आलम भी मेरी ही सफ़ में विराजमान थे लेकिन बक़ौल प्रोफ़ेसर एज़ाज़ अफ़ज़ल :

तुझे ख़बर नहीं शायद निगाह का मरकज़
जिधर मैं देख रहा हूँ उधर नहीं होता

हस्बे रवायत (परम्परा के अनुसार) अफ़्तारी के फ़ौरन बाद तमाम लोग मग़रिब की नमाज़ के लिए खड़े हो गये। यह ख़ाकसार भी अपनी पेशानी की कालिख को सजदों की सफ़ेदी से धोने में मसरूफ़ हो गया। रवायती क़िस्म के सारे कम्यूनिस्ट सेक्रेटरी के कमरे में जाकर यूँ छुप गये जैसे इधर-उधर के भागे हुए तरक़्क़ी पसन्द शायर और अदीब मास्को में छुप जाते थे। नमाज़ के फ़ौरन बाद मैं अपने एक सौ छः किलो जिस्मानी बोझ के साथ सीढ़ियाँ उतरने की कोशिश कर ही रहा था कि किसी ने आवाज़ दी कि हलीम (खिचड़ा) और चाय का भी इन्तिज़ाम है। मैंने सोचा लड़कों का दिल न तोड़ा जाये और जो कुछ भी है न छोड़ा जाये। मैं उल्टे क़दमों वापस हो ही रहा था कि ख़्वाजा नसीम अख़्तर बहुत ही नुमायाँ तरीक़े से दुआ में मसरूफ़ दिखाई दिये। मैंने पूछा, वाइस चेयरमैन की कुर्सी के लिए दुआ माँग रहे हैं? उनके अन्दर का डिप्टी लेबर कमिश्नर बोल उठा कि उससे बड़ी कुर्सी के बारे में सोच रहा था। मैंने फ़ौरन अर्ज़ किया कि उससे बड़ी कुर्सी के लिए यहाँ अलीमुद्दीन स्ट्रीट की तरफ़ मुँह करके नमाज़ पढ़नी पड़ती है :

सब बहुत ख़ुश हैं उसे दे के इबादत का फ़रेब
वह मगर ख़ूब समझता है ख़ुदा है वह भी

अगरचे जिन हज़रात के लिए हलीम में नमक की मिक़दार (मात्रा) बढ़ायी गयी थी वह तशरीफ़ ही नहीं लाये थे। जब कि आज कल वफ़ादारी के लिए नमक से ज़्यादा ओहदों का इस्तेमाल होता है लेकिन नमक की फिर भी बेहुरमती नहीं की जा सकती क्योंकि बचपन से यही सुनता आया हूँ कि गिरे हुए नमक को पलकों से उठवाया जायेगा और बंगाल के शायरों-अदीबों की पलकें तो अरबाबे इक़्तिदार को पलकों पर बिठाने ही में ख़िज़ाँ रसीदा (पतझड़ ज़दा) हो चुकी हैं और यूँ भी नकली कलाम पर Ph.D. तो हो सकती है लेकिन नक़ली पलकों से वफ़ादारी के नमक का बोझ नहीं उठाया जा सकता :

नहीं हैं आँख में आँसू हमारे
मगर पलकें तक़ाजा कर रही हैं।

हकीम साहब की बेचैन रूह को ख़ुश करने के लिए एक और अफ़्तार पार्टी में शिरकत करनी पड़ी। मेरे एक करमफ़रमा इक़बाल अहमद साहब ने फ़ोन पर अफ़्तार की दावत दी। दो तीन बार याद दहानी भी करायी लिहाज़ा मैं जज़्ब आँवलवी के साथ उनके आलीशान फ़्लैट पर पहुँच गया। उनका ख़ूबसूरततरीन फ़्लैट हर तरह की आसाइशों (आसानियों) से आरास्ता (सजा हुआ) था लेकिन पसमंज़र (Background) से इस्लामी मुशाअरे (इस्लामी समाज) के गुल बूटे फूट रहे थे। दौलत अगर इल्म और मज़हबी रवादारी के साथ चलती है तो उसका मुक़ाम और भी बुलन्द दिखाई देता है।

जज़्ब भाई उमूमन बीमार रहते हैं। रमज़ान का महीना आते-आते और भी बीमार

हो जाते हैं। यह अलग बात है कि ईद के दिन सिवय्यों का इंजेक्शन लगते ही बिल्कुल ठीक हो जाते हैं। वह हर ऐसी महफ़िल में मेरे साथ जाना पसन्द करते हैं जहाँ खाने पीने का माकूल इन्तिज़ाम होता है। लिहाज़ा उस दिन भी हस्बे मामूल मेरे साथ थे।

अफ़्तार से पहले का वक़्त आसान होते हुए भी बहुत दुश्वार होता है। इक़बाल भाई के साहबज़ादे अज़हर मियाँ ने वक़्त काटने की ग़रज़ से मुझसे पूछा कि अंकल, आपको रमज़ान गुज़ारना कहाँ अच्छा लगता है? मैंने कहा कलकत्ता, भोपाल और लखनऊ में बहुत अच्छा लगता है। उसने मासूमियत से पूछा, अंकल हैदराबाद में? मैंने कहा हैदराबाद में भी अच्छा लगता है लेकिन वहाँ रोज़ा भी रखना पड़ता है।

अफ़्तार का वक़्त होते ही इक़बाल भाई हम लोगों को सजी-सजायी डाइनिंग टेबिल की तरफ़ ले आये। कुर्सी पर बैठते ही उन्होंने सच्चे मुसलमान की तरह इक़रारे गुनाह करते हुए यह बता दिया कि वह रोज़े से नहीं हैं क्योंकि Heart Patient होने की वजह से उन्हें दिन भर में तक़रीबन पन्द्रह दवाएँ खानी पड़ती हैं। उन्होंने जितनी फ़राख़दिली से अपने गुनहगार होने का इक़रार किया था जवाब में हमें भी यही करना चाहिए था लेकिन शायद जज़्ब साहब की नाराज़गी के ख़ौफ़ से मेरा जज़्बये सदाक़त मटमैला हो गया इसलिए मेरे अन्दर के बेरोज़ेदार मुसलमान ने सच बोलने से साफ़ इनकार कर दिया। जज़्ब साहब तो इंसानी एहसास की इस निदामत (शर्मिन्दगी) से बचने के लिए 'रोज़ा' इस तरह लिखते थे कि 'रौज़ा' मालूम होता था। उनके कन्धों पर बैठा हुआ नेकी का फ़रिश्ता मुस्तक़िल बेकार ही बैठा रहता था।

डाइनिंग टेबिल पर सिर्फ़ पाँच अफ़राद (लोग) मौजूद थे। यानी इक़बाल साहब, उनके साहबज़ादे अज़हर इक़बाल, बेगम इक़बाल अहमद, जज़्ब साहब और यह ख़ाकसार। इक़बाल साहब तो पहले ही सरकारी गवाह बन चुके थे। हम और जज़्ब साहब अपनी-अपनी ख़बासतों पर चर्ब ज़बानी की चिलमन डाले हुए थे। बेगम इक़बाल अहमद से यह दरयाफ़्त नहीं किया जा सकता था कि वह रोज़े से हैं या नहीं? क्योंकि किसी भी ख़ातून से रोज़े के बारे में पूछना बदतमीज़ी और गँवारपन में शुमार होता है। ले-दे के सिर्फ़ अज़हर मियाँ सच्चे मुसलमानों की नुमाइन्दगी कर रहे थे। उनके मासूम चेहरे से रोज़े के तक़द्दुस की किरणें फूट रही थीं। ऐसे में अगर हम लोग भी अपने बेरोज़ादार होने का एलान कर देते तो मिल्लते इस्लामिया पूरी तरह अक़लियत की सफ़ में आ जाती लिहाज़ा ऐसे में दरोग़ गोई (झूठ बोलने) की चिलमन डाले रखना ही मुनासिब था।

डाइनिंग टेबल पर सजे हुए ज़ायक़ेदार फ़ल और लज़ीज़ पकवान क़ुदरत की करम फ़रमायी का नमूना लग रहे थे। इक़बाल साहब ने यह भी वाज़ेह (स्पष्ट) कर दिया था कि सिर्फ़ मटन हलीम डाइनिंग टेबिल की सरकार को बाहर से सपोर्ट दे रही है बक़िया चीज़ें उनके बेगम के गृहस्थ और सलीक़ेमन्द होने की गवाही दे रही

हैं। पपीता अपने भगवा रंग के लिबास के बावजूद सेक्यूलर होने का एलान कर रहा था। अनन्नास ने अपनी खुरदरी शख़्सियत पर सियासत दानों की तरह हल्के पीले रंग की चादर ओढ़ रखी थी। आलू हर हिन्दुस्तानी दस्तरख़्वान पर गुर्बत और अमीरों के दोराहे पर खड़ा रहता है। चने इस एहतियात के साथ उबाले गये थे कि दनदान साज़ों (दाँत बनाने वालों) को हर्गिज़ कोई कारोबारी फ़ायदा न पहुँचने पाये। तरबूज़ के क़तले ख़ूने कबूतर की तरह सुर्ख़, महबूब के लबों की तरह शीरीं, आशिक़ की आहों की तरह ठण्डे दिखाई दे रहे थे। बेचारे सेब क़ाशों में तबदील होने के बाद भी हिन्दुस्तानियों की तरह मुत्तहिद (संगठित) दिखाई दे रहे थे। तली हुई मछलियाँ अपनी सोंधी खुशबू के ज़रिये रोज़ेदारों को मुख़ातिब करने की कोशिश कर रही थीं। केले आशिक़ के दिल की तरह टुकड़े-टुकड़े होकर भी अपने को खुशनसीब समझ रहे थे। पराठे बावर्ची ख़ाने की रवायती तहज़ीब से पर्दा हटा रहे थे। कबाब आशिक़ के दिले सोख़्ता (निराश और जला हुआ दिल) की तरह जले भुने दिखाई दे रहे थे। बेसन में तली मिर्चें चटख़ारेदार ज़बान से छेड़ छाड़ पर आमादा थीं। क़ाब में मौजूद दही की चिलमन से कुन्दन बदन वाले बड़े झाँक रहे थे। गुलाबी रंगत लिए इमरतियाँ किसी मिस्री ख़ातून की कलाई में पड़े जड़ाऊ कंगन की तरह लग रही थीं। इक़बाल साहब ने कई बार बादाम के शर्बत की तरफ़ इशारा किया लेकिन हम लोग इमरतियों की हुस्नकारी, समोसों की दस्तकारी और दही बड़ों के ज़ायकों में उलझे हुए थे। बातों बातों में उन्हें मैंने यह भी बता दिया कि हम लोग जब दस्तरख़्वान पर छोटे-मोटे झगड़ों की रिहलसल न कर लें, एकाध क्राकरी को नाक़ाबिले इस्तेमाल न बना लें उस वक़्त तक मालूम ही नहीं होता कि हम लोग रोज़ादार भी हैं। डाइनिंग टेबिल तो हमारे घरों में नौकरों के सोने के लिए इस्तेमाल होती है।

दो मासूम-सी बिल्लियाँ अपनी मौजूदगी से बच्चों की कमी का एहसास नहीं होने दे रही थीं। आस पास में मस्जिद न होने की वजह से अज़हर मियाँ मोबाइल की मदद से अफ़्तार के वक़्त की तस्दीक़ (पुष्टि) में मसरूफ़ थे। उधर बिल्ली के मासूम बच्चे भी कमरे की खिड़की पर बैठे शायद अज़ान का इन्तिज़ार कर रहे थे लेकिन साइंस की तेज रफ़्तार टेक्नोलोजी बिल्ली के बच्चों की कूव्वते समाअत के आगे हार गयी। कहीं दूर से आती हुई चौदह सौ बरस पुरानी अज़ान की खुशबू का एहसास होते ही बिल्ली के दोनों बच्चे दस्तरख़्वान के कोनों पर वफ़ादार सिपाहियों की तरह आकर खड़े हो गये। दोनों बच्चों के सामने दूध के प्याले रख दिये गये। एक बिल्ली के बच्चे ने हम लोगों का साथ देने के लिए फ़ौरन दूध के प्याले में मुँह डाल दिया लेकिन दूसरा बच्चा एक ख़ास अदाये बेनियाज़ी के साथ दूध के प्याले के पास चुपचाप बैठा हुआ था। ऐसा महसूस हो रहा था कि जैसे वह किसी ख़ास मुबारक लम्हे का मुन्तज़िर है। बेगम इक़बाल ने मुस्कुराते हुए कहा कि यह बिल्ली का बच्चा हम लोग ईरान से लाये हैं, ग़ालिबन अभी इसके अफ़्तार का वक़्त नहीं हुआ है।

कैसे कैसे तैरने वालों को दरिया खा गया

अल्लाह जन्नत बख़्शे हकीम साहब को, उनकी इल्मी और क़ल्मी सोहबत से फ़ैज़बायी (फ़ायदा उठाना) का नतीजा है कि आज शहर में मेरी तहरीरों (लेखों) की बहुत माँग है। हालाँकि इस माँग में हरीफ़ों (प्रतिद्वन्दियों) ने ज़बर्दस्ती सिन्दूर भरने की कोशिश की लेकिन बक़ौल भाई बशीर बद्र :

मेरी शोहरत सियासत से महफ़ूज़ है
ये तवायफ़ भी इज़्ज़त बचा ले गयी

हालाँकि इस शेर के दूसरे मिसरे से हकीम साहब ने हमेशा इख़्तिलाफ़ (भिन्न मत) किया, उनका कहना था कि, "तवायफ़ है तो उसकी इस्मत (अस्मिता) कहाँ महफ़ूज़ होगी?" बल्कि एक बार उन्होंने बशीर बद्र को भी दबे लफ़्ज़ों में समझाने की कोशिश की थी लेकिन जो शख़्स मुशायरे में सिर्फ़ शेर पढ़ने के पैसे लेता हो और समझाता अलग से हो, उसकी समझ में हकीम साहब की यह बात कहाँ आ सकती थी। लिहाज़ा बशीर बद्र ने फ़ौरन ये दलील पेश कर दी कि, "यहाँ तवायफ़ नहीं तवायफ़ज़ादी समझिए, मैंने ग़ज़ल के फ्रेम की मजबूरी की वजह से एक लफ़्ज़ की कंजूसी की है, हाँ! अगर मेरी जगह आज़ाद ग़ज़ल के बानी (संस्थापक) मज़हर इमाम होते तो दूसरे मिसरे में उसका शजरा तक बयान कर सकते थे।"

ज़ाहिर है कि जिसने ऐसे-ऐसे जी इल्म (ज्ञानी) हज़रात की जूतियाँ सीधी की हों, उसकी इल्मी बसीरत से कौन इनकार कर सकता है। हकीम साहब मरहूम के हुक़्क़े की चिलम मुस्तक़िल कई बरसों तक भरने के बाद, 'ये धुआँ-सा कहाँ से उठता है' से लेकर 'दार तक साथ रही शोला बयानी मेरी' सुख़न शनासी (साहित्यिक ज्ञान) का हुनर नसीब हुआ है। हकीम साहब हुक़्क़ा मुझसे ही भरवाते थे। कभी-कभी जब मेरी उनसे लड़ाई हो जाती तो वह मुझसे सिर्फ़ इस डर से मेल कर लेते थे कि उनकी चिलम का क्या होगा। उन्होंने हमेशा अपनी सेहत से ज़्यादा हुक़्क़े का ख़याल रखा बल्कि कभी-कभी तो वह किसी डॉक्टर से नुस्ख़ा अपने लिए लिखवाते और दवा हुक़्क़े के लिए ख़रीदकर लाते थे। तम्बाकू, शायरी और गालियाँ अपने मेयार से कम दर्ज़े की पसन्द नहीं फ़रमाते थे, ख़ासतौर पर हुक़्क़े की तम्बाकू के सिलसिले में बहुत हस्सास (सतर्क) थे, ख़ास क़िस्म की तम्बाकू बनवाते थे। उन्हीं के बक़ौल "वह हुक़्क़े

की तम्बाकू हो ही नहीं सकती जिसकी ख़ुशबू रुसवाई की तरह न फैले।" और उनकी इस दलील में बड़ी जान थी क्योंकि रमज़ान के महीने में यह रुसवाई पूरे कलकत्ता में फैल जाती थी। कई बार उनकी बिल्डिंग यूनियन ने उनके ख़िलाफ़ *मुत्तहिदा महाज़* (संयुक्त मोर्चा) बनाने की कोशिश की लेकिन मरहूम ने कभी उन लोगों की परवाह नहीं की बल्कि उनका कहना था कि जिस महाज़ से पहले मुत्तहिदा लिखना पड़े वह महाज़ काग़ज़ी जहाज़ होता है। जितनी बार भी बिल्डिंग यूनियन वालों की मीटिंग हुई, हकीम साहब की चिलम की चिंगारियाँ इस क़दर बुलन्द हुईं कि उसकी ज़द में आकर बिल्डिंग यूनियन का साइन बोर्ड जलकर राख हो गया।

रमज़ान की आहट पाते ही अपनी एक्स-रे रिपोर्ट सामने रख लेते। ज़ाहिर है कि अब ऐसे में कोई शख़्स उनसे रोज़ों के सिलसिले में कोई सवाल नहीं कर सकता था। फिर भी अगर कोई शख़्स उनको मनाज़िरे (आमने-सामने के तर्क-वितर्क) में फाँसने की कोशिश करता तो वह अपनी दलील के दाँतों से जाल कुतर लेते थे और बाहर निकल आते थे।

एक बार पटना से रिज़वान अहमद आये, थोड़ी देर तो हकीम साहब से बाक़ायदा गुफ़्तगू करते रहे फिर अचानक उन्होंने सहाफ़ती (पत्रकारिता का) धोबिया पाट मार कर हकीम साहब को गिरा दिया। हम लोग तो यही समझे कि आज हकीम साहब हाथी के साथ गन्ने की दावत खा रहे हैं लेकिन वाह! वाह! हकीम साहब, अल्लाह आपको करवट करवट जन्नत नसीब करे। हुआ यूँ कि रिज़वान अहमद ने हकीम साहब से ख़ालिस बिहारी लहजे में सवाल कर लिया कि "आप रोज़ा क्यों नहीं रखते?" हकीम साहब एक बार तो लड़खड़ाये फिर एतमाद (भरपूर भरोसा) की बैसाखी थाम कर बोले, "फ़क़ीरों, दुर्वेशों और पैग़म्बरों ने दुनिया को सराय बताया है लिहाज़ा अगर दुनिया एक सराय है तो मैं मुसाफ़िर हूँ और मुसाफ़िर पर रोज़ा फ़र्ज़ नहीं होता।" ज़ाहिर है कि इस जवाब के बाद रिज़वान अहमद को सिर्फ़ दानापुर एक्सप्रेस ही दिखाई दे सकती थी। लिहाज़ा मौसूफ़ ये कहते उठ खड़े हुए कि "दाने दाने पर लिखा है खाने वाले का नाम।"

हकीम साहब मरहूम सर्दी, ज़र्दी और हमदर्दी से बहुत घबराते थे। सर्दी के सिलसिले में उनका फ़रमान था कि "जब जार्ज पंजुम निमोनिया का शिकार हो सकता है तो मुझ नहीफ़ो नज़ार (बेहद कमज़ोर) की हैसियत ही क्या है जिसका वज़न कपड़ों और गुनाहों के साथ भी चालीस किलो सात सौ ग्राम है। मुझे तो सर्दी यतीमों के माल की तरह एक झटके में हज़्म कर सकती है।" बल्कि वह मुझे भी ज़ोरदार राय दिया करते थे कि सर्दी से ऐसे बचा करो जिस तरह मुशायरे के शायर अच्छा शेर कहने से और उर्दू एकेडमी वाले अच्छी किताबें छापने से बचते हैं। मैंने पूछा, सर्दी से बचाव का आसान तरीक़ा क्या है? कहने लगे कि सर्दी से अपने आपको बचाने के लिए बहुत मेहनत करनी पड़ती है जैसे आज़ाद ग़ज़ल मत सुनो

क्योंकि ये बहुत सर्द होती है। आशिक़ की सर्द आह से दूर रहो, ये ख़तरनाक हद तक ठण्डी होती है। सेमिनारों में शिरकत करने से पूरी तरह बचो क्योंकि वहाँ जो मैक़ाले (लेख) पढ़े जाते हैं वह सब अदबी कोल्ड स्टोरेज से निकालकर लाये जाते हैं।"

मैंने अर्ज़ किया, "हकीम साहब! आपके तजरुबे के आगे मेरे तजरुबे की हैसियत बिल्कुल होमगार्ड की रिश्वत के मुक़ाबले में होम मिनिस्टर की रिश्वत के बराबर है लिहाज़ा ये बताइए कि सर्दी भगाने का क्या फ़ार्मूला है?" यह सुनकर पहले तो मुस्कुराये फिर मुझे ऐसी नज़रों से देखा जिनसे कम्युनिस्ट मुसलमान को देखते हैं और फिर बोले, "हज़ारों बरस से सर्दी भगाने के दो ही फ़ार्मूले हैं... रज़ाई या लुगाई" मैंने पूछा, "अगर किसी साहब को ये दोनों ही चीज़ें मयस्सर हों लेकिन उनको फिर भी सर्दी लगती हो तो?" हकीम साहब ने फ़ौरन जवाब दिया कि उनके लिए हमारे दवाख़ाने की दवाएँ हाज़िर हैं।" मैंने मालूमात की ग़रज़ से अर्ज़ किया, "हकीम साहब! रज़ाई और लुगाई ज़्यादा पुरानी हो गयी हों तो क्या करना चाहिए।' कहने लगे, इसका आसान तरीक़ा ये है कि किसी नयी का इन्तिज़ाम कर लेना चाहिए। मैंने अर्ज़ किया, "हकीम साहब! हर चीज़ के दो पहलू होते हैं, एक रौशन और दूसरा तारीक, लिहाज़ा ये बताइए कि इसका तारीक पहलू क्या है?" मेरी बात सुनकर बहुत ज़ोर से हँसे फिर मेरी ढलती हुई उम्र की तरफ़ ऐसे देखा जैसे नहारी बेचने वाले सर्दी से कँपकँपाते हुए गाहकों को देखते हैं। फिर बोले, "इसका तारीक पहलू ये है कि रज़ाई नयी है तो घरवालों से बचाना पड़ता है और लुगाई नयी है तो मोहल्ले वालों से बचाना पड़ता है।"

अग़र ग़ौर से देखा जाये तो सर्दी सिर्फ़ अमीर लोगों के लिए है क्योंकि इसमें खाने और पहनने-ओढ़ने के मरहले से सिर्फ़ अमीर आदमी ही गुज़र सकता है। यही मौसम है जब आदमी अपने *शाकाहारी* होने पर शर्मिन्दा होता है बल्कि साग सब्ज़ी से बनी हुई चीज़ों को मुग़लों के इनायत किये हुए नामों से याद करके अपनी महरूमी के एहसास को कम करता है। मसलन मेरे पड़ोस में एक पण्डित जी आबाद हैं। उनके यहाँ कभी सब्ज़ी नहीं बनती है। वह कभी *मटर मुग़लई पुलाव* खाते हैं, कभी *पनीर कोफ़्ता* और *करेला दो प्याज़ा* से शौक़ फ़रमाते हैं। कभी रेशमी आलू कवाब से भी लुत्फ़अन्दोज़ होते हैं। मुग़लों के ज़माने में ख़्वाजासरा (हिजड़े) एक दूसरे को गुलनार, माहरुख़ और गुलेराना कहकर पुकारते थे जिस तरह ग़रीब आशिक़ अपनी ख़स्ताहाल महबूबा को रानी साहिबा और मलिकये आलिया कहकर अपनी मुफ़लिसी की हँसी उड़ाते हैं।

कुछ लोगों को सर्दी बहुत ज़्यादा लगती है। सर्दी के दिनों में कुछ लोग इतना पहन-ओढ़ लेते हैं कि दूर से देखने वालों को ऊन की दुकान मालूम होते हैं। कई बार तो इतनी भयानक ग़लती हो चुकी है कि जिस पहने-ओढ़े हुए शख़्स के कूल्हे पर *श्याम* समझकर हाथ मारा, वह *श्यामा* निकली। मेरे एक दोस्त हैं जिनकी नाजुक

मिज़ाजी के सामने अहले लखनऊ की नज़ाकत पानी भरती हुई नज़र आती है। मिसाल के तौर पर ये तो सुना था कि मूली के पत्ते पर पाँव पड़ने से नवाब साहब को जुकाम हो जाता था। हालाँकि नवाब साहब जुकाम की आमद से बहुत ख़ुश होते थे और उसी ज़माने में अपनी झव्वा भर बेगमात की कशीदाकारी का इम्तिहान लेते थे। नवाब साहब के ज़ुकाम की ख़बर सुनते ही बेगमात उनके लिए रुमाल की कढ़ाई जैसे कारे बेमसरफ़ (बेकार के काम) में मसरूफ़ हो जाती थीं :

तोहफ़ये दाग़े तमाशा ही से हम ख़ुश थे मगर
अब के उसने इत्र भी रूमाल पर मलकर दिया

पुराने ज़माने में ज़ुकाम और जूड़ी बुख़ार का शुमार शाही बीमारियों में होता था। ज़ुकाम हो जाये तो रुमाल के कपड़े से ज़ुकाम वाले की हैसियत का अन्दाज़ा हो जाता था। जूड़ी चढ़ जाये तो उसके उतार के लिए सारे घर की रज़ाइयाँ, लिहाफ़, दुलाई और तोशक मरीज़ को ओढ़ा दी जाती थीं। कम्बल और अंग्रेज़ उस ज़माने में नफ़रत के लिए इस्तेमाल किये जाते थे। बच्चों को उस रूई के पहाड़ पर उछल कूद करने का हुक्म दिया जाता था। उनको जूड़ी सवार रहने तक रज़ाई और गद्‌दों के पहाड़ से नीचे उतरने की इजाज़त नहीं होती थी। ख़्वातीने ख़ाना (घर की औरतें) बच्चों को पहाड़ पर चढ़ाकर मरीज़ से ऐसे लाताल्लुक़ हो जाती थीं जैसे हुकूमत इलेक्शन के बाद अवाम से लाताल्लुक़ हो जाती है। बल्कि वह अपनी घर गृहस्थी में ऐसे मसरूफ़ हो जाती थीं जैसे दहशतगर्द फ़िरका परस्ती में मसरूफ़ हो जाते हैं। थोड़ी देर में ही जूड़ी के कस बल निकलने के बाद मरीज़ का दम निकलने लगता था तो ख़वातीन भी हुकूमत की तरह बेदार होती थीं। तमाम अहले मोहल्ला भी जमा हो जाते थे, उनमें से कुछ तो इज़हारे ताज़ियत (शोक व्यक्त करना) की तैयारी करके घरों से निकलते थे लेकिन मरीज़ को ज़िन्दा देखकर नज़रों ही नज़रों में घर के रज़ाई गद्‌दे गिन लेते थे फिर रज़ाई गद्‌दों की तादाद के हिसाब से मरीज़ को साहिबे सरवत (सम्पत्तिवान) होने की मुबारकबाद देते थे।

ये सब दिलचस्प हंगामे उसी वक़्त हुआ करते थे जब घर हुआ करते थे और घरों में और दिलों के दरम्यान दीवारें नहीं हुआ करती थीं लेकिन जब से 10 × 10 के कमरों में तुरबत (क़ब्र) की तरह ज़िन्दगी गुज़ारने वाले रहने लगे, ये सब ख़ूबसूरत बीमारियाँ दुनिया से रुख़्सत हो गयी। अब तो घुटन और गन्दगी के तुफ़ैल ऐसी बीमारियाँ घरों में विराजमान होने लगीं कि जिनका नाम तक सुनकर रूह काँप जाती है... लेकिन मौत के पड़ाव की ज़िन्दगी बेधड़क आती-जाती रहती है। कभी-कभी जब कोई *लुक़मये अजल* (मौत का निवाला) बन जाता है तो थोड़ी देर के लिए कमरे में हलचल ज़रूर होती है लेकिन थोड़ी देर बाद ज़िन्दगी फिर अपने हंगामों में मशगूल हो जाती है :

तअफ़्फ़ुन है बहुत कमरों में लेकिन
मैं आदी हूँ मुझे अच्छा लगे है

जो ईद अपने सगे भाई से नहीं मिलते

चाँद रात को हकीम साहब से चूड़ियों की दुकान पर मुलाक़ात हुई। बहुत बुझे-बुझे थे... हू-ब-हू बेवा की कलाई लग रहे थे। मुझे जैसे ही देखा बेस्वा (वेश्या) की चूड़ियों की तरह खनकने लगे। तेज़ नज़रों से घूरते हुए बोले कि आज कल तुम्हारे क़लम की ज़बान बहुत चलने लगी है। अख़बार में मेरे ख़िलाफ़ तज़हीक आमेज़ (मखौल उड़ाने वाली) ख़बर छपवाकर बहुत ख़ुश होगे। मैंने एहतिजाज (विरोध) में कहा कि आप मेरे अदबी मज़मून को ख़बर कहकर मेरी अदबी सलाहियत का मज़ाक उड़ा रहे हैं। कहने लगे कि किसी की ज़ाती ज़िन्दगी के झूठे-सच्चे क़िस्सों को तहरीर करना और कुछ तो हो सकता है अदब हर्गिज़ नहीं हो सकता, फिर आख़िर इस शहर में (जो सी. आई.ए. की तरह दूर तक फैला हुआ है) क्या एक मैं ही ग़ैर रोज़ेदार था। कभी अपनी शायर बिरादरी के गरेबान में झाँककर देखो, एक से एक बड़ा *रोज़ाख़ोर* मिल जायेगा। मैं कई एक के तो नाम भी जानता हूँ मगर निशानदही हर्गिज़ नहीं करूँगा क्योंकि ये काम चुगलख़ोरों का है। दूसरे यह कि बुज़ुर्गों का क़ौल भी है कि जिस हुकूमत में रहो उसके सरकारी और ग़ैर सरकारी राज़ों को किसी पर अफ़्शा (ज़ाहिर) मत करो :

उसे खिला के तो देखो, ये कोई शर्त नहीं
कि रोज़ेदार भी होगा जो ख़ानक़ाह में है

मैंने अर्ज़ किया कि एक तो मैं रमज़ान में इधर-उधर जाता नहीं हूँ, दूसरे आप *रोज़े ख़ोरी* के सिलसिले में जो तावीलें पेश करते हैं वह कुफ़्र की तरह हसीन और काफ़िरों की तरह दिलफ़रेब होती है। सच पूछिए तो आपका झूठ आपके सच से ज़्यादा मासूम लगता है, और यूँ भी मेरी तहरीरों से आपका कुछ बिगड़ने वाला नहीं है क्योंकि जब आपकी दवाओं से बीमारी का कुछ नहीं बिगड़ा तो मेरे मज़मून की क्या हैसियत है। जिसे आप *ख़बर* और मैं *मज़मून* कह रहा हूँ वह दरअस्ल मेरी तरफ़ से आपको दावतनामा Via अख़बार रवाना किया गया था क्योंकि आपसे मुलाक़ात न होने की वजह से मेरा दिल दूध छुड़ाये बच्चे की तरह हड़क रहा था। उन्होंने पहले तो चूड़ियों की क़तार की आड़ में मुझे घूरा फिर कंगन की तरह बजते हुए बोले, अगर सच पूछो तो तुमसे मिलने को जी नहीं चाहता है लेकिन मैं ऐसे तमाम दोस्तों से दिल न चाहने के बावजूद मिलता रहता हूँ जिनसे जन्नत में मुलाक़ात का इमकान

नहीं है और तुम तो इतने गुनहगार हो कि शायद दोज़ख़ भी तुम्हें कुबूल न करे और हमेशा आलमे बरज़ख़ (मौत और हिसाब किताब के दिन के बीच की स्थिति) में ही रहो। सिर्फ़ तुम ही नहीं बल्कि पूरी शायर बिरादरी का यही अंजाम हो सकता है क्योंकि तुम लोगों के क़ौल व फ़ेल में तज़ाद (टकराव) है। सच पूछो तो मुझे तुम शायरों पर बड़ा तरस आता है। मैंने पूछा, तरस आप शायरों पर खाते हैं लेकिन मदद आप अमीर यतीमों और हसीन बेवाओं की करते हैं। बेसाख़्ता हँसने लगे, सिगरेट का पैकेट खोला, एक सिगरेट मुझे भी इस तरह पेश की जैसे पद्मश्री एवार्ड दे रहे हों। मैंने भी इस तरह उसे कुबूल किया जैसे सियासी शोअरा इलेक्शन का टिकट कुबूल करते हैं। खुद बुझने लगे तो माचिस की तीली जलायी, मेरी गली तक आते-आते माचिस बुझ गयी और खुद जलने लगे। मैंने माफ़ी माँगकर बयान जारी रखने की गुज़ारिश की तो निकोटिन की तरह हमलावर होते हुए बोले—हाँ, तो मैं ये अर्ज़ कर रहा था कि तुम शायरों और यतीमों में बड़ी मुशाबिहत (समरूपता) है। वह लोग बेचारे अमीर लोगों के घरों के चक्कर बिल्कुल उसी तरह लगाते हैं जिस तरह तुम लोग दूरदर्शन के लगाते हो। मैंने अर्ज़ किया कि उन लोगों के पास नकली रसीदें भी होती हैं। कहने लगे, तुम लोगों के पास भी तो घटिया कलाम और ज़लील ख़ुशामद होती है। मैंने अर्ज़ किया, शायरों से इतनी नाराज़गी की आख़िर वजह क्या है। कहने लगे, वही क़ौल और फ़ेल में तज़ाद! मेरे एक शायर साहब से सुसराली तअल्लुक़ात हैं। मौसूफ़ स्टेज पर कलाम पढ़ने खड़े हुए, मतला (ग़ज़ल का पहला शेर) के दूसरे मिसरे तक पहुँचते-पहुँचते प्यासे हो गये, होंठों पर ज़बान फेरते हुए इधर-उधर इस तरह पानी तलाश करने लगे जैसे रेगिस्तान में खड़े हैं। उनकी प्यास की शिद्दत को सामिईन (श्रोताओं) के एक हल्क़े (वर्ग) ने महसूस किया और उन्हें *पानी पिला देने* की आवाज़ें लगाने लगे लेकिन सामिईन के एक बड़े हल्क़े ने खड़े होकर एहतिजाज किया और कहा कि पानी हर्गिज़ न दिया जाये वर्ना ये फिर ताज़ा दम हो जायेगा। लेकिन चूँकि ये मुशायरा कनविनर साहब के क़त्ल के केस से बरी होने की ख़ुशी में मुनअक़िद (आयोजित) हुआ था लिहाज़ा कोई रिस्क नहीं लिया जा सकता था। शायर साहब ने जेब से रूमाल निकालकर सर पर ऐसे रख लिया जैसे जेठ को देखकर देवरानियाँ सिर पर आँचल रख लेती हैं, फिर माइक के क़रीब ही पानी का गिलास लेकर बैठ गये और आहिस्ता-आहिस्ता पीने लगे। मैंने अर्ज़ किया कि यह तो उनका निहायत शरीफ़ाना और इस्लामी तरीक़ा था, इस पर आपको क्या एतराज़ हो सकता है? मुझे पहले तो मदाख़िलत (हस्तक्षेप) के जुर्म में डाँटा फिर कहने लगे, मुझे उनके इस नुमाइशी तरीक़ेदार पर इसलिए एतराज़ था कि वह मुशायरागाह में दाख़िल होने से पहले मेरे साथ खड़े होकर पेशाब कर चुके थे।

सिंवई की मिठास का दफ़ (जोश, तेज़ी) मारने के लिए ईद के दिन हकीम साहब से मुलाक़ात बहुत ज़रूरी होती है। तख़्त पर ऐसे बैठे थे जैसे तख़्ते ताऊस

पर बैठे हों। मुझे रिआया समझकर देखा, तमकनत से मुस्कुराये फिर टोपी की तरफ़ इशारा करके कहने लगे, बुरा मत मानना मगर ये हक़ीक़त है कि कुछ लोग टोपी पहनकर और ज़्यादा ख़तरनाक दिखाई देते हैं। मैंने टोपी उतारकर रिश्वत की तरह चुपके से जेब में रख ली और वह रिश्वतख़ोर अफ़सर की तरह ख़ुश हो गये। गले मिलने पर किसी तरह राज़ी नहीं थे। कहने लगे कि तुमसे गले मिलने से ज़्यादा बेहतर है कि मिट्टी में मिल जायें। बड़ी मिन्नत समाजत करने पर यह कहकर गले से लग गये कि मुनाफ़िक़त (कपटचारिता) के ज़माने में मुनाफ़िक़ (कपटी) से कौन बच सकता है और फ़िर ऐसे-ऐसे ईद मिलने वाले आते हैं कि मुनाफ़िक़ से ख़ुद को बचाना तो क़ुजा (कहाँ) जान बचाना मुश्किल नज़र आता है। कई गले मिलने वाले तो हड्डी बिठाने वालों के एजेंट मालूम होते हैं। इतनी दूर से गले मिलने के लिए दौड़ना शुरू कर देते हैं कि बिल्कुल फ़ास्ट बॉलर मालूम होते हैं और मेरे जैसा कमज़ोर आदमी सिफ़ारिशी बल्लेबाज़ की तरह गेंद क़रीब आने से पहले ही L.B.W. क़रार दे दिया जाता है। मैं तो क्रिकेट बोर्ड वालों की बीनाई (आँखों की रौशनी) को कोसता रहता हूँ कि उन्हें ये फ़ास्ट बॉलर क्यों नहीं दिखाई देते हैं। उन्होंने राज़दारी से यह भी बताया कि क्रिकेट के मैदान में आने से पहले इमरान ख़ान भी ईद में गले मिलने का माहिर था। मेरे यह कहने पर कि मैं आपकी इस मन्तिक़ (Logic) से मुत्तफ़िक़ (सहमत) इसलिए नहीं हो सकता कि दुनिया के तेज़ रफ़्तार गेंदबाज़ों में ज़्यादातर ग़ैर मुस्लिम हैं। मेरे इस नुकते पर पहले तो चौंके फिर मेरा मज़हका (मज़ाक़) उड़ाते हुए कहने लगे कि गले मिलने के लिए मुसलमान होना क्या ज़रूरी है, पिछली ईद में आप ही एक फ़िरका परस्त लीडर से गले मिल रहे थे तो क्या इससे ये समझ लिया जाये कि आप दोनों ईद की नमाज़ पढ़कर आ रहे हैं।

ये पूछने पर कि ईद की नमाज़ कहाँ पढ़ी? कहने लगे, दवाख़ाने के बाहर चटाई बिछाकर पढ़ ली थी। मैंने पूछा, *"मैदान क्यों नहीं गये"?* तख़्त पर गुस्से से ऐसे उछले जैसे क़ौमी यकजहती के नाम पर फ़िरक़ा परस्त लीडर। मुझे ऐसी हक़ीर (तुच्छ) नज़रों से देखा जिनसे पुलिस वाले शरीफ़ आदमी को देखते हैं। कहने लगे, बुरा मत मानना ...कलकत्ता के शायरों की ज़बान बहुत ख़राब है। गुफ़्तगू और शायरी दोनों के साथ ज़िना (व्यभिचार) करते हुए मालूम होते हैं, उस पर तुर्रा (अकड़) यह कि ऐसे ऐंठकर चलते हैं जैसे मीर के हमअस्र (समकालीन) जा रहे हों। अगर टोक दिया जाये तो बुरा मान जायेंगे, हज्व (निन्दा के शेर) कहेंगे, सुबह-शाम बद दुआएँ देंगे, पार्टी आफ़िस में जाकर शिकायत करेंगे, ग़ालिब को भेजे गये गालियों के ख़त की फ़ोटो कापी ईदकार्ड में रखकर भेज देंगे। ईद की नमाज़ के बाद सैकड़ों लोग यही एक सवाल करके मेरी ज़बान के ज़ायक़े को ख़राब कर चुके हैं कि मैदान क्यों नहीं गये? भला बताइए... बदज़बानी की भी हद होती है। आम ज़बान में बैतुलख़ला (लैट्रिन) जाने को मैदान जाना कहा जाता है। मियाँ, अगर यही सवाल मैं तुमसे

करता कि मैदान में ईद की नमाज़ अदा करने क्यों नहीं गये। मैंने फ़ौरन अर्ज़ किया कि वहाँ *'बरामदे'* नहीं होते। ये सुनकर मुस्कुराये फिर गुस्सा ऐसे थूका जैसे रक़ीब के मुँह पर पान थूक रहे हों। कहने लगे भई वाह! क्या ख़ूबसूरत जवाब दिया है, मज़ा आ गया, मिसरे पर मिसरा ऐसा ही होना चाहिए कि शोअरा उसमें ऐब ऐसे ढूँढ़ते रहें जैसे बन्दर दूसरे बन्दर की जुएँ ढूँढ़ता है। मैंने अर्ज़ किया, अब तो आप मेरी ज़बान के क़ायल हो गये होंगे? नकचढ़ी महबूबा की तरह मुँह बनाकर बोले, मैं तुम्हारी ज़बान का तो नहीं, हाँ! ज़बानदारज़ी का ज़रूर क़ायल हूँ। फिर मुलाज़िम से कहने लगे, इनका मुँह मीठा कराओ... ईद का दिन है... जबसे बेचारे घर में अकेले रहते हैं न तो सिंवइयाँ आती हैं न पड़ोसिनें... मैंने पूछा, तबर्रा? हँसकर बोले, नहीं, रोज़मर्रा :

मोहब्बतों का वही दर्स दे रहे हैं हमें
जो ईद अपने सगे भाई से नहीं मिलते

सारे बीमार चले आते हैं तेरी जानिब

अपने हकीम साहब मरहूम भी क्या चीज़ थे, अल्लाह उनकी मग़फ़िरत (आत्मा की शान्ति) करे। इस अदा से झूठ बोलते थे कि सच्चाई बग़ले झाँकने लगती थी। हर जुमले में तहदारी की इतनी परतें होती थीं कि प्याज़ की खेती करने वाले भी पैदावार बढ़ाने के लिए उनसे मशविरा करते थे। हरचन्द कि मैंने किसी भी प्याज़ के काश्तकार (किसान) को उनसे मशविरा लेते तो नहीं देखा था लेकिन कोई भी होटल वाला उनसे सलाद के पैसे नहीं लेता था। जब भी मौसूफ़ से इस मेहरबानी की वजह पूछी जाती तो पहले हँसकर टाल जाते थे लेकिन तफ़्तीश की यलग़ार (हमला) से उकताकर मुस्कुराते हुए कहते थे कि *कमाने वालियाँ* फ्रेन्च लेदर के पैसे नहीं लेतीं।

सलासत (सरलता) के साथ बलाग़त (अलंकरण) और उसके साथ-साथ मानी आफ़रीनी (अर्थ पूर्णता) उनकी गुफ़्तगू का ख़ासा थी। मौसूफ़ इबहाम (उलझाव) के ज़रिये जदीदियत (आधुनिकता) की तीसरी मंज़िल का संगे बुनियाद रखते हुए भी शेर के मिसरों को कभी दो लख़्त (दो अलग-अलग टुकड़े) नहीं होने देते थे। नफ़ासत पसन्दी का ये आलम था कि इत्र भी ऐसा इस्तेमाल करते थे जो रुसवाई की तरह फैले। उनका कहना था कि ऐसे मुश्क (सुगन्ध) से क्या फ़ायदा कि गवाही के लिए हिरन लेकर घूमना पड़े। इत्र हमेशा एक ख़ास दुकान से लेते थे। अक्सर फ़रमाते थे कि इत्र फ़रोश और जिस्म फ़रोश अगर अपनी तबीयत से नवाज़े तो नवाज़िश है वर्ना समझ लो साज़िश है। जुमले को इबहाम की तंग गली से निकालने की कोशिश में ये भी फ़रमाते थे कि यूँ तो इत्र की फुरेरी खोंस देना और हवा में बोसा उछालकर गाहक तक पहुँचा देना इत्र फ़रोशों और जिस्म फ़रोशों के पेशे में शामिल है लेकिन बक़ौल बशीर बद्र :

कभी यूँ भी आ मेरी आँख में कि मेरी नज़र को ख़बर न हो
मुझे एक रात नवाज़ दे मगर उसके बाद सहर न हो

हालाँकि बशीर बद्र के सिलसिले में जब भी गुफ़्तगू होती थी तो हकीम साहब हमेशा यही फ़रमाते थे कि आदमी क़लम के बग़ैर, औरत दुपट्टे के बग़ैर, सिपाही तलवार के बग़ैर और बशीर बद्र मुनाफ़िक़त (कपट) के बग़ैर नंगे सिर मालूम होते हैं।

किसी भी मौजू (विषय) की तरफ़दारी और मुख़ालिफ़त पर एक साथ गुफ़्तगू कर सकते थे। सियासत को मच्छरदानी में मच्छर का शिकार कहते थे, मच्छरदानी को टट्टी की आड़ में शिकार कहते थे और जदीद शायरी के मुसव्विदे (अप्रकाशित रचना) को क़ारूरे (पेशाब रखने की शीशी) की तरह देखते थे। साहिबे क़ारूरा के हाथ में क़ारूरा होता था और हकीम साहब के हाथ में :

जिस हाथ से मैंने तेरी ज़ुल्फ़ों को छुआ था
छुप छुप के उसी हाथ को मैं चूम रहा हूँ

तरन्नुम से ग़ज़ल पढ़ने वालों और ज़ूद गो शायरों दोनों को दवा एक ही देते थे। फ़ीस मुशायरे के रेट के मुताबिक़ लेते थे। मुशायरे से वापसी पर हमेशा गुस्ल करते थे। कभी वजह नहीं बताते थे लेकिन शर्मिन्दा-शर्मिन्दा से रहते थे। मुशायरे में शायरात (कवयित्रियों) की कसरत से कनविनरों का ख़ानदानी पसमंज़र (बैक ग्राउण्ड) समझ लेते थे। कई ऐसे ही मुशायरों के कनविनरों ने महफ़िले मुशायरा में हकीम साहब को देखकर मुशायरे से तौबा ही कर ली थी क्योंकि हकीम साहब से उनकी देरीना शनासाई (पुरानी जान पहचान) निकली। उनमें से कई हज़रात ने कूचये अरबाबे निशात (कोठे वालियों की गली) की आख़िरी मंज़िल तक सिर्फ़ उनकी रहबरी ही नहीं की थी बल्कि चराग़े राह भी बन चुके थे। कई शायरात के डी.एन.ए. टेस्ट पर ज़ोर देते थे लेकिन चूँकि दिल के अच्छे थे लिहाज़ा हर शायरा अच्छी लगती थी। रूमानी शायर को अपना रक़ीबे रू सियाह (काले मुँह वाला प्रतिद्वन्द्वी) समझते थे। कभी-कभी मूड में होते तो यह भी कहते थे कि उल्लू, तवायफ़ और शायर रात में ही अच्छे लगते हैं, दिन में तो ये सब एक जैसे दिखाई देते हैं। मुशायरे को मुजरे और नौटंकी का Cross Breed कहते थे। अक्सर अपनी शेरो सलाहियत मनवाने के लिए जदीदियत (आधुनिकता) का चूना तेज़ करते थे। उस पर तोपचाची का कत्था भी उँडेल देते थे। ज़ायक़े को और तेज़ बनाने के लिए गुलक़न्द का इस्तेमाल भी करते थे। मतला (ग़ज़ल का पहला शेर) को अन्धे ज़रगर (सुनार) के हाथों का बना हुआ झुमका कहते थे। बाक़ी शेरों को गले की मिठाई और तख़ल्लुस को नाक की कील कहते थे। मुशायरे की शायरी को चरसी चाय और ख़ूबसूरत शायरात को जरसी गाय कहते थे। ज़्यादा दाद माँगने वाले शायरों को फ़क़ीरों का नुत्फ़ा और नाशायरों को नुत्फ़ये नातहक़ीक़ (जिसके बाप का पता न हो) कहते थे। रसाएल (पत्रिकाओं) में ज़्यादा छपने वाले शायरों को रद्दी फ़रोश कहते थे, रिसाल के मुदीर (सम्पादक) को बैसाखी, सफ़हात (पृष्ठों) को करेंसी, तारीफ़ी ख़तों को Give and take और एकेडमियों को नक़ली कारतूसों का कारख़ाना कहते थे।

शायरों के मोबाइल रखने पर सख़्त एतराज़ करते थे। ऐसे शायरों की अलग फ़ेहरिस्त बना रखी थी जो पाख़ाने में भी मोबाइल लेकर जाते हैं लेकिन अक्सर जल्दबाज़ी में पानी ले जाना भूल जाते हैं और ये बात भी मुशायरे से लौटने के बाद

याद आती है। कई ऐसे शायरों से भी बाख़बर थे जिन्होंने नमाज़ पढ़ना सिर्फ़ इसलिए छोड़ रखी थी कि वहाँ मोबाइल बन्द करना पड़ता था। स्टेज पर मोबाइल से बातें करने को सिगरेट पीकर दूसरों के मुँह पर धुआँ छोड़ना कहते थे। ऐसे बेक़रार शायरों से भी बखूबी वाक़िफ़ थे जो मन्दिर की घण्टी बजते ही मोबाइल कान से लगा लेते हैं :

क़ैस तस्वीर के पर्दे में भी उरयाँ निकला

अलविदा की नमाज़ पहली सफ़ में, जुमा की नमाज़ दुकान के सामने और बाक़ी नमाज़ें दिल ही दिल में पढ़ते थे। बहुत ज़्यादा मज़हबी नहीं थे लेकिन कम्युनिस्टों से अगर हाथ मिलाना पड़ जाता था तो डेटॉल साबुन से हाथ ज़रूर धोते थे। पाकिस्तान को लग्गे से लूटी हुई पतंग कहते थे। होली को लाचारी से पाक छेड़छाड़ कहते थे। क्रिसमस के दिन से 31 दिसम्बर तक सिर्फ़ अंग्रेज़ों से मिलने-मिलाने की कोशिश करते थे। क्रिश्चियन लड़कियों को ग़ज़ल परी, बंगालिनों को जलपरी और अंग्रेज़ हसीनाओं को लाल परी कहते थे। क्रिश्चियन लड़कियों की फ़राख़ दिली के इतने रंगीन क़िस्से सुनाते थे कि सुनने वाले गिरजाघर होते-होते रह जाते थे। 1 जनवरी से अंग्रेज़ों को दोबारा गालियाँ देना शुरू कर देते थे। औरंगज़ेब को सिर्फ़ इसलिए नापसन्द करते थे कि वह मौसीक़ी (संगीत) और तानसेन को नापसन्द करता था। काग़ज़ी पुड़िया में क़ैद हीरोइन के अलावा हर हीरोइन के आशिक़ थे। हर एक हीरोइन को देखकर फ़रमाते थे कि औरत की वही उम्र होती है जितनी उम्र की वह दिखाई देती है और मर्द की उम्र तनख़्वाह और आमदनी के हिसाब से बढ़ती-घटती रहती है। नौटंकी का उन्हें बचपन से शौक़ था। गुलाब बाई की नौटंकी के इश्क़ में कई बार घर में मार भी खा चुके थे लेकिन हमेशा यही कहते थे कि काँटों के बग़ैर गुलाब सिर्फ़ काग़ज़ से बनाया जा सकता है। दीदारे यार के इतने बड़े शैदाई थे कि नज़र और नज़ारे के बीच चश्मे के शीशे को भी हाएल (विघ्न) नहीं होने देते थे। शेर छाप बीड़ी वालों की तरफ़ से होने वाली हर नौटंकी में स्टेज पर घण्टों शेर की खाल पहनकर खड़े रहने की शर्त सिर्फ़ अपनी गुलाबो को क़रीब से देखने के लिए कुबूल कर लेते थे। एक बार तो बहैसियते शेर अपने रक़ीब पर झपट पड़ने की वजह से हफ़्तों शेर छाप बीड़ी तो चलती रही लेकिन हकीम साहब मौसूफ़ और बीड़ी कारख़ाने के मालिक नैनी जेल में बन्द रहे। जेल से आने के बाद बजाय किसी क़िस्म की शर्मिन्दगी के लोगों से यह कहते हुए छाती चौड़ी कर लेते थे कि पण्डित नेहरू और हम एक ही जेल में रह चुके हैं। वह मुल्क की आज़ादी चाहते थे और मैं इश्क़ की आज़ादी का कट्टर हामी हूँ।

इश्क़ को जज़्बात की आबरू कहते थे। झाड़ियों की लुका-छुपी से शदीद नफ़रते करते थे। उनका कहना था कि सच्चा इश्क़ तो वही है कि चाहे आदमी टूट जाये लेकिन सारी जवानी वजू न टूटे। इश्क़ को ख़ुश रंग चिड़ियों का शिकार समझने वालों

से शदीद नफ़रत करते थे। बीड़ी से ज़्यादा जब ख़ुद सुलग उठते तो कहते थे कि फ्रेंच लेदर जेब में रखकर घूमने वाली क़ौमें क्या जानें कि गुलाब की शाख़ से उलझकर रह जाने वाले आँचल का एक टुकड़ा आशिक़ के लिए काइनात (सृष्टि) के बराबर होता है। इश्क़ तो वह पाकीज़ा जज़्बा है जो एक बाज़ारी औरत के आँचल के बोसे के इन्तिज़ार में भी सारी उम्र गुज़ार देता है। इश्क़ की ये दीवानगी अगर बाज़ार में मिलने वाली चीज़ होती तो लैला की पीठ पर मजनूँ के ज़ख़्मों के निशान न होते और अगर हुस्न की मंज़िल भी दौलत होती तो फ़रहाद दूध की नहर निकालने के बजाय मुल्क़ों पर कब्ज़ा करने की ख़ातिर तलवार लिए क़त्लो ग़ारतगरी कर रहा होता।

क्लासिकल शायरी के रसिया थे लेकिन रंगीन शायरी से अज़ली (पैदाइशी) बैर था। फ़रमाते थे कि रंगीन महबूब के जिस्म का इश्तिहार (विज्ञापन) होती है। परायी बहू-बेटियों का तज़किरा ग़ज़ल में करना लफ़्ज़ों से ब्लू फ़िल्म बनाने के मुतरादिफ़ (समान) मानते थे। अकसर समझाते थे कि रंगीन ग़ज़ल महबूब की रुसवाई का सबब है, शहवत (कामुकता) को भड़काने का मसाला है और ज़ेहनी अय्याशी का सामान है। मुशायरे और मुजरे को एक निगाह से देखते थे। मुशायरे को अदब की रामलीला कहते थे, शायरों की टीम को नाटक मण्डी और मुशायरा एनाउंसर को चोबदार कहते थे और ये कहते हुए इतना बुरा मुँह बनाते थे कि तन्क़ीद गाली जैसी मालूम होती थी।

ग़रज़ ये कि हकीम साहब की शख़्सियत *'छुटती नहीं है मुँह से ये काफ़िर लगी हुई'* जैसी थी। उनकी जली-कटी सुनकर कभी-कभी तो जी चाहता था कि आइन्दा उनकी सूरत भी न देखने की कोई सूरत निकाली जाये लेकिन हकीम साहब तो इक़्तिदार (सत्ता) के नशे की तरह मेरे दिलो दिमाग़ से तो क्या मोटर साइकिल तक से भी नहीं उतरते थे। नाराज़ होते थे तो *'हम अपना मुँह इधर कर लें तुम अपना मुँह उधर कर लो'* के पेशे नज़र मोटर साइकिल पर इस तरह बैठते थे कि सड़क पर बेहिजाबाना (बिना पर्दा) इज़्हारे इश्क़ करने वाले कई जानवर भी शर्मिन्दा हो जाते थे। हमेशा समझाते थे कि ऐसे हर एक घर से दूर रहा करो जहाँ Beware of Dog लिखा हो क्योंकि ज़रूरी नहीं कि उस घर में कुत्ता मौजूद भी हो। यूँ भी इस बोर्ड के लिए कई घरों में कुत्ते की ज़रूरत ही नहीं होती। वफ़ादारी की वजह से कुत्तों का बहुत एहतराम करते थे। कभी आदमी को कुत्ता नहीं कहते थे। उनका ख़याल था कि इससे वफ़ादारी के आबगीने (नाजुक शीशा) को ठेस पहुँचती है। सियासी लीडरों की तरफ़ तो निगाह भी नहीं उठाते थे। कहते थे कि इतने नंगे होते हैं कि वजू टूट सकता है। ज़्यादा पढ़े-लिखे लोगों से ऐसे बिदकते थे जैसे घोड़ा साँप से। नक़्क़ादों को हमेशा दुकान कहते थे और तन्क़ीद को लाल पेड़ा... जब कोई इस तरकीब और तलमीह (इशारे की भाषा) के बारे में पूछता तो कहते कि हफ़्ते भर की बची हुई मिठाई को फिर से फेंट लपेटकर लाल पेड़ा तैयार किया जाता है और

तन्क़ीद भी झूठी सच्ची लफ़्ज़ियात (शब्दावली) से तैयार की जाती है। कभी-कभी तो उनका फ़लसफ़ा आईने की तरह सच बोलता हुआ लगता था। एक दिन बहुत ही अच्छे मूड में थे... मेरे लिए अपने पास से चाय मँगवायी, दो अदद सिगरेटें भी... नौकर से बचे हुए पैसे भी नहीं लिए, पहले तो नमकीन चने के कुछ दाने मेरे मुँह में रखकर मुझे अपना नमक ख़्वार बनाया फिर अपनी माचिस से मेरी सिगरेट ऐसे जलायी जैसे गुजरात में बस्तियाँ जलायी जाती हैं। कम्प्यूटर से निकले फ़ोटो की तरह मुस्कुराये फिर कहने लगे कि एक नुक्ता समझ लो! अगर किसी की बुराई ज़बानी की जाये तो ग़ीबत है और उसे तहरीर के ज़ेवरात से आरास्ता करके काग़ज़ के राज सिंहासन पर बिठा दो तो तन्क़ीद कहलाती है। दिल्ली में इसकी कई दुकानें हैं। हालाँकि इन दुकानों पर कोई साइनबोर्ड नहीं होता लेकिन तलाश करने में बिल्कुल दुश्वारी नहीं होती क्योंकि जिस्म फ़रोशी का भी कोई साइन बोर्ड नहीं होता। जिस्म तो ख़ुद ऐसा साइन बोर्ड होता है जिस पर तहरीर तो कुछ नहीं होता लेकिन सब कुछ पढ़ लिया जाता है।

हकीम साहब किसी भी तन्क़ीद निगार को अच्छी नज़र से नहीं देखते थे। तन्क़ीद ने भी हकीम साहब को कभी नज़र भर के नहीं देखा। नाक़िदीन (आलोचकों) का कहना था कि तन्क़ीद उसी जगह अपनी कुटिया बनाती है जहाँ तख़्लीक़ (रचना) हो और हकीम साहब तख़्लीक़ी एतबार से बिल्कुल ही क़ल्लाश (कंगाल) हैं। लेकिन अपने हकीम साहब इन बातों को औरतों की ग़ीबत (पीठ पीछे बुराई) कहते थे। वह तो यहाँ तक कहते थे कि मुझ पर नज़र पड़ते ही तन्क़ीद निगार अपनी चश्मे बसीरत (आँखों की रौशनी) से यूँ महरूम हो जाते हैं जैसे हामिला (गर्भवती) औरत को देख कर साँप। किसी ने हकीम साहब से अज़राहे मज़ाक़ पूछ लिया कि क्या आप कभी हामिला भी हो चुके हैं? ज़ाहिर है कि हकीम साहब से ये पूछना साँप की दुम पर पाँव रखने के बराबर था लेकिन हकीम साहब की इसी अदा पर तो हम लोग मरते थे कि वह इस जुमले को ऐसे पी गये जैसे चराग़ तेल पी जाता है, जैसे मजदूर सरमायेदारों की गाली पी जाते हैं, जैसे घरेलू उलझनें चेहरे का आब (आभा) पी जाती हैं, जैसे मग़रिबी (यूरोपियन) औरतें हँसते हुए शराब पी जाती हैं। थोड़ी देर तक इधर-उधर देखते रहे फिर बोले कि उर्दू तन्क़ीद निगारों का यही तो फूहड़पन है कि वह ज़बानो बयान, मुहावरे बन्दी, इब्हाम और इशारियत से क़तई नावाक़िफ़ होते हैं और उर्दू तन्क़ीद में अंग्रेज़ी के कुछ गढ़े हुए जुमले और झूठे सच्चे फ़ार्मी अण्डे जैसे अंग्रेज़ों का नाम लिखकर उर्दू शायरों को Keats और Wordsworth की शायरी के बदन का मैल साबित करने की कोशिश करते हैं। बल्कि कभी-कभी तो *शिबली* की तहरीर को एक नुक्ते की मदद से Shelley की तहरीर साबित कर देते हैं। ऐसे नाक़िदीने अदब को टूडी बच्चा कहते थे जो अंग्रेज़ी के पहिये की मदद से अपनी गाड़ी खींचते हैं।

एक दिन किसी ने इत्तिफ़ाकन पूछ लिया कि हकीम साहब, अदब में अब बड़े लोग क्यों नहीं पैदा हो रहे हैं। ये सवाल सुनते ही पहले तो बच्चों की तरह खिलखिलाकर हँस दिये फिर फ़रमाया कि अदब में बड़े लोग इसलिए पैदा नहीं हो रहे हैं कि हमारी तन्क़ीद छोटे लोगों पर लिख रही है। हर शायर अपने साथ ख़ुदसाख़्ता (स्वयंभू) नक़्क़ाद लेकर चलता है जैसे माफ़िया अपने साथ दबंगों को लेकर चलते हैं। ये नाक़िदीन ज़्यादातर अब उन लोगों पर लिखना पसन्द करते हैं जो उनकी सब्ज़ी के झोले में फ़ार्मी मुर्ग़े रखकर लाते हैं बल्कि बवक़्ते ज़रूरत फ़ार्मी अण्डे तक देने को तैयार रहते हैं। ज़ाहिर है कि जब अदब फ़ार्मी अण्डे और मुर्ग़े में उलझ जायेगा तो क़लम भी पेशेवर मोलवी की तक़रीर होकर रह जायेगा। ऐसे घटिया अदबी बाज़ार में अच्छा अदब तलाश करना ज़नख़ों के मेले में निरोध बेचना है।

हकीम साहब तक़रीबन बेक़ाबू हो चुके थे मगर बातें पते की कर रहे थे। कहने लगे, "उर्दू अदब में तन्क़ीद उस नीलगाय की तरह है जिसे भोले-भाले शायर और अदीब इस उम्मीद पर पाल लेते हैं कि आगे चलकर दूध देगी लेकिन ये तन्क़ीदी नीलगायें अदब के लहलहाते खेत को ही चर जाती हैं।" साँस लेने को रुके और फिर कहने लगे कि, "तन्क़ीद की बेलगाम घोड़ी सिर्फ़ दौलत, अदबी इक़्तिदार और ग़ैर मुल्की करेंसी के कोड़ों से ही क़ाबू में आ सकती है। फिर सबसे ज़्यादा अफ़सोस की बात ये है कि हमने उर्दू के हर तन्क़ीद निगार को कई चीज़ें बेचते और बहुत-सी ज़रूरी और ग़ैर ज़रूरी चीज़ें ख़रीदते तो देखा है लेकिन आज तक यानी 68 बरस की उम्र होने को आ गयी इसे कोई उर्दू रिसाला, शेरी मजमुआ, कहानियों की कोई किताब... यहाँ तक कि उर्दू अख़बार भी ख़रीदते नहीं देखा और जिस ज़बान के अदीब और दानिशवर (बुद्धिजीवी) उर्दू ज़बान की बक़ा (सलामती) के लिए सौ-पचास रुपये भी नहीं ख़र्च कर सकते उस ज़बान की हिफ़ाज़त की गारण्टी कौन ले सकता है। लिहाज़ा ये समझ लिया जाये कि उर्दू मर चुकी है :

कुछ रोज़ से हम सिर्फ़ यही सोच रहे हैं
हम लाश हैं और गिद्ध हमें नोच रहे हैं

❑❑